KB236361

르네상스 영시의 세계

르네상스 영시의 세계

한국 고전 르네상스 영문학회 편

도서출판 동인

차례

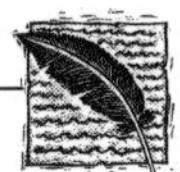

르네상스 영시의 형성과 전통

●●● 조광순

불어로 '재생'이란 뜻을 가지고 있는 르네상스(renaissance)라는 말은 원래 이태리어의 리나스키멘토(rinascimento)라는 말에서 나왔다. 르네상스가 중세 이후에 태동된 것은 누구나 인정하지만 중세가 언제 끝났고 르네상스가 언제 시작하였는지에 대해서는 의견이 분분하다. 일반적으로 1350년부터 1650년 사이를 르네상스로 지칭하고, 역사가들은 르네상스를 다시 초기, 중기, 말기 르네상스로 세분한다. 르네상스는 이태리에서 시작하여 유럽 전역에 퍼졌는데, 이는 그리스와 로마 문학으로 대별되는 고전문학의 부흥을 의미한다. 르네상스는 고전문학의 부흥으로 그친 것이 아니라 당시의 인간과 고전의 기준에 기초한 새로운 미학기준을 만들어 냈을 뿐만 아니라 새로운 사회적 정치 경제적 힘을 창출하였고 과거 중세시대의 집단적이고 내세 중심적인 가치관을 대체하였다. 이러한 르네상스의 새로운 가치관은 페트라르카(Petrarcha)의 시, 피코 델라 미란돌라(Pico Della Mirandola)의 철학, 레오나르도 다빈치(Leonardo daVinci)의 예술, 메디치(Medici)의 정치 등에서 표출되었다. 영국에서는 헨리 7세의 뒤를 이은 헨리8세가 등극하여 정치적 안정을 도모하고 나서 이러한 새로운 문화가 꽃 피우기 시작하였다.

휴머니즘으로 특징지어 지는 르네상스의 새로운 사상과 문화의 흐름을 유럽에서 시작한 사람은 영국의 토마스 모어(Thomas More)와 네덜란드의 에라스무스(Erasmus)였다. 유럽의 르네상스 시대 구분은 나라마다 다른데 영국의 경우 튜더왕조를 개설한 헨리 7세가 왕위에 오른 1485년부터 영국의 공화정이 시작한 1649년까지를 르네상스로 본다. 160여 년의 기간 동안 영국은 정치·문화·종교·사회적으로 이전에 보지 못한 거대한 변화를 겪게 된다. 정치적으로는 헨리 8세가 1534년에 영국의 국왕이 국가와 교회의 수장이 된다는 "국왕지상법"(The Act of Supremacy)을 선포하여 로마 가톨릭교와 결별하고 영국국교회를 건설한다. 이를 종교개혁이라고 부르는데 영국의 르네상스는 종교개혁을 가져 왔다. 정치적으로 르네상스 시기는 왕의 신수설에 근거한 절대주의 체계가 확립된 시기였다. 영국의 절대왕정은 헨리 8세가 기초를 놓았고 이어서 엘리자베스 1세가 완성하였다. 엘리자베스 여왕은 헨리 8세가 거느린 6명의 아내 중 한 사람인 앤 볼린(Anne Boleyn)과의 사이에서 태어났다. 절대주의에 의하면 세속의 왕은 신의 대행자로서 나라를 다스리는 것이며 왕에게 거역하는 것은 신에게 불순종하는 것이다. 왕을 신의 대리자로 보는 절대주의는 1649년 크롬웰이 이끄는 청교도 혁명에서 당시의 왕인 찰스 1세를 처형한 사건에서 종국을 맞는다. 엘리자베스 1세는 1558년도에 왕위에 등극하고 1603년 서거하기까지의 45년 간의 통치기간 중 영국을 유럽의 변방국가에서 중심국가로 탈바꿈 시켰다. 영국의 정치적 위상의 변화는 영어에 직접적인 영향을 미치게 되는데, 정치적으로는 앵글로 색슨족의 언어가 지방어에서 세계어가 되었다는 것을 의미하며 교육과 종교적으로는 영어가 라틴어를 대신하여 교회와 대학에서 사용된다.

르네상스 시대는 중세에서 근대로 진행하는 과도기였다. 중세를 기독교적 세계관이 지배하였던 시기라고 한다면 르네상스는 다양한 세계관과 가치관이 등장한 시기라고 할 수 있다. 따라서 르네상스의 세계는 중세가 끝이 나고 새로운 세계가 도래하였다고 보기보다는 기존의 질서에 새로운 질서가 추가되었다고 보는 것이 합당할 것이다. 물론 이러한 새로운 질서는 이미 중세 때부터 태동하였다. 르네상스의 문학은 이러한 다양한 질서를 반영할 뿐만 아니라 이를 형성하였다. 당시 유럽 르네상스 문화의 중요한 부분을 차지하였던 문학은 이처럼 당시 시대를 보여 주는 거울의 역할뿐만 아니라 문화를 생산하는 생산자로서의 두 가지 기능을 수행하였다. 다음에서 영국 르네상스 문학에 영향을 주었던 중요한 사상적·철학적 전통을 살펴보고자 한다.

시학(poetics)과 수사학(rhetoric)

르네상스 시를 연구하면서 시학과 수사학을 구분하기란 불가능하다. 문학에 관한 이론인 시학과 연설에 관한 이론인 수사학은 서로 혼합되어서 하나로 생각될 정도이다. 그러나 고전시대에는 이 두 가지 학문이 소재에 의하여 구분되었다. 시학이 서정시, 서사시, 희곡을 다룬다면 수사학은 법정에서 피고의 혐의 또는 무죄를 주장하는 연설이나, 모임에서 행동을 요구하는 연설, 아니면 행사용 연설을 지칭하였다. 고전 작가 중에서 시학과 수사학을 가장 명쾌하게 구분한 사람은 아리스토텔레스로서 그는 시학의 요체를 "행위의 모방"으로 보았고 수사학을 "모든 학문에서의 설득의 수단"으로 정의하였다(Clark 23). 아리스토텔레스는 수사학이 모든 학문에 응용될 수 있다고 천명함으로써 이 두 학문이 서로 융합될 수 있다는 가능성을 열어 두었다. 아리스토텔레스는 시학과 수사학의 차이를 연구대상뿐만 아니라 근본적인 특질에서 찾았다. 문학가는 자연을 모방함으로서 새로운 것을 창조하는 반면에 연설자는 설득을 위하여 변형하고 개작한다고 보았다.

아리스토텔레스의 구분에도 불구하고 시학과 수사학에 대한 혼돈과 융합은 로마시대에서 보인다. 이 두 다른 학문이 혼합될 수 있는 이유는 한 가지 공통된 부분을 가지고 있기 때문이다. 수사학에서의 "표현"(elocutio)과 시학에서의 "문체"(style)는 언어의 사용을 지칭하는 것으로, 같은 개념이다. 아리스토텔레스는 비극의 구성요소를 플롯, 인물, 사상, 언어, 볼거리, 노래로 구분한 반면에 수사학을 "화제"(inventio), "구성"(dispositio), "표현"(elocutio), "기억"(memoria), "전달"(pronuntiatio)의 다섯 부분으로 나누었다. 중세에 들어서 문학가들은 언어에 대한 관심으로 인하여 수사학의 "표현"에 주목하게 되었고, 수사학의 표현법들을 시에서 사용하였다. 시학과 수사학의 혼합은 쌍방적이었는데, 문학가들이 수사학적 기법을 도입했을 뿐만 아니라 연설가들도 대중을 설득하고 감명을 주기 위하여 문학의 생생함과 감정들을 원용하였다. 이처럼 시학과 수사학이 서로 융합하였다는 사실은 키케로가 수사학의 목적을 "가르치고, 즐겁게 하고, 감동을 주는 것"이라고 정의한데서 나타난다. 반면에 호레이스는 문학의 목표를 정보를 전달하거나, 아니면 독자를 기쁘게 하거나, 아니면 이 두 가지를 합치는 것이라고 보았다. 르네상스 시대에 접어들면서 시드니는『시의 변호』(*A Defence of Poetry*)에서 문학의 목적에 "감동을 주는 것"을(to move) 추가하였다. 이처럼 불분명해진 시학과 수사학의 구분은 중세에 들어서면서 시를 운율로 쓰인 글로, 연설문을 운율로 쓰이지 않은 글로 정의함으로써 분명하게 된다. 중세 시대에서 시란 소재와 문체가 결합된 것이었다. 시학과 수사학의 공통분모가 언어라는 사실은 중세시대 유럽의 문학비평에 영향을 주었고 이런 현상은 르네상스 시대에 고전문학을 재발견할 때까지 이어졌다.

토마스 와이엇(Thomas Wyatt, 1503-1542)과 필립 시드니(Philip Sidney, 1554-1586)는 영국 르네상스시의 선구자다. 영국의 르네상스 시가 와이엇과 시드니가 소개한 이태리와 프랑스의 영향을 받은 점도 사실이지만 상당한 부분 영국 중세 전통을 이어받았다. 영국중세 전통을 가장 많이 받은 시인으로서 조지 개스코인(George Gascoigne, 1539?-1577)을 들 수 있다. 개스코인의 시는 시학과 수사학의 관계를 가늠하게 해준다. 개스코인의 시에 나타난 수사학의 문제를 다루기 위해서는 르네상스 시대에 대표적인 수사학 교과서로 사용된 토마스 윌슨(Thomas Wilson)의『수사학의 기술』(*The Art of Rhetoric*)에 대한 소개가 필요하다. 이 책은 1593년까지 계속 출판되었고 대표적인 고전 수사학자인 키케로(Cicero)와 퀸틸리안(Quintilian)을 언급하고 있다. 흥미 있는 사실은 개스코인은 자신의 시에서 수사학의 다섯 가지 부분 중에서 "화제"와 "표현"에 관심을 두고 있다는 점이다. "기억"과 "전달"이 연설을 실제적으로 준비하고 전달하는 문제를 다룬다고 할 때 시에서 원용할 수 있는 부분은 수사학의 "화제" "구성" "표현"이 될 것이다.

앞에서도 언급한대로 수사학의 다섯 분야 중에서 시와 공통분모를 가지고 있는 것은 "표현"이다. 윌슨은 "표현"을 단어와 문장을 적절하게 선택하고 이를 연결하는 것으로 정의하고 있다(160). 적절한 단어를 선택하는 것은 언어 선택에(diction) 관한 문제이고 단어와 문장을 연결하는 것은 수사장식(figure)의 문제이다. 윌슨은 수사장식을 scheme, trope, color로 세분한다. 수사법

(scheme)은 둘 이상의 단어가 원래의 뜻을 가지지만 특이하게 배열되는 경우를 지칭하며1) 수사비유(trope)는 한 단어가 원래의 의미와는 다른 의미를 가지게 되는 경우를 말한다. Trope에는 현재 수사적 표현이라고 부르는 은유 직유 등이 포함된다. 수사학의 색채(color)는 원래 장식하고 꾸민다는 의미를 가지고 있는데 윌슨은 예를 나열하거나, 논의를 흐리게 하거나, 대조나 대비를 통하여 비교하거나, 다른 다양한 수사적 기교를 사용하는 것을 통틀어서 color라고 불렀다. 윌슨의 정의는 color를 일반적으로 피상적인 장식으로 보는 견해와는 사뭇 다르다.

대조는 개스코인의 시에서 반복되는 수사법이다. 예를 들어 "바솔로뮤씨의 슬픈 담화"("Dan Bartholomew's Dolorous Discourses")에서 화자는 연인을 만나면서 그가 겪은 상반적인 감정을 묘사한다.

> 지난 쾌락에 존재하는 고통의 비통한 증거,
> 비싼 대가를 치르고 맛 본 쓸개와 합쳐진 꿀;
> 마지막에 지옥으로 변한 채색된 하늘;
> 나를 속박으로 몰아 놓은 가장된 자유
>
> The bitter proof of pangs in pleasure past,
> The costly taste, of honey mixed with gall;
> The painted heaven which turned to hell at last;
> The freedom feigned, which brought me but to thrall

위의 인용부분에서 나오는 "고통과 쾌락," "꿀과 쓸개," "천국과 지옥," "자유와 속박"의 대립된 말의 쌍은 화자가 겪은 슬픔과 고통을 강조한다. 화자에게 있어서 연인은 달콤하고도 쓴 존재이다. 수사학에서 꼬리말 잇기(gradation)는 바로 전에 나온 단어보다 더 강력한 말을 사용하는 경우를 지칭한다. "연인의 특

---

1) 수사학에서 나오는 용어의 우리말 번역은 박우수, 『수사적 인간』(서울: 도서출판 민, 1995)을 따랐다.

이한 열정"("A Strange Passion of a Lover")이라는 시의 두 번째 연에서 화자
는 이 수사법을 이용하여 연인의 마음에 일어나는 심정의 변화를 추적할 뿐만
상반적이 아닌 상이한 상태의 감정의 공존을 나타낸다.

저는 살았지만 부족합니다,
저는 부족하지만 소유하고 있습니다
저는 소유하고 있지만 원하는 것을 놓쳤습니다.

I live and lack,
I lack and have;
I have and miss the thing I crave.

개스코인의 시에서 다양한 "표현"이 쓰이고 있음에도 불구하고 시의 힘은
"구성"과 "화제"에 있다. 특히 그가 장시에서 시적 천재성을 보여 주고 있는 이
유는 이 두 가지 수사학적 요소가 주로 긴 글을 쓸 때 사용되기 때문이다. 고전
수사학에서 "구성"은 "진술"과 "증거"의 두 분이나 아니면 "도입"(entrance),
"진술"(narration), "증명"(confirmation), "결론"(conclusion)의 네 부분으로 나
누인다. 윌슨은 고전수사학에서와는 달리 "구성"을 "도입"(entrance), "진술"
(narration), "제시"(proposition), "분할"(division), "증명"(confirmation), "반
박"(confutation), "결론"(conclusion)의 7부분으로 나뉜다. 원래 수사학에서의
구성은 연설을 행하게 되는 상황과 관련이 있는데 연설문은 세 가지로 나뉜다.
심의적 연설(deliberative oration)이란 상대방을 설득하여 어떤 행동을 하게 하
거나 행동을 하지 않게 하는 것을 목적으로 하며, 제시적 연설(demonstrative
oration)이란 칭찬과 비난을 목적으로 한다. 법률적 연설(judicial oration)이란
특정한 법률문제와 관련하여 법정에서 이루어지는 연설을 말한다. 연설문의
구성은 이 세 가지 경우에 따라서 달라진다.

개스코인의 대표적인 시인 "개스코인의 사냥꾼생활"("Gascoigne's
Woodmanship")은 자신의 볼품 없는 나무꾼생활을 변명하는 내용이다. 이 시

는 후원자인 윌튼 그레이 경에 바쳐진 시인데 심의적 연설의 성격을 가지고 있다. 이 시의 처음 부분에서 시인은 자신이 시를 쓰는 목적을 이야기하고 있는데, 이는 윌슨의 "구성" 중에서 "제시"에 해당된다. "이 모든 일의 원인이 무엇인지 분명하게 밝히는 것을 허락하여 주시기를 간절히 빕니다." 개스코인은 자신의 실패한 과거경력을 열거한다. "분할"이라고 규정할 수 있는 이 부분에서 윌튼 경에게 자신이 직업을 갖는데 실패한 것이 나무꾼의 삶에 영향을 미쳤다고 주장한다. 하지만 실제로 그가 직업에서 실패한 것과 그가 활을 맞추지 못한다는 사실과는 연관이 없다. 여기서 개스코인의 설득력은 활 쏘는 비유에서 나온다. "궁정의 은혜를 얻기 위하여 활을 쏘았다"("he shot to catch a courtly grace")라는 표현은 비유이다. 개스코인은 이 비유를 통하여 암시적으로 모든 사람이 자신의 목적을 맞추기 위하여 활 쏘는 사람임을 말한다. 그의 실패한 직업 구하기와 빈약한 활 솜씨 사이에 명확한 관계가 없을지라도 이 비유를 통하여 이 둘을 성공적으로 연결하고 있다. 이 비유에서 개스코인의 수사학과 시학의 기술이 성공적으로 만나고 있다.

개스코인은 철학자로서, 법률가로서, 궁정인으로서 실패하였지만 이를 통하여 중요한 경험을 얻었음을 개진한다. 이 부분은 "구성" 중에서 "증명"부분에 해당되는데 이는 그가 다양한 경험을 통해서 좋은 사냥꾼이 될 수 있음을 증명하고 있다. 자신을 긍정적으로 바라보는 관점은 "분할"부분에서 자신을 부정적으로 보는 관점과 대조된다.

개스코인의 시에서 구성과 더불어 "화제"의 역할이 중요한 위치를 차지한다. 수사학에서 "화제"로 번역되는 "inventio"는 제시를 입증하고 반대 논의를 반박하는 기술이다. 따라서 화제는 논리와 밀접한 관계가 있다. 형식적 논리학과는 달리 수사학에서는 두 가지의 논리가 중요하게 사용된다. 즉 축약된 삼단논법과 수사적 귀납법 또는 예시가 그것이다. 삼단논법은 대전제가 절대적으로 진리일 경우를 말한다. 따라서 소전제와 결론으로 이루어진다. 제시를 지지하고 반대 주장을 반박하는 것과 관련하여 윌슨은 연설가가 "증폭법"을 사용할 것을 권장한다. 증폭법은 확대와 감소의 두 가지 효과를 가져오는데 이 중 확대법에는 예시(example), 대조(contraries) 등이 있다.

"개스코인의 기억 III"(Gascoigne's Memories: III)에서 시인은 "돈을 쓰면 하나님께서 주신다"는 전제를 반박하며 "예산한 돈을 할 수 있는 한 절약할" 것을 제안한다. 잘못된 전제를 논박하기 위하여 개스코인은 허비하는 생활의 예를 들고 이러한 생활이 파괴와 불행을 가져온다는 것을 강조한다. 이 시의 말미에 나오는 격언들은 수사적 귀납법이다. "은근히 타는 불이 부드러운 술을 만든다." "번성하려면 빨리 서두르지 말고 천천히 서둘러라." "비싼 값을 치루고 기지를 사며 맛없는 소금으로 맛을 낸다." "때늦은 후회를 하는 경우가 있다; 처음에 낭비하다가 나중에 절약하는 경우니 절약한 돈의 이자가 쏠쏠하기 때문이다." 위의 시에서 개스코인은 자신의 논지를 전개하기 위하여 우화를 사용한다. "나는 사자의 눈초리를 대수롭게 생각하는데 왜냐하면 모든 여우가 그에게서 먹이를 속여 빼앗아 가기 때문이다." 이 우화를 통하여 시인은 자신의 부와 호탕함을 과시하기 위하여 돈을 허비하는 사람을 풍자하고 있다. 이 시에서 개스코인은 예시, 격언, 우화를 통하여 자신의 "제시"를 말하고 있다.

일반적으로 개스코인은 수사학의 "화제"와 "구성"을 시에 효과적으로 적용하고 있기 때문에 독자는 시인에 동의하고 시인에 의하여 감동을 받고 설득을 당한다. 대부분의 경우 개스코인의 시에 등장하는 화자는 시인자신을 지칭하는데 이 일인칭 화자의 이야기는 연설에 가깝다. 개스코인의 시가 정직하고 성실하다는 인상은 시인이 독자에게 직접적으로 대화하고 있기 때문이다. 이런 점에서 허구적 화자가 내용을 전달하는 시드니의 『아스트로펠과 스텔라』(*Astrophel and Stella*: 별을 사랑하는 사람과 별이라는 뜻)와는 다르다. 개스코인은 자신의 개인적인 목소리를 통하여 진실을 말하고 있다.

| 인문주의(Humanism) |

휴머니즘이란 말은 19세기 독일의 교육자 F J 니타머(Nietthammer) 가 만든 말로서 고전에 기초한 교육을 의미하였다. 르네상스인들은 휴머니즘이란 말을 몰랐고 대신에 라틴어 "휴마니타티스"(*humanitatis*; 문자적으로는 인간성의 연구라는 뜻으로서 인문학[humanities]이라는 말이 이의 가장 적합한 해석이 다)라는 말을 사용하였다. 휴마니타티스는 그리스 인들의 파이데이아(*paideia*) 라는 개념과 동일한 것이다. 파이데이아는 그리스 문명을 특징지어주는 개념 으로서 인간을 향상시키고자 하는 목적을 의미하였다. 파이데이아는 인간을 양육하는 기준으로서 단지 기술과 개념의 습득을 지칭하는 것이 아니었다. 이 개념은 개인적이 아닌 공동체적인 것으로서 당연히 고대 그리스사회의 교육목 표가 되었다. 이탈리아의 공증인으로서 프란시스 페트라르카를 존경하였던 콜 루치오 살루타리(Coluccio Salutari)는 1360년대에 "스튜디아 휴마니타티스" (*studia humanitatis*)라는 말을 만들었다. 이 단어는 인문학의 5대 기둥이라고 불리는 문법학, 수사학, 역사, 시, 도덕철학을 의미한다. "휴마니스타" (*humanista*)라는 말은 당시 학생들이 사용하던 속어로서 인문학을 가르치는 교수들을 지칭하였는데 이들은 철학, 과학, 수학을 주로 가르쳤던 중세시대와 는 달리 르네상스 시대에서는 인문학을 주로 가르쳤다.

이렇게 인문학이 대두되었고 인문학교수들이 등장하게 된 것은 14세기부 터 17세기까지에 걸쳐서 그리스어와 라틴어로 된 고전을 재발견하게 되었기 때문이다. 중세시대 동안에 단절되었던 고전이 새롭게 부활하였는데 이렇게 새롭게 발견된 라틴어 고전가운데는 역사가 리비(Livy), 시인인 카툴루스 (Catullus)와 루크레티우스(Lucretius), 희극작가인 플라우투스(Plautus), 수사 학자 키케로와 퀸틸란 등의 저서가 포함되었다. 플로렌스 지방에 살았던 레오 나도 부루니(Leonardo Bruni)는 그리스어로 된 저작을 라틴어로 번역하여 대 중에게 소개하였다. 그는 플라톤, 아리스토텔레스, 데모스테네스, 플루타크의 저서를 번역하였다.

르네상스의 휴머니스트는 단지 고전을 소개하는데 그치지 않고 해박한 그리스어와 라틴어에 대한 지식으로 이에 대한 보다 나은 해석을 제공하였다. 고전어에 능통한 르네상스 휴머니스트들은 문헌학을 탄생시켰다. 문헌학은 고전을 편집하고 출판하기 위한 과정에서 자연히 등장하게 되었다. 문헌학은 보다 정확한 본문을 마련하는데 목적이 있었다. 휴머니스트들은 기독교, 철학 등을 포함한 다양한 고전을 번역하고 이를 소개하였는데 학문분야에 따라서 휴머니스트 신학, 휴머니스트 철학이라고 부른다. 예를 들어 르네상스의 선구자라고 부를 수 있는 에라스무스는 1516년에 그리스어판 신약성서와 라틴어 성서를 출판하였다. 마틴 루터는 에라스무스의 성서번역을 읽고 1517년 10월31일 "95개조 논제"를 위텐베르크 성당에 게시하면서 종교개혁운동을 시작하였다.

영국의 인문주의 운동은 토머스 모아 경과 에라스무스에 의하여 시작되었다. 모아는 라틴어로 쓴 『유토피아』에서 유럽의 사회·정치·종교적 제도를 검토하고 있다. 모아의 친구였던 에라스무스는 영국에서 지냈는데 그의 성서와 수사학 교육에 관한 저술이 영국에 영향을 끼쳤다. 이후의 인문주의자인 존 콜렛(John Colet), 로저 아스캄(Roger Ascham), 토마스 엘리옷 경(Sir Thomas Eliot)은 기독교인 군주의 교육에 관심을 가졌다. 영국 휴머니즘의 특징은 처음부터 기독교와 깊은 연관이 있다는 점이다. 영국의 2세대 인문주의자인 로저 아스캄, 토마스 윌슨 등은 캠브리지 대학의 그리스어 교수였으며 이들은 청교도와 고전연구를 융합하였다. 이들은 스펜서, 밀턴같은 르네상스 시대의 대표적인 시인들에게 영향을 주었고 이들을 기독교 인문주의자로 묶을 수 있다.

일반적으로 휴머니즘을 세속화운동이라고 볼 수 있는데 영국의 휴머니즘은 이런 일반적인 정의에 맞지 않는다. 영국의 인문주의자들은 종교적인 이상과 힘을 현세에서의 생활을 개선하는 데에 쏟았다. 이교도 고전 문명의 핵심을 이루는 인간의 품위에 대한 개념은 기독교 교리와 상반되는 것이 아니었다. "영국의 휴머니즘이 세속적이 아니고 기독교적이라는 점에서 이를 사이비 휴머니즘이라고 부르는 것은 잘못된 일이다. 왜냐하면 피코와 마실리오 피치노의 인문주의도 플라톤의 사상에 기초를 두었을 뿐만 아니라 에라스무스나 모아의 고전 문학에 대한 열정과 새롭고 정화된 기독교에 대한 열정 사이에는 아무 모순이 없기 때문이다"(Alpers 15). 영국의 기독교 인문주의자들은 수도원에 갇혀있었던 기독교를 해방하여 실제생활에서 위치하게 하였다. 이들은 과거 고전주의자보다 기독교의 진리를 더 잘 드러낼 수 있다고 생각하였다.

최근에 들어서서 "기독교 휴머니즘"이라는 용어 자체에 대한 비평적이고 수정적인 시각이 제기되었다(김경한 1). 그러나 영국르네상스 시대의 필립 시드니, 에드먼드 스펜서(Edmund Spenser, 1552?-99), 존 밀턴(John Milton, 1608-74) 같은 작가들은 기독교가 인간의 존엄성, 독자성, 평등을 추구한다고 생각하였고 이러한 기독교적 이상을 교육을 통하여 실천하려고 하였다. 그리하여 이들은 영혼, 신앙, 이성, 자유의지 같은 단어들을 언급한다(김경한 5). 이러한 기독교 휴머니즘은 계몽주의 시대의 휴머니스트들이 이성을 신봉한 것과 같은 맥락에서 볼 수 있는데 계몽주의자들은 이성이 인간을 세 가지의 굴레에서 해방시켜 준다고 주장한다. 이성은 첫째로 개인을 타인의 간섭, 즉 외적 권위의 명령으로부터 자유롭게 하고 둘째로 모든 사람에게 진리를 가르치며 셋째로 주관적인 편견에서 해방시킨다(Craig 4. 530). 밀턴은 교육의 목표를 인간의 타락으로 상실한 하나님의 이미지를 회복하는 것이라고 정의하였으며 그의 대표적 서사시인 『실낙원』(*Paradise Lost*)은 그의 이러한 생각을 잘 보여준다.

밀턴의 『복낙원』(*Paradise Regained*)에서는 하나님의 전지 전능적 주권이 제시되었다면 『실낙원』에서는 인간의 주체적 자유의지가 강조되어 있다. 『실낙원』의 3권에서 하나님은 사탄이 아담과 이브를 유혹하려고 지옥에서 에덴동산으로 오는 것을 보시고 사탄의 계획이 성공할 것임을 예언한다. 하나님은 아담과 이브가 "하나님이 아닌 필요를 섬겼기 때문에" 이들에게 책임이 있음을 분명히 한다. 비록 하나님이 이들의 타락을 예지하셨음에도 불구하고 이를 방지할 수 없다. 따라서 하나님은 인간의 타락에 대하여 책임이 없는데 이는 인간이 자유로운 존재이기 때문이다.

> 누구의 잘못인가?
> 그의 [아담]의 잘못이 아니겠는가? 내재적으로 그는 내가 가진 것을
> 모두 가지고 있다. 나는 그를 정의롭고 정당하게 창조하였노라
> 스스로 설 수 있을 정도로, 비록 넘어지는 것도 자유지만
> . . . .
> 자유롭게 일어서고자 하는 자 일어서지만 넘어지고자 하면 넘어지니라
>
> Whose fault?
> Whose but his own? ingrate, he had of mee
> All he could have; I made him just and right,
> Sufficient to have stood, though free to fall.
> . . . .
> Freely they stood who stood, and fell who fell (96-102행)

밀턴의 인간의 자유의지에 대한 신념은 그의 인간의 잠재력과 가능성에 대한 믿음을 보여준다. 이러한 밀턴의 믿음은 아담이 비록 사탄의 유혹을 받아 선악과를 먹음으로써 타락하지만 일련의 회개과정을 통하여 하나님과의 관계성을 회복하는데서 확인된다. 12권은 비록 아담과 이브가 에덴동산에서 쫓겨나지만 그 내면에 천국이 건설됨으로써 이들이 진정한 자유인임을 말해 준다. 아담은 미카엘 천사가 보여주는 바벨탑사건을 통하여 아담의 후예들이 다른 인간에 군림하고 하나님에게 도전하는 것이 얼마나 위험한지를 경고 받는다. 밀턴은 인간이 이성에 따라 행동할 때 내면에 자유가 임하지만 그렇지 않을 때 내적으로 격정의 지배를 받고 외적으로는 폭군의 통치를 받게 됨을 지적한다. 미카엘 천사는 인간의 내적 자유와 외적자유가 동전의 양면과 같음을 강조한다.

> 이들에게 미카엘천사는 말했다. 네가 두려워하는 것은 옳은 일이니
> 인간의 이 고요한 마음에

낭만주의 시인인 블레이크가 『실낙원』의 3권에 담겨 있는 내용을 그린 그림 그림 밑에 있는 시는 "아버지여, 당신의 뜻이 통과되었고 인간은 은혜를 얻을 것입니다 / 날개달린 전령 중에서 가장 빠르며 / 자신의 길을 아는 은총이 / 모든 피조물을 찾아 갈 방법이 없겠습니까?"의 뜻이다.

이러한 문제가 발생하여,
이성적인 자유를 속박하게 되었다. 이를 통하여 알지니
네가 처음에 타락한 이후로 진정한 자유를
잃었으니, 자유는 정당한 이성과 함께 하기 때문이다.

To whom thus Michael. Justly thou abhorr'st
That Son, who on the quiet state of men
Such trouble brought, affecting to subdue
Rational Liberty; yet know withal,
Since thy original lapse, true Liberty
Is lost, which always with right Reason dwells. (79-84행)

| 개신교(Protestantism) |

영국의 르네상스는 구교, 개신교, 영국국교회가 대립하고 갈등하는 시기였다. 영국역사상 이 시기만큼 종교적으로 격변과 소용돌이를 겪은 시대도 없었다. 영국의 종교상의 혼란은 헨리8세가 1534년에 첫 번째 왕후 캐서린과의 이혼을 결행하기 위하여 로마 가톨릭으로부터의 독립을 선언하고 영국국교회를 창설하면서부터 시작되었다. 영국은 이후 르네상스시기가 끝나는 1629년 사이에 다섯 명의 군주를 가지게 되고 다섯 번의 종교적 변화를 겪게 된다(Waller 94). 헨리 8세가 영국국교회를 설립한 이후에 그의 아들 에드워드가 어린 나이에 왕이 되자 허트포드 후작이요 후에 서머셋 공작이 된 에드워드 왕의 삼촌이 호국경으로 권력을 잡게 된다. 서머셋 공작은 1552년에 사형에 처해지고 워릭 남작이 영국을 통치하게 된다. 영국역사상 짧은 기간에 권력을 잡았던 이 통치자는 개신교를 신봉하였다. 이런 관계로 신생 영국국교는 개신교에 눌리게 되었다. 레이디 제인 그레이는 헨리 8세의 조카였는데 에드워드가 죽은 후에 대관식을 치르지 못하고 8일 동안 여왕의 자리에 않았다. 단명한 제인 그레이는 급진적 개신교도였다. 이후에 헨리 8세와 캐서린 왕비 사이에 태어난 딸인 메리 1세가 영국의 왕위를 계승한다. 메리여왕은 가톨릭으로서 많은 개신교도들을 처형함으로써 "잔혹한 메리 여왕"(bloody Mary)이라는 별명을 얻게 된다. 엘리자베스 여왕은 헨리 8세와 6번째 아내인 앤 불린 사이에서 태어났는데 종교와 정치적으로 중도를 택했다. 엘리자베스는 개신교도였지만 영국국교회와 개신교 사이에서 절묘한 조화를 이루어냈다. 1580년과 90년대에는 가톨릭이 다시 부흥을 했고, 그 후에 제임스 1세 때는 신정주의적이고 귀족적인 영국국교회가 주도를 했으며 찰스 1세 때는 영국교회가 더욱더 세력을 확장하였다.

영국 르네상스 시대의 개신교를 논할 때 흔히 거론되는 문제가 "개신교문학"이라는 용어의 정의다. 개신교문학이란 시드니, 스펜서, 밀턴 같은 청교도 신자들이 생산한 문학작품을 말한다. 이들은 개신교문학을 통하여 신학과 문학이 조화될 수 있다는 가능성을 보여주었다. 중세시대로부터 문학과 철학이 학문적인 우월성(*paragon*)을 두고 서로 경쟁하였듯이 신학과 문학도 자연히 갈등관계를 형성하여 왔다. 정통 신학자들은 그리스, 로마문학으로 대표되는 고전문학을 이교도문학으로 치부하였고 구원에 별 다른 도움이 되지 못한다고 주장하였다. 이들은 르네상스 시대의 사람들이 창세기 대신에 페트라르카의 시『개선행진』(*Trionfi*)을, 사도 바울의 서신서보다 키케로의 작품을 더 좋아하는 경향에 우려를 표시하였다. 이들은 철학자들과 마찬가지로 문학이 그릇된 풍습과 비도덕적인 주제를 담고 있다고 비난하였다. 1649년도에 청교도혁명이 성공을 거둔 후에 공화정정부가 극장을 폐쇄한 것은 바로 이런 이유 때문이었다. 그러나 위에서 이야기한 르네상스 시대의 대표적 문학가인 시드니, 스펜서, 밀턴은 개신교와 문학에 동시에 심취하였고 실제로 자신들의 신학적 사상을 문학으로 형상화하였다. 이들은 "교리의 힘과 문학의 상상력"을(Sinfield 23) 동시에 믿었다. 이들은 문학이 단지 독자를 즐겁게 할 뿐만 아니라 교훈을 준다는 것을 잘 알고 있었다. 이런 점에서 이들은 문학의 효용성에 대한 깊은 신념을 가지고 있었다.

시드니, 스펜서, 밀턴을 개신교작가로 분류할 수 있는 것은 이들이 신학적으로 공통점을 가지고 있기 때문이다. 앞에서는 밀턴을 기독교휴머니스트라는 다소 포괄적인 말로 불렀다. 이는 르네상스 시대의 휴머니즘을 논의하면서 그것이 철학, 의학, 신학, 법학에 미친 영향을 검토하면서 당시의 학문체계를 큰 범주로 나누었기 때문이다. 그러나 이번 장에서 개신교문학이라고 하는, 보다 세부적인 구분을 사용한 것은 르네상스 시대에는 기독교가 로마 가톨릭, 개신교(영국의 경우 청교도), 영국국교회로 세분되기 때문이다. 기독교란 이들을 포괄하는 명칭에 불과하다. 재미있는 사실은 다른 두 종파보다도 개신교 작가들이 문학과 신학의 접합을 더 많이 시도하였고 결과적으로 더 많은 문학작품을 생산해 냈다는 사실이다.

영국의 개신교문학을 이해하기 위해서는 개신교의 교리를 파악할 필요가

있다. 르네상스 영국시대의 개신교와 문학과의 관계를 잘 조명한 책이 알란 신
필드(Alan Sinfield)가 1983년도에 저술한『개신교영국에서의 문학: 1560년부
터 1660년』라는 책이다. 신필드는 이 책의 1장에서 개신교를 "이율배반의 신
앙"이라고 정의하였다. 신필드는 개신교 교리의 기초가 되는 존 칼빈(John
Calvin)의 신학을 분석하면서 이러한 정의를 도출하였다. 신필드가 주장하는
개신교의 이율배반성은 크게 구원론과 심판론에 나타나 있다. 칼빈은 예정설
을 주장하였는데 즉 하나님은 구원을 받을 사람과 심판을 받을 사람을 미리
결정하였다는 것이다. 칼빈이 예정설을 주장하게 된 근거는 인간의 본성에 대
한 그의 견해 때문이다. 영국국교회의 교리의 핵심을 담은 기도서에는 39개조
의 신조가 천명되어 있는데 이 중 10조는 인간이 타락하여 자력으로는 구원을
할 수 없고 하나님의 은혜로 구원을 받을 수밖에 없다는 타력구원설을 설명하
고 있다. "아담의 타락 이후로 인간은 타고난 힘과 선행으로 자신을 준비하여
신앙을 가질 수도, 하나님을 부를 수도 없다. 그러므로 인간은 앞서 가신 예수
의 은혜 없이는 스스로 하나님이 기뻐하시고 받으시는 선행을 할 수 없
다."("The condition of Man after the fall of Adam is such, that he cannot
turn and prepare himself, by his own natural strength and good works, to
faith, and calling upon God: Wherefore we have no power to do good works
pleasant and acceptable to God, without the grace of God by Christ
preventing us.")

인간은 타락하여 스스로 믿음을 가지고 선행을 할 수 없으나 하나님이 은
혜를 베풀어서 인간을 구원하신다. 따라서 인간이 구원을 받고 못 받는가는 전
적으로 하나님의 주권에 달린 일이다. 칼빈은 하나님이 많은 사람을 구원으로
초대하지만 실제로 이를 영접하고 구원을 받는 사람은 소수임을 지적한다. 그
런데 타락한 인간을 구원한다는 구원론은 하나님의 정의라는 관점에서 보면
이율배반적이다. 타락한 인간에게 자비를 베푸는 것은 하나님의 정의로는 설
명할 수 없기 때문이다. 가톨릭교에서는 인간의 타락과 하나님의 구원간의 논

리적 모순을 인간의 선행이라는 개념을 사용하여 조화시킨다. 즉 타락한 인간이 하나님의 은혜로 구원을 받지만 구원을 받은 인간이 선행을 한다는 것이다. 즉 구원을 받은 인간은 하나님의 은총을 만한 자격이 어느 정도 내재한다는 것이다.

개신교 교리의 모순성은 심판론에서도 나타난다. 하나님은 믿는 자를 구원하시고 믿지 않는 자를 심판하신다. 이는 선악의 이원론적 관점이다. 그런데 심판을 받는 자들은 이미 악인으로 창조되었다는 사실이다. 악인으로 창조 받은 사람이 심판을 받는다는 것은 이율배반적이다. 그러나 일견 모순인 것처럼 보이는 개신교의 교리는 이성으로는 설명할 수 없고 따라서 신비의 범주에 속한다. 신교의 교리는 에라스무스의 이신론(deism)에 대한 반대이다.

르네상스 영국의 개신교는 상반성의 교리에 기초를 두었다. 개신교 문학에는 신학과 문학 사이의 긴장과 갈등이 표출되어 있다. 이미 앞장에서 밀턴을 기독교 휴머니즘과 연관하여 논의하였기 때문에 이 장에서는 다시 그를 재론하지 않고, 스펜서를 주로 다루고자 한다. 스펜서의 걸작 『선녀여왕』(*The Faerie Queene*)은 방대한 양의 시행이 모아진 것으로 전체 6개의 이야기로 되어 있다. 원래 스펜서는 이 작품을 12권으로 이루어진 서사시로 구성하려고 하였으나 실제적으로 6권을 집필하였다. 요정나라의 여왕 글로리아나(Gloriana)는 12일 동안의 축제를 베풀면서 12명의 기사에게 사명을 주어 보낸다. 이 중에서 아서 왕자는 가장 이상적인 인물로서 다른 기사들이 어려움에 처할 때 이들을 구하러 나타난다. 6명의 기사는 (1) 성결의 기사인 적십자가 기사(the Redcross Knight) (2) 절제의 기사인 기욘 경(Sir Guyon) (3) 순결을 상징하는 여 기사인 브리토마트(Britomart) (4) 우정의 기사인 캠블 경과 트라이아몬드 경(Cambel and Triamond) (5) 정의의 기사인 아트골 경(Sir Artegall) (6) 예절의 기사인 캘리도 경(Sir Calidore)을 말한다. 스펜서가 월터 롤리 경에게 보낸 편지에서 밝혔듯이 스펜서는 교훈적인 내용을 시에 담고 있다.

『선녀여왕』은 다층적인 의미를 가지고 있는 알레고리이다. 이 시는 첫째 도덕적 알레고리로서 각 권의 기사들은 다양한 덕목을 상징한다. 둘째『선녀여왕』은 종교적 알레고리이다. 1권의 주인공인 "적십자가 기사"가 전투적인 영국 개신교도를 상징한다면 아키마고(Archimago)는 제주잇교도(the Jesuits)의 속임수를, 두에사(Duessa)는 잘못된 로마교회를 상징한다. 뿐만 아니라『선녀여왕』은 스펜서와 동시대 사람과 사건을 인유하고 있는 알레고리이다. 이 시는 무엇보다 엘리자베스 여왕의 환심을 사기 위해 쓰였고 이런 점에서 볼 때 작품의 중심부에 자리 잡고 있는 글로리아는 여왕, 아서 경은 레스터 경(Lord Leicester)에 대한 알레고리이다. 1권에서 등장하는 적십자기사는 영국의 수호신 성 조지를 상징하는데 스펜서와 동시대의 개신교도 작가인 필립 시드니와 월터 롤리 경은 제 2의 성 조지라 할 수 있다. 반면에 아르키마고는 스페인의 필립 2세, 사악한 두에사는 스코틀랜드의 메리여왕의 풍자이다(http://en.wikisource.org/wiki/The_Faerie_Queen).

　　『선녀여왕』 1권에서 개신교 특히 영국청교도의 전투적 신앙을 가장 잘 보여주는 대목이 적십자가 기사가 오류의 숲에 살고 있는 괴물과 싸우는 장면이다. 여기서 괴물은 도덕적 차원에서는 죄를, 종교적 차원에서는 사탄을, 정치적 차원에서는 로마와 스페인을 상징한다. 이 장면은 같은 청교도 작가이지만 스펜서보다 70여 년 후에 태어난 존 번연의『천로역정』에 나오는 기독자와 아볼리온과의 전투를 연상하게 한다. 적십자가 기사는 처음에 맨 손으로 괴물과 싸우나 괴물은 꼬리로 기사를 감아서 꼼짝 못하게 한다. 이때 기사를 수행하는 "진리"가 믿음을 가지라고 소리치고 이로 인해 힘을 얻은 기사는 손으로 괴물의 옥죄임으로부터 벗어난다. 괴물은 기사를 독으로 마비시키려고 하나 기사는 괴물을 일격에 죽인다. 적십자가 기사가 성령의 칼로 괴물을 싸워 이긴다는 것은 기독교도인들의 영적전투를 의미한다. 이 부분은 신약의 에베소서 6장에 나오는 신자의 영적무장을 연상하게 한다. "마귀의 계략에 맞설 수 있도록 하나님의 무기로 완전 무장하십시오. 우리는 사람을 대항하여 싸우는 것이 아니라 하늘과 이 어두운 세상을 지배하고 있는 악한 영들인 마귀들을 대항하여

적십자 기사가 오류의 숲에 있는 괴물과 싸우는 장면.
그림 밑의 시는 "기사가 늙은 용과 / 이틀 동안 쉬지 않고 싸웠
다 / 삼 일째 되는 날에 괴물을 이기고 / 가장 영광스러운 승리
를 거두었다"의 뜻이다.

싸우고 있습니다. 그러므로 악한 날에 원수를 대항하여 싸워 이기고 모든 일을
완성한 후에 설 수 있도록 하나님의 무기로 완전 무장하십시오 여러분은 굳게
서서 진리로 허리띠를 두르고 의의 가슴받이를 붙이고 평화의 기쁜 소식을 전
할 태세로 신발을 신고 이 모든 것 외에 마귀의 불화살을 막을 수 있는 믿음의
방패를 가지십시오. 그리고 구원의 투구를 쓰고 하나님의 말씀인 성령님의 칼
을 가지십시오"(13절-17절, 현대어성경). 적십자기사는 자신의 힘이 아닌 하나
님으로부터 받은 힘으로 괴물과 싸워 이기는데 이는 인간이 자력이 아니라 타
력에 의하여 구원을 받는다는 개신교의 교리를 선명하게 보여준다.

신필드가 지적하였듯이 아서 기사와 적십자가 기사가 벌이는 영적전투는
이들의 영웅적 신앙을 웅변적으로 말해 주는 것이지 하나님의 은혜를 무효화
하는 시도가 아니다(45). 이들은 일련의 영적전투를 통하여 자신의 힘이 아닌
초월적인 힘에 의존하게 된다. 기독교영웅주의는 자신의 힘과 지지를 믿는 것

이 아니라 신의 전지전능함에 의지하는 것이다. 스펜서가 『선녀여왕』에서 다루고 있는 기독교적 영웅주의를 밀턴은 『실낙원』에서 보다 밀도 있게 다루고 있다. 『실낙원』의 12권에서 아담은 예수를 자신이 따를 기독교 영웅의 전범으로 지적한다. "따라서 하나님께 순종하며, 경외심으로 하나님을 사랑하는 것, 하나님과 같이 동행하는 것, 하나님만을 의지하는 것, 모든 피조물을 불쌍히 여기는 것, 선으로 악을 이기는 것이 최선임을 알았습니다" ("henceforth I learn that to obey is best, and love with fear the only God, to walk as in his presence, and on him sole depend, merciful over all his works, with good still overcoming evil.")

|궁정과 궁정문화(the court and court culture)|

한 시대를 규정하고 구속하는 이데올로기는 권력에서 나온다. 권력은 자신의 이데올로기를 따르는 사람을 지지하고 도와주는 반면 그렇지 않은 사람을 처벌하고 제외시킨다. 한 시대의 모든 문화는 수동적으로는 이런 이데올로기의 영향을 받고 능동적으로는 이데올로기의 변화를 가져오게 한다. 르네상스 문학도 이 시대의 이데올로기와 밀접한 관련을 맺고 있음은 주지의 사실이다. 루이 알튀세(Louis Althusser) 같은 막시스트 비평가들은 권력이 사람을 지배하기 위하여 사용하는 수단을 "기구 조직"(apparatus)이라고 부른다. 르네상스 시대의 통치조직은 궁정이다. 르네상스 영국시대의 문학 특히 시는 궁정에서 궁정을 위하여 수행되어진 예술행위였다. 당시에 시는 연행적인(performative) 요소를 가지고 있었다. 시인들은 궁중에서 자신들을 후원하는 후원자를 위하여 시를 쓰고 낭송하였다. 이런 점에서 시는 왕국의 통치를 견고히 하는 수단이 되었고, 시인은 왕의 통치를 때로는 칭송하고 때로는 찬양하였다. 이 당시에 시인들은 자신의 시를 국가의 기념일이나 왕과 관련된 행사에서 읽음으로써 국가의 통치이념을 선전하는 역할을 하였다.

당시의 문필가들 특히 시인들은 생계를 유지하기 위해서 궁중으로부터 후원을 받아야 했다. 이를 후원자제도(patronage)라 부른다. 르네상스 시의 대부분이 귀족과 왕에게 헌정된 것은 이 사실을 입증한다. 당시의 시는 "제왕의 치적을 기념하고, 도덕적 원칙을 강화하고, 고난과 순간의 삶을 살아가는 인류에게 위로를 주는 것"(Waller 22)이 주된 역할이었다. 당시 최고의 후원자는 여왕이었고 시인들은 여왕을 칭송하는 글을 썼다. 여왕은 권력, 미, 정의의 화신이었다. 일생 독신으로 산 엘리자베스 여왕은 군주와 미혼여성이라는 점을 활용하여 신하들을 정치적으로 조정하였다. 여왕은 때로는 군주로서 때로는 여인으로서 남성 신하들을 다스렸다. 신하들은 여왕의 환심을 사고자 여왕에게 시를 지어 바쳤다. 여성 군주와 남성 신하와의 사이에는 군신과 동시에 남녀의 관계가 혼합되었다. 그러나 여왕은 자신이 영국이라는 집단남편(corporate spouse)과 결혼했다고 선포하면서 특정한 남자에게 사랑을 허락하지 않았다. 월터 롤리는 여왕에게 사랑과 권력을 얻으려고 했다가 실패한 대표적인 시인이었다. 롤리에게 여왕은 남자의 청혼을 거부한 잔혹한 여자였다.

후원자제도는 당시의 지성인이자 여론형성가인 시인들과 궁정의 대신들로 하여금 정권의 이데올로기를 지지하고 이를 선전하게 하였다. 당시에 엘리자베스 여왕을 보좌했던 레스터 백작과 세실 경은 왕실 후원제도를 이용하여 시인들로 대표되는 지식인들을 조정하였다. 당시의 신하들은 여왕으로부터 군주의 사랑과 연인으로서의 이중적 사랑을 요구하였다. 남성 신하들의 여성군주에 대한 사랑은 엘리자베스 여왕을 숭배하는 종교적 집단(Elizabeth cult)을 만들게 하였고 여왕은 이들의 교주였다.

르네상스 영시에서 남녀관계에 대한 시는 표면적으로는 페트라르카 전통에 기초한 남녀의 이상적인 사랑을 노래한 것이지만 심층적으로는 여왕과 시인과의 권력관계를 다루고 있다. 즉 남녀관계를 통하여 군주관계를 빗대어 이야기하였다. 이처럼 르네상스 시에는 남자가 여자에게 구애를 하는 것과 신하가 궁정에서 왕의 총애를 구하는 것의 이중적 의미를 가지고 있는데 이는 영어로 courtship이라는 단어가 "사랑을 구한다"는 뜻과 "궁정에 있다"는 뜻을 가진다는 점에서 잘 드러나 있다. 와이엇의 "그들은 나로부터 도망갑니다"("They Flee from Me")는 자존심에 상처를 입은 남자의 이야기다. 그는 자신을 따르던 여자로부터 어떻게 버림받았는지를 말한다. 과거에는 여자들이 어깨가 드러나는 헐렁한 가운을 입고 긴 팔로 화자를 포옹하였다. 이 여자들은 화자의 비위를 맞추기 위하여 "당신 어떻게 생각하세요"하고 묻곤 하였다. 남자의 상처받은 자존심은 이 시의 마지막 연에서 두드러지게 나타난다.

> 이는 꿈이 아니었습니다. 말짱하게 깬 채로 누워있었습니다.
>   내 친절로 인해 다른 모든 것이 변하여
> 배반의 이상한 유행이 생겨났습니다.
>   그녀가 선하기 때문에 저는 떠나가도 좋다는 허락을 받았고
>   그녀는 새로운 유행을 따라 가 버렸습니다.
> 제가 이렇게 친절한 대우를 받았으니
> 그녀는 어떤 대가를 받아야할지 알고 싶을 뿐입니다.

> It was no dream: I lay broad awaking.
>   But all is turned, through my gentleness,
> Into a strange fashion of forsaking;
>   And I have leave to go of her goodness,
>   And she also to use newfangleness.
> But since that I so kindly am served,
> I would fain know what she hath deserved.

여기서 화자와 "그들"과의 관계는 군주와 신하의 관계로 설정할 수 있다. 과거에 그를 따르던 신하들은 마치 남자를 쫓아다니던 여자들과 같았다. 그러나 세상이 변하자 신하들을 옛 군주를 버리고 새로운 군주를 찾아 떠나갔다. 군주는 과거와 마찬가지로 신하를 사랑하였지만 이들은 새로운 군주를 찾아 떠났다. 6번째 행에서 "kindly"라는 단어는 "본성대로"와 "친절하게"의 두 가지

뜻을 가지고 있는 아이로니이다. 표층적으로는 이들이 화자를 친절하게 대했지만 실상은 마치 야생동물들이 주인을 버리고 자연으로 돌아가듯이 그렇게 본성대로 돌아갔다고 말한다. 와이엇의 이 시는 엘리자베스 시대의 군주와 신하의 관계가 남녀관계만큼이나 가변적이고 불안정함을 지적한다. 중세시대의 봉건군주와 신하사이의 신뢰와 사랑에 기초한 관계는 끝나고 이제 이익에 따라 버리고 떠나는 새로운 시대풍조가 생겨났다.

월터 롤리 경(Sir Walter Raleigh, 1554?-1618)은 여왕에 대한 사랑을 과감하게 추구하다가 끝내는 사형에 처한 인물이었다. 롤리는 그만큼 궁정문화에 대한 동경과 실망을 동시에 가지고 있었다. 롤리는 궁중문화와 여왕에 대한 환멸을 시에 표현하고 있는데 그 대표적인 시가 "거짓 사랑"("False Love")이다.

> 거짓말의 신탁소이자 거짓된 사랑의 신이여 안녕!
> 평안의 치명적인 적이자 원수,
> 모든 걱정의 근원이 되는 질투의 소년,
> 사악한 사생자, 분노를 소유한 짐승,
> 오류의 길, 반역으로 가득한 사원,
> 모든 점에서 이성과 반대가 된다.

> Farewell, false Love, the oracle of lies!
> A mortal foe and enemy to rest,
> An envious boy, from whom all cares arise,
> A bastard vile, a beast with rage possest,
> A way of error, a temple full of treason,
> In all effects contrary unto reason

롤리는 이 시에서 단순체로 궁정문화와 사랑을 성토하고 있다. 롤리는 큐피드를 거부하는데, 이 사랑의 신은 궁중문화에 내재하는 오류, 거짓, 반이성을 상징한다. 이 시의 1연부터 4연까지의 거의 모든 시행이 a로 시작되는데 이는 롤리의 궁중문화에 대한 거부의 음성이 얼마나 거칠고 일관된 것인가를 나타낸다. 이 부정관사는 어찌 보면 롤리의 "아"하는 신음으로 들린다. 롤리는 자신이 이런 헛된 기만적인 사랑을 좇은 것을 후회하고 단호하게 결별을 선언한다. 롤리의 결별선언은 그가 사형에 처해진다는 것을 의미한다. 마지막 5연에서 롤리는 자신이 젊은 시절에 어리석게도 이 궁중의 사랑을 찾아 헤맸고 대가로 받은 것은 배신임을 고백한다. 롤리가 궁중사랑의 허구와 배신을 깨달았을 때 그는 자신의 생명을 잃게 된다.

> 너의 술수가 내 젊음을 배반하였고
> 나는 너를 믿었지만 나에게 배신을 안겼다
> 내가 회개하고 나니 내 잘못을 깨닫게 되는데
> 자연의 이치에 어긋나는 것이었으니
> 거짓된 사랑이여, 욕망이여, 깨지기 쉬운 미여, 안녕!
> 이 모든 망상이 자란 뿌리까지 죽었다

> Sith, then, thy trains my younger years betray'd
> And for my faith ingratitude I find,
> And sith repentance hath my wrongs bewray'd
> Whose course was ever contrary to kind,
> False love, Desire, and Beauty frail, adieu!
> Dead in the root whence all these fancies grew.

| 페트라카니즘(Petrarchanism)[2] |

이태리의 르네상스는 프란체스코 페트라르카(1304-74)로부터 시작되었다고 할 수 있다. 그는 역사가요 인문주의자였으며 "개선행진"("Trionfi")과 "깐쬬네"("Canzoniere")를 쓴 시인이었다. 서양문학에 있어서 사랑의 주제는 세 가지의 전통을 가지고 있는데 중세의 기사도와 궁정풍의 사랑, 르네상스 시대의 페트

---

2) 이 부분은 Leonard Forster, *The Icy Fire: Five Studies in European Petrarchism* (Cambridge: Cambridge UP, 1969)을 참조하였음.

라르카적 사랑, 18세기 이후의 낭만적 사랑이다. 흔히 궁정풍 사랑이라고 불리는 기사와 기사가 섬기는 영주의 부인과의 사랑은 당시의 기독교관이나 도덕적으로 볼 때 반역적인 것이다. 계급적으로 볼 때 기사는 기사도교육을 통하여 신분의 상승을 꾀하는 사람들이었고 이들이 섬기는 영주의 부인과 사랑을 한다는 것은 이런 계급을 뛰어넘는 혁명적인 것이다. 물론 당시의 영주들이 전쟁에 나가서 죽었기 때문에 그들의 부인들이 미망인이 되는 경우가 많았긴 하지만 기사들이 이들 영주의 부인들과 사랑을 한다는 것은 실제적으로 불가능한 일이었을 것이다. 궁정풍의 사랑에서는 기사와 영주부인과의 육체적 사랑을 배제하지 않았는데 이는 성서의 십계명에서 금하는 죄였다. 기사와 영주부인과의 사랑이 육체적 사랑으로 발전한 것은 원래의 순수했던 궁정풍 사랑이 타락한 결과라고 볼 수도 있지만 어떤 점에서는 남녀의 사랑에서 육체적인 면을 배제한다는 것은 당시 중세의 종교적 사회에서도 설득력이 없었을 것이다. 궁정풍 사랑이 당시 현실을 그대로 반영했다기보다는 이를 역으로 바라 본 결과라는 주장을 하게 되는 배경에는 영주부인이 사랑의 주도권을 쥐고 있다는 점이다.

페트라르카는 이런 중세의 기사도적 사랑의 전통을 이어받는 것이 아니라 이를 나름대로 변형하였다. 궁정풍 사랑처럼 페트라르카의 사랑은 일정한 형식을 갖추고 있다. 포스터(Forster)는 이를 외적·내적 형식으로 구분하고 있다. 외적으로 남자는 여자에게 칭송을 바친다. 찬양의 대상은 여자가 이룬 업적과 여자에게 속한 것들이다. 전형적으로 남자가 연인에게 바치는 시는 여자의 몸을 하나하나 나열하면서 그 아름다움을 비유를 통하여 부각시킨다. 페트라르카적 이상형 여인은 금발의 머리, 검은 눈, 가느다란 손, 하얗고 빨간 양볼, 진주 같은 이, 빨간 입술, 흰 알라베스터 같은 젖가슴을 가진다. 페트라르카는 자신의 연인인 로라가 바로 이런 이상적인 아름다움을 가지고 있음을 지적한다. 뿐만 아니라 남자는 연인과 만났던 장소를 기억하고 상대를 꿈속에서 만난다. 반면에 내적인 형태는 사랑의 성격과 연인들의 관계, 사랑의 결과, 사랑

의 거부와 죽음에 관한 주제를 말한다. 페트라르카에게 있어서 사랑은 상반적
인데 그는 이를 다음의 시에서 감동적으로 제시한다.

> 그 것[사랑이] 좋은 것이라면 왜 나를 괴롭게 합니까?
> 나쁘다면 왜 고통 속에 달콤함이 있는 것입니까?
> 왜 나는 기꺼이 불길에 타면서 불평하는 겁니까?
> 왜 나는 불꽃을 싫어하면서 도망가지 않는 것입니까?
> 죽음속의 생명이요 사랑스런 고통.

> If it [love] is good, why does it torture me?
> If evil, why this sweetness in my pain?
> If I burn gladly, why do I complain?
> If I hate burning, why do I never flee?
> O life-in-death, O lovely agony

페트라르카적 사랑에서 남자와 여자는 역동적인 관계성을 유지한다. 일
반적으로 여자는 돌 같은 마음을 지녀서 남자의 구애를 거절한다. 남자는 여자
가 자신의 사랑을 거절할 때 고통하나 여자가 자신에게 호의를 베풀면 더 많은
사랑을 요구하게 된다. 남자가 자신의 사랑이 이루어지지 않을 때 그는 죽음을
원하게 된다. 남자는 사랑으로 고통을 받고 여자는 남자에게 고통을 준다. 이런
점에서 남자는 피학자요, 여자는 가학자이다. 이처럼 여자는 남자를 지배한다.
그러나 이는 궁정풍 사랑에서 기사계급이 신분상승에 대한 욕구를 표현한 것
처럼 당시 현실의 솔직한 반영이라기보다 남성에 지배당한 여성들이 세상을
거꾸로 바라본 시각이다.

　　로버트, 동생 메리와 함께 시드니 가를 형성한 필립 시드니는 이태리의
페트라르카적 전통의 심리성과 웅변성을 누구보다 잘 활용한 시인이다. 그의
소네트 연작시 『아스트로펠과 스텔라』에 수록되어 있는 108개 시는 젊은 귀족
출신의 아스트로펠이 궁정에서 만난 스텔라에 대하여 품은 사랑의 해부이다.

미인의 신체 부위를 다양한 이미지를 통하여 표현
하고 있는 그림. 이 그림은 페트라르카니즘적 특징
을 잘 보여주고 있다.

9번시의 처음 전반부 8행에서 시드니는 스텔라를 전통적인 페트라르카적 연인
으로 묘사한다. 이 시에서 화자는 건축의 이미지를 사용하여 스텔라의 모습을
표현한다. 스텔라의 얼굴은 모든 덕을 갖추고 있는데 이는 완벽한 궁정건물과
같다. 건물의 전면에 비유되는 그녀의 이마는 순수한 앨라베스터로 만들어졌
고 이 웅장한 집을 덮고 있는 지붕은 그녀의 금발이다. 그녀의 은혜로운 말이
나오는 문은 붉은 반암으로 지어졌다.

　　시드니가 pun(동음이의: 한 가지 단어가 두 개의 의미를 지님)을 사용하
여 페트라르카적 전통을 나름대로 소화했고 이를 변형했다는 사실은 9번 시에
서 더욱 분명해진다.

　　이 창문을 통하여 이 천상의 손님이
　　세상을 바라보는 것 중에서

최고의 불빛을 찾을 수 없는데
이는 이 창문은 접촉하지도 않고 끌어당기는 자석이기 때문이다.
창문은 큐피드가 아름다움의 광맥으로부터 캐 낸 것이다.
그녀의 두 눈은 화약이고 나는 가련한 섶이다.

The windows now through which this heav'nly guest
Looks over the world, and can find nothing such,
Which dare claime from those lights the name of best,
Of touch they are that without touch doth touch,
Which Cupid's selfe from Beautie's myne did draw:
Of touch they are, and poore I am their straw.

이 시에서 스텔라는 덕목의 화신으로서 아스트로펠을 순수한 눈으로 바라본다. 그러나 아스트로펠은 스텔라의 아름다움으로 인하여 육체적인 사랑을 느끼고 이로 인하여 번민이 시작된다. 시는 아스트로펠이 스텔라 앞에 설 때의 무력함을 노래한다. 마치 쇠붙이가 자석에 끌려가듯이 화자도 연인에게 자동으로 끌려간다. 화자가 스텔라처럼 순수해 지려고 하나 그럴 수 없다는 무력함의 이미지는 불 앞의 섶이라는 이미지에서 보다 극대화된다. 아스트로펠은 불꽃 앞의 섶처럼 스텔라 앞에서 사랑의 불길에 사로잡힌다. 4행에서 각각 명사와 동사로서 "자석"과 "자성을 지니다"라는 의미로 사용되었던 "touch"라는 단어는 6행에서 "화약"이라는 뜻으로 쓰이고 있다. 따라서 "touch"는 "자석"과 "화약"이라는 두 가지 의미를 가지고 있는 pun이다. 이 시는 페트라르카처럼 남자와 여자의 순수한 사랑을 노래할 뿐만 아니라 한 단계 나아가서 남자의 좌절된 욕망을 강조한다. 6행의 "poor"라는 단어는 시드니의 유머를 느끼게 하는데 아스트로펠은 끊임없이 스텔라의 사랑에 끌리면서도 자신의 욕구를 채울 수 없는 "가련한" 존재다.

| 신플라톤주의(Neoplatonism) |

르네상스 시대의 거의 모든 작가들과 사상가들에게 영향을 준 사상으로서 신플라톤주의를 들 수 있다. 이 르네상스 시대의 철학은 기원 후 3세기부터 5세기 사이에 형성되었고 그 후에 서양문화에 지대한 영향을 끼쳤다. 신플라톤주의가 기원전 5세기에 살았던 플라톤의 사상을 이어받고 있다는 점에서는 새로운 것이 없다고 할 수 있다. 그러나 신플라톤주의는 플라톤철학뿐만 아니라 아리스토텔레스철학, 스토아철학, 쾌락주의 철학을 포함하고 있다는 점에서 플라톤의 사상과 구분된다. 신플라톤주의라는 용어는 19세기의 독일철학자들이 고전 플라톤철학과 후기의 플라톤철학을 구분하기 위하여 만들어낸 말이다. 신 플라톤주의를 새로운 통합적인 사상체계로 발전시킨 사람은 플로티누스(Plotinus, 204-270 A.D.), 포피리(Porphyry, 232/4-305 A.D.) 얌블리쿠스(Iamblichus, A.D. 326경 사망 추정)였다.

신플라톤주의는 플라톤철학보다 명백하게 종교적이었으며 주로 플라톤주의의 이분법적 사고를 지양하였다. 신플라톤주의에는 현상의 세계와 이데아의 세계가 있다. 현상의 세계는 감각으로 지각할 수 있는 세계로서 이는 명상으로 도달할 수 있는 이데아의 세계의 그림자에 지나지 않는다. 이데아의 세계는 현상의 세계에 존재하는 다양하고 불완전한 현상의 원형으로서 이는 완전하며 하나만이 존재한다. 이런 점에서 이데아는 본질적인 특징을 지닌 형상이다.

신플라톤주의가 영국의 르네상스 영문학에 끼친 영향은 크게 두 가지로 볼 수 있다. 첫째는 "플라톤적 사랑"(Platonic love)이라는 개념이다. 플라톤이 제시하는 이데아 중에서 최고의 이데아는 진리, 미, 선의 이데아이다. 이 세 가지의 이데아는 "일자"(the One)를 형성하는데 즉 미학과 철학적 관점에서 본 삼위일체라고 볼 수 있다. 이러한 플라톤의 최고의 이데아 이론이 르네상스 시대에 널리 퍼지게 된 것은 플라톤의 저작을 라틴어로 번역한 마실리로 피치노(Marsilio Ficino, 1433-1499)에 힘입은 바가 크다. 플라톤철학과 기독교를 조화시켰던 피치노는 "플라톤적 사랑"(*Amor Platonicus*)이라는 용어를 "소크라테스적 사랑"(*Amor Socraticus*)이라는 용어와 거의 같은 의미로 사용하였다. 르네상스 시대에 플라톤적 사랑이라는 용어는 신플라톤 철학에서 가장 유명하게 된 개념으로서 이는 완전하고 절대적인 미의 이데아를 명상하는 것을 의미한다. 반면에 지상의 미는 완전한 미의 그림자에 불과한 것이다. 후에 플라톤철학의 영향을 받은 기독교 사상가들은 육체적인 미는 내적인 은혜와 정신적인 미의 외적인 표현에 지나지 않는다고 생각하였다. 정신적 아름다움은 하나님의 아름다움의 확장 또는 방출(radiance)이라고 생각하였다. 따라서 플라톤적 사랑을 하는 남자는 여자의 외적 아름다움이 그녀의 영혼을 반영한다고 생각하였다. 그는 세속적이고 육체적인 욕망으로부터 축복된 환상(illumination)에 도달하고자 명상하였다.

존 단(John Donne, 1572-1631)은 다양한 종류의 서정시를 쓴 시인이다. 흔히 형이상학파의 거두로 알려져 있는 단은 세속적 사랑과 종교적 사랑을 노래한 시를 썼다. "황홀"("The Ecstasy")라고 하는 시는 『노래와 소네트』라는 제목의 시집에 수록되어 있는데 "황홀"이라고 하는 제목은 현대인들이 생각하는 향락적인 육욕적인 사랑을 지칭하는 것이 아니라 신플라톤주의의 주요한 개념 중의 하나인 무아의 개념이다. 플로티누스는 종교적이고 신비적인 구원에 관심을 가졌는데 영혼이 승화하여 신과 합일을 이루는 상태를 구원으로 보았다. 인간의 정신(nous)은 사변적 사유와 순수한 사유를 한다. 사변적 사유는 감관을 통하여 받아들인 형상을 기존의 형상과 비교하여 이를 인지하는 것을 말하고 순수한 사유는 궁극적인 진리를 파악하는 것을 말한다. 진리의 추구자가 진리를 깨달았을 때 이를 계시(illumination) 또는 무아지경(rapture)에 들어가게 된다.

"황홀"("The Ecstasy")의 시작은 영혼의 결합을 통하여 플라톤적 사랑에 이른 두 남녀의 상태를 묘사한다. "우리 둘은 손을 굳게 잡아서/ 땀이 흐리고/ 우리는 두 눈길은 결합되고 우리 두 눈은 이 중의 줄을 만들었습니다." 이 두

존 단의 초상화
우울한 연인의 모습을 보여 주는 이 초상화는 1595년도에 제작되었다.
오른쪽 상단에 있는 라틴어는 "Illumina tenebr[as] nostras domina"로
서 이는 "여인이여 우리들의 어두움을 비추소서"라는 뜻이다. 단은 여인
에게 성적 자비를 베풀어서 자신을 어두움으로부터 구해달라고 말한다.

연인의 사랑은 육체적 사랑이 아니라 육체를 초월하는 영혼에 대한 사랑이다. 이들의 사랑은 승화되어 영혼의 대화를 나누었다. 이들이 플라톤적 사랑의 경지에 이르렀을 때 육체적 사랑의 단점과 부족함을 알게 된다. "우리는 말했습니다. 황홀로 인하여 의문이 풀리고 / 우리의 사랑이 무엇인지를 알게 되었다고 / 우리는 그것이 육체적 사랑이 아니었다는 것을 알았습니다 / 우리로 사랑케 한 것이 무엇인지를 몰랐다는 것을 알았습니다." 이들이 영혼의 사랑을 통하여 "강한 영혼"("abler soul")을 얻게 됨으로써 죽음의 한계를 극복하게 된다.

　　존 단은 "황홀"에서 플라톤적 사랑을 지향하고 육체적 사랑을 지양해야 한다고 주장하지 않는다. 영혼의 사랑에 도달한 이들은 육체적 사랑을 추구하게 되는데 이는 육체가 사랑의 방해물이 되지 않기 때문이다. 오히려 육체적 사랑이 영혼의 사랑을 강화한다. "황홀"의 마지막 부분에서 단은 영혼의 사랑이 육화되는 과정을 제시한다.

이제 우리는 우리의 육체로 돌아갑니다
　　약한 사람들이 계시된 사랑을 보도록
　사랑의 신비는 영혼에서 자라지만
　　육체는 이의 성경책입니다.

To our bodies turn we then, that so
　　Weak men on love revealed may look;
Love's mysteries in souls do grow,
　　But yet the body is his book.

　　이 두 연인은 진정한 사랑이란 영혼과 육체가 결합한 사랑이라는 것을 사람들에게 계시하기를 원한다. 자연이 하나님의 신비를 보여주는 책인 것처럼 육체도 사랑의 신비를 나타내준다. 따라서 육체적 사랑이 없이는 영혼의 사랑을 알 수가 없다. 단은 황홀에서 플라톤적 사랑을 교조적으로 신봉하는 대신에 영혼과 육체의 결합이 진정한 사랑이라는 나름대로의 주장을 펼치고 있다. 이런 점에서 단에게 진정한 황홀은 영혼과 육체의 사랑을 만족할 때 가능하다.

　　둘째로 신플라톤주의는 시인을 진리의 이데아를 선포하는 자로 간주하였다. 시드니는 시인을 철학자, 역사가와는 달리 현실에서 볼 수 없는 절대적인 완전한 이데아를 만들어 내는 창조자로 여겼다. 시인은 천상의 영감을 통하여 현상에서 보는 청동의 세계에서 이상적인 황금의 세계를 만들어 낸다. 스펜서의 『목자의 달력』의 하나인 "10월"에는 시인의 신적 영감에 대하여 언급하고 있다.

　　르네상스 시는 다양한 전통과 배경을 가지고 있다. 이런 다양성이 르네상스 시를 매력적이고 역동적으로 만들고 있다. 르네상스 시의 역동성과 다양성은 크롬웰이 통치하던 영국의 공화정시기에 생명력이 다소 쇠퇴하기는 하나 낭만주의 시대에 이르러서 다시 부활한다. 이런 점에서 르네상스 시는 영국문학의 중요한 전통을 형성하였다.

참고문헌

김경한. "'기독교 휴머니즘'의 역사적 의미." 『밀턴연구』 13:1 (2003): 1-20.

박우수. 『수사적 인간』 서울: 도서출판 민, 1995.

Alpers, J. Paul, ed. *Elizabethan Poetry: Modern Essays in Criticism*. London: Oxford UP, 1967.

Clark, Donald. *Rhetoric and Poetry in the Renaissance*. New York: Russell and Russell, 1963.

Craig, Edward, ed. *Routledge Encyclopedia of Philosophy*. 10 vols. London: Routledge, 1998.

Forster, Leonard. *The Icy Fire: Five Studies in European Petrarchism*. Cambridge: Cambridge UP, 1969.

Sinfield, Alan. *Literature in Protestant England: 1560-1660*. London: Croom Helm, 1983.

Waller, Gary. *English Poetry of the Sixteenth Century*. London: Longman, 1986.

Wilson, Thomas. *Wilson's Arte of Rhetorique*. Ed. G. H. Mair. Oxford: Oxford UP, 1909.

"The Faerie Queene / Book I." Wikisource 15 March 2008 <http://en.wikisource.org/wiki/The_Faerie_Queene>.

제프리 초서

●●● 이현주

1340년 전후해서 태어났다고 추정되는 제프리 초서 (Geoffrey Chaucer)는 뛰어난 문장력과 왕실 및 귀족 과의 적절한 친분 관계로 인해 중산계층 출신에서 귀족 신분으로 상승한 인물이다. 프랑스어 초시에 (Chaussier)에서 유래한 초서의 성은 그 의미가 '구두 수선공'이다. 그러나 초서의 아버지 존은 그 당시 영국에서 가장 잘 사는 두 명의 포도주 상인 중 한 사람으로 꽤 부유했고 미약했지만 궁정에서 약간의 일을 했다.

부유한 집안 덕분에 많은 교육을 받은 초서는 10대에 얼스터 백작부인 (Countess of Ulster)이자 앤트웝의 라이오넬(Lionel of Antwerp)의 부인이었던 바러의 엘리자베스(Elizabeth de Burgh)의 시종이자 종자였다. 그 후 에드와드 3세(Edward III)의 아들이었던 라이오넬 왕자를 따라 그는 군인이 되었다. 1357년부터 그는 라이오넬 왕자의 동생인 곤트의 존(John of Gaunt)과도 친분을 가졌다. 1359년 초서는 프랑스를 침공한 군대에게 잡혀 레임(Reim) 지방에서 죄수가 되었지만 왕이 몸값을 지불하여 풀려났다. 1360년부터 1366년 사이의 초서의 일생에 대해 자세하게 나와 있는 기록은 없다. 하지만 많은 학자들은 이 기간 동안 초서는 행정적인 일을 준비하기 위해 법학생용 숙사(the Inns of Chancery)와 변호사 임명을 전담하는 법학원(the Inns of Court)에서 공부했다고 추정한다. 이런 훈련이 있었기에 초서는 1374년 세관 감사역으로 임명받을 수 있었다.

1366년 그는 신분이 높은 필리파(Philippa)와 결혼했다. 필리파는 프랑스 남부 지역에 살고 있는 영국 귀족 가문 출신인 파옹 드 로에 경(Sir Paon de Roet)의 딸로 필리파 왕비를 수행하던 귀족 여인 중의 한 사람이었다. 1367년 필리파는 왕비를 수행하는 대가로 매년 10파운드를 받게 되었고 초서 역시 같은 해에 20파운드를 받아 경제적으로도 비교적 안정적 수입을 얻게 되었다. 필리파와 결혼 후 초서는 딸 엘리자베스(Elizabeth)와 두 아들, 루이스(Lewis)와 토마스(Thomas)를 얻었다.

1367년부터 1374년까지 초서는 향사(yeoman)였다. 1368년 그는 같은 향사지만 기사 바로 아래의 계급으로 왕의 가솔인 에스콰이어(esquire)로 진급했다. 1368년 그는 외교적인 임무를 맡기 시작했으면 1370년에는 프랑스를, 1372년부터 1373년까지 이탈리아를 6개월 동안 방문했다. 이때 초서는 제노바와 피렌체를 방문했다. 여기서 그는 보카치오(Boccaccio), 페트라르카(Petrarch)와 단테(Dante)의 문학작품을 접했으며 이들의 문학 및 사상은 초서의 문학 세계를 형성하는데 지대한 영향을 끼쳤다.

1372년 초서가 이탈리아를 방문할 시절 아내 필리파는 곤트공의 두 번째 부인인 카스티아의 콘스탄스(Constance of Castile)의 시중을 들었다. 1374년 프랑스에 군대를 이끌고 갔다가 영국으로 돌아온 곤트공은 초서에게 매일 포도주 한 피처씩(현대로 치면 그 가치가 1년에 6천불) 주었고 알드게이트(Aldgate)에서 집세를 내지 않고 집을 쓰게 했으며 세관 감사역을 맡아 1년에 10파운드씩 받게 했다. 이제 초서는 경제적으로 아무 걱정하지 않고 독립적으로 살 수 있게 되었다.

1377년 리차드 2세가 왕으로 즉위한 후에도 초서는 여전히 왕궁과의 관계를 유지했다. 왕실의 연금을 받았으며 궁정에서 주요한 지위를 차지했다. 1385년 세관 감사역을 사직하고 치안재판관이 되어 켄트(Kent)에 가서 살았다. 1386년에는 샤이어의 기사(Knight of Shire)로 선택되었고 의회의 구성원이 되었다. 1388년 에드와드 3세의 막내아들인 우드스탁의 토머스(Thomas of Woodstock)가 정부를 장악하자 형 곤트를 비롯하여 곤트와 친밀한 관계를 가졌던 사람들을 홀대하게 되고 이때 초서는 자신의 연금을 존 스캘비(John Scalby)에게 빼앗겼다. 1389년 리차드 왕이 우드스탁의 토머스를 의회에서 해임시키고 권리를 회복하자 초서 역시 웨스트민스터 궁, 런던탑과 왕의 많은 성,

장원과 소유물을 유지하는 서기직을 맡았다. 그러나 이 왕실의 서기직은 항상 돈을 갖고 다녔기에 초서는 3번이나 도둑을 맞았다. 그러자 초서는 이 서기직을 사임하고 그 후에는 공적인 지위를 가진 적이 거의 없었다.

1394년 리차드 2세는 초서에게 1년에 20파운드씩 다시 지급하였지만 이 돈을 모으는 데 초서는 어려움을 겪은 것 같다. 이 당시 그는 빚 때문에 고소당했고 부동산을 다른 이에게 이양했으며 돈을 빌렸다. 헨리 4세(Henry IV)가 즉위한 후 그는 연에 40파운드씩 연금을 받았다. 1400년 그는 60세의 나이로 웨스트민스터 사원에 묻혔다.

초서는 행정가로서 한창 활동을 할 때 작품 활동도 활발하게 했다. 1374년이 되기 전 그는 『장미이야기』(*Le Roman de la Rose* 1360)를 번역하고 『공작부인의 서』(*The Book of Duchess* 1369)와 그 밖의 단시들을 썼다. 세관 감사역을 수행하고 외국을 많이 방문했던 12년 동안 초서는 『명성의 전당』(*The House of Fame* 1380?), 『새들의 의회』(*The Parliament of Fowls* 1376-77?), 『트로일러스와 크리세이드』(*Troilus and Criseyde* 1385)를 썼다. 그는 또 보에티우스(Boethius)의 『철학의 위안』(*De Consolatio Philosophiae*)을 『보에체』(*Boece* 1380-5)라는 제목으로 번역하였다. 3년 동안 사무직을 하는 동안 그는 『성녀전』(*The Legend of Good Women* 1385-6), 『캔터베리 이야기』(*The Canterbury Tales*)를 집필하기 시작했다. 1389년에서 1392년 왕의 서기직을 수행하는 동안 초서는 『캔터베리 이야기』를 계속 썼고 천문학적 논문인 『아스트롤라베』(*Astrolabe* 1391)와 『행성의 이퀘토리』(*Equatorie of the Planets* 1392)를 썼다. 그러나 은퇴하고 7년 동안 그가 쓴 것은 『성녀전』의 서문과 두 개의 '간청하는' 발라드였다. 「스코간에게 보내는 발문」(*Lenvoy a Scogan* 1390)에서 그는 시적 재능이 사라져 가는 걸 느꼈으며 「지갑에 대한 호소」(*Complaint to His Purse* 1399)는 헨리 왕에 대한 마지막 간청이다.

『공작부인의 서』(*The Book of Duchess* 1369)

곤트의 존이 첫 번째 부인 랑카스터의 공작부인(the Duchess of Lancaster)을 잃은 후 그 슬픔을 애도하고 위안을 주기 위해 쓰여졌다고 추정되는 『공작부인의 서』는 8음절 시 1300여 행으로 이루어진 영어로 쓰인 최초의 장시이다. 1225년 기욤 드 로리스(Guillaume de Lorris)가 전반부를, 1275년 장 드 묑(Jean de Meun)이 후반을 쓴 『장미이야기』(*Le Roman de la Rose*)를 1360년 번역한 후 초서는 프랑스 문학에 지대한 관심을 가졌다. 이 당시 초서가 관심을 가졌던 주제는 바로 『장미이야기』의 중심 주제 중 하나인 궁정풍 사랑(Courtly Love)이라 불리는 중세의 도식화된 사랑의 형태이다.

12세기 남부 프로방스(Provence) 지방의 음유시인인 트루바두르(troubadours)을 중심으로 발생했던 궁정풍 사랑의 문학은 12세기 말 13세기 초 자유분방한 앙리(Herny the Liberal)와 샹파뉴의 마리(Marie of Champagne)를 중심으로 발전하기 시작한다. 남녀의 사랑을 기독교의 교리에 어긋나는 육체적 탐욕으로 생각하는 것이 아니라 이 사랑을 통해 도리어 절대적이고 순수한 사랑을 얻게 된다는 궁정풍 사랑의 모토는 초서의 초기 문학관을 형성하는데 많은 영향을 끼쳤다.

『공작부인의 서』에서 알시오네(Alcyone)와 세이스(Seyes) 왕의 사랑 이야기를 읽던 화자는 잠이 들어 꿈속에서 사냥하는 무리를 따라간다. 그곳에서 그는 큰 나무 아래에서 애도하고 있는 '검은 옷의 남자'(A Man in Black)를 만난다. 화자는 이 나무 아래에서 '검은 옷의 남자'와 '아름답고 선한 백색 여인'(a good faire White)이라 불리는 귀부인(Lady)과의 사랑의 이야기를 듣는다. '검은 옷을 입은 남자'는 완전한 덕과 미의 정수인 귀부인을 보자마자 첫눈에 사랑에 빠진다. '검은 옷의 남자'는 '아름답고 선한 백색 여인'의 거절을 받으면서도 끊임없이 그녀를 숭배하고 또 그녀에게 봉사하며 눈물과 탄식으로 그녀에게 사랑을 호소한다. 결국 '아름답고 선한 백색 여인'은 '검은 옷을 입은 남자'에게 동정심을 가져 그의 사랑을 받아들이게 된다.

초서는 『공작부인의 서』에서 '검은 옷의 남자'와 '아름답고 선한 백색 여인'의 사랑을 이루어 가는 과정을 『장미이야기』에서 보여 주는 궁정풍 사랑의 관습을 거의 그대로 답습하여 묘사하였다. 계절을 모든 사랑이 꽃피는 계절인 오월로 잡은 점, 첫눈에 사랑에 빠진 '검은 옷의 남자'의 끊임없는 구애와 '선한 백색 여인'의 거절의 반복적 과정을 통해 두 사람의 사랑이 이루어지는 점, 또 사랑을 이루는 주체인 남녀가 이 세상의 완벽한 덕과 외적인 아름다움을 가진 점이라는 것 등, 이 모든 요소들은 궁정풍 사랑의 관습에서 보여 지는 전형적인 요소들이다. 그러나 사랑의 신의 가르침을 받은 화자(narrator)의 모습은 많은 차이가 있다.

『장미이야기』에 등장하는 화자는 전혀 사랑을 겪지 못하고 꿈을 통해 사랑을 이해하게 되는 반면, 『공작부인의 서』에 그려지는 화자는 현실세계에서 화자 스스로가 이루어지지 않는 사랑으로 8년 동안 잠도 못 자고 슬픔에 차있는 연인이다. 그리움으로 인해 화자는 알시오네와 세이스의 사랑의 이야기를 읽고 잠의 신인 모르퓌우스(Morpheus)에게 잠을 보내기를 기도함으로써 잠에 든 화자가 '검은 옷의 남자'의 이야기를 듣는 모습은 매우 흥미롭다. 『공작부인의 서』에서 화자는 본인 자신이 사랑의 규범을 그대로 따르면서 사랑을 얻게 되는 인물로 사랑의 신의 규범을 맹목적으로 추종하는 하인으로 그려진다. 반면에 『공작부인의 서』에 등장하는 화자는 '검은 옷의 남자'가 들려주는 사랑의 이야기를 "왜 그렇습니까?"라고 계속 질문하며 이야기의 진실한 의미를 이해하지 못하는 인물로 그려진다. 결국 '검은 옷의 남자'가 "그녀는 죽었다."라고 답하며 직설적으로 자신의 슬픔의 이유를 설명하지만 이것 역시 "그게 당신 잃으신 것입니까? 정말로 안 되었습니다."라는 화자의 예의적인 답으로 인해 정말로 화자가 '검은 옷의 남자'의 말을 이해했는지는 여전히 의문이다.

　　자신도 연인이면서 이상적이고 아름다운 사랑의 이야기를 피상적으로 이해하는 화자, 또 '검은 옷의 남자'의 화려하고 수사적인 문체와 달리 "왜 그렇습니까?"와 같은 현실적이고 직설적인 화자의 문체는 서로 대조를 이루며 초서는 이 시를 잘 이끌어간다. 대조적인 이 두 문체는 인간 초서의 양면적인 모습을 보여주는 것이기도 하다. 상인 계층의 아들로 태어나 인간관계를 통해 귀족의 신분으로 상승한 초서, 귀족적이고 관습적인 것을 추구하면서도 항상 사실적이고 객관적인 시각과 관점이 살아있는 초서, 이 모습이 바로 그의 전 작품에 흐르는 다양성의 원천이며 『공작부인의 서』는 바로 이런 다양한 요소들을 함께 어우르는 초서의 문학 세계를 이끌어 가는 최초의 장시이다.

『명성의 전당』(*The House of Fame* 1380?)

8음절 시 1000여행으로 이루어져 있는 이 시는 초서가 첫 번째 이탈리아 여행을 끝내고 완성한 시로 구조나 내용에 있어 이탈리아 문학의 영향을 많이 받은 시이다. 『공작부인의 서』와 마찬가지로 꿈의 구조를 취한 이 시의 첫 번째 서(Book I)에서 화자는 잠의 신 모르피우스의 도움을 받아 잠이 들게 된다. 꿈에서 화자는 사랑의 신 비너스에게 헌신된, 아름답게 장식된 유리 신전에 도착하게 된다. 화자는 신전에 쓰인 『아에네이드』(*Aenied*)의 글귀를 보고 사랑의 이야기를 중심으로 디도와 그녀의 슬픔을 이야기한다. 디도의 이야기가 끝나자 화자는 신전을 떠나 벌판에 도착해 하늘로 솟구쳐 오르는 커다란 금빛 독수리를 만난다. 이 독수리는 단테의 『신곡』(*La Divina Commedia*) 「연옥」(*Purgatorio*) 편에서 산으로 단테의 몸을 태우고 날아가는 독수리와 매우 유사하다.

　　독수리가 화자를 안내하는 곳은 일상생활의 세계이다. 사랑을 소재로 삼은 시가 대부분 배경으로 삼는 아름다운 정원이나 성이 아니라 화자가 도착한 곳은 사랑에 대한 소문이 많은 곳, 일상적인 불화와 친한 친구들에 대한 비평이 존재하는 현실세계이다. 문체 역시 첫 번째 서와는 대조적으로 현실적이고 객관적인 투로 변화한다. 『명성의 전당』 두 번째 서(Book II)에서 매우 흥미로운 점은 바로 시인 초서 자신이 묘사되는 것이다. 수줍음을 타고 서투르며, 자신을 표현할 능력이 없는 사람, 과거에는 사랑을 했지만 이제는 너무 늙어 사랑을 할 수 없는 모습으로 초서는 자신을 제시한다. 이곳에서 독수리는 화자 초서가 과거에 사랑의 신 비너스에 바쳤던 사랑과 헌신에 대해 노래하지만 이런 문구는 단지 첫 번째 서와 두 번째 서를 읽는 매개체일 뿐이며 이 서의 주된 주제는 바로 '시'이다.

　　『명성의 전당』의 두 번째 서와 세 번째 서의 중심 주제는 시의 본질과 시인의 역할에 대한 것이다. 이웃과도 잘 어울리지 않고, 직장 일이 끝나면 쉬지도 않고 다른 새로운 일을 하지 않은 채 곧바로 집에 돌아와 입을 굳게 다물고 눈이 아프도록 책을 읽으며 사랑의 시를 짓는 초서는 바로 기존의 시들을 모방하고 습작하는 단계를 벗어나려는 초서의 모습이기도 하다. 이 시에서 초서는 스스로를 시인으로 제시하면서, 중세의 전통적인 권위 있는 여러 시인들의 이름으로 가득 찬 명성의 전당으로 가는 길과 그곳에서의 경험을 통해 시인의 위치와 의무의 문제, 자신의 지식의 원천, 그리고 자신의 비전의 한계 등에 대해 보다 깊게 탐구하고 나아가 이런 탐구를 통해 그 시대적인 관점으로 볼 때 혁신적 요소인 유머와 사실주의적 요소를 결합해 자신만의 독특한 문학세계를 창조해 나가는 시인 자신의 모습을 보여준다. 뿐만 아니라 초서는 나아가 독자의 문제까지 이야기한다. 아무리 좋은 시라도 독자들이 잘못 이해하면 잘못된 명성을 얻게 되며 올바른 독자의 이해가 뒤따라야만 진실한 시로서 그 명성을 얻게 된다. 시와 시인을 다룬 측면에서 볼 때 형태상 미완성이라고 간주되는 마지막 행, '그는 대단한 권위를 지닌 사람처럼 보인다. …'는 결코 주제상 미완성이 아니다. 도리어 『명성의 전당』에서 밝힌 자신의 시론에 대한 독자들의 진실한 공감을 권하는 일종의 침묵이라 할 수도 있다.

『새들의 의회』(*The Parliament of Fowls* 1382?)

『명성의 전당』과 『새들의 의회』가 집필된 연도는 정확하게 기록되어 있지 않다. 『새들의 의회』는 1377년부터 78년 사이 초서 자신이 개인적으로 관계된, 젊은 리차드 2세(King Richard II)와 프랑스의 찰스 5세(King Charles V)의 딸 마리와의 약혼을 성사시키려는 헛된 노력을 주제로 삼은 것이며 『명성의 전당』은 1380년 리차드 2세와 보헤미아의 앤(Anne of Bohemia)의 실제적인 약혼을 축하하기 위해 쓴 시이다. 따라서 이 두 시는 이 두 사건 이후에 쓰여진 것으로 추정된다.

『새들의 의회』는 『공작부인의 서』, 『명성의 전당』과 더불어 환상 속의 사랑(love vision)을 다룬 시로 분류된다. 그러나 앞의 두 작품과 달리 『새들의 의회』는 프랑스 문학과 이탈리아 문학의 영향을 자신 나름대로 소화해 문체나 주제 면에서 초서 자신의 특징이 잘 나타나는 작품이다. 이전의 두 작품이 8행시인 반면 『새들의 의회』에서 초서는 보다 유연한 7행시(rhyme royal)를 사용했다.

『새들의 의회』의 가장 큰 주제는 사랑이다. 『새들의 의회』에 처음 등장한 새는 '고상함'을 지닌 암독수리와 이 암독수리에게 사랑을 호소하는 세 마리 숫독수리들이다. 첫 번째 탄원자인 숫독수리는 궁정풍 사랑의 문학에 등장하는 전형적인 연인이다. 암독수리를 자신의 '절대적인 여성'(lady sovereyne)으로 삼으며 죽을 때까지 충성할 것이므로 자신에게 동정심을 탄원하는 숫독수리는 그야말로 사랑에 빠진 연인이다. 두 번째, 세 번째 숫독수리들도 모두 자신 역시 첫 번째 독수리보다 더 오랜 기간 동안 사랑을 해왔다면 암독수리에게 사랑을 받아줄 것을 호소한다.

그러나 이와 같이 궁정풍 사랑의 관습에 따라 구애하는 독수리의 행동을 다른 일반 새들은 지겨워하고 심지어 거위는 '이런 것은 파리 한 마리 가치도 없어'라고까지 말한다. 결국 자연의 여신(the Goddess of Nature)이 중재를 하여 일년 동안 유예기간을 준 후에 암독수리에게 선택하라고 결정을 내리자 다른 모든 새들은 순식간에 자신들의 짝을 찾아 즐겁게 지낸다. 이 시에서 초서는 독수리로 상징되는 궁정풍 사랑을 추종하는 귀족적 연인과, 거위, 뻐꾸기, 비둘기를 비롯한 일반 사람들의 궁정풍 사랑을 어떻게 생각하는가를 동시에 객관적이고 사실적으로 그렸다.

『새들의 의회』에서는 사랑의 여신 비너스가 자연의 여신과 대치되어 등장한다. 이 시에서 그려진 사랑의 여신은 남자들에게 보이기 위해 거의 나체로 누워있는 육체의 쾌락의 상징으로 나타나며『장미이야기』에서 사랑의 신의 역할이었던 짝짓기를 주관하지 못하고 도리어 그 역할을 자신과 대치되는 여신인 자연의 여신에게 내준다. 12세기 시인이며 신학자인 알란 드 릴르(Alan de Lille)가『자연의 호소』(*De Planctus Nature*)에서 자연의 여신에게 이교도적인 의미와 기독교적인 의미를 동시에 부여한 것의 영향을 받아 초서는『새들의 의회』에서 자연의 여신에게 전지전능한 신의 대행자로서 우주의 4원소를 결합하는 신으로 그렸다.

『새들의 의회』에서 초서는 관능적이고 쾌락적인 사랑을 상징하는 비너스와 사랑의 창조적인 측면인 생산을 상징하는 자연의 여신을 서로 병치하고 대치시킴으로써 사랑의 문제를 그 당시 중세에서 유행하던 철학적이고 문학적인 모든 면을 포함하여 논의하고자 했다. 이 과정에서 초서는 어느 측면에도 우의를 두지 않았다. 단지 조롱이 되는 대상과 생각을 있는 그대로 제시함으로써 객관적인 자세를 취했다. 객관적 시각을 제시하는 초서의 모습, 바로 이 모습 때문에『새들의 의회』는 현재까지도 사랑 받는다.

『트로일러스와 크리세이드』(*Troilus and Criseyde* 1385)

초서가 활동하던 14세기 말 영국에서 초서는『캔터베리 이야기』의 작가라기보다는『트로일러스와 크리세이드』의 작가인 사랑의 시인으로서 그 명성이 높았다. 약 7,000행에 달하며 5권의 서로 이루어진 『트로일러스와 크리세이드』
는 전통적인 트로일러스와 크리세이드의 사랑의 이야기를 그 당시 유행하던
사랑의 형태인 궁정풍 사랑의 관습에 따라 재구성된 작품으로, 이 작품에서 초
서는 단순히 궁정풍 사랑의 관습만을 다룬 것이 아니라 궁정풍 사랑을 근간으
로 하여 중세의 다양한 사랑관을 자신의 시각으로 재조명하였다.

초서는 보카치오의 『일 필로스트라토』(*Il Filostrato*)에서 줄거리를 비롯
하여 구성, 심지어는 단어의 구절까지도 차용하여 이들의 사랑을 전형적인 궁
정풍 사랑으로 그리려 노력하였다. 사랑의 신 비너스의 화살을 받아 첫눈에 사
랑에 빠진 트로일러스, 시의 초반부에 완전하고 완벽한 여성으로 그려지는 크
리세이드, 궁정풍 사랑의 관습에 따라 이뤄지는 이들의 사랑, 육체적 결합을
통해 완전하고 지고의 순수한 사랑을 느끼게 되는 제1서에서 제3서까지는 완
벽한 궁정풍 사랑의 문학이다.

그러나 크리세이드의 배반이 시작되는 제 4서에 이르러서 이와 같은 궁정
풍 사랑의 문학의 분위기는 변한다. 아폴로의 사제인 칼카스(Calkas)가 신탁을
통해 트로이가 멸망할 것을 알고 그리스 진영으로 도망가자 홀로 남게 된 크리세
이드는 트로일러스와의 사랑으로 이 세상의 온 행복을 얻는 듯했으며 이런 모습
은 궁정풍 문학에 등장하는 전형적 여인의 모습이었다. 그러나 안테노
(Antenour)와 교환되어 그리스로 떠나게 된 크리세이드는 그리스 사회에 속하기
위해 디오메드(Diomede)의 사랑을 받아들이길, 트로일러스를 배반하기로 결심
한다. 크리세이드의 배반이 이루어지는 이 순간부터 초서는 보에시우스의 『철학
의 위안』의 중심 사상인 '운세(Fortune)' – '운명(Destiny)' – '섭리(Providence)'
의 관계에 대한 고찰을 심화한다.

트로일러스에게 크리세이드는 운세와 같은 존재이다. 좋은 순간은 갑자
기 나쁜 순간이 되어버리는 운세의 장난은 사랑을 주고 배반한 크리세이드와
같다. 그러나 보에시우스의 운세관에 따르자면 이 변덕스러운 운세를 주관하
는 건 별자리와 같은 운명이며, 이 운명을 주관하는 건은 바로 신의 섭리이다.

따라서 크리세이드의 배반은 마지막 트로일러스가 제8구에 올라가 미소지으며 이 세상을 내려다보는 것처럼 신의 섭리를 알게 되는 일종의 과정이자 도구이다. 이와 같이 크리세이드가 변덕스러운 운세의 대행자임에도 불구하고 초서는 인간으로서 크리세이드를 그리려고 노력한다. 아무리 의지를 실행하려고 해도 주변 환경이 너무나 큰 힘을 발휘하여 이 의지가 무력해지는 상황에 처한 여성, 그 여성이 바로 크리세이드임을 잊어서는 안 된다.

『성녀전』(*The Legend of Good Women* 1385-6)

『성녀전』 서문은 사랑의 신과 알세스트(Alceste)의 토론이 주구조이다. 만물이 꽃피는 오월에 화자는 잠이 들고 '환상'을 보게 된다. 이 '환상'은 사랑에 관계된 것으로 이 환상 속에서 사랑의 신이 왕비 알세스트와 함께 나타난다. 사랑의 신은 화자에게 『장미이야기』를 번역한 것과 『트로일러스와 크리세이드』를 집필한 것을 비난한다. 헌신적이고 순수한 사랑의 이야기를 그려야지 관능적이고 배반이 있는 사랑에 관해 시를 씀으로서 사랑에 위반되는 행동을 했다고 사랑의 신은 화자를 비난한다. 이에 대해 알세스트는 초서가 『명예의 전당』, 『공작부인의 서』, 『새들의 의회』, 팔라몬과 아르시테의 사랑에 관한 시를 썼으며 이 시들은 초서가 진실로 사랑의 시의 종복임을 보여주는 것이라 강하게 옹호한다. 결국 『성녀전』 서문은 알세스트가 초서에게 일생동안 사랑에 충실했던 여성들, 이 여성들을 배반한 남성들에 관한 글을 쓰라는 것으로 끝을 맺는다.

『성녀전』 주 이야기에 등장하는 인물들은 클레오파트라(Cleopatra), 디도(Dido), Medea, 힙시필레(Hypsipyle)와 메디아(Medea), 루크레티아(Lucretia), 아리아드네(Ariadne), 필로멜라(Philomela), 필리스(Phyllis), 히펌네스트라(Hypermnestra) 등으로 이들은 대부분 초서가 자신의 작품에서 관심을 가졌던 고전에 등장하는 여성들이다.

초서는 『성녀전』을 완결하지 못하고 끝을 맺었다. 이들의 이야기를 나열하는 것은 일종의 지루한 작업이라고 초서 자신이 밝혔듯이 고전의 여성들을 단순히 나열하는 작업에 싫증을 내 이 글을 끝냈을 수도 있다. 비록 곤트의 존이 돌아가신 어머니를 기리는 글을 쓰라는 명령을 받고 시작한 글이지만 『트로일러스와 크리세이드』에서 보여준 기교나 주제적인 면에서 성숙을 이룬 후에 인물을 나열하는 것 같은 단순작업을 이어가는 게 힘들었으리라는 생각도 든다.

일반적으로 『성녀전』 본문은 초서의 뛰어난 기량을 보여주는 작품이라 평가받지는 않는다. 그러나 『성녀전』 서문에 대한 평가는 대단히 높다. 『공작부인의 서』, 『명예의 전당』, 『새들의 의회』에 이어 사랑을 다룬 환상 시로 무리 지어지는 『성녀전』 서문은 이전의 세 작품보다 훨씬 성숙하며 독립적이라 평가받는다. 그러나 최근에 와서는 『성녀전』 본문 역시 작가로서의 초서의 모습이 보이는 대단한 작품으로 평가받고 연구되는 경향이다. 자신이 쓴 글에 대해 변명하고 옹호하는 초서의 문구들, 그리고 시인으로서 자신의 시를 사람들이 어떻게 읽고 해석할 것인가에 대한 초서의 시 읽기와 시 쓰기에 대한 고민이 생생하게 드러나는 시로서 현대에서는 『성녀전』이 연구된다. 초서의 많은 작품 중에서 『성녀전』은 양분된 평가를 받고 있는 시이며 그러기 때문에 아직까지 연구할 게 많은 작품이라 할 수 있다.

『캔터베리 이야기』(*The Canterbury Tales* 1387?)

『캔터베리 이야기』의 가장 주 구조는 여행(journey), 성지 순례이다. 초서는 이 성지 순례라는 구조를 이용해 우화시, 기독교인들의 고통 및 순교를 다룬 엄숙한 시들, 「서문」의 우아한 문체를 비롯하여 토파스 경(Sir Thopas)의 엉터리 시에 이르기까지 다양한 문학적 장르를 선보였을 뿐 아니라 고귀한 기사, 신실한 수녀, 명예로운 대학생, 부유한 소작인, 세속적이고 거친 부인을 비롯해 천하고 신분이 비천한 방앗간 주인, 목수, 부패한 본당신부에 이르기까지 다양한 신분의 사람들을 묘사하였다.

켄터베리 이야기의 등장인물로서 초서의 초상화

제1부(Part I)

「서문」(General Prologue)

어느 봄날 『캔터베리 이야기』의 화자는 신성한 성자 토마스 아 베켓(Thomas á Beckett)의 축복을 받기 위해 캔터베리로 순례를 떠나기 전 타바드 여관(Tabard Inn)에 묵는다. 이곳에 다양한 계층의 사람들이 자신들을 순례자라 부르며 이 여관에 도착한다. 그러자 화자는 이들과 함께 일행이 되고 각각 순례자들의 모습과 특징을 묘사한다. 이때 여관의 주인인 해리 베일리(Harry Bailey)가 여행을 보다 즐겁게 하기 위해 각 무리의 한 사람씩 캔터베리로 갈 때 2개, 돌아올 때 2개 각각 4개의 이야기를 하자고 제안한다. 이 중에서 가장 이야기를 잘하는 사람에게 다른 이들이 저녁을 내줄 것이며 여관주인 베일리 역시 이 순례에 동참할 것을 결정하고 이야기를 평가하는 심판자의 역할을 할 것이 결정된다.

「서문」의 가장 주 기능은 캔터베리로 떠나는 순례의 동기와 배경을 제공하는 것이다. 이외에도 「서문」에서 여러 계층의 사람들이 그려지는데 이 과정에서 보여 지는 시인으로서 초서와 등장인물로서 초서의 시각이 다르다. 실제 순례자로서 참가한 초서는 그 인물묘사가 명확하게 되어있지는 않다. 초서의 목소리 톤이나, 말이나 행동, 다른 사람들의 묘사로서 우리는 초서를 간접적으로 그려볼 수 있다. 문학적 등장인물인 초서는 『캔터베리 이야기』의 화자로 즐겁게 그 존재가 드러나지 않으며 순례자들을 숭앙하는 인물로 그려진다. 그러나 이 문학적 등장인물 이면에 존재하는 시인으로서 초서는 문학적 등장인물이 묘사하는 인물들에 대해 객관적이고 풍자적인 시각을 제시한다. 순례자로서 초서와 실제 시인으로서 초서, 이 두 명의 초서가 제시하는 등장인물에 대한 서로 다른 시각, 이 시각이 『캔터베리 이야기』의 서문을 풍요롭고 흥미롭게 만든다.

「기사의 이야기」(*The Knight's Tale*)

운명의 장난으로 동시에 에밀리(Emilie)를 사랑하게 된 감옥에 갇힌 두 친구, 팔라몬(Palamon)과 아르시테(Arcite), 두 사람은 절친한 친구였지만 사랑 때문에 적이 된다. 결국 이들은 에밀리를 얻기 위해 싸우게 되고 이 싸움에서 상처 입은 아르시테는 팔라몬과 에밀리의 결혼을 빌며 죽는다.

남녀 간의 사랑의 이야기와 기사도가 중심 주제인 이 「기사의 이야기」는 일종의 기사도적 로만스(chivalric romance)이다. 그러나 초서는 여기서 단순히 사랑과 기사도에 관해서만 다루지 않았다. 앞의 작품들에서 초서의 주된 관심이었던 운명의 문제가 여기서도 계속 이어진다. 우연히 친구의 도움으로 감옥에서 나간 아르시테, 아르시테와 팔라몬의 싸움에서 주체로 등장하는 여러 신들, 이런 모든 요소들은 인간 삶에 있어서 변덕스러운 운세와 이 이면에 작용하는 신의 섭리에 관한 고찰로 이어진다.

「기사의 이야기」에서 보여지는 또 다른 사회적인 측면은 전쟁으로 상징되는 사회의 파괴적이고 무질서한 측면이다. 이 이야기에서 파괴의 주원인은 사랑과 전쟁이다. 첫 장면에서 아마존을 정복한 테세우스의 모습, 아테네를 정복한 크레온의 무차별적인 살해, 이를 정복하는 테세우스, 이 모든 것들이 파괴를 주도하는 전쟁의 모티브이며, 팔라몬과 아르시테를 싸우게 만드는 요소는 에밀리에 대한 사랑이다. 그러나 이런 파괴적인 측면을 이끌어 가는 것은 장례의식, 화려한 마상시합, 왕의 결혼 등 의식이다. 이는 기사도가 한창 꽃피우기 시작하는 시대에 의식을 중시하는 기사도가 피폐한 사회를 고쳐줄 것이라 기대하는 초서의 마음의 표현이라 할 수 있다.

「방앗간 주인의 이야기」(*The Miller's Tale*)

서문에서 여관주인 베일리는 기사 다음으로 수도승에게 이야기를 하라고 권한다. 그러나 취한 방앗간 주인이 목수에 대한 이야기를 하겠다고 하고 과거에 목수였던 장원 청지기(Reeve)가 이를 반대한다. 화자 초서는 독자들에게 이 이야기가 비천할 것이라고 조심하라고 말하며 공정한 심사를 받기 위해 이 이야기를 그대로 하겠다고 말한다.

　「방앗간 주인의 이야기」는 장르상 우화시(fabliaux)이다. 프랑스에서 시작된 우화시 전통은 인생의 동물적인 측면에 관심을 가진다. 이 우화시는 비록 외설적이고 저급한 경우도 있지만 삶을 있는 그대로 그리려는 현실주의적인 태도를 취한다. 이 우화시는 사랑의 주제를 많이 다루고 있는데, 이들이 그리는 사랑은 남녀 간의 고귀한 사랑이라기보다는 질투하는 늙은 남편, 젊고 아름다운 부인, 이 부인을 흠모하는 젊은 남자의 삼각관계라 하나의 틀을 형성하여 남녀 간의 사상의 사실적이고 관능적인 측면을 부각시켰다. 「방앗간 주인의 이야기」에 등장하는 늙은 남편인 방앗간 주인, 예쁘고 관능적이며 쾌락을 쫓는 젊은 아내 알리손(Alison), 알리손을 사랑하고 사랑 받는 대학생 니콜라스(Nicholas), 알리손의 또 다른 구애자 압살론(Absalon)이 주축이 되어 이중의 삼각관계 틀을 이루며 이 이야기가 진행된다.

초서는 「방앗간 주인의 이야기」를 의도적으로 「기사의 이야기」 다음에 수록하였다. 「기사의 이야기」에 등장하는 '에밀리 - 아르시테 - 팔라몬'의 사랑의 이야기는 비록 그 중심구조는 삼각관계이지만 그 당시 중세에서 유행하는 궁정풍 사랑의 도식에 따라 아름답게 그려졌다. 그러나 「방앗간 주인의 이야기」에 등장하는 '방앗간 주인 - 알리손 - 니콜라스 - 압솔론'의 이야기는 저급하고 관능적이며 사실적으로 그려졌다. 이는 의도적으로 귀족사회에서 유행되었던 궁정풍 사랑의 이야기는 이 현실세계에서는 한낱 육체적인 삼각관계가 아닌가 하는 의구심을 제시하는 것이다.

「방앗간 주인의 이야기」의 현대적 평가 중 하나가 종말론(eschatology)과 외설론(scatology)를 함께 연결한 것이다. 중세인의 신학적 갈등이자 목적은 일상적 삶에서 유혹을 이기고 하늘나라에 올라가 새 삶을 사는 것이다. 이 관점에서 볼 때 니콜라스가 천문학을 현실 세계와 연결한 것, 알리손과 니콜라스과 육체적 사랑을 나눌 때 노아의 방주에 들어가 있는 것, 니콜라스의 항문이 데었을 때 이것을 홍수와 연관시킨 것, 이 모든 것이 종말론과 외설론 사이의 갈등을 그려내고자 하는 것이다.

「장원 청지기의 이야기」(*The Reeve's Tale*)

이름이 오스왈드(Osewolde)인 장원 청지기의 이야기 역시 우화시에 속한다. 늙은 남편과 부인, 젊은 딸 그리고 학생 2명이 주축이 되어 남편이자 아버지 몰래 부인과 딸과 잠자리를 하며 그를 놀림감으로 만드는 전형적인 우화시 양식을 따랐다. 이 이야기는 또 보카치오의 『데카메론』에도 나오는 이야기이다. 그러나 초서는 이 이야기를 자신만의 양식으로 변화시켰다.

「장원 청지기의 이야기」를 보면 주인공은 방앗간 주인 심킨(Sumkyn)으로 머리는 대머리이고 들창코에다 곡식을 속이는 사기꾼이다. 심킨의 부인은 신부의 사생아로 수녀원에 자랐으며 숙녀로 대접받기를 원하는, 잘난 체하는 여인이다. 이들의 딸은 비교적 예쁘게 생겼으며 외할아버지인 신부가 훌륭한 결혼 자리를 알아보고 있는 중이었다. 이런 부인과 딸을 두 대학생 알레인(Aleyn)과 존(John)이 한 집, 한 방에서 자며 심킨이 곡식 낟알을 속인 것에 대한 복수로 심킨이 자고 있는 동안 잠자리를 같이 한다. 알레인이 잘못 침대에 들어가 방앗간 주인을 깨움으로서 싸움이 벌어졌지만 결국 방앗간 주인이 흠씬 매를 맞고 두 대학생은 심킨이 속인 밀을 다 찾아가는 것으로 이야기가 끝난다.

「장원 청지기의 이야기」는 어떤 의미에서 「방앗간 주인의 이야기」의 패로디이다. 장원 청지기에 따르자면 방앗간 주인은 「방앗간 주인의 이야기」의 주인공처럼 천문학에 심취한 종교적 인간이 아니며, 방앗간 주인의 부인은 알리손처럼 아름다운 여성이 아니라 사생아 출신의 잘난 체 하는 여성일 뿐이다. 이는 곳 중하층의 계급이 비록 겉으로는 아닌 척하지만 귀족의 문화를 동경하고 모방하려 하고 있으며 이런 위선적인 모습을 바로 장원 청지기가 비판하는 것이다. 어찌 되었든 「기사의 이야기」, 「방앗간 주인의 이야기」, 「장원 청지기의 이야기」는 남녀 간의 사랑의 문제를 계층마다 어떻게 이해하고 그려내는지, 그리고 이 사랑에 대해 다른 계층은 어떻게 보는지가 보여 지는 세 개의 이야기이다.

「요리사의 이야기」(*The Cook's Tale*)

여관 주인이 앞에서 이야기한 사람들의 외설성을 보상하는 의미로 좀 더 이야기다운 이야기를 요리사에게 하라고 한다. 그러나 요리사의 이야기 역시 도덕적으로 타락한 도제의 이야기로 비록 중간에 끝났지만 그 외설적이고 사실적인 측면에 있어 앞의 두 이야기와 절대 뒤지 않는 이야기를 할 것이라는 상상이 된다. 하여간 이제 이야기는 초기에 보여준 이상화된 로맨스의 세계에서 현실 세계의 천박한 곳으로 하강한다.

제2부(Part II)

「변호사의 이야기」(*The Man of Law's Tale*)

일관성(constancy)의 의미를 지닌 콘스탄스(Custance) 왕녀가 무슬림 지역의 왕비가 되어 겪게 되는 고생과 모든 고생을 이기고 결국 남편과 만나 행복한 결말을 맞는 이야기이다. 이 이야기는 니콜라스 트리베(Nicholas Trivet)의 앵글로 노만 연대기에 나오는 이야기로 가워(Gower)가 『콘페시오 아만티스』(Confession amantis)에서도 이 이야기를 썼다.

「변호사의 이야기」의 처음부분에서 시리아 상인과 술탄의 부로 서술되는 현세와 부와 콘스탄스의 정신적인 부가 대조되어 그려진다. 콘스탄스는 완벽하다. 그녀는 빈부, 슬픔과 기쁨, 패배와 승리에 상관없이 항상 일관되게 신만을 의지하며 산다. 내세의 행복을 생각하며 그는 현세의 고통을 참았고 또 현세의 유혹을 참는다. 결국 그녀는 기억을 회복하고 부모와 남편을 만나는 보상을 받고 행복한 삶을 다시 영위하게 된다. 이 이야기에 따르자면 하나님의 나라에 올라가기 위해 기독교인은 어떤 역경이 닥치더라도 콘스탄스처럼 절대로 굴하지 않고 하나님에 대한 믿음을 굳건히 지켜야 한다.

제3부(Part III)

「바스의 여장부의 이야기」(*The Wife of Bath's Tale*)

다른 이야기들과 달리 「바스의 여장부의 이야기」는 서문이 그 본 이야기보다 길다. 서문에서 바스의 여장부는 자신의 일생에 관해 이야기한다. 그녀는 4번째 결혼한 남편의 장례식에서 만난 옥스퍼드 대학생 젠킨(Janekyn)과 5번째 결혼을 하고 순례를 떠나는 중이다. 서문에서 바스의 여장부, 알리손(Alison)은 중세에서 여성을 대하는 시각에 대해 비판하고 있다. 중세의 교회는 여성을 육욕의 상징이자 남자를 유혹해서 죄로 빠뜨리는 대상물로 생각했다. 이런 여성 비하적 사상에 대해 알리손은 육체는 생산뿐 아니라 즐거움을 위해서도 유용하다며 사랑의 쾌락적인 면을 옹호한다. 결혼 후 남편에게 맹목적으로 복종해야한다는 여성 차별적 권위에 대해서는 바스의 여장부는 과감하게 반대한다. 5번째로 결혼한 대학생 젠킨이 매일 밤 음욕에 찬 여성의 이야기를 들려주며 알리손을 도덕적이고 남편 말에 순종하려는 여성으로 바꿔놓으려 할 때 알리손은 매를 맞아 귀까지 먹어가며 이런 권위에 도전하고 결국 남편에게서 지배권(sovereignty)을 획득한다.

「바스의 여장부의 이야기」는 요정을 겁탈한 한 기사가 귀네비어 왕비와 숙녀의 명령으로 여성이 진실로 원하는 것이 무엇인가를 찾아가는 이야기이다. 이 이야기는 목숨을 구해 주면 결혼할 것이라는 노파와 약속함으로써 기사는 목숨을 구하게 되고, 결혼 첫날 밤 자신의 지배권을 노파에게 모두 줌으로써 아름다운 여성으로 변한 노파와 행복한 생을 누리게 된다는 일종의 로맨스이다. 이 이야기에서 바스의 여장부는 진실한 '고상함'(gentilesse)이 무엇인지, 즉 귀족의 가문으로 태어난 기사가 겁탈이라는 고상한 행동을 하지 못한 상황을 설정함으로써 고상함이란 타고 난 것인지 아니면 행동으로 얻게 되는 것인지 의문을 제기한다.

바스의 여장부는 『장미이야기』에 나오는 노파(La Vieille)를 비롯해 강하고 고집스러운 늙은 여인의 전통을 이어 받은 여성이다. 이 여성들은 주로 자신들이 더 이상 아름답지 못하고 남성의 사랑을 받지 못한다는 사실을 애통하고 비관하는 반면 초서의 바스의 여장부는 매우 낙천적이다. 늙었다고 결혼을 못하는 것이 아니며 육체적 쾌락을 즐기지도 못하는 것이 아니라 늙은 여자도 여성이므로 여성이 누릴 수 있는 모든 것을 누려야 한다고 주장하는 밝고 강한 여성이다. 바스의 여장부의 이런 측면 때문에 이를 현대적인 측면에서 그녀를 중세 시대의 페미니스트라 평하며 또 「바스 여장부의 이야기」를 '결혼을 다룬 이야기 모임'(Marriage Group)이라는 이름을 붙이기도 한다.

「탁발수사의 이야기」(*The Friar's Tale*)와 「소환리의 이야기」(*The Summoner's Tale*)

중세에서 탁발수사와 소환리는 서로 경쟁관계에 있는 인물들이다. 탁발수사가 죄와 회개의 문제를 설교하며 교인들에게 시주와 돈을 받는 반면 소환리는 하나님이 죄인을 소환하므로 회개하고 헌금을 해야 한다며 돈을 받는다. 탁발수사와 소환리 모두 돌아다니며 돈을 모금한다는 점에서 공통적이지만 일반교인에게서 헌금을 받아야 하므로, 즉 헌금을 요구하는 상대가 같다는 점에서 경쟁적이다.

악마인지 모르고 동료로 삼아 함께 시주를 다니다가 한 여인의 절실한 외침으로 악마가 지옥으로 데려간 소환리의 이야기를 소재로 삼은 「탁발수사의 이야기」에서 탁발수사는 모든 일을 지성적으로만 이해하려는 소환리를 비판한다. 이에 반해 병든 토마스에게서 돈을 빼앗으려다가 도리어 방귀를 맞고, 또 '받은 것은 함께 나눠야 한다'는 원리를 실현하기 위해 방귀를 나눠야 한다고 주장하는 탁발수사가 한 견습기사에게 망신을 당하는 「소환리의 이야기」에서 소환리는 탈발수사를 경멸한다. 소환리가 볼 때 탁발수사가 전하는 이야기는 불경스러우며 탁발수사는 이론과 실제가 다른 타락한 인물이다.

탁발수사와 소환리의 이야기를 보면 이 두 사람은 모두 종교적인 인물이라고 주장하지만 실제적으로는 돈만 밝히는 매우 타락한 인물임을 알 수 있다. 탁발수사에 따르자면 소환리는 악마와 동맹관계를 맺고 절대 회개하지 않는 인물이며 소환리에 따르자면 탁발수사는 설교와 실제 행동이 다르고, 교회의 권위를 이용하여 자신의 부를 챙기려는 위선자일 뿐이다. 초서의 눈에 볼 때 이들은 그 당시에 활동했던 타락한 종교지도자를 상징하기도 한다.

제4부(Part IV)

「대학생의 이야기」(*The Clerk's Tale*)

서문에서 여관주인은 왕이 일반인에게 말하는 것과 같은 고양된 형식을 사용하지 말고 다음 이야기를 하라고 대학생에게 요구한다. 이에 대학생은 주인공을 농부의 딸인 그리셀다(Griselda)로 삼아 평범하고 단순한 문체로 이야기를 서술한다.

그리셀다의 이야기는 14세기에 모두 9가지 판이 있었다. 보카치오의 『데카메론』에서 나온 이야기를 페르타르카(Petrach)가 라틴어로 번역하여 널리 사랑받도록 하였다. 세르캄비(Sercambi)가 라틴어판으로 다시 썼고 페트라르카의 글이 프랑스어로 4개가 번역되었다. 초서는 페트라르카와 미상의 프랑스어 판의 그리셀다 이야기를 중심으로 하여 「대학생의 이야기」를 썼다.

잘생기고 젊으며 강한 왕인 월터(Walter)각 국민의 행복을 위해 결혼을 결정하고, 농부와 그의 딸의 의도를 물어 결혼을 결정한 처음의 모습은 분명히 자유롭고 혁신적인 왕의 모습이다. 국민의 행복을 우선으로 하며 신분의 차이를 뛰어넘어 과감히 하층민의 딸을 왕비로 선택했다는 점에서 월터는 모두의 존경을 받을만한 인물이다. 그러나 그리셀다의 관계에 있어서는 매우 잔인하고 폭군적인 모습을 보인다. 그는 결혼을 할 때 그리셀다에게 맹목적인 복종을 요구했을 뿐 아니라 왕비의 맹목적인 복종을 확인해보기 위해 왕비에게서 아들과 딸을 모두 빼앗는 잔인함을 보여준다. 그는 또 이것으로 만족하지 못해 마지막에 왕비를 쫓아내고 새로운 왕비를 맞겠다고 말할 뿐 아니라 새 결혼 준비를 그리셀다에게 시키는 잔인한 모습을 보여준다. 이와 같이 자신을 잔인하게 시험하는 왕에게 무조건 복종함으로써 그리셀다는 결국 자식들을 다시 찾고 왕과 행복하게 살게 되는 결말을 맞는다.

그리셀다의 이야기는 「바스 여장부의 이야기」를 전복시키는 글이다. 바스 여장부는 남자를 지배하려는 강한 욕구를 이야기에서 드러낸 반면 대학생은 그리셀다의 이야기에서 여성을 지배하려는 강한 남성의 욕구를 드러내고 있다. 결혼에서 남편과 아내의 주도권 문제를 다룬 「대학생의 이야기」의 이런 측면 때문에 많은 비평가들이 이 이야기를 결혼을 다룬 이야기 무리(Marriage Group)에 포함시킨다.

남편에게 무조건 복종하는 그리셀다의 이야기를 들은 무역상은 두 달 전 결혼한 인물로 결혼에 대해 매우 냉소적이고 부정적 견해를 가지고 있다. 늙은 남편 재뉴어리(Janauary) – 젊은 부인 메이(May) – 견습기사 다미안(Damian)의 사랑의 삼각관계를 다루고 있는 「무역상의 이야기」는 주제 면에서 우화시의 전통을 답습하고 있다. 남편의 하인인 다미안의 사랑의 구애를 받은 메이, 젊은 부인과 원활한 육체적 관계를 맺지 못해 결국 오쟁이짓 당하는 늙은 남편을 다룬 이 전통적인 주제는 우화시의 구조를 답습하고 있지만 문체는 매우 다르다. 등장인물이 사용하는 언어와 초서가 사용하는 문체는 로맨스의 문체이다. 특히 견습기가 다미안이 첫눈에 메이에게 사랑에 빠진 후 구애하는 모습은 궁정풍 사랑의 문학에서 연인이 구애를 하는 모습과 거의 유사하다.

초서는 등장인물의 이름에서부터 그 성격을 규정한다. 재뉴어리는 한 겨울의 상징으로 늙음을 의미한다. 메이는 5월을 상징하는 것으로 꽃이 피는 것처럼 사랑과 쾌락을 한창 추구하는 젊음을 의미한다. 재뉴어리에게 충고하는 친구들 이름도 저스티니우스(Justinius)는 정당한 사람을 상징하고 플라체보(Placebo)는 아첨하는 사람을 의미한다. 「무역상의 이야기」 역시 남편과 부인의 관계를 다룬 것이기에 결혼을 주제로 삼은 이야기 무리(Marriage Group)에 속한다. 그러나 이 이야기는 부인과 남편의 주도권 문제를 다룬 「바스 여장부의 이야기」와 「대학생의 이야기」와 달리 결혼의 의미 자체에 의문을 제기한다.

재뉴어리에 있어 결혼의 의도는 하나님이 그렇게 하라고 한 것이며 자식을 얻어 재산을 물려주기 위해서이다. 결혼하기 전에 재뉴어리는 여러 여성들과 육체적 쾌락을 마음껏 누렸으며 이제 나이가 들자 안정적으로 한 여성과의 관계만을 가지려는, 즉 성적인 능력이 떨어지자 내린 결론이기도 하다. 이와 같은 관점에서 본다면 「무역상의 이야기」는 사랑을 바탕으로 한 결혼의 중요성을 제기한 이야기이기도 하다.

제5부(Part V)

「견습기사의 이야기」(The Squire's Tale)

서문에서 묘사된 견습기사의 외모는 매우 화려하다. 그는 모험을 찾아 외국을 다녔으며 이런저런 이야기도 많이 들었다. 「견습기사의 이야기」는 견습기사의 이런 특성을 잘 나타내는 이야기이다. 캄버스칸(Cambuskan)왕이 왕위에 오른 지 20년 되는 기념일에 한 기사가 나타나 모든 생물체의 말을 이해할 수 있는 반지를 준다. 이 반지를 공주 카나스(Canace)가 끼었고 다음 날 암매의 말을 이해하게 된다. 젊은 매에게 버림받아 고통 받는 암매를 공주가 구해주고 돌보아준다. 곧바로 견습기사가 캄버스칸 왕의 모험이야기를 비롯해 다른 영웅들의 모험이야기를 계속 하려하자 향반이 끼어 들어 이를 제지한다.

만약 향반이 끼어 들어 제지하지 않았다면 「견습기사의 이야기」는 견습기사의 어투와 문체로 보아 매우 많이 길어졌을 것이다. 이런 측면에서 볼 때 향반의 저지는 매우 적절한 것이라 할 수 있다. 하지만 초서가 왜 여기서 견습기사를 끼어 들게 했는지에 대해서는 많은 의문이 제기된다. 혹자는 초서가 이를 나중에 완성하기 위해 어디에서 멈추었는지 알기 위해 향반이 끼어 들게 했다고 주장하기도 하지만 이 의견이 확정적인 것은 아니다. 여하튼 향반이 끼어 들어 『캔터베리 이야기』 5부는 지겨움을 벗어날 수 있었다.

「향반의 이야기」(The Franklin's Tale)

고귀하고 용기 있고 부유한 기사인 아베라구스(Averagus)는 진실로 사랑하여 아름다운 도리겐과 결혼한다. 아베라구스가 2년 동안 잉글랜드에 가 있게 되자 도리겐은 진실로 남편만을 생각하며 지낼 것을 약속한다. 남편을 그리워하며 눈물로 지새우는 도리겐에게 첫눈에 반한 젊고 강하고 부유한 아우레리우스는 그녀에게 계속 구애를 한다. 결국 농담으로 브르타뉴의 해안가의 돌이 전부 없어진다면 아우레리우스의 사랑을 받아들이겠다고 도리겐은 말하게 되고 아우레리우스는 마법사 대학생의 도움을 받아 실제로 이 모든 돌을 없앤다. 약속했기에 아우레리우스와 하룻밤을 지내야 하는 도리겐의 슬픔을 알게 된 남편은 약속을 준수해야 한다고 주장하며 부인 도리겐을 아우레리우스에게 보낸다. 결국 아베라구스의 고상한 마음에 감복한 아우레리우스는 육체적으로 부인을 전혀 건드리지 않은 채 그냥 남편에게 보내고 이런 행동에 감동한 마법사 대학생은 마술의 대가로 받기로 한 돈 1,000파운드를 받지 않는다.

「향반의 이야기」에서 초서는 가장 이상적인 결혼의 모습을 제시한다. 서로의 사랑, 믿음, 절제가 바탕이 되어 상대방의 약속이나 의견을 존중해주는 결혼이야말로 초서가 생각하기에 가장 이상적인 결혼이다. 이밖에도 초서는 이 이야기에서 진실(trouth)의 문제를 제기한다. 아베라구스에게 진실(trouth)과 약속(troth)은 인간관계에 있어 대단히 중요한 요소들이다. 비록 농담으로라도 일단 말해지면 약속은 꼭 지켜야 하며 자신의 부인을 직접 아우레리우스에게 보냄으로써 향반은 이 이상을 몸소 실천했다.

제6부(Part VI)

「의사의 이야기」(*The Physician's Tale*)

「의사의 이야기」는 매우 음울하고 이상한 이야기이다. 버지니우스(Virginius)의 딸 버지니아(Virginia)를 바라본 판사 아피우스(Appius)는 그녀를 무슨 일이 있어도 가지려고 한다. 결국 그는 버지니우스가 처녀를 납치해 딸로 데리고 있다고 고소한다. 판사와 한편인 클로디우스(Claudius)의 농간에 의해 어쩔 수 없이 순결을 더럽혀야만 하는 버지니아는 아버지에게 죽음을 호소하고 이에 아버지는 그녀의 목을 친다. 피가 흐르는 딸의 목을 판사에게 가져간 버지니우스는 버지니아를 살해했다는 누명을 쓰지만 사람들이 진실을 간파하고 클로디우스와 아피우스를 감옥에 넣는다. 감옥에서 아피우스는 자살하고 클로디우스는 버지니우스의 간청을 받아 살아난다.

「의사의 이야기」는 그렇게 성공작이 아니다. 딸을 죽음으로 몰고 간 클로디우스를 용서하는 아버지의 태도도 사리에 맞지 않고 마지막에 이런 일을 꾸민 '무리'를 처벌해야 한다는 버지니우스의 말도 전혀 통일성이 없다. 그러나 기독교적인 상징으로 읽으면 그 의미가 분명해진다. 버지니아는 기독교적 순결, 사악한 재판관 아피우스는 순결하지 못함으로 읽는다면 이 이야기는 14세기 도덕적 알레고리로서 제 역할을 분명히 한다.

「면죄사의 이야기」(*The Pardoner's Tale*)

「면죄사의 이야기」 서문은 「바스 여장부의 이야기」 서문처럼 자기 고백적이다. 교구의 명령을 받아 한 지역에 있으면서 성물이나 면죄부를 팔아 수익을 교구에 보내고 일부만 자신이 갖는 것이 면죄사의 역할이다. 그러나 서문에 따르자면 이 면죄사는 고급 옷과 맛있는 음식을 좋아하는, 즉 '돈이 항상 모든 악의 근원이다'라고 주장하면서도 실제로 자신이 돈에 탐닉하는 인물이다.

「면죄사의 이야기」는 죽음을 찾아가는 세 청년의 이야기이다. 무덤을 보고 죽음을 찾아 떠난 세 청년이 한 노인에게서 죽음이 나무 아래에 있다고 듣는다. 나무 아래를 파보자 그곳에는 금화가 있었다. 두 청년은 제일 어린 청년에게 음식과 포도주를 사오라고 시킨 후 이 청년이 돌아오면 죽이고 자신들이 금화를 나누기로 결정한다. 그러나 제일 어린 청년이 포도주에 독을 탔기에 세 청년 모두 죽고 결국 금화가 죽음, '돈이 항상 모든 악의 근원'인 것이다.

이야기가 끝난 후 면죄사는 여관 주인에게 성물을 판다. 성물이 가짜인 것을 아는 여관주인은 면죄사와 싸우고 기사의 중재로 이들은 화해하고 다시 순례를 떠나게 된다. 「면죄사의 이야기」는 『캔터베리 이야기』에 실린 이야기들 중 가장 잘 된 이야기 중 하나로 평가된다. 이 시는 예증(examplum)으로 간결성, 잘 설정된 등장인물의 성격, 상징적 인물인 노인, 빠른 설명 등으로 구성된 매우 뛰어난 서술적 글이다. 특히 서문에 자기 고백적인 이야기를 하고,

본문에 이런 고백에 어울리는 이야기를 한 면죄사가 나중에 가짜 성물을 파는 모습은 반전이자 자기위선적인 태도를 있는 그대로 제시하며 면죄사를 살아 있는 인물로 만드는 요소이다.

제7부(Part VII)

「선장의 이야기」(*The Shipman's Tale*)

옷과 장신구를 사느라고 100프랑의 빚을 진 부인이 남편에게 돈을 달라고 요구하자 남편은 이를 거절한다. 그러자 남편과 의형제를 맺은 수사 존(John)에게 부인은 돈을 빌리고 이에 대한 값으로 수사는 하룻밤을 같이 지내기를 요구한다. 수사 존은 부인의 남편에게 양떼를 산다고 100프랑을 빌려 이를 부인에게 주곤 하룻밤을 지낸다. 브러그즈(Bruges)에 갔다가 돌아온 남편이 부인이 빌려 쓴 돈 100프랑을 갚지 않았다고 비난하자 이에 부인은 수사 존에게 돈을 빌리고 이를 몸으로 갚았다고 말한다.

위의 이야기는 결혼에 대한 이야기이다. 특히 이 이야기는 '결혼 빚'(marriage debt)이라 부르는 남편과 부인 사이의 경제적인 측면에 대한 이야기이다. 보다 여성답게 가꾸기 위해 사용한 돈을 갚아달라는 부인의 요청을 들어주지 않아 결국 부인의 정조를 상실하게 되는 남편의 모습을 통해 경제적으로 관대하지 못한 것도 결혼 생활에서 장애가 된다는 점을 초서는 피력했다. 또 하나는 수사 존에 대한 남편의 태도이다. 남편은 상인으로 중산계층이다. 수사 존은 기사 계층으로 남편보다는 높은 귀족 계급이다. 부인에게는 거절한 돈을 수사에게 주었다는 것은 결국 중산층이 위의 귀족계급과 섞이기를 원하고 이들에게 매우 관대하게 대했던 사회 풍조를 보여주는 것이다. 초서의 묘사에 따르자면 수사 존은 관대하다. 중산층 계층에게는 친분 관계를 유지해 신분적인 속물근성을 즐기게 해주었으며, 돈이 필요한 사람들에게는 실제적으로 돈을 주어 그들의 삶을 구제해주고 윤택하게 해주기 때문이다.

「수녀원장의 이야기」(*The Prioress's Tale*)

성모마리아의 기적에 대한 이야기는 중세에서 가장 알려진 이야기 중 하나이다. 기독교인 소년은 우연히 소년들의 합창 '구세주의 노래'(*O Alma Redemptoris*)를 익힌다. 유대인이 모여 사는 지역을 이 노래를 하며 지나가는 소년을 악마의 유혹을 받아 유대인들이 살인자를 고용해 처참하게 죽여 버린다. 아들을 찾아 나선 미망인은 유대인들에게 아들의 행방을 묻지만 대답을 듣지 못하고 결국 그리스도가 그녀의 생각 안에 들어가 행방을 가르쳐주어 아들의 시체를 발견한다. 미망인은 죽은 채로 아들이 '구세주의 노래'를 하는 걸 듣게 되고, 성모 마리아가 소년의 혀에 올려준 진주를 꺼낸 후에야 아들은 노래를 멈추고 장례를 지내게 된다. 소년의 기념비가 세워지고 그 이름이 링컨의 휴(Hugh of Lincoln)이다.

이 이야기에서 가장 눈에 띄는 점은 바로 유대인들에 대한 기독교들의 증오이다. 유대인들에 대한 이런 증오는 중세 기독교인들의 일반적 태도였고 수녀원장의 입에서 이런 반유대적인 이야기가 나온다고 해서 이상한 점은 하나도 없다. 초서는 중세에서 유행하던 이 이야기를 약간 변형시켜 좀더 슬프게 만들었다. 어린 아이를 칭할 때 반복적으로 '작은'이란 단어를 수식어로 쓴다든지, 엄마를 미망인으로 만든 것은 동정심을 더 유발하기 위한 의도적인 변화이다.

사람들이 흑사병으로 죽어갈 때 쥐나 개에게도 동정심을 표하는 수녀원장이 이렇게 잔혹한 이야기를 한다는 것은 수녀원장의 이중적 모습을 보여주는 것이라 평하는 비평가가 많다. 그러나 반유대주의가 그 당시 기독교인들의 일반적 성향이며, 소년에 대한 동정심을 증가시키기 위해 소년이 죽는 장면을 더 잔혹하게 묘사했다는 의견 역시 설득할 만하다.

「토파스 경의 이야기」(*The Tale of Sir Thopas*)와 「멜리비의 이야기」(*The Tale of Melibee*)

링컨의 휴의 음울하고 잔혹한 이야기를 들은 여관 주인은 초서에게 재미있고 밝은 이야기를 해달라고 요구한다. 이에 초서는 요정의 여왕을 찾기 위해 모험을 떠나는 토파스 경의 이야기를 시작한다. 그러나 이 이야기는 적절치 못한 운율 때문에 여관 주인은 그만 하라고 요구한다. 여관주인의 요청을 받아 초서는 산문으로 쓰인 짧은 이야기를 하겠다고 하지만 다음 이야기로 초서가 한 것은 속담으로 가득 찬 긴 산문 「멜리비의 이야기」 이야기이다.

「멜리비의 이야기」는 멜리비의 부인 프루던스(Prudence) 부인의 토론으로 이루어진 이야기이다. 멜리비와 부인이 멀리 떠난 사이 세 명이 도둑이 침입해 딸 소피아(Sophia)에게 심한 상처를 입힌다. 멜리비는 이들에게 복수할 것을 맹세하나 부인은 평화롭게 이 일을 해결하라고 충고한다. 도둑이 잡히자 멜리비는 부인의 연속된 충고로 결국 이들을 용서하는 관대함을 보여준다.

「멜리비의 이야기」 이야기 전체는 과연 도둑들에게 복수를 해야 하느냐에 관한 문제이다. 이 과정에서 욥, 솔로몬, 바울, 예수, 성 아우구스티누스, 성 예로니무스 등 수많은 현자들의 많은 인용문들이 나온다. 이 이야기는 프랑스의 원전보다도 그 길이가 훨씬 길며, 지루하고 평범한 상투 용어와, 억지로 만든 알레고리, 감동을 주지 못하는 도덕성으로 가득 차 있다. 따라서 일부 학자들은 이 이야기가 「토파스 경의 이야기」의 형편없는 짝이라 평한다. 그러나 현대에 와서 「멜리비의 이야기」는 재평가 받기 시작한다. 「향반의 이야기」에서 다루어진 적절한 충고자를 만나는 문제, 「바스의 여장부의 이야기」에서 다루어진 남편과 부인의 주도권 문제, 그리고 명예와 기독교적 의무와 어떻게 화합을 하는가 등 『캔터베리 이야기』 전반에서 다루고 있는 중요 주제들이 이 이야기에서 보이므로 일부 비평가들은 「멜리비의 이야기」가 『캔터베리 이야기』 전반의 구조적 결합을 주는 필수적 요소라 평하기도 한다.

「수사의 이야기」(*The Monk's Tale*)

여관 주인이 즐거운 이야기를 해달라는 요청을 받고 수사는 이야기를 시작하

지만 이는 운세에 의해 행복에서 불행에 떨어진 사람들의 비극적인 이야기이
다. 루시퍼, 아담, 헤라클레스, 삼손, 네로 등의 예를 들면서 이들은 초반에 영
화를 얻었지만 운세의 반전으로 비참한 삶을 살게 된 사람들이다. 수사는 이런
이야기가 훨씬 더 많다며 계속 하려하지 기사가 이 이야기를 끊는다.

「수사의 이야기」는 기교면에서 다른 이야기들과 많이 뒤떨어지기에 대부
분의 비평가는 이 이야기가 『캔터베리 이야기』가 쓰이기 훨씬 전에 미리 쓰인
것이라 추정한다. 이 이야기에서는 초서의 비극관이 드러난다. 초서가 생각하
는 비극은 인간의 자만심으로 인해 비극이 탄생한다는 아리스토텔레스의 비극
관과 달리 초서는 비극은 변덕스러운 운세에 의해 발생한다고 생각한다.

「지도 신부의 이야기」(*The Nun's Priest's Tale*)

「지도 신부의 이야기」는 『캔터베리 이야기』 중에서 가장 잘된 이야기 중의 하
나이다. 여우에게 쫓기는 꿈을 꾼 수탉 촌티클리어(Chaunticleer)는 암탉 페르
테로테(Pertelote)에게 꿈 이야기를 하며 실제로 이런 일이 일어날까 두려워한
다. 그러나 암탉은 현인들의 구절을 인용하며 꿈은 아무 의미가 없고 촌티클리
어가 많이 먹어 그러므로 설사제를 먹으라고 답한다. 그리곤 촌티클리어에게
겁쟁이라 칭한다. 잠시 후 촌티클리어는 돈 러셀(Don Russel)이라는 이름의 여
우를 만나게 된다. 촌티클리어가 도망가자 여우는 그냥 그의 아름다운 노래를
들으러 왔다고 말한다. 여우의 칭찬에 우쭐해진 촌티클리어는 노래를 부르게
되고 이때 여우는 그의 목을 물고 달아난다. 그러자 미망인을 비롯해 우리의
온갖 동물들이 여우를 쫓아가기 시작한다. 이를 본 촌티클리어는 쫓아오는 사
람들에게 욕을 해주라고 여우에게 말한다. 욕하려 입을 뗀 순간 촌티클리어는
도망간다. 여우는 다시 촌티클리어의 목소리를 칭찬하며 그의 노래를 듣고 싶
다고 말하지만 교훈을 얻은 수탉은 다시는 여우의 유혹에 넘어가지 않는다.

「지도 신부의 이야기」는 동물 우화(beast fable)이다. 동물 우화는 동물이

인간처럼 행동하는 것으로 이는 인간의 연약함을 비난하거나 풍자하기 위해 사용된다. 초서는 이 이야기를 서술할 때 영웅을 모방하는 문체(mock-heroic)를 사용했다. 촌티클리어가 잡혀 사람과 동물이 함께 쫓아갈 때 초서는 이를 마치 서사시 『일리아드』(*Iliad*)에서 아킬레스(Achilees)가 헥터(Hector)를 추적할 때처럼 고양되고 장엄한 문체로 서술하는데, 이렇게 사소한 일을 영웅적 문체를 사용하여 기술함으로써 상황의 희극적인 부조리함을 더욱 부각시켰다.

「지도 신부의 이야기」의 가장 큰 주제는 운명과 인간의 문제이다. 중세시대에 꿈은 일종의 예언이다. 운명이 내리막길에 처했음을 알려주기 위해 신이 미리 경고해주는 것으로 이렇게 변화하는 운명을 인간을 막을 수 없고, 또 이렇기 때문에 인간의 비극이 탄생하는 것이다. 촌티클리어가 여우에게서 풀려나기 직전 운명이 그에게 호의적으로 변화하고 이 때문에 그가 풀려났다는 서술은 이런 중세의 운명관을 잘 보여주는 것이다. 이와 더불어 지도 신부는 인간의 자만심에 대해 말하였다. 촌티클리어가 여우에게 물리게 된 것도 목소리가 좋다는 아첨 때문이며, 여우가 촌티클리어를 놓친 것도 촌티클리어의 칭찬에 넘어가 무리에게 욕을 해주려 했기 때문이다. 인간의 자만심, 타인의 아첨은 인간에게 치명적 손실을 끼치는 일이다. 이 이야기의 또 다른 주제는 부인과 남편의 주도권 문제이다. 촌티클리어의 꿈에 대해 여러 현자의 문구를 인용하며 반대 의견을 강력하게 피력하는 페르테로테의 반박은 「멜리비의 이야기」 내내 보여주었던 푸르던스의 토론과 유사하다. 마지막으로 지도 신부의 이야기는 빈곤층과 부유층의 모습을 대조적으로 제시했으며 나아가 부유층의 겉만 화려한 모습을 비꼬았다. 이야기 초반에 그려지는 미망인의 모습은 빈곤층의 전형적인 모습이고, 촌트클리어는 사용된 수식어가 모두 기사에게 묘사되는 것으로 잘 생기고 건장하며 5명의 부인을 둔, 귀족 여성들을 쫓아다니는 전형적인 부유층의 기사를 상징한다. 이런 훌륭한 촌트클리어가 하는 일은 망대에 앉아 있는 것이며 (중세에서는 망대에 앉는 것을 자랑하는 것을 상징했다), 해가 아침에 서쪽으로 가지 못하게 하는 것이다. 또 다른 임무는 5명의 아내를 돌보는 것이다. 일반

평민의 눈에는 전사로서의 기사, 궁정풍 예절을 지키는 기사, 용감하고 예의바르다고 명예로운 기사가 하기에는 매우 이상한 일들이다.

제7부(Part VII)

「두 번째 수녀의 이야기」(*The Second Nun's Tale*)

서문은 세 부분으로 이루어져 있다. 첫 번째는 일의 고귀함과 게으름의 위험에 대한 충고이고, 두 번째 부분은 성모 마리아에 대한 기원이고, 마지막으로는 제노바의 제이콥 수사가 쓴 세실리아(Cecilia)라는 이름의 다양한 해석이다. 마지막 부분은 세실리아라는 이름이 어떻게 다양하게 해석될 수 있는지 그 다양한 해석을 그냥 기록했는데, 이것은 자신의 해석을 피력하기보다는 그냥 다양성을 그대로 제시함으로써 세실리아의 이름과 그 해석의 영역을 보다 확장시키는 중세 저자들의 일반적 기교이다.

일생을 처녀로 지내며 성모 마리아에게 헌신하기로 맹세한 세실리아는 발레리안(Valerian)과 결혼하게 된다. 첫날 밤 그녀는 남편을 기독교로 개종시키고 남편의 형제까지 기독교로 개종시킨다. 후에 이교도인 알마키우스(Almachius)는 세실리아를 잡아죽이려 한다. 처음에 펄펄 끓는 물에 그녀를 넣었지만 세실리아는 살았고, 세 번이나 머리를 잘랐지만 그녀는 죽지 않았다. 머리가 잘린 후에도 그녀는 3일이나 더 살아남아 찬양하여 이교도인을 개종시켰다. 죽은 후 우르바누스 교황은 그녀를 성녀로 등극하였다.

처녀의 순결성을 지키며 성모 마리아에게 헌신하는 두 번째 수녀가 모방하고 싶은 성녀 중 하나가 세실리아일 것이다. 이 이야기에서 가장 관심이 가는 부분은 '세실리아' 이름에 대한 다양한 해석이다. 서문에서 두 번째 수녀는 세실리아를 '순결한 처녀성 때문에 하늘의 백합'이라 해석했다. 그녀는 또 가르침의 예증으로 비기독교인에게 길이 되었으며 바쁜 삶을 의미하는 성서의 레아와 하늘이 결합이다. 사람들이 하늘에서 태양, 달과 별을 보듯이 세실리아

안에서 믿음과 위대함 그리고 명철한 그녀의 지혜와 뛰어난 사역을 본다. 만약 하늘과 세실리아가 같다면 세실리아는 중세 철학자들의 돌, 저급한 금속을 보석으로 바꾸는 돌을 의미한다. 만약 하늘과 세실리아가 같다면 세실리아는 납을 금으로 바꾸듯이 영혼의 정화를 통해 이교도인을 기독교인으로 바꿀 것이다. 이와 같은 연금술적 이미지는 바로 다음의 「성당 참사회원 종자의 이야기」에 등장하는 연금술사와 자연스럽게 연결된다.

「성당 참사회원 종자의 이야기」(*The Canon's Yeoman's Tale*)

서문에 갑자기 나타난 참사회원과 종자는 『캔터베리 이야기』의 등장인물 중 가장 살아 있는 인물들이다. 서문은 「면죄사의 이야기」 서문에서와 마찬가지로 자기 고백적인 글이다. 참사회원 종자가 실제로는 연금술사인 성당 참사회원의 이론에 속아 얼마나 많은 빚을 졌는지, 그리고 성당 참사회원이 얼마나 사기꾼인지에 대한 이야기이다.

「성당 참사회원 종자의 이야기」는 일종의 직업에 관한 풍자이다. 초서 시대에는 연금술사가 막 태동하는 직업으로 문학에 잘 다루어지지는 않았다. 연금술을 다룬 첫 부분 이야기를 보면 초서가 연금술을 얼마나 열심히 공부했는지 알 수 있다. 연금술사에게 속는 사제 이야기를 다룬 두 번째 부분은 초서의 실제 경험에서 나왔다고 말하는 학자들도 있지만 이것을 뒷받침할 만한 근거는 아직 없다.

이 이야기에 따르자면 연금술사는 사제처럼 남을 속일 뿐 아니라 자신도 속인다. 납이나 저급한 금속이 금과 같은 보석이 될 수 있다고 일반 사람들을 현혹하여 그들의 돈을 빼앗는 사기를 칠 뿐 아니라 자신도 이런 것을 만들 수 있다는, 단순히 자기 현혹에서 벗어나 신의 영역인 창조를 할 수 있다는 치명적 자만심을 가지게 된다.

제9부(Part IX)

「조달계의 이야기」(*The Manciple's Tale*)

서문에서 갑자기 여관주인이 술에 취해 조는 요리사에게 이야기를 하라고 한다. 이전에 요리사는 미완성의 이야기를 한 적이 있는데 왜 이 시점에 요리사에게 이야기를 시켰는지 그 의도가 의문이다.

　　「조달계의 이야기」는 오비디우스의 『변신이야기』(*The Metamorphoses*)에 나오는 것으로 태양의 신 아폴로를 이상적인 인간 포이부스(Phoebus)로 바꿔 부인의 부정을 고발한 하얀 까마귀를 검은 색으로 만든 이야기이다. 이 이야기는 혀를 조심하라는 교훈을 갖고 있다. 비록 이야기는 단순한 것이지만 조달계는 이야기를 하면서 적절한 것의 여부와 상관없이 수많은 고전 지식을 집어넣기에 글이 조금 산만하고 지루한 느낌을 준다.

제10부(Part X)

「본당 신부의 이야기」(*The Parson's Tale*)와 「초서의 철회」(*Chaucer's Retraction*)

「본당 신부의 이야기」는 『캔터베리 이야기』 이야기 중 가장 긴 이야기로 경건하고 공식적인 설교이다. 본당 신부는 모든 삶이 저급하고 세속적인 삶에서 천상의 삶으로 올라가는 순례의 여정이라는 전반부와 이런 여정을 성공적으로 끝내기 위해서는 참회, 죄의 고백, 금식 등을 해야 하며, 자만심, 질투, 분노, 게으름, 탐욕, 식탐과 색욕의 일곱 가지 치명적인 죄(the Seven Deadly Sins)를 짓지 말아야 한다고 이야기의 끝을 맺는다.

　　비록 이 이야기는 길고, 지겹지만 『캔터베리 이야기』의 끝을 맺는데 가장 적합한 이야기이다. 시간적으로도 이 이야기는 결말이다. 「본당 신부의 이야기」 서문에서 언급되는 시간은 오후 4시이다. 오후 4시는 해가 지기 시작하는 시간으로 죽음과 완결을 의미하는 시간이다. 이 시간적 상징은 『캔터베리 이야기』 전체에서도 보여진다. 처음 이야기가 시작되는 『캔터베리 이야기』 서문에

서 직접적으로 표현되어 있지는 않지만 순례를 시작한 계절이 백양궁자리
(Aries)로 이는 한 해가 시작되는 봄이다. 하지만 맨 마지막 이야기인 「본당 신
부의 이야기」 서문에서 언급되는 별자리는 천칭좌(Libra)로 가을이 오며 한 해
가 끝나는 계절임이 암시된다. 또 천칭좌는 추와 연결되어 심판과 십자가와 의
미가 연결된다.

이야기의 시작이 기사이며 마지막 이야기가 본당 신부인 것도 계급상의
통일을 주기 위한 것이다. 일반적으로 기사는 귀족 계급으로 신분상 상류층이
다. 본당 신부 역시 종교적인 위치에서 상류층이다.『캔터베리 이야기』를 사회
지도자적 위치에서 상류층에서 시작하여 종교적 위치에서 상류층으로 하여금
이야기를 끝내게 함으로써 초서는 계급 상으로도 통일성을 주려했다. 뿐만 아
니라 마지막에 일곱 가지 치명적인 죄에 대한 언급은 지금까지 이야기한 모든
사람들의 죄와 연관지어 진다. 처음 서문에서 매력적으로 보였던 수습기사의
화려한 옷, 향반의 미식사적 태도를 비롯해 결혼과 고상함 등 지금까지 다루어
졌던 모든 인물과 주제와 기독교적 의미에서 조명된다. 따라서 「본당 신부의
이야기」는 다음의 「초서의 철회」로 넘어가는 다리 역할을 한다.

「초서의 철회」에서 초서는 과거에 자신의 작품에 대해 용서를 구한다. 사
랑이나 종교적으로 볼 때 인간의 사소한 일을 주제로 삼은 것에 대해 참회한다.
중세의 팔리노드(*palinode*) 형식을 띤 이 마지막 「철회」 부분이 진실인지 아니
면 그냥 관습적인 것인지에 대한 논란이 분분하다. 그 논란이 어떠하든 간에
현대에 와서 이 「철회」 부분은 초서의 뛰어난 문학적 기교가 드러나는 부분으
로 재평가를 받고 있다.

| 작품 세계 |

초서는 두 권의 번역서를 냈다. 한 권은 기욤 드 로리스와 장 드 묑이 쓴『장미

이야기』를 번역한 『장미이야기』이고 다른 하나는 보에티우스가 쓴 『철학의 위안』을 번역한 『보에체』이다. 이 두 작품은 번역서이므로 초서의 문학적 기교나 문학성을 알아보는데 그다지 중요한 역할을 하지 않지만 초서의 사상과 작품세계를 형성하는데 지대한 영향을 끼쳤다.

　초기 초서에게 많은 영향을 준 것은 프랑스와 이탈리아 방문이다. 초서는 프랑스에서 유스타슈 데샹(Estache Deschamps), 마쇼(Machaut) 등과 친분관계를 가지며 그 당시 중세에서 유행하던 궁정풍 사랑(Courtly Love)을 접하게 된다. 13세기 프랑스 남부 프로방스(Provence) 지방의 궁정 음유시인을 중심으로 발전한 궁정풍 사랑은 인간의 남녀 간의 사랑을 이상적으로 구현하려 노력한 사랑의 형태이다. 비록 궁정풍 사랑은 궁극적 목표는 남녀 간의 육체적 결합이지만 이 육체적 결합은 정신적의 사랑으로 넘어가는 매개체라 주장하며 궁정풍 사랑의 수호자들은 이 사랑의 절대적이고 이상적인 측면을 강조하였다. 궁정풍 사랑의 문학은 또 사랑을 규범화하였다. 모든 연인(남성)은 고결한 숙녀(lady)를 보고 첫눈에 사랑에 빠져야 하며, 사랑에 빠진 연인은 눈물로 호소하며 고통스러워해야 하고 이런 연인의 구애를 잔인하게 거절하다가 결국에는 이를 동정심을 갖고 그를 받아들인 후 하룻밤을 지내게 되는 것이 바로 규범이었다. 궁정풍 사랑은 이상적인 행동에 강조점을 두었다. 물론 사랑에 빠진 연인은 용기나 외모나 성격이나 모든 면에 있어 완벽한 남성이고 여성 역시 마찬가지이다. 이렇게 완벽한 남성은 사랑에 빠지면 고귀한 숙녀의 명예를 높이기 위해 최선을 다해야 한다. 싸울 때에도 용감해야 하며 불쌍한 사람들을 도와주고 행동거지가 바르며 보다 나은 사람이 되려고 노력해야 한다.

　이와 같은 궁정풍 사랑의 규범을 잘 제시한 대표적 작품이 『장미이야기』로, 이 작품은 한 연인이 꿈에서 장미를 꺾게 되는 과정을 묘사한다. 장미로 상징되는 고결한 숙녀의 사랑을 얻기 위해 시인은 꿈속에서 많은 알레고리적 인물들을 만나게 되며 결국 맨 마지막에 장미를 꺾게 된다. 1225년 기욤 드 로리스가 쓴 『장미이야기』 전반부는 가장 중심 주제가 궁정풍 사랑이었다. 그러나 1275년 쓴 후반부는 궁정풍 사랑에 관한 것이라기보다는 그 당시 중세에서 관심을 가졌던 많은 철학적인 문제들을 소재로 삼았다. 이들 중에서 초서에게 가장 영향을 끼쳤던 것은 바로 자연관이다. 특히 『장미이야기』 후반부에 많이 다루어진 자연관은 알란 드 릴르(Alan De Lille)의 『자연의 호소』에서 자연의 여신(Goddess of Nature)을 신의 대행자로 보는 관점의 영향을 받았다.

자연을 신의 대행자로 이해되는 것은 서구 사상에서 그 역사가 오래다. 서구 사상의 변천에 있어 자연의 여신을 가장 먼저 신으로 규정한 철학자는 4세기의 클로디안(Claudian)이다. 클로디안은 새로운 신들이 태어날 것을 희망하며 프로스페리나(Prosperina)와 플루토(Pluto)의 결혼을 주관하는 신으로 자연의 여신을 설정했다. 클로디안에 따르자면 제우스(Zeus)와 다른 신들 사이의 중간 계급인 자연의 여신은 주로 결혼과 생산을 주관하는 우주의 힘이다. 그러나 기독교의 도입으로 인해 자연은 신으로서의 역할을 상실하게 되고 도리어 비난받기까지 하였지만 서구인들의 마음속에는 자연에 대한 의식이 여전히 살아있으며 이 생각을 구체화한 사람이 12세기 중엽의 버나드 실베스트리우스(Bernard Silvestrius)이다. 버나드 실베스트리우스는 주로 풍요의식과 자연의 여신을 혼합시킴으로써, 남녀의 성을 주관하면서 동시에 그것에 종교적인 의미를 지닌 이교의 신으로 자연을 설정하였다. 이와 같은 버나드 실베트리우스의 자연관에 기독교적인 해석을 가한 사람이 바로 알란 드 릴르이다. 그는 인간의 생명을 주관하는 신은 자연이지만 부활을 주관하는 신은 하나님(God)으로 자연은 하나님의 겸손한 하인이라 해석하였다. 이와 같은 해석은 신의 대행자로서 자연의 여신을 탄생시킨 전환점으로 이런 자연관이 가장 잘 드러나는 작품이 초서의 『새들의 의회』이다.

장 드 묑의 사랑을 객관적이고 사실적으로 바라보는 문학적 기교 역시 초서에게 영향을 끼쳤다. 궁정풍 사랑의 이상을 추종하였던 남부 프랑스 문학과 달리 북부 프랑스에는 우화시 문학(fabliaux)이 발전하였다. 북부 프랑스는 남부와 달리 상업의 중심지이며 상업의 발달로 인해 부를 축적한 부르주아 계층이 하나의 계급을 형성하여 힘을 발휘하던 곳이다. 이 부르주아 계층은 대부분 즐길만한 시간적, 금전상의 여유는 있지만 지식이나 고도의 철학을 배울만한 여가는 지니지 못하였으므로 이들이 선호하던 문학은 어느 정도 희극적이면서도 교훈을 내포하는 우화시였다. 무언극, 동물 서사시, 희극적인 잡다한 풍자시, 세속적인 연극을 포함하고 있는 이 우화시는 인생의 동물적인 측면에 관심을 지니고 있는데 비록 외설적이고 저급한 경우도 있지만 삶을 있는 그대로 그리려는 현실주의적인 태도를 취하였다. 우화시적인 시간으로 볼 때 남녀 간의 사랑을 이상화한 궁정풍 사랑은 육체적인 사랑의 합리화였다. 이들의 눈으로 볼 때 남녀의 사랑이 궁극적으로 추구하는 것은 육체적 결합이지 그 이외에 어떤 목적도 없다. 이런 시각을 잘 대표하는 것이 『장미이야기』 후반부에 등장하는 두엔나(Duenna)이다. 두엔나는 과거에 창녀인 듯한 인상을 주는 여자로, 단지 육체의 쾌락만을 추구한다. 그녀는 자신의 본성은 이미 사랑을 하도록 태어났으며, 자신에게 관심을 가지는 남자는 나이, 지위를 막론하고 사랑할 수 있다고 말한다. 이외에도 장 드 묑은 '거짓된 외관'(Faux-Semblant)을 등장시켜 성직자와 기사의 타락을 고발함으로써 위선에 가득 찬 사회를 비판하는 현실적인 시각도 제시한다.

부르주아 출신으로 기사의 작위를 얻은 초서는 귀족의 이상을 동경하면서도 이에 완전히 동조할 수 없는 부르주아 계층이다. 따라서 그는 귀족의 이상과 중세사회 전반에 대해 우화시 전통에서 내려오는 사실주의적이고 객관적인 시각을 제시한다. 사랑의 문제를 다룰 때도 귀족들의 이상적 사랑의 형태인 궁정풍 사랑을 동경하면서도 이 사랑은 육체적이고 쾌락적인 사랑에 불과하다는 객관적인 시각을 버릴 수 없다. 이것은 기사도를 주제로 삼을 때에도 마찬가지이다. 「기사의 이야기」, 『트로일러스와 크리세이드』, 심지어 「바스 여장부의 이야기」와 「향반의 이야기」에 이르기까지 기사도에 대한 문제는 초서의 중심 관심사 중의 하나였다. 기사들의 무용, 마상시합, 외모 치장, 사랑 등 모든 것이 초서의 관심사이며 때로는 이들을 이상적으로, 때로는 비평적으로 그렸다. 이 과정에서 초서가 제시하는 문제는 바로 '고귀함'(gentilesse)이다. 기사도를 소재로 삼은 전 작품에서 초서는 진실한 고귀함은 가지고 태어나는지 아니며 후에 습득되는 것인지에 대해 계속 질문을 한다. 「바스 여장부의 이야기」에서 기사는 태생이 기사이지만 요정을 강간하는 것과 같이 기사답지 못한 행동을 함으로써 이를 정화하는 일종의 여정을 하게 되는 것이다.

남녀의 사랑과 관계하여 초서의 작품에서 나타나는 문제는 누가 주도권을 잡느냐의 문제이다. 일부 비평가들은 결혼에서 남녀의 주도권 문제를 결혼을 소재로 삼은 이야기들(Marriage Group)이라 이름 붙였고 이 무리의 대표적 작품이 「바스 여장부의 이야기」와 「대학생 이야기」, 「무역상의 이야기」, 「향반의 이야기」, 「선장의 이야기」이다.

초서의 생애에 있어 이탈리아 여행이 끼친 영향도 매우 크다. 제노바, 피렌체 등을 방문하여 보카치오, 페트라르카, 단테의 작품을 접한 초서는 이들의 작품을 소재로 삼아 글을 썼다. 『트로일러스와 크리세이드』는 대표적으로 이탈리아 문학의 영향을 받은 작품으로 소재는 보카치오의 『일 필로스트라토』로, 결말부분에서는 단테의 『신곡』의 영향을 받았다. 이탈리아를 방문한 후 초서는 보에티우스의 『철학의 위안』을 번역해 『보에체』라는 제목으로 발간했다.

보에티우스는 중세의 기독교 원리의 수호자로 알려진 철학자로서 특히 『철학의 위안』에서 피력한 그의 운세관은 초서를 비롯한 많은 중세 작가들의 사상을 형성하는데 영향을 끼쳤다. 말년에 감옥에 들어간 보에티우스는 『철학의 위안』에서 과거의 영화를 회상하면서 자신의 현재의 불행으로 비탄에 잠겨 운세의 변덕스러움을 불평한다. 이런 보에티우스에게 귀부인 철학(Lady Philosophy)이 등장하여 운세의 입을 빌어 변덕스러움이 바로 자신의 속성임을 주장한다. 운세는 낮과 밤이 교차하고, 조용한 바다가 때때로 폭풍우가 몰아치듯이 자의로 바퀴를 돌리며 끊임없이 높은 곳에 있는 자를 아래로 내리고, 아래에 위치한 자를 위로 올리는 변덕스러움을 즐기는 것이 자신의 특성이라 주장한다. 그러나 이 변덕스러운 운세는 운명의 직접적인 영향을 받는 대행자이며 이런 운명의 이면에는 섭리가 있는데, 섭리와 운명은 모두 신의 의지를 실현하는 것으로서 운명은 인간 세계의 시간 내에 활동한다면 섭리는 이 시간의 세계를 벗어나 영원의 세계에서 활동한다는 점에서 차이가 있다. 또한 섭리는 신의 이해의 단순성 안에서 고찰되어야만 하지만 운명은 신의 예지가 움직이고 규정하여 주는 사물들과 관련되어 생각하여야만 한다. 따라서 이런 견지에서 볼 때 섭리는 다양한 모든 사물들을 포용하며 활동하는 주체이고, 우주의 모든 것에 질서를 부여하면서 움직임, 시간, 형태에 따라 분리되는 운명은 섭리보다 하등에 위치한 것이라 할 수 있다.

영원의 세계에 존재하는 섭리가 구심점에 있다면 시간의 변화 속에 있는 인간 세계에서 이 섭리의 대행자가 운명이며 운명은 여러 가지 형태로 인간에게 작용하는데 그 하나가 운세라 할 수 있다. 따라서 운세는 구심점인 섭리로부터 가장 멀리 떨어진 존재로 이 변덕스러운 운세의 지배 하에 있는 세계는 외관상 비논리적이로 혼돈스러워 보인다. 그러나 그 이면에는 신의 질서가 존재하므로 운세는 가장 인간 세계에 직접적 영향을 끼치는 신의 대행자이다. 운세가 인간 세계에 직접 지배함으로 말미암아 인간 세계는 고통이 가득 차지만 이것 역시 신의 섭리의 일환이라 생각하는 보에티우스의 운세관은 초서의 운세관을 정립하는데 많은 영향을 끼쳤다. 단시 '운세'(Fortune)를 비롯하여 『트로일러스와 크리세이드』, 「기사의 이야기」 등 남녀 간의 사랑을 주제로 삼은 대부분의 이야기에 운세가 큰 힘으로 작용한다.

위에서 언급한 주제들 이외에 현대의 비평가들이 선호하는 주제는 시인과 시, 그리고 독자가 시인의 시를 어떻게 이해할까에 대한 문제이다. 이 주제에 대한 관심은 이전에 초서의 작품들 중에 지루하고 문학적 소양이 그렇게 드러나지 않는다고 평가되어진 작품들을 재평가하는 계기가 되었다. 『성녀전』, 『명예의 전당』, 「멜리비의 이야기」 등이 대표적인 예로 이 작품들에서 모두 초서는 자신의 작품이 독자들에게 어떻게 이해될 것인가에 대한 뚜렷한 성찰이 있을 뿐 아니라 프랑스, 이탈리아 문학의 영향에서 벗어나 자신만의 세계를 찾으려는 초서의 노력을 볼 수 있다. 초서는 또 시인과 등장인물로서의 초서 사이의 일정한 간극을 유지한다. 자신의 작품이 일부러 지루하다고 평가하고 기교가 떨어진다고 평가하기도 하며 적당히 작품과의 거리를 유지할 뿐 아니라 독자에게 변명을 하기도 한다. 이 초서의 시론과 작가론에 관한 부분은 아직도 연구의 여지가 많은 영역이다.

위에서 논한 것처럼 초서의 작품세계는 한마디로 규정할 수 없을 정도로 방대하다. 프랑스, 이탈리아 문학의 영향을 받아 초기에는 습작단계를 거쳐 초서는 기교면에서 자신만의 영국적 전통을 만들어냈을 뿐 아니라 주제면에서 방대한 인간 세계의 여러 측면을 모두 다루었기 때문이다. 이런 점에서 볼 때 후세인들이 초서를 '영시의 아버지'라 부르는 것은 너무나 당연한 찬사라 하겠다.

참고문헌

Benson, Larry D. *The Learned and the Lewed: Studies in Chaucer and Medieval Literature*, Cambridge, Massachusettes: Havard UP, 1974.

Brewer, D. S. *An Introduction to Chaucer*, London: Longman Ltd., 1984.

Curry, Walter Clyde. *Chaucer and Medieval Sciences*, New York: Barnes & Noble Inc., 1960.

Dodd, William George. *Courtly Love in Chaucer and Gower*, Boston: Ginn and Company, Publishers, 1913.

Gardner, John. *The Poetry of Chaucer*. Carbondale: Southern Illinois UP, 1977.

Kittridge, George Lyman. *Chaucer and His Poetry*, Cambridge, Massachusettes; Havard UP, 1915.

토마스 와이엇과
써리 백작, 헨리 하워드

●●● 공성욱

토마스 와이엇

써리 백작, 헨리 하워드

영국문학사에서 '영국 소네트의 아버지'로 불리는 토마스 와이엇(Thomas Wyatt, 1503-1542)과 써리 백작, 헨리 하워드(Henry Howard, the Earl of Surrey, 1517-1547)에 대한 기록들은 그리 많지 않다. 영국문학사를 가장 광범위하고 자세하게 확인할 수 있는 문건으로는 1918년에 출판된 로버트 플렛쳐(Robert Huntington Fletcher)의 『영국문학사』(*A History of English Literature*)와 1907년에서 1921년까지 총 18권으로 출간된 『캠브릿지 영미문학사』(*The Cambridge History of English and American Literature*)를 들 수 있는데, 여기는 비교적 다른 어느 서적보다도 이들 두 시인들에 대한 소개가 광범위하고 자세하다. 그리고 그 비중에 있어서는 귀족출신의 써리 백작보다도, 비귀족출신인 와이엇에 대한 관심이 더욱 크다. 아마 귀족가문의 후손이 지향하는 정형적, 전형적인 삶의 모습보다는, 소네트라는 시 형식을 처음 영국에 이입시키고, 아울러 비귀족출신으로서 인정받은 시인이 된 와이엇에 대한 인생여정 속에 내포된 에피소드가 더욱 더 극적이기 때문일 것이다.

이들 두 시인에 대한 소개는 개별적으로 하기보다는 함께 하는 것이 당대의 그리고 그들의 시문학에 대한 환경과 의식을 이해하는데 더 용이하리라 생각된다. 왜냐하면 그들이 비록 출신은 다르다 하더라도, 활동한 시기와 공간이 영국의 르네상스 시대가 본격적으로 틀을 잡고 발현된 헨리 8세 시대(1509-1547)라는 공통점을 가지고 있고, 또 그들은 헨리 8세의 궁정생활을 통해서 서로 알고 교분을 쌓은 사이였기 때문이다. 그리고 이 두 시인의 삶에 관심을 두는 것은 의미 있는 일이다. 왜냐하면 그들과 관계한 당대인들이 대체로 르네상스 영국문학을 거론할 때 언급되어 온 인물들이고, 또 소네트를 포함한 두 시인들의 대표작품들이 그들과의 관계에서 빚어진 자서전적인 상황에서 나온 것이기 때문이다.

토마스 와이엇은 1503년 켄트주 알링턴 성(Arlington Castle)에서 헨리와 앤 와이엇의 아들로 태어났다. 그러나 그의 어린 시절에 대한 기록은 알려진 바 없다. 1516년 그의 나이 13세 때 헨리 8세의 시동으로 첫 모습을 들어내었고, 또 이때 캠브릿지대학, 세인트 존 컬리지에 입학을 했다. 1520년 코브햄 경(Lord Cobham)의 딸, 엘리자베스 브룩과 결혼하고 다음 해에 그와 이름이 같은 아들, 토마스 와이엇을 낳았는데, 그 또한 유명한 문학가였다. 그래서 통상적으로 그들을 구분할 때, 그들의 이름 뒤에 'the Elder'와, 'the Younger'라는 수식어를 붙여 칭한다.

1525년 그는 아내가 간통을 했다는 명분으로 이혼을 하는데, 이때가 써리 백작, 헨리 하워드의 사촌이자, 후일 헨리 8세의 두 번째 부인이며, 엘리자베쓰 여왕의 어머니가 되는 앤 볼린(Anne Boleyn)과 사적인 관계를 맺었던 시기였다. 헨리 8세가 앤과 결혼하고자 했을 때 와이엇이 자신과 앤과의 관계를 헨리에게 고백했다는 소문도 있다.

그의 궁정생활은 초서(Geoffrey Chaucer, 1343-1400)와 매우 유사한 면이 있다. 비귀족출신으로서 입신양명한 것도 그렇지만, 그의 업무가 주로 대륙을 돌아다니면서 공무를 수행했다는 면과 그런 기회를 통해서 자신의 견문과 문학적 소신을 축적할 수 있었다는 면에서 말이다. 1526년에 프랑스로의 외교사절을 수행하는 임무를 맡았고, 1527년에는 베니스와 로마의 교황청 업무를 수행하기도 했다. 그 후 수년간 프랑스 칼레(Calais)에서 고등무관으로, 그리고 영국에 돌아와 에쎅스에서 관직을 맡다가, 1532년 헨리와 당시 왕의 첩의 신분이던 앤이 칼레를 방문할 때 그들을 수행했고, 이듬해 그들이 결혼하면서, 앤의 왕비 대관식이 거행될 때 그 시중을 들기도 했다.

1535년에 기사작위를 수여 받는 영광을 누리기도 했지만, 다음 해에는 런던타워에 수감되는 비극을 맞는다. 표면상으로는 서포크 공작과의 싸움이 이유라고는 하지만, 사실은 이미 오래 전부터 재앙의 씨앗이 된 앤 볼린과의 관계, 즉 그가 앤의 연인으로 의심받아 왔다는 것이 진짜 이유가 되었다. 그리고 5월 19일 그는 벨타워에서 앤 볼린의 처형소식을 접하면서, 이때 그의 참담한 심경을 <내 이름을 감싸고 있는 순결, 진리 그리고 성실>(V. Innocentia Veritas Viat Fides Circumdederunt me inimici mei)이라는 시로 남긴다. 그 해 말 와이엇은 토마스 크롬웰(Thomas Cromwell)의 도움으로 사면된다. 토마스 크롬웰은 헨리 8세가 이혼문제로 토마스 모어(Thomas More)와 갈등을 빚을 때, 모어를 회유하기 위해 애쓰던 인물로써, 1960년 극작가 로버트 볼트(Robert Bolt)의 『사계절의 사나이』(*A Man for All Seasons*)에서 모어의 친구로 등장한다.

와이엇은 다시 스페인의 신성로마제국의 대사로 임무를 마치고 1540년 귀국하면서, 이 당시의 자신의 경험을 바탕으로 전원생활의 찬양과 외국 궁정생활의 냉소적인 면을 운문서간, <내 친구 존 포인즈>(Mine Own John Poins)라는 시로 썼다.

1541년 그는 다시 반역죄로 투옥되는데, 그가 대사시절에 교황의 대리자였던 폴 추기경(Cardinal Pole)과 거래를 했다는 것이 발단이었다. 폴 추기경은 헨리 8세의 친족이지만, 헨리 8세가 그의 형수, 캐더린(Katherine of Arragon)과의 이혼을 도모하던 시절 교황의 편에서 자신의 이혼을 방해함으로써 분노를 샀던 인물이었다. 이로 인해 그는 다시 한번 런던타워에 수감되었고, 1542년에 써리 백작, 헨리 하워드의 사촌이자, 헨리의 다섯 번째 왕비인 캐더린 하워드(Catherine Howard)의 요청으로 왕으로부터 특별사면을 받는다. 이 사면이 있은 후에도 그는 여러 가지 왕의 임무을 수행했으며, 병을 얻어 1542년 10월 11일 셔번(Sherborne)에서 사망했다.

써리 백작, 헨리 하워드는 1517년 토마스 하워드와 버킹검 공작(the Duke of Buckingham)의 딸, 엘리자베쓰의 장남으로 하트포드서(Hertfordshire)에서 태어났다. 이렇듯 그는 양가 모두가 왕족의 계보를 가진 가문 출신이다. 어린 시절 윈저성(Winsor)에서 헨리 8세의 사생아인 리치먼드 공작(the Duke of Richmone), 헨리 피츠로이(Henry Fitzroy)와 함께 교육을 받고 성장했다. 피츠로이는 후일 헨리 하워드의 여동생 메리 하워드와 결혼함으로써 인척관계로 발전하게 된다.

1532년 그는 옥스퍼드 백작(the Earl of Oxford)의 딸, 프랜시스 드 비어(Lady Francis de Vere)와 결혼한 후, 첫 사촌인 앤 볼린과 헨리 8세의 프랑스 방문을 수행하고, 근 일년간 머물면서 공무를 맡게된다. 여기서 옥스퍼드 백작, 드 비어 가문은 오늘날까지도 셰익스피어의 실존문제와 연관지어 거론되는 에드워드 드 비어(Edward de Vere, the 17th Earl of Oxford)가 속한 가문이다. 그리고 1536년 첫 아들, 토마스를 얻음과 동시에 앤 볼린이 처형되고, 아울러 그의 어린 시절 친구이자, 매제지간이던 피츠로이가 17세의 나이로 요절한다. 그리고 그 해에 써리는 아버지와 함께 왕의 수도원 해산에 반발하여 북부 잉글랜드에서 벌어진 농민반란(the Pilgrimage of Grace Rebellion)을 진압하는 여정을 떠난다.

써리의 집안은 대대로 왕에게 충성을 다해온 군인가문이었다. 그러나 1536년 헨리 8세의 세 번째 부인인 제인 시무어(Jane Seymour)가 여왕으로 등극하면서 그 가문과 갈등을 빚었다. 결국 1537년 시무어 가문은 써리의 가문을 농민반란 당시에 그들을 옹호했다는 이유로 기소했고, 써리는 그런 의혹으로 인하여 투옥되었다. 써리의 유명한 <윈저 감옥에서>(Prisoned in Windsor)라는 시는 그가 이런 상황에서, 어린 시절 윈저에서의 생활을 회고하면서 쓴 시이다. 결국 써리 가문에 대한 기소는 허위로 판명되었고 결국 써리는 풀려나서 농민반란을 진압했다.

1541년 써리는 가터 작위(the Knight of the Garter)를 받고 승승장구했으나, 동료와의 싸움과 술 주정으로 인한 기물파손으로 다시 한번 프릿감옥(Fleet)에 투옥되어야만 했다. 여기서 그리 오래 있지는 않았으나, 이 경험을 <런던, 네가 나를 기소하다니>(London, has thou accused me)라는 시로 썼는데, 여기에는 런던 시민들에 대한 조롱이 그 주된 내용이다.

프릿에서 방면된 후 1542년 써리는 스코틀랜드와의 전쟁과, 다음 해 신성 로마제국의 샤를 5세의 편에선 영국군의 입장에서 오늘날의 네덜란드지역인 프랑드르(Flanders)를 쟁취하기 위한 전쟁에 참여했고, 그 후 볼로냐 지역의 사령관으로서의 직위를 수행했다.

그러나 헨리 8세의 건강이 악화되자, 써리는 왕권에 대한 실언을 한 것이 문제가 되었다. 즉 헨리의 아들로서, 차기 왕이 될 에드워드(Edward)의 후견인이 자신의 아버지가 될 것이라는 민감한 문제를 발설한 것이 화근이 되었다. 이에 시무어 가문은 이를 문제삼아 써리 부자를 반역죄로 런던타워에 투옥했고, 이들 부자는 1547년 1월 19일 타워힐(Tower Hill)에서 처형되었다.

| 작품세계: 소네트의 문학적 특성과 영국 소네트의 시작 |

흔히 14행에 나름대로의 각운을 붙여쓰는 시 형식을 지칭하는 소네트는 영시의 역사상 가장 오래 동안 지속되어 온 시 형식이다. 영국 르네상스 시대에 와이엇과 써리로부터 시작하여, 당대의 많은 유명한 시인들— 시드니(Philip Sidney), 스펜서(Edmund Spenser), 셰익스피어(William Shakespeare) 등— 을 거치고, 낭만주의 시인들과 현대시의 첫 주자로 거론되는 제랄드 홉킨스(Gerald Manley Hopkins)에 이르기까지 이 시형은 많은 시인들로부터 시대를 불문하고 널리 사용되었다. 문학사적으로 소네트를 최초로 사용한 시인은 단테(Dante)이지만, 진작 이것의 시형을 완성시키고 정형화한 것은 『칸초네레』(*Canzoniere*)에서 라우라(Laura)에 대한 사랑을 노래한 페트라르카(Petrarch)였다. 이로 인해 소네트를 거론할 때면 의례적으로 "페트라르카풍"(Petrarchan)이라는 수사가 붙게 된다.

어떤 특정 시형에 이런 상투적인 수사가 붙을 수 있다는 사실은 이 시형과 관계된 제반 문제들, 즉 주제와 형식, 소재와 그 전개과정 등이 엄격히 공식화되었다는 의미이다. 이는 또 시인들 자신에 의해서건 아니면 시를 수용하는 사회, 독자 대중들에 의해서건, 이 공식에 변형을 가하고자 하는 어떤 시도에 대해서도 그 용납의 폭이 넓지 못했다는 말이 될 수도 있다. 물론 후일 밀턴 (Milton)이나 셰익스피어의 경우 시행에 변화를 준 시도를 하기도 했지만, 그것은 지극히 적은 수의 실험적인 수준에서 바라 볼 일이다. 사실 여러 소네트 시인들이 쓴 시들 속에서 천편일률적인 수사와 공통적인 요소들에 대한 유사성이 보이는 것은 바로 이와 같은 이유에서이다.

이 말은 소네트의 시형으로서의 기능이 지극히 한정적이고 배타적으로 작용했다는 말과 같다. 소네트는 루이스(C. S. Louis)의 지적대로 연애시의 전형이다. 그러므로 소재와 주제, 그리고 메타포의 사용도 그에 걸맞게 사회적으로 관습화된 형식을 차용할 수밖에 없다. 그가 셰익스피어의 소네트를 최고의 연애시인으로 평하는 것도 이런 의미를 함축하는 말이다. 이런 사랑이라는 고정된 주제를 시로 만드는 과정에서 소재로서 자주 등장하는 요소들은 에반스 (Blakemore G. Evans)에 의해 잘 정리되어 있는데, 그는 소네트의 소재를 여인의 냉담함과 그로 인한 시인의 비탄, 여인의 아름다움에 대한 찬사의 나열 그리고 잠에 대한 호소라고 정리했고, 엘로트(Robert Ellrodt)는 여기에 전쟁의 메타포를 부가해 주었다. 이것들은 이미 와이엇과 써리의 소네트에서부터 확인할 수 있는 관습을 소개한 것이다.

소네트를 창작하게 하는 요인은 무엇일까? 흔히 소네트는 사랑에 대한 상념을 담은 시형이라는 면을 고려할 때, 시인의 자서전적 요소와 연관되고, 또여기서 나온 경험을 반영하는 특성을 가진다. 우선 소네트의 기원이 되는 단테의 소네트는 자신의 영원한 연인, 베아트리체(Beatrice)를 향한 사모의 마음을 담은 것이었고, 앞서 언급한 페트라르카의 경우는 라우라라는 여인을 위해서 소네트를 지었다. 영국에서는 와이엇과 써리의 경우는 자신들의 연인이 누구인지는, 앤 볼린을 제외하고서는 명확하지 않지만, 후일 시드니의 『아스트로펠과 스텔라』(*Astrophel and Stella*)(별을 사랑하는 이와 별이라는 의미)은 페네

로프(Penelope)를 위해서, 스펜서의 『사랑의 소곡』(*Amoretti*)은 후일 자신의 부인이 된 엘리자베쓰 보일(Elizabeth Boyle)이라는 애인을 위해서 지어진 것임이 이미 확인된 바 있다. 물론 셰익스피어의 경우는 너무 많은 여인들이 거론되는 상황을 빗기도 하지만 어쨌든 자신과 관계된 어느 여인을 염두에 둔 것인 것만은 확실하다.

형식적인 면에서 전형적인 이태리 소네트는 14행을 초반 8행과 후반 6행으로 나눈다. 이것을 흔히 옥타브(octave)와 세스텟(sestet)이라고 말하는데, 전반에서는 문제의 제기와 그에 따른 정서적 긴장을 유발하고, 후반에서는 그것을 해결하는 구조로 되어 있다. 그리고 이런 형식적 운용은 와이엇에서부터 시드니까지 지속된다. 그러나 사실 이들의 시들을 볼 것 같으면 전, 후반의 구분이 그다지 의미가 없다는 평을 한다. 왜냐하면 앞선 시들을 보면 알겠지만, 시의 전반부와 후반부의 논조가 일률적으로 순접화, 즉 사랑에 대한 비탄으로 일관되기 때문이다.

이태리 소네트에 비해 상대적으로 압운(rhyme)이 약했던 영국 르네상스 시인들은 나름대로의 독특한 영국풍의 소네트를 만들었다. 와이엇과 써리는 이태리의 형식을 답습하면서도, 나름대로의 마지막 2행(couplet)을 운용하는 법을 시도했고, 써리에 의해 처음 시도된 세 개의 4행시(quatrain)와 한 개의 2행시의 형식이 그것이다. 그러나 진작 이 형식에 의미 있는 기능을 부여한 시인은 셰익스피어였다. 그래서 오늘날 소위 '영국풍'(English) 또는 '셰익스피어풍'(Shakespearean) 소네트라는 수사를 낳게 된 것이다. 영국식 소네트의 가장 큰 특징은 마지막 2행에서 극적 반전(counter-statement)을 시도함으로써 논리를 전개하고 있다는 것이다. 매후드(M. M. Mahood)의 지적대로 독자가 읽어 가는 과정에서 전혀 예상치 못한 반전을 경험하고, 시인은 이를 통해 자신의 논리를 더욱 완곡하게 표현하는 특징을 만드는데 단초를 제공한 시인들이 와이엇과 써리였고, 이런 면에서 그들의 업적은 영국 시의 역사에 큰 기여를 한 것으로 평가할 수 있다.

영국 소네트의 아버지라 불리는 와이엇과 써리의 시들이 세상에 알려지는데는 출판업자 리차드 토틀(Richard Tottel)이 큰 기여를 했다. 이들 두 시인의 시들이 단편적으로 알려지기는 했으나 본격적으로 알려지는데는 토틀이 그들의 사후, 이 두 시인들과 더불어 다수의 다른 시인들의 작품들을 모아 만든 시집,『토틀의 시와 소네트집』(*Tottel' Songs and Sonnets written by the Right Honorable Lord Henry Howard late Earl of Surrey and Other*)이 출판된 후부터인데, 이를 흔히 줄여서『시와 소네트집』(*Songs and Sonnets*)이라고 칭하기도 하지만, 우리에게 친숙하게 소위『토틀즈 미셀러니』(*Tottel's Miscellany*)로서 더욱 알려져 있다. 여기에는 써리 백작 헨리 하워드를 중심으로 와이엇의 시들이 소네트뿐만 아니라 운문들과 풍자시들까지 포함되어 있어, 현대에 들어와 이들을 재발견하려는 노력에 기본자료가 되고 있다.

초서(1340/42-1400)에서부터 시작되어 와이엇과 써리까지의 시간은 영국의 시에 있어서 커다란 변화가 시도된 기간이다. 그들 모두가 이태리라는 문화적 선진국을 경험하고, 이를 모델로 영시를 변혁해야 한다는 의식이 뚜렷했기 때문이다. 초서는 대륙의 시를 영국적으로 만드는데 시동을 건 사람이고, 또 와이엇은 그 자신이 초서의 영향을 많이 받아서 그의 시에 사용된 어휘들이 초서에게서 차용을 하거나, 변용한 경우가 많다. 그리고 실질적이고도 가시적인 변화의 결과는 헨리 8세 때 영시로부터 확인된다. 이는 와이엇에 의해 유입된 소네트라는 시 형식을 통해서 이다.

소네트는 페트라르카로 인해 알려진 시 형식이지만, 그 기원은 12세기의 프로방스 지방에서 유행하던 중세적 의식을 담은 연애시, 즉 중세 기사들의 여성에 대한 우상화와 그에 따른 탄식이라는 전형적인 소재를 이태리인들이 14행시로 담으면서 시작된 것이다. 그러므로 이 시형은 매우 인위적이고 뛰어난 미적 감각을 지향한다. 이런 유려한 시형이 당대 상대적으로 투박하고 거친 영시와 비교되면서, 자연스럽게 영국으로 이입이 되었던 것이다.

와이엇이 영국 소네트에 끼친 영향은 우선 형식적인 면에서 마지막 2행시를 사용했다는 점과 단테가 신곡에서 사용하던 3운귀법(terza rima), 즉

aba-bcb-cdc-ded로 이어지는 연속리듬(chain rhythm)을 사용했다는 것을 들 수 있다. 이태리의 소네트에는 2행시가 존재하지 않는다. 그러나 영국의 소네트의 경우는 어김없이 이것을 사용하고 있다. 또 그는 페트라르카의 전형적인 운율법에서 탈피하여, 후반 6행을 다시 4행과 2행으로 나누어, 총체적으로는 세 개의 4행과 한 개의 2행으로 나누는 형식을 취해, 후배 시인들로 하여금 영국화의 기틀을 만들어 주었다는데 있다. 그러므로 전형적인 이태리식 각운은 abba/ abba/ cdc/ cdc이거나 abba/ abba/ cde/cde인 반면, 와이엇은 이를 abba/ abba/ cddc/ ee로 바꾸었다.

주제면에서 보면, 와이엇의 대표적인 소네트는 낭만적 사랑이 주는 시련을 시의 주제로 삼았다. 그의 소네트는 한 30편쯤 되는데, 이 중 10편은 페트라르카의 시를 번역한 것이고, 또 그의 시를 모방한 작품들이 여러 편 있다. 그러나 주제를 전개하는 면에서 차이가 있다면, 이태리 소네트가 사랑의 통렬한 고통을 극복하고 초월하려는 희구를 노래한 반면, 와이엇의 경우는 절망과 비탄 그 자체의 감정이 지배적이다. 그리고 이를 표현함에 있어서도 소위 말하는 기발한 착상, 후일 형이상학시에서 말하는 기상(metaphysical conceits)을 사용하였다. 즉 사랑을 향해, 마음속의 깃발, 의식 속의 집(The long love that in my thought I harbour,/And in mine heart doth keep his residence,/ Into my face presseth with bold pretence,/ And therein campeth displaying his banner.) 등으로 표현하여, 오늘날 여러 비평가들은 그의 소네트와 연애시를 보면서 다음 세기에 등장할 형이상학파 시인들의 모습을 예견할 수 있다는 의견을 피력하기도 한다. 이렇듯 와이엇은 영국적 소네트의 정형적, 전형적 기법을 완성시킨 시인으로서 높이 평가받기도 하지만, C. S. 루이스 같은 비평가는 그를 '단조로운 시대의 시조'(the father of the Drab Age)라고 폄하하기도 한다. 그러나 이런 평가는 와이엇이 영시의 역사에 있어서 초기 기반을 마련한 사람이고, 이를 위해서 대륙의 문화적 역량을 이용할 수밖에 없었다는 면을 고려한다면, 즉 그 시대적 소명이 그럴 수밖에 없었다는 인과성을 생각하면 충분히 변호가 가능하다.

와이엇의 시는 그의 시적 계승자라고 할 수 있는 써리 백작 헨리 하워드에 의해 지속되었다고, 써리 또한 와이엇의 족적을 충실하게 따라갔다. 그는 버질(Virgil)의 『에이니아드』(Aeneid) 제 4권을 번역하면서 영국 시인들 중에서는 최초로 무운시(blank verse)를 시도한 바 있다. 와이엇과는 달리 그의 시는 이미 궁정을 통해서 유포가 되기도 하였고, 또 그 자신이 와이엇의 묘비를 써서 출판도 한 적 있지만, 역시 그의 시의 대부분은 앞서 언급한 토틀의 노력에 의해서 알려지게 되었다.

써리가 영시에 기여한 바는 크게 두 가지로 요약된다. 그는 와이엇의 소네트의 시작법을 더욱 유려하고 부드럽데 개선시켰다. 그가 최초로 시도한 5음보 무운시(pentameter blank verse)는 영국 르네상스의 시극(poetic drama)와 그 밖의 다른 유명한 비 극시(non-dramatic poetry)의 운율로 채택되었다. 더욱이 그의 시가 수적으로는 와이엇보다 적지만, 그가 시속에 담은 주제는, 외적 자연을 감상적으로 처리한 작품들을 포함하여 훨씬 그 영역이 넓다. 즉 연애시의 전형으로서의 소네트의 범주를 뛰어넘은 것으로서, 이는 후일 밀턴과 세익스피어 그리고 존 단에게서 볼 수 있는 모습을 미리 보여준 것이라고 볼 수 있다. 또 그의 소네트는 와이엇의 형식을 초월하여 세익스피어에게 연결되는 각운을 채택하기도 했다. 즉 막연한 세 개의 4행과 한 개의 2행이 아니라, 세 개의 독립된 4행과 한 개의 2행 — abab/ cdcd/ efef/ gg — 을 시도함으로써 소네트가 날카롭고, 신랄하며 경구적인(epigrammatic force) 표현을 제공 가능하도록 만들었다. 이는 앞서 설명한 2행시를 통해서 독자가 예기치 못한 논리적 반전을 경험할 수 있다는 영국소네트의 특징과 이어진다. 소네트에 논리성을 부여할 수 있는 여지를 만들어 주었다는데서 그의 노력을 확인할 수 있다.

써리의 이런 실험성은 필립 시드니로 하여금 그의 시들은, 고귀한 신분의 흔적을 볼 수 있고, 또 고매한 정신의 가치를 담은 많은 것들을 담고 있다 (many things tasting of a noble birth, and worthy of a noble mind)는 칭송을 만들어 내었다.

토마스 와이엇(Sir Thomas Wyatt)

암사슴은 어디 있는지 내 알고 있으니, 누구든 사냥하고 싶어하리라!
그러나 나로서는, 세상에!, 더 이상 쫓지 않으련다.
부질없는 헛된 수고로 나는 너무 지쳤고
나 또한 사냥감 뒤에 길게 늘어선 뒤쳐진 사람 중의 하나라.
사슴을 쫓느라 내 지친 것은 결코 아니지만, 그래도 사슴이 앞서 가면
나 또한 숨을 헐떡이며 쫓아가는 수밖에; 그러나 나 이제 포기하리라
마치 그물로 바람을 낚는 것 같으니
의심의 여지없이 나를 포함한 사슴을 잡으려는 그 누구도 시간낭비지!
사슴의 목에는 둘러져 있지
보석에 새겨진 뚜렷한 글씨가;
"손대지 마세요; 난 시저의 것이랍니다,
내 보기엔 온순해 보여도, 잡으려면 포악해져요"

Whoso list to[1] hunt ? I know where is an hind !
But as for me, alas ! I may no more,
The vain travail hath wearied me so sore ;
I am of them that furthest come behind.
Yet may I by no means my wearied mind
Draw from the deer ; but as she fleeth afore
Fainting I follow ; I leave off therefore,
Since in a net I seek to hold the wind.
Who list her hunt, I put him out of doubt
As well as I, may spend his time in vain !
And graven with diamonds in letters plain,
There is written her fair neck round about ;
   ' Noli me tangere[2] ; for Cæsar's I am,
     And wild for to hold, though I seem tame.'

---

1) would like to; likes to
2) touch me not

이 시는 와이엇이 한때 사랑했던 앤 볼린을 떠나보내면서 쓴 시이다. 여기서
암사슴은 앤을 말하는데, 자신을 포함한 많은 사람들이 그녀를 사랑했지만, 결
국 그녀는 헨리 8세의 두 번째 왕비가 되었다. 그러니 함부로 대할 수도 없는
입장이고 체념하는 수밖에 없다. 그녀의 목걸이에 새겨진 글씨, 'Noli me
tangere'란 'touch me not'이란 말이다. 그리고 그녀는 제왕 시저와 같은 권세
를 지닌 헨리의 비가 되었으니, 혹 욕망이 크면 불화를 입을까 두려워하는 마
음과 지난 사랑에 대한 아쉬움이 교차하고 있으며, 한편으로는 '지쳤다'는 표현
을 자주 사용함으로써 자기 방어에 충실한 모습도 보인다.

> 내 배는 망각을 싣고,
> 어두운 겨울밤 바위와 바위사이, 거친 파도를 달린다
> 오! 세상에! 나의 주인은 곧 나의 적인 양,
> 마치 이런 상황에서는 죽음마저도 가벼운 듯한
> 단순한 생각으로 잔혹하게 노를 저어 나아간다.
> 끝없는 바람은 재빨리 돛을 찢어,
> 무지한 한탄과 뚜렷한 공포를 남기고,
> 비처럼 쏟아지는 눈물과 경멸적인 어두운 구름은
> 지친 돛줄에 커다란 방해가 되어;
> 실수와 무지로서 꼬여만 간다.
> 나를 이 고통으로 인도한 별들도 숨었고,
> 나와 동행해야 할 이성마저도 물에 빠지고,
> 나는 항구에서 실의에 차 있다.

My galley charged with forgetfulness
Thorough[3] sharp seas, in winter nights doth pass
'Tween rock and rock; and eke[4] mine enemy, alas,
That is my lord, steereth with cruelness,
And every oar a thought in readiness,
As though that death were light in such a case.[5]

---

3) through
4) also

An endless wind doth tear the sail apace
Of forced sighs and trusty fearfulness.
A rain of tears, a cloud of dark disdain,
Hath done the wearied cords great hinderance;
Wreathed with error and eke with ignorance.
The stars be hid that led me to this pain.
   Drowned is reason that should me consort,[6]
   And I remain despairing of the port.

우리에게 와이엇의 시로는 가장 널리 알려진 이 시는 사실 와이엇이 쓴 시가 아니다. 그는 이탈리아의 시형식, 특히 페트라르카의 시를 모방하고, 영역하면서 자신의 시적 역량을 축척해 왔는데, 그 한 부분으로써 이 시는 페트라르카의 라임(Rime) 189번을 영역한 것이다. 사랑이 이성으로서는 이해 할 수 없는 영역임을 인정하면서, 자신의 사랑의 고통스러움을 항해와 그에 방해가 되는 제 요소들, 즉 파도, 어두움 등의 소네트에서는 가장 기본적이고, 전형적인 비유를 사용하여 표현하였다. 사랑에 대한 비탄은 소네트의 주제 중에서 가장 널리 차용되어온 주제이다.

> 나는 평온을 찾지 못하고, 모든 나의 전쟁은 끝났다.
> 나는 두려움과 바램, 그리고 얼음같은 냉기와 불타오름을 느낀다.
> 높이 날고 싶어도, 비상할 수 없으며,
> 세상을 다 가진 듯해도 가진 것은 없다.
> 감옥 속에 가두어 둔 듯, 가두어 둔 것도 아니고,
> 나를 잡고있지 않더라도 어디로 도피할 수도 없다.
> 내 마음, 내 생각대로 살수도 죽을 수도 없고,
> 그러면서도 나에게 죽고 싶은 기분을 안기는 것은 무엇이냐.
> 눈이 없이 보는 것이요; 혀 없이 말하는 것이라;
> 나는 파멸하고 싶다, 그러나 나는 건강을 희구한다.
> 나는 누군가를 사랑한다 그래서 나는 내 자신이 싫다.

---

5) 마치 사랑에 의한 나의 파멸이 아무런 일도 아닌 것처럼
6) accompany

슬픔 속에서 살아가며, 고통 속에서 웃는다.
오! 그러니 죽음과 삶 이 둘은 나를 슬프게 만들고,
그리고 보면, 나의 환희는 이들의 싸움에서 오는 것인지도...

I find no peace, and all my war is done ;
I fear and hope, I burn, and freeze like ice ;
I fly aloft, yet can I not arise ;
And nought I have, and all the world I seize on,
That locks nor loseth, holdeth me in prison,
And holds me not, yet can I scape no wise[7] :
Nor lets me live, nor die, at my devise[8],
And yet of death it giveth me occasion.
Without eye I see ; without tongue I plain[9] :
I wish to perish, yet I ask for health ;
I love another, and thus I hate myself ;
I feed me in sorrow, and laugh in all my pain.
    Lo, thus displeaseth me both death and life,
    And my delight is causer of this strife.

이 시는 페트라르카의 소네트 104면을 모방한 작품이다. 사랑하는 사람이 가질 수 있는 상반된 마음을 시 전체에 대조법을 사용하여 표현하였다. 사랑과 그에 따른 갈등을 전쟁에 비유하고, 전쟁의 포로인 양 구속과 해방, 자유와 억압의 상반된 표현이 돋보이는데, 이 또한 전형적인 소네트에서 볼 수 있는 수사법이다. 첫 구절에서 전쟁이 끝났다고 밝힘으로써 사랑에 대한 승부는 매듭지어진 듯 하지만, 사랑으로 인한 미묘한 고통이 지속되고, 결국 말미의 커플릿(couplet)에서 이 상반된 갈등이야말로 고통의 원인이자, 아울러 살아가는 의미를 주는 원천임을 완곡하게 나타내고 있다.

---

7) I can not escape wisely; scape는 escape의 고어. wise는 know wisely라는 의미와 함께, 고어로서 방법, 수단(manner, way)라는 의미도 가지고 있다.
8) 내 마음대로, at my will, at my wish
9) speak plain; plain은 고어로서 슬퍼하다(mourn, lament)라는 동사적 의미도 있다.

헨리 하워드(Henry Howard, the Earl of Surrey)

자연의 섭리가 유약하게 만들어 놓은, 부숴지기 쉬운 아름다움이여,
그 선물은 보잘 것 없고, 그 시간 역시 짧아라;
오늘 피어났다가, 내일이면 시들어 버리는;
변덕스런 보물이요, 이성의 혐오자여:
다루기 위험하고, 공허하며, 아무 소용도 없는;
가지기에는 비싸지만, (따지고 보면) 별 가치도 없는 것을;
장어의 꼬리처럼 잡으려면 미끄러져 도망가고;
얻기는 어려우나, 한번 얻으면, 별 대단한 것도 아닌 것을:
항상 위험이 도사리는 위험한 보석,
허망하고 진실하지도 않으면서, 항상 반역을 유혹하는;
젊음의 적이요, 그래서 나는 항상 이것을 한탄하노라;
아! 마치 독약에 감염되듯 쓰디쓴 달콤함이여
　　그대는 서리맞은 과일 같아서;
　　오늘은 잘 익었으나, 내일이면 완전히 시들어 버리지.

Brittle beauty, that Nature made so frail,
Whereof the gift is small, and short the season ;
Flowering to-day, to-morrow apt to fail ;
Tickle treasure, abhorred of reason :
Dangerous to deal with, vain, of none avail ;
Costly in keeping, past not worth two peason[10] ;
Slipper in sliding, as is an eel's tail ;
Hard to obtain, once gotten, not geason[11] :
Jewel of jeopardy, that peril doth assail ;
False and untrue, enticed oft to treason ;
Enemy to youth, that most may I bewail ;
Ah ! bitter sweet, infecting as the poison,
　　Thou farest as fruit that with the frost is taken ;
　　To-day ready ripe, tomorrow all to-shaken.

---

10) peason: pea의 복수형이자, 고어. two peason이란 값도 없는 하찮은 것.
11) geason: rare, uncommon

이 시는 와이엇과 써리와 동시에 친분이 있었던 보경 토마스(Thomas Lord Vaux)에게 헌정한 시이다. 그는 써리와 같이 궁정교육과 기사도정신에 충만했던 인물로 알려져 있다. 그리고 그는 연애시와 종교시, 무용담을 담은 시에서는 당대에 최고의 반열에 드는 시인이었다.

이 시의 구조는 대조와 병치가 많이 사용되어, 사랑이라는 것의 덧없음, 영원성을 보장할 수 없는 사랑의 속성을 잘 표현하고 있다. 후일 셰익스피어의 소네트에서 자주 언급되는 사랑에 대한 세속적 혐오(contemptus mundi)적인 주제를 미리 알려준 시로 볼 수 있다.

> 꽃봉오리와 만개한 꽃들이 피어나는 아름다운 계절이여!
> 언덕과 계곡을 푸르름으로 덮었구나.
> 아름다운 깃을 가진 나이팅게일은 새 노래를 부르고,
> 산비둘기는 자기 짝에게 이야기를 들려주네.
> 지금 막 피어난 모든 꽃들로 여름이 찾아와
> 붉은 사슴은 자신의 뿔을 울타리에 걸치고
> 숲 속의 사슴도 겨울옷을 날려보내네.
> 물고기들은 새 비늘옷으로 날렵하게 미끄러져 가고
> 뱀들도 자신의 모든 허물을 던져 버리네.
> 날쌘 제비는 작은 곤충을 따라다니고
> 바쁜 벌들은 자신의 꿀을 섞고,
> 모든 꽃들을 파멸시키던 겨울도 이제 끝이라.
> 　　이렇게 나 이 모든 유쾌한 것들 속에서
> 　　모든 근심을 삭히고 있으나, 그래도 피어나는 나의 슬픔!

The soote[12]　season, that bud and bloom forth brings,
With green hath clad the hill, and eke　the vale.
The nightingale with feathers new she sings ;
The turtle　to her make[13]　hath told her tale.
Summer is come, for every spray now springs,

---

12) sweet
13) turtle: 산비둘기. make: mate

The hart hath hung his old head[14)] on the pale;
The buck in brake his winter coat he slings ;
The fishes flete with new repaired scale ;
The adder all her slough[15)] away she slings ;
The swift swallow pursueth the flies smale ;
The busy bee her honey now she mings[16)] ;
Winter is worn that was the flowers' bale[17)].
    And thus I see among these pleasant things
    Each care[18)] decays, and yet my sorrow springs!

이 시는 페트라르카의 소네트 42번을 개작한 것이다. 자연의 풍경을 주 소재로 삼아, 소네트는 곧 연애시라는 고정관념을 탈피함으로써, 영국 소네트의 자산을 더 풍요롭게 해 주었다. 그러나 마지막 행에서는 자연 만물의 생동감이 주는 즐거움과는 대조적으로 자신의 슬픔은 피어난다고 하여 사랑으로 인하여 고뇌하는 면을 고백한다. 특히 이 시는 소네트의 정형적인 각운을 사용하지 않았고, 단지 두 개의 각운(-ngs, -le)만으로 이루어진 것이 특징적이다.

---

14) 숫사슴의 뿔
15) adder: 독뱀, 살모사. slough: 허물
16) mingle, mix
17) destruction, poison
18) worry, worrisome things

참고문헌

Brooks-Davies, Douglas. ed. *Silver Poets of the Sixteenth Century*. London: Everyman's Library, 1992.

Heale, Elizabeth. *Wyatt, Surrey, and Early Tudor Poetry*. London: Addison-Wesley Longman Medieval and Renaissance Library, 1998.

Mason, H. A. ed. *Sir Thomas Wyatt: A Literary Portrait*. Bristol: Bristol Classical Press, 1987.

Muir, Kenneth. *Life and Letters of Sir Thomas Wyatt*. Liverpool: Liverpool University Press, 1963.

Sessions, William A. *Henry Howard, the Poet Earl of Surrey*. London: Oxford Univ Press, April 1996.

필립 시드니

●●● 배경진

17세기 초 옥스퍼드 대학의 보드리안 도서관(Bodleian Library)이 건립되었을 때, 위대한 시인들의 초상화가 선별되어 장식되었다. 위대한 서양문학의 서막을 연 호머의 초상을 필두로, 단테, 페트라르카 등 고전 또는 당대의 위대한 작가들의 초상화가 걸렸는데, 영문학 작가로는 유일하게 초서(Chaucer)와 시드니(Sir Philip Sidney, 1554-1586)가 이들과 어깨를 나란히 하였다. 당시 '작가' 시드니의 명성은 국내외에서 그 위상이 드높았다. 영국 내에서는 스펜서나, 셰익스피어, 벤 존슨, 또는 존 단 보다 많은 인기를 누려 이들 작가 보다 많은 판권이 출판되었으며, 시드니의 산문 소설 『아카디아』(*The Arcadia* 1590)는 프랑스, 독일, 네덜란드, 이태리 등으로 번역, 출판되었다. 당대의 인기가 시드니의 문학성을 논하는 잣대가 되는 것은 아니나, 오늘날의 시드니에 대한 평가 역시 그를 당대의 위대한 시인의 반열에 놓고 있다. 시드니는 우선 영문학 최초의 연작 소네트인 『아스트로펠과 스텔라』(*Astrophel and Stella* 1591)의 작가이며, 르네상스 비평의 완벽한 모델로 손꼽히는 『시를 위한 변론』(*An Apology for Poetry* 1595)의 작가인 것이다.

그러나 정작 시드니 본인은 자신이 시인으로 불리거나 기억되기를 의도하지는 않았다. 시인이기에 앞서 기사이자, 궁정인, 군인, 외교관, 문학의 후견인, 촉망받는 상속인이었던 시드니는 시인이라는 직업을 '신에 의해 선택받지 못한 일'(my elected vocation)이라고 하며, 자신의 작품을 그 동안 준비해온 더 숭고하고 진지한 과업에서 자신의 주의를 돌리게 한 '잉크를 낭비하는 장난감'(this ink-wasting toy of mine)에 비유하곤 하였다. 시드니의 주장대로 시드니의 작품은 그의 정치적 좌절과 연관이 있다. 시드니의 생애는 거대한 기대와 총애 속에 시작되었다. 1559년부터 3차례에 이르러 아일랜드와 웨일즈의 총독을 맡았던 엘리자베스 여왕의 유능한 행정관이었던 헨리 시드니(Henry Sidney) 경과 여왕의 가장 많은 총애를 받았던 더들리(Dudley) 가문의 메리(Mary) 사이의 장남으로 태어난 시드니의 대부는 당시 메리 여왕의 남편 필립(King Philip II of Spain)이었으며, 시드니의 이름 필립도 여기서 유래한다. 시드니는 자신의 아버지뿐만 아니라 후손이 없는 외삼촌들— 레스터 백작(Earl of Leicester)과 워릭 백작(Earl of Warwick)— 의 잠재적 후계자로서 정치인이자 군인의 길을 위한 교육을 받았다. 레스터 백작이 비밀 결혼을 하여 후사를 보기 전인 1580년까지 시드니는 엘리자베스 궁정에서 가장 큰 영향력을 행사했던 외삼촌 레스터 백작의 법적 후계자였다. 따라서 시드니는 당대의 최고의 교육을 받았는데, 슈루즈버리(Shrewsbury) 학교와, 옥스퍼드 대학의 크라이스트 처치(Christ Church)를 거쳐 18세에 프랑스, 독일, 이태리, 폴란드, 비엔나 등을 방문하는 3년 간의 유럽 대장정을 경험한다. 이 기간 동안 시드니는 각 나라의 정치인, 국왕, 신학자, 시인, 인문학자 등을 만나며, 거의 국빈 대접을 받으며 영국의 떠오르는 유망한 정치권력으로서의 기대를 한 몸에 받았다.

그러나 이러한 원대한 기대는 결코 실현되지 못했는데, 시드니가 대부분의 작품을 쓴 것으로 추정되는 1580년대 초반은 그의 생애에 있어 모든 기대와 포부가 좌절되는 힘든 시기였다. 유럽 대장정 시절 파리에서의 구교들의 신교 대한 바솔로뮤(St. Martholomew Day) 대학살을 목격했던 시드니는 신교에 대한 독실한 신앙을 더욱 공공이 하게 되었으며, 1577년 스페인의 구교 영향력을 저지하기 위한 신교 동맹을 세우는 계획에 관여하였다. 1579년 시드니는 여왕과 구교인 프랑스의 알렝쏭 공작(Duke of Alençon)과의 결혼을 공개적으로 반대하며 "여왕에게 보내는 편지"를 썼고, 급기야 이 결혼에 찬성하는 옥스퍼드 백작과 결투에 이르게 되었다. 시드니의 이러한 정치적, 외교적 간섭에 분노한 여왕은 시드니를 궁정으로부터 추방하는 벌을 내리고, 시드니는 여동생인 펨브로크 백작부인(Countess of Pembroke, Mary Sidney)의 영지인 윌튼(Wilton)에서 1581년 다시 왕궁으로 복귀할 때까지 시작을 하며 지내게 된다. 여왕의 결혼을 반대하는 글을 출판했던 한 중산층 출판업자는 손을 잘리는 벌을 받기도 한 시기였다. 국내외의 촉망받는 후계자였던 시드니였지만, 실상 그에게는 1577년 프라하로의 외교 업무를 부여받았던 것말고는 어떠한 공직도 부여되지 않았으며, 1583년의 그의 기사 작위도 훈장을 받기로 한 독일 왕자의 대리직을 수행하기 위한 절차 때문에 수여된 것이었다. 온건주의적 평화정책을 표방했던 여왕에게 신교 동맹을 결성하고 전투적으로 구교에 대립하는 시드니가 속한 분파의 야망은 위험한 정책으로 비춰졌고, 이 분파의 유망한 후계자인 시드니는 끊임없이 여왕과 다른 귀족들의 견제를 받았다. 윌튼에 머물며 시드니는 『아카디아』와 『아스트로펠과 스텔라』의 대부분을 지은 것으로 추정된다. 왕궁에 다시 복귀했지만, 별다른 보직 없이 지내야 했던 시드니는 1585년 여왕의 허락 없이 드레이크(Sir Francis Drake)의 서인도 탐험에 합류하고자 하였으나, 여왕의 개입으로 무산되고, 네덜란드의 스페인에 대한 전쟁에 사령관으로 임명되나, 전쟁터에서 입은 허벅지 부상이 악화되어 1586년 사망한다.

그의 사후, 그의 장인이었던 월싱엄(Sir Francis Walsingham)과 시드니 분파는 월싱엄을 파산으로 이끌 정도로 성대한 장례식을 거행함으로써 그의 장례식을 정치 행사화하여 온건주의를 표방하는 여왕에게 자신들의 주장을 강요하는 계기로 삼았다. 이 장례식을 통하여 시드니는 신교의 수호자, 기사의 이상, 영국의 영웅으로 각인되었고, 연속된 좌절의 실망스러운 시절을 견뎌야 했던 촉망받던 후계자 시드니는 사후, 르네상스 이상의 아이콘으로 자리잡게 되었다. 시드니는 시인이라는 직업을 신에 의해 선택받지 못한 일이라 주장하였고, 당대 귀족들의 관습을 따라 생전에 자신의 작품을 출판하지도 않았다. 원대한 야망을 품었던 시드니는 행동하는 궁정인이자 정치인이었지만, 그의 원대한 야망은 엘리자베스 여왕의 현실주의적 정치 앞에 늘 좌절할 수밖에 없었다. 어쩌다 본의 아니게 신에 의해 선택받지 못한 일을 하게 된 시인 시드니였지만, 시드니는 분명, 당대의 가장 야심에 찬 산문 소설과 영시 최초의 소네트 연작시, 그리고 가장 영향력 있는 영국 르네상스 비평서를 남김으로써, 현실 정치에서 이루지 못한 위대한 업적을 시인으로서 남기게 된다.

| 작품 세계 |

시드니의 작품은 정치적 성향이 매우 강하다고 할 수 있다. 생전에 작품을 출판하지 않았고, 시인으로서의 자신의 임무가 신에 의해 선택받지 못한 일이라는 것을 거듭 강조하는 시드니의 태도는 문학을 주업으로 삼는 전업 작가들과의 차별을 두기 위한 시드니의 귀족적 태도에서 나오는 것이기는 하나, 700페이지가 넘는 방대한 양의 작품과 수정에 수정을 거듭한 필사본 원고는 그가 표면적으로 가치 폄하하였던 문학에 상당히 많은 공을 들였음을 드러낸다. 시드니는 공개적으로 자신의 문학작품을 하찮은 것이라 주장함으로써, 작품에 내재된 위험하게 여겨질 수 있는 여러 정치적인 주제들의 여파를 조절한 것으로 해석될 수 있다. 시드니가 자신의 작품을 출판하지 않은 이유는 자신의 작품이 이미 필사본의 형식으로 자신의 의도했던 독자들에게 전달되었기 때문이기도 하지만, 공식적인 출판이 몰고 올 정치적 파장을 염려한 것이기도 하다는 해석이 있다.

　　1577년 프라하로의 짧은 외교 업무 후, 영국에 돌아온 시드니는 『아카디아』 집필을 시작한 것으로 추정된다. 『아카디아』는 시드니가 여동생 메리 시드니와 함께 읽었던 여러 로망스 전통에서 나온 것이며, 1580년 여왕의 명령으로 궁정에서 추방되었던 시절, 윌튼에서 그 첫 번째 형식인 『구 아카디아』를 완성한 것으로 여겨진다. 『아카디아』의 출판 과정은 복잡하지만 중요하다. 1580년의 첫 번째 형식인 『구 아카디아』는 필사본의 형식으로 남아있고, 결코 출판된 적이 없지만, 1584년까지 시드니에 의해 5차례에 걸쳐 약간의 수정을 거치게 된다. 1584년 시드니는 『신 아카디아』를 완성하고자 계획하나 네덜란드의 대 스페인 전쟁에 참여하여 전사하는 바람에 미완으로 남는다. 『아카디아』의 두 번째 형식인 『신 아카디아』는 1590년 시드니의 사후, 그의 친구이자 시드니 자서전의 저자 그레빌(Fulke Greville)의 도움으로 출판된다. 『신 아카디아』는 『구 아카디아』보다 5만 단어나 길이가 늘어났다. 1593년 메리 시드니는 자신에 의해서 개정된 혼합된 형식의『펨브로크 백작 부인의 아카디아』를 출판했다. 이 작품은『신 아카디아』첫 3권과『구 아카디아』의 혼합으로 구성 되어 있다.『아카디아』는 17세기 산문 소설의 발달이 큰 영향을 끼친 작품으로 5막으로 구성된 희비극의 형식으로 씌어졌다.『아카디아』의 줄거리는 아카디 아의 왕 바실리우스(Basilius)와 그의 아내 기네시아(Gynecia), 그리고 두 딸 파 멜라(Pamela)와 필로클리아(Philoclea)와 아카디아에 오게 된 두 왕자 무시도 러스(Musidorus)와 파이로클레스(Pyrocles)와의 변장과 인물 혼동, 오해 등으 로 얽히고 설킨 때로는 비극적이고 때로는 희극적인 사랑 이야기이다. 그러나 이 작품은 단순한 사랑 이야기라기보다는 진정한 군주의 자질과 의무의 문제, 전제 정치와 무질서와의 관계, 절대 군주 아래서의 신하의 역할과 사회적 정의 의 문제 등과 함께 사랑 이야기 속에서 드러나는 사적인 욕망과 이성적인 윤리 사이의 갈등을 다룬 진지한 산문 소설이라고 할 수 있다.

　　1575년 유럽 대장정에서 돌아온 후, 1577년의 짧은 외교 활동을 제외하 고는 시드니는 궁정에서 '군주의 오락'을 관장하며 마상시합과 단막극 등 궁정 여흥에서 발굴의 실력을 발휘한다. 1578년 여왕을 위해 쓴 목가적 짧은 희곡 『오월의 숙녀』(*The Lady of May*)는 여왕에게 구혼자 중 자신의 삼촌인 레스터 백작을 선택하도록 종용하는 메시지를 담은 작품이며, 화려한 특수 효과가 두 드러지는 『욕망의 네 수양자녀들의 승리』(*Triumph of the Four Foster Children of Desire* 1581)도 현존하는 작품이다. 1579년과 1580년에는『시를 위한 변론』을 쓴 것으로 추정되며,『아스트로펠과 스텔라』의 시작 시기는 1581-3년으로 추정된다. 1582년 이후 시드니는 본격적으로 종교적인 작품 활 동을 하게 되는데, 프랑스의 신교 시인이자 외교관이며 군인인 뒤바르타스(du Bartas)와 역시 프랑스의 신교 정치가인 뒤플레시 모르네(du Plessis Mornay) 의 번역에 착수하나 완성하지 못한다. 1585년에는 성서의 시편을 번역하고자 하나, 43편만을 번역하고는 32세의 나이에 때 이른 죽음을 맞이하게 됨으로써 미완으로 남게 된다.

『시를 위한 변론』

『변론』의 집필 시기는 스펜서(Edmund Spenser)의 『목자의 달력』(*The Shepheardes Calender*)이 출판되었고, 고선(Stephen Gosson)의 『남용 학파』(*The School of Abuse*)가 출판되어 시드니에게 헌정되었던 1579년과 그 다음해인 1580년까지인 것으로 추정된다. 1579년은 또한 엘리자베스 여왕과 알렝쏭 백작과의 결혼설이 나돌던 시기로, 시드니는 이에 반대하는 글을 썼고, 이를 반대하는 글을 썼던 중산층 인쇄업자는 손을 잘리기도 하였다. 시드니가 고선의 글에 대한 직접적인 답변으로 『변론』을 쓴 것은 아니나, 고선의 글은 『변론』에 많이 반영되어 있다. 특히 시드니는 시가 인간의 정신을 오용한다는 고선의 주장을 뒤집어 오히려 인간의 정신이 시를 오용하고 있음을 효과적으로 주장한다. 시드니는 시의 잘못된 사용이 영국을 지배하고 있고, 나쁜 시인들이 영국의 약화된 세력에 책임을 져야 한다는 고선의 생각에 동의한다. 그러나 시드니는 비난의 화살이 오용이 되고 있는 시 자체로 갈 것이 아니라, 시를 오용하고 있는 나쁜 시인들에게로 향해야 함을 지적한다. 『변론』은 이후, 다니엘(Samuel Daniel), 캠피온(Thomas Campion), 존슨(Ben Jonson) 등에 이르는 다양한 시 옹호론의 서막을 이룬 작품이다. 1579년이라는 작품년도를 배경으로 가진 고선과 시드니의 두 작품 모두 영국의 국가 정체성이 위기인 시점에서 글을 쓴다는 확신아래 집필된 작품이다. 두 작품 모두 여왕의 결혼이 가져오는 영국의 정체성에 대한 위협에 대한 반응으로서, 영국이 외래의 영향과 문화에 종속될 것을 우려하고 있다. 고선은 당시 학교의 한심한 커리큘럼이 영국의 적들의 의도대로 타락한 시인과 극작가들을 가르침으로써, 영향력 있는 젊은이들을 사로잡아 책임감 없고 무능력하게 만들어, 영국을 외국 세력의 지배 하에 빠뜨리고 있다고 진단하였다. 이렇게 책임감 없고, 도덕심과 애국심이 결여된 나쁜 시인들이 영국의 가장 위험한 내부의 적이라는 것이다. 그러나 시드니는 영국에 좋은 시가 결여된 것은 엘리자베스 여왕의 구교 유럽에 대한 온건주의 정책의 직접적인 결과라고 보았다. 지나치게 유약한 평화주의 때문에 영시는 전시에 얻었던 명성을 상실하고, 비굴한 정신의 나쁜 시만이 난무하게 되었다는 것이다. 칼로써 자신의 아버지를 죽일 수도 있지만, 또한 칼로써 자신의 군주와 나라를 구할 수 있음에도 불구하고, 영국은 시인들로 하여금 그들의 무기를 잘못 사용하게 하여 오늘날의 국가 정체성의 위기를 맞았다는 것이다. 하지만, 시드니는 비난의 화살을 시가 아니라 시를 오용하는 나쁜 시인들에게로 돌려야 한다고 주장하면서도, 또한 시의 오용을 막는 것, 즉 시의 올바른 사용의 어려움을 드러낸다.

『변론』의 구조는 당시 수사학 교재에 나온 변론 모델을 그대로 따른 것이다. 특히 시드니 자신의 승마 스승 이야기로 주제에 대해 간접적으로 접근한 '서론'(Introduction or Exordium)은 주로 청중이 자신의 변호인에 대해 부정적인 선입관이 있을 경우, 부드러운 분위기를 만들기 위해 사용되는 방법이다. 2단계 '진술'(Statement of Fact or Narration)은 시가 가장 오래되고, 보편적이라는 사실이 시에 위엄을 부여한다는 진술을 통해 시를 정의하고 있다. 3단계 '제안'(Proposition)에서는 시가 그 가치를 인정받아야 한다고 제안하고, 4단계 '분류'(Division)에서는 제안에서 말한 시를 분명히 정의하고 설명하기 위해 시의 종류를 분류하고, 5단계 '검증'(Proof or Confirmation)에서는 다른 경쟁 학문(철학, 역사)보다 시가 위대한 이유를 검증하고, 6단계 '반박'(Refutation)에서는 시의 공격과 비난에 대한 반박이 이루어지며, 이 6단계와 마지막 단계인 '결론'(Conclusion or Peroration) 사이에 '여담'(Digression)으로 현재 영국의 시의 상태, 왜 시가 앞서 논한 이상적인 시의 기준에 미치지 못하게 되었는가 등이 다루어진다.

여담에 앞선 『변론』의 요지는 이론과 실제의 차이의 강조에 있다. 『변론』의 요지가 모든 학문의 최종 목표는 우리의 타락한 정신을 가장 숭고한 상태로 이끄는 것이고, 이론적으로 시는 이 목표를 가장 효과적으로 성취하는 가장 훌

릉한 학문이기에 시에 대한 비난은 실제로 이렇게 숭고한 학문인 시를 오용하는 나쁜 시인에게 있어야 한다는 것이다. 한편, 여담에서 다루어지는 논의는 왜 영국의 시가 앞서 논한 이상적인 시의 기준에 미치지 못하고 가장 최악의 상태로 타락했는가에 대한 논의로서, 사실상 이론과 실제의 차이를 가장 극명히 드러내는 가장 중요한 논의가 될 수 있다. 그렇다면, 가장 중요한 논쟁을 담고 있는 이 부분이 왜 여담에서 다루어지고 있는가? 시드니는 여담의 도입과 마무리에서 영국시의 현 상황에 대한 진단과 논의가 시간 낭비이고, 하찮은 것임을 애써 강조하고 있다. 영시의 현 상황을 진단하고 있지만 논의가 하찮은 여담으로 다루어 진 것은 당대 영국에서의 영시의 위치를 전략적으로 반영한다. 사실 시의 옹호로서 『변론』의 본문은 그다지 심각하지 않다. 이상적이고 보편적인 시를 정의하고 옹호하는 본문에서는 문명의 탄생에 공헌한 헤시오도스(Hesiod)와 오비디우스(Ovid)의 황금시대와 그리스 로마 영웅 시인들을 다룬 크세노폰(Xenophone)과 버질(Virgil) 등이 장황하게 언급된다. 사실 이런 시와 시인들은 심각한 변론을 필요로 하지 않는다. 『변론』의 심각성은 어린아이들의 웃음거리로 전락한 영국시, 그리하여 적에 의해서 비난이 되는 영국시의 상태를 진단하고, 고발하는데 있다. 본문에서 다루어진 이상적인 시가 독자들로 하여금 영웅적인 덕목을 모방하도록 자극한다면, 여담은 마치 거울처럼 독자들로 하여금 자국의 문화의 현상을 직시하게 한다. 시드니는 과거 초서의 『트로일러스와 크리세이드』(*Troilus and Criseyde*)와 당대 스펜서의 『목자의 달력』 사이에 꼽을 수 있는 영문학의 훌륭한 작품으로 서리(Ear of Surrey)의 시를 제외하고는 『위정자의 거울』(*A Mirror for Magistrates* 1559)과 영국 역사에서 소재를 취한 최초의 비극인 노턴(Thomas Norton)과 색빌(Thomas Sackville)의 『고보덕』(*Gorboduc* 1561년 초연, 1565년 출판)만이 언급될 수 있다며 영문학이 다른 유럽 국가들의 문학과 경쟁하기 위해 더욱 정진해야 함을 지적한다. 심각한 여담을 지나 결론을 맞으면 다시 톤은 과장되고 장황해진다. 결론은 여느 연설의 결론과 마찬가지로 '요약,' '확충 부연,' '감정적 호소'의 세

부분으로 구분된다. 시드니는 자신의 주장을 따라 시인이 문명을 처음으로 가져다주었고, 모든 학문의 지식을 나누어주며, 숭고한 덕목을 모방하게 해 준다는 것을 믿으라고 독자에게 종용한다. 심지어 시인이 시로서 독자에게 불멸을 가져다준다고 해도 이를 믿으라고 종용한다. 특히 이 마지막 종용을 따르면 독자는 여기 저기 작품의 서언에서 자신의 이름이 헌정되어 있는 것을 발견할 수 있다는 것이다. 그의 주장을 믿고 시를 추구한다면 독자는 자신의 이름을 남기고 기존의 귀족을 대체하는 새로운 계보를 세울 수 있다는 것이다. 그러나 시드니는 만약 독자가 자신의 우둔함과 타락함 때문에 자신의 정신을 고양하여 시를 바라볼 수 없다면, 새로운 계보를 세우는 희망을 버리라고 비판한다. 마지막으로 모든 시인의 대표로 시드니는 시를 숭상하지 않는 이들은 은혜와 호의도 역사에 길이 남을 기록과 명성도 얻지 못할 것이라는 저주를 보내며 글을 맺는다. 이렇게 『변론』은 시를 통하여 계보를 확립하는 것의 중요성을 강조함으로써 끝을 맺고 있다.

　『변론』의 구조, 특히 '서론'의 논의는 작품의 의도가 시의 무죄를 주장하는 것이 아니라 유죄인 시를 변호한다는 점에 있음을 드러낸다. 시드니는 말타기 기술을 가르쳐주던 이태리인 승마 선생님(John Pietro Pugliano)이 자신의 승마 직업에 대한 예찬을 하며, 말을 타는 군인들이 가장 숭고하며, 말 또한 아첨 없이 봉사하는 가장 뛰어난 동물이라며 어찌나 칭찬을 하던지, 본인 자신이 말이 되고 싶을 정도였다고 토로하면서 『변론』을 시작한다. 다행히 시드니는 논리학 훈련을 받은 터라 그렇게 되지는 않았지만, 이 서론은 앞으로의 시드니의 논의의 성격을 간접적으로 드러내는 에피소드이다. 그가 이태리인 선생님의 달변에 거리를 두었듯이, 독자도 시드니의 웅변에 거리를 두어야 하는데, 그 이유는 둘 다 모두 자기애와 자기이익을 위한 논의를 펼치기 때문이다. 그가 승마 선생님에게서 배운 것은 '자신이 속한 집단을 멋지게 만드는 것은 어떠한 장식도 아닌 바로 자기애'라는 사실이며 그도 승마 선생님과 마찬가지로 자신의 주제에 대해 '논리'(good reason)보다는 '선의'(good will)로 접근할 것임을 드러낸다. 따라서『변론』에서 보이는 논의들의 근거는 매우 빈약하고, 선택적이고, 때로는 모순적인데, 그 이유는 시드니의 논의가 기본적으로 인문주의적 시론과 프로테스탄트 신교의 반시론을 모순적으로 모두 만족시켜야 했기 때문이다.

　　시드니의 이러한 모순적 논의는 시인의 창조와 모방에 대한 그의 주장에서 분명하게 드러난다. 그는 시가 덕목을 가르치는 단계를 세 단계로 나누어 우선, 시인의 자유로운 상상력이 이데아를 포착하고, 그 이상적인 모델을 그려 내면, 독자들은 그것을 보고 행동으로 옮기게 된다고 보았다. 시드니에 의하면 시인은 이성의 작용에 의해서가 아니라 자유로운 상상력에 의해 이데아를 간파하는데, 시인만이 가지고 있는 '드높이 비상하는 정신의 자유'(high flying liberty of conceit)는 그 안에 '거룩한 힘'(the divine force)을 가지고 있는 것처럼 보인다는 것이다. '우리의 바른 정신'(our erected wit)은 우리에게 완전함이 무엇인지 알게 하지만, '우리의 타락한 의지'(our infected will)가 완전에 도달하지 못하게 방해하는 것이다. 더 나아가 시드니는 단지 시인만이 거룩한 상상력의 힘으로 자연을 능가하여 인간 본래의 완전성을 그려볼 수 있다고 주장한다. 물론 쓸모 없는 상상도 있지만, 시인의 상상의 최고봉은 최고선의 이데아를 구현하는 형상을 보여주어 사람들이 그것을 보고 감동하여 그 본을 받게 하는 것이다. 그러나 시인의 상상력에 대해 무한한 자유와 거룩한 힘을 주는 시드니의 이러한 적극적인 주장은 상상력의 폐해를 역설하는 당대의 종교 개혁가들의 사상과는 정반대의 것이다. 당대의 종교 개혁가들은 상상력은 우스꽝스럽고, 불손하고, 비정상적인 정신 작용을 요구하기 때문에, 인간의 상상력은 근본적으로 사악하다고 주장하였다. 자신의 시인의 상상력에 대한 논의가 신교에 거슬릴 것을 직감한 시드니는 다시 그리스의 철학자 아리스토텔레스의 권위를 빌어 종교 개혁가들에게 받아들여질 만한 시와 시인에 대한 정의를 시작한다. 시인은 자연에 결코 없었던 것을 만들어 내는 창조자가 아니라, 자연을 모방하고, 재현하는 자연에 종속된 예술가라는 것이다. 그러나 시드니가 말하는 모방과 아리스토텔레스의 모방은 차이가 있다. 아리스토텔레스는 사람의 행위의 모방을 강조했고, 그 후의 이론가들은 자연의 모방임을 강조했으나, 시드니는 '재현'(representing), '꾸며냄'(counterfeiting), '형상화'(figuring forth) 같은 단어를 통해, 모방의 대상보다 모방의 기술에 관심을 두고, 모방 행위자체가 창조 행위임을 드러내고 있다.

시드니는 올바른 시인론을 통해 시와 시인의 자유, 창조성에 대해 적극적인 주장을 펼치며, 시와 시인이 사회에서 담당하는 역할을 강조하고, 현실에서는 부여받지 못한 절대 자유와 권력을 시인에게 복구시킨다. 그에 의하면 올바른 시인은 '청동세계'에 불과한 타락한 자연을 단순히 모사하는 것이 아니라, '시인 자신의 이성이란 황도대를 자유롭게 오가면서 도덕적 모범을 가장 이성적으로 구성'하는 사람이다. 철학이 지겨운 논리로 사람에게 지식을 가르치는데 반하여 시는 '아이들로 하여금 놀고 싶은 마음을 억제하고 노인들을 구들장에서 벗어나게 하는 이야기'를 통해 사람의 마음을 움직여서 타락한 인간이 기억하고 있는 '완전한 상태'로 이끌 수 있다. 시드니는 자신이 종교시를 굳이 변호하지 않아도 되는 이유로 '제대로 된 신앙심을 가진 사람이라면 아무도 종교시를 비난하지 않을 것'이라고 주장했지만, 종교시를 배제하는 진짜 이유는 종교시의 주제인 영원성이 우리가 사는 세계와는 다른 차원이기 때문이라고 밝힌다. 종교시의 범위가 너무 광대했다면, 철학시의 경우 이들의 범위는 너무 좁다. 단지 있었던 일 또는 있는 사실에 집중함으로써, 이들은 시의 중요한 기능인 '형성,' '변화'를 이루지 못한다는 것이다. 시드니에게 있어서 시란 반드시 우리가 사는 사회에 바람직하고 이상적인 형성과 변화를 주어야 한다는 것이다.

이렇게 사회의 형성과 변화를 강조하는 시드니에게 있어서, 올바른 시란 반드시 운문일 필요는 없다. 연설이든, 노래든, 언어로 매혹적인 이미지를 허구적으로 구성할 수 있다면 시로 정의할 수 있다는 것이다. 따라서 시드니가 주장하는 올바른 시인은 허구를 만들어내는 사람이다. 올바른 시인은 즐겁게 가르치기 위해서 모방하나, 단순히 이전에 있었던, 있는 것을 모방하는 것이 아니라, 있을 수 있는 것, 있어야만 하는 것을 만들어 내는 것이다. 시드니의 관심은 예언자(vates) 또는 권력의 시종으로서의 시인이 아니라, 절대 자유와 권력을 행사하는 창조자(maker)로서의 시인인 것이다. 올바른 시인은 신과 유사한 자유를 가지고, 세상일에 관여하며, 어떤 분파나 권력으로부터 자유롭다. 시인의 '높게 비상하는 이성의 자유'는 초인간적인 그래서 신성한 시인의 자유를 의미할 뿐만 아니라, 정치적, 역사적 자유를 의미하기도 한다. 역사가는 과거 실제의 사건을 통해 덕목을 가르치나, 역사적 사실 자체가 진실이 아니라 권세가들의 편견으로 왜곡된 사실이라는 점을 시드니는 지적하고 있다. 왜곡되고 어리석은 세상의 진실에 사로잡혀, 역사가가 그려내는 예들은 나쁜 덕목을 그릇되게 장려할 우려가 있다. 그러나 무엇보다도 역사가는 권력의 시종으로서 권세가들의 영향력으로부터 자유롭지 못하였다. 하지만, 창조자로서의 올바른 시인은 자유롭게 황금세계를 만들기도 하지만, 또한 독자의 마음에 영향을 미쳐 이상적인 덕목을 갖춘 사람을 만듦으로써, 그들이 사는 사회에 적극적으로 작용한다는 것이다. 철학자의 경우에는 도덕적 교훈을 가르친다는 효과에 있어서 잘 해야 재미없고, 최악의 경우 알아들을 수 없다는 것을 시드니는 지적한다. 또한 시인은 폭군을 처벌할 수 있는 반면, 철학자들은 폭군 앞에서 무기력함을 예를 들을 설명하고 있다. 소크라테스(Socrates)의 죽음이나 알렉산더 대왕(Alexander the Great)이 철학자(Callisthenes)를 처형한 것, 플라톤(Plato)도 폭군(Dionysius)에게 어쩌지 못하고 노예로 전락한 것 등은 철학자들의 솔직한 공사개입이 불러온 참혹한 결과라는 것이다. 철학자들의 문제는 모어(Thomas More)가 『유토피아』(Utopia)에서 지적한 것과 마찬가지로, 설득과 아첨의 기술이 부족하여, 타락한 정치가들에게 자신들의 교훈을 효과적으로 전달하지 못한 것에 있다는 것이다. 설득의 기술이 뛰어난 시인은 정치가, 궁정인, 군인에게 환영받을 뿐 아니라, 왕과 유사한 권력을 행사하도록 만든다. 시인은 더 이상 권력의 시종이 아니라, 권력을 효과적으로 이상적으로 행사할 수 있도록 이끄는 권력의 안내자인 것이다.

시드니가 제시하는 올바른 시인의 뛰어난 기술의 원천은 '말하는 그림'이다. 시의 시각성을 강조한 이 메타포는 추상적인 철학자의 이론과 구체적인 역사가의 실제적인 예들을 시라는 예술에 조화시켜 놓은 것이다. 시의 시각적 경험은 그림과 마찬가지로 정신뿐만 아니라 육체(감각)에 강력하게 작용한다. 이 점에 있어서 시드니가 주장하는 올바른 시의 영광과 수치가 동시에 이중적으로 드러난다. 시인은 즐겁게 가르치기 위해, 다시 말해, 독자를 유혹하여 덕목으로 이끌기 위해, 독자의 감각을 자극해야 한다. 시가 독자를 자극하고 유혹하여 덕목으로 이끌기 위해 매혹적이어야 함을 강조하는 시드니는 옷의 이미지로 시의 매력과 그 효과를 설명하고 있다. 시는 반드시 운문일 필요는 없지만, 그래서 올바른 시의 필요조건은 허구적인 구성이면 되지만, 시인은 허구의 가장 적절한 의상으로서 '운율'을 선택해야 한다는 것이다. 즐겁게 가르치기를 거부했던 철학자들도 시라는 '의상'을 빌려와야 효과를 얻을 수 있고, 옷을 잘못 입은 단조로운 서정시도 시인 핀다로스(Pindar)의 장식만 달면 효과가 더 좋아질 수 있다는 것이다. 시드니는 플루타르크(Plutarch)의 역사나 철학을 읽은 사람이라면 플루타르크도 자신의 글을 '시'로 장식했음을 알 수 있다고 보충한다. 덕목을 모방하게 하기 위해서 '꾸며내는 것'이 가장 효과적인데, 실제 키루스(Cyrus) 대왕보다는 크세노폰의 '재현된' 키루스가, 사실적인 아에네아스(Aeneas)보다는 버질(Virgil)의 '그려진' 아에네아스가 그 교훈적 효과에 있어서 더 나음은 말할 필요도 없다는 것이다. 그러나 문제는 당대의 반시 운동의 논리이다. 반시 집단들은 연애시의 선정적 요소가 젊은이들의 감각을 자극하여 태만하게 만들고, 영국 청교도 가치를 훼손한다고 비난하였다. 그러나 시드니의 '말하는 그림'으로서의 시론은 시와 육체적 감각과의 필연적인 관계에 기초한다. 결국 시드니의 올바른 시인론은 시인이 사회에서 담당하는 적극적인 역할과 힘을 강조하면서도 그 효과를 위한 육감성을 부정하지 못함으로써 자신의 정의 안에 시인의 정치성과 예술성을 모두 포함하고자 했던 궁정인이자 시인이었던 시드니의 고뇌를 드러낸다고 볼 수 있다.

시는 때로는 — 특히 남용되었을 때는 — 위험할 수 있지만, 시는 무엇보다
도 도덕적 교훈을 환기시키는데 있어서 — 특히 폭군이나 군주에게 교훈을 환기
시키는데 있어서 — 가장 효율적임을 시드니는 강조한다. 시드니의 주장에 의하
면 시는 운문화 된 역사와 철학으로서 인류에게 최초로 지식을 전달했고, 고대
시인 암피온은 테베(Thebe)를 세우고 문명을 이루었으며, 단테(Dante), 페트라
르카(Petrarch), 보카치오(Boccaccio)는 시를 통해 이태리어를 과학의 보고로
만들었고, 초서(Chaucer)와 가워(Gower)는 영어를 아름답게 만들었다는 것이
다. 그러나 더 이상 과거의 영광을 볼 수 없는 타락한 현재의 세상에서 시인의
역할은 인간의 무한한 가능성을 알리고, 우리의 현실과 그 가능성과의 괴리감
을 환기시키는 일임을 시드니는 강조한다. 따라서 시의 가장 효과적인 효용은
즐거운 때로는 감각적인 이야기를 통하여 도덕적 교훈을 환기시키고 가르친다
는 점에 있다고 시드니는 주장한다.

시의 시각성을 강조한 '말하는 그림'의 설명을 위해 시드니는 루크레티아
(Lucretia)를 그려내는 시인의 작업과 화가의 작업을 비교한다. 시인과 화가 모
두 인간 루크레티아가 아닌 한번도 본 적이 없는 순결한 덕목의 현현으로서
그녀를 상상하여 그려내야 한다고 주장한다. 그러나 루크레티아 일화는 이상
적인 덕목을 그려내야 하는 시인의 감각적인 작업을 화가의 작업에 비유하여
설명할 뿐만 아니라, 동시에 시드니 자신의 독재에 대한 반감을 환기시킨다.
루크레티아는 타락한 로마의 왕(Sextus Tarquinius)에게 강간을 당한 후 자살
을 하는데, 이 일화의 결과로 왕의 부족(Tarquin족)이 로마에서 쫓겨나고 공화
국이 수립되었다는 점을 상기할 때, 시인이 '말하는 그림'을 통해 폭군을 몰아
내고, 처벌하기도 하는 효과를 낳을 수 있음을 시드니가 간접적으로 강조하고
있음을 볼 수 있다. 시드니는 또한 시인이 우회적으로 폭군 스스로 개혁할 수
있도록 설득할 수 있음을 강조한다. 예언자 나단(Nathan)은 우화를 통해 다윗
스스로 자신의 간통과 살인의 끔찍함을 볼 수 있게 하였고 목가시는 매정한
군주와 탐욕스러운 군인들 아래 고생하는 시민들의 비참한 삶을 드러내는 효

과가 있고, 비극은 왕들로 하여금 폭군이 되거나, 폭군적 기질을 드러내는 것을 두려워하도록 만드는 효과가 있다는 것이다. 여담에서 시드니는 잘된 비극의 예로 에우리피데스(Euripides)의 비극을 언급하는데, 그 내용은 다름 아닌, 주인공 트로이의 여왕 헤카베(Hecuba)가 자신의 아들을 죽인 트라키아(Thrace)의 폭군(Polymnestor)에 대해 복수한다는 것이다. 이렇듯 시론의 논의에서 간간이 언급되는 시의 효율적인 예들은 시인의 정치적 개입이 성공적이어서 폭군을 처벌하기도 하고, 성군으로 만들기도 한 경우들이다.

올바르고 효과적인 시의 뛰어난 기술의 원천인 '말하는 그림'의 예로 루크레티아의 세심하게 연출된 죽음(자살)을 선택함으로써, 시드니는 시인이 그려낸 덕목과 작품의 정치적 힘을 암시할 뿐만 아니라, 그 효과성을 강조한다.『변론』에서 두드러지는 것은 시가 철학이나 역사보다 폭군에 저항하는데 효과적이다 라는 점이다.『변론』에 유난히 폭군이 많이 언급되는 이유는 시의 가치가 폭군을 억압하는데 있다는 시드니의 믿음에서 비롯된다고 볼 수 있다. 폭군에 대한 반감과 폭군으로부터 자유롭고자 하는 시드니의 욕구는 영국에 대한 외세와 가톨릭 폭정에 대한 위기감 아래 엘리자베스 여왕과 프랑스의 알렝쏭 백작과의 결혼설에 대해 반대하는 글을 썼던, 더 나아가, 전투적 프로테스탄트로서 스페인 폭정에 대항하여 네덜란드를 위해 참전했다가 사망한 그의 전기에서도 발견된다. 시드니는 타락한 세상에서 시인의 역할은 정치적으로 전복적일 수 있다고 믿었던 것이다.

『아스트로펠과 스텔라』

셰익스피어와 스펜서를 비롯하여 1590년대 영국 시인들에게 소네트 열풍을 불러일으킨 영시 최초의 연작 소네트집인 이 작품은 1582년에 쓰인 것으로 추정되나, 출판된 것은 1591년이다. 출판되기 이전, 본 작품은 필사본의 형태로 널리 읽혀졌고, 인기가 많아 시드니의 사후 해적판의 형태로 출판된 것이다. 108

개의 소네트와 11개의 서정시(song)로 구성되어 있는 본 작품은 아스트로펠(별을 사랑하는 자)이라는 젊은 궁정인의 스텔라(별)라는 덕망 있는 유부녀에 대한 사랑을 노래한 시집이다. 종종 본 작품을 자전적으로 해석하여 이 작품이 어려서 자신과 혼담이 오고갔으나, 1581년 다른 부유한 귀족 리치 경(Lord Rich)과 결혼한 페넬로페(Penelope Devereux)에 대한 좌절된 사랑을 담은 것으로 보기도 한다. 실제로 시드니는 소네트 24와 37에서 부유하다는 뜻의 영어 'Rich'와 스텔라의 남편의 성 'Rich'를 교묘하고 장난스럽게 사용하여 스텔라를 소유하게 된 스텔라의 남편이 부유하나 자신이 가진 소중한 보물인 스텔라를 제대로 알아보지 못하는 어리석은 자라는 것을 비난하기도 한다. 사실, 페넬로페는 시드니의 지적대로 '어리석은' 남편과 사이가 원만하지 못했고, 다른 애인과의 사이에 혼외 자식을 보았으며, 남편의 사후, 이 애인과 결혼하여 해로하였다. 그러나 여느 다른 시드니의 작품에서와 마찬가지로, 본 작품을 전적으로 자전적인 면에서 해석하는 것에는 문제가 있다. 궁정인이자 시인이었던 시드니는 아스트로펠이라는 사랑에 빠진 젊은이라는 가면을 통해, 당대 연애시의 관습의 문제, 사랑에 빠진 남성의 내적인 경험과 고통, 더 나아가 개인의 욕망과 야망의 문제 등을 성찰하고 토로하는 계기로 삼는다.

스텔라가 작품의 제목에 언급됨으로써, 이 작품이 스텔라에게 바쳐지는 스텔라에 대한 사랑을 노래하는 시집일 것이라는 예상을 하게 하나, 이 작품의 주인공은 사랑의 대상인 스텔라라기보다는 사랑을 노래하는 아스트로펠이다. 정작 스텔라를 '당신'이라며 부르며 스텔라에게 직접 호소하는 소네트는 소네트 30 이전까지는 등장하지 않으며, 이후에도 스텔라에게 직접 노래하는 소네트는— 소네트 59, 68, 90, 91, 107— 간간이 등장할 정도이다. 따라서 모든 시는 철저히 주인공 아스트로펠의 관점에서 전개되고 재현된다. 아스트로펠은 친구, 다른 시인들, 높으신 분들, 시기심 많은 이들과 같은 다양한 사람들뿐만 아니라 큐피드, 이성, 덕목, 욕망, 눈물, 한숨, 생각, 밤, 잠, 침대, 달, 템즈강 등 다양한 대상에게 말하고 있고, 심지어 자기 자신과도 대화를 하며, 자신의 사랑의 감정을 성찰한다. 연작시로서 작품 전체를 통해 독자는 아스트로펠이 이러한 다양한 대상들과 나누는 일종의 '극적독백'을 엿듣게 되는 것이다.

뉴만(Thomas Newman)에 의해서 1591년 출판된 서문에서 내쉬(Thomas Nashe)는 이 작품의 이야기가 사랑과 잔인한 덕목에 관한 희비극으로서 처음에는 희망으로 시작되나 결국에는 절망으로 끝난다고 요약하고 있다. 연작시로서 본 작품은 아스트로펠의 태도의 변화에 따라 크게 세 부분으로 구별해서 살펴볼 수 있다. 첫 번째 단계에서 아스트로펠은 어쩔 수 없이 사랑의 노예로 전락한 자신의 상태에서 사랑의 강력한 힘을 인정하게 되나, 현실적인 보상이 없는 사랑의 본질에 회의와 갈등을 하는 모습을 보인다. 이러한 갈등은 소네트 52이후 급격하게 변하게 되어, 아스트로펠은 이상과 현실, 덕목과 욕망 사이에서 자신의 욕망을 인정하고 사랑의 육체적 기쁨을 적극적으로 취하고자 한다. 그러나 이러한 태도는 서정시 8편 이후 다시 급격하게 절망으로 변하게 되는데, 스텔라와의 키스 이후에 스텔라는 단호하게 아스트로펠을 거절하게 되고, 아스트로펠은 스텔라의 부재 속에서 욕망과 절망의 덫에 갇힌 채 끝없는 방황과 고통에서 헤어 나오지 못하게 된다.

자신이 시로써 자신의 사랑을 기꺼이 보이고, 자신의 고통을 가장 침울하게 그려내 보임으로써, 그녀의 동정과 은혜를 얻겠다는 포부로 시작된 소네트는 그러나 2편에서 아스트로펠은 자신의 사랑이 큐피드의 화살에 의해 한 눈에 반한 것이 아니라, 서서히 조금씩 자신도 어쩔 수 없이 사랑의 노예가 되었음을 고백한다.

2
　　첫 눈에 반한 것도 아니고, 마구잡이의 큐피드의 화살 한 방에 반한 것도 아니
　　　　지만,
　　사랑은 내가 숨쉬는 동안 계속 피 흘릴 이 상처를 주었다:
　　그러나 알려진 가치는 시간의 터널 안으로 파고들어와,
　　마침내 조금씩 조금씩 완전히 정복해 버렸다.

나는 보았다, 그리고 좋아했다; 나는 좋아했으나, 사랑하지는 않았다;
　　나는 사랑했으나, 사랑이 명령하는 바를 바로 행하지는 않았다:
　　마침내 나는 굴복되어 사랑의 명령에 동의하였다,
그러나 여전히 이 불공평한 운명에 푸념하며.
　　이제 그나마 잃어버린 자유의 자취도 사라졌고
이제 노예로 태어난 모스코바인들처럼
독재를 견디는 것을 칭송이라 부른다;
그리고 이제 나의 남은 정신을 사용하여
　　나 자신으로 하여금 모든 것이 잘 된 일이라 믿게 만든다,
　　감정적인 기술로 나의 지옥을 그리며.

Not at first sight, nor with a dribbed shot,
　　Love gave the wound which while I breathe will bleed:
　　But known worth did in mine of time proceed,
Till by degrees it had full conquest got.
I saw, and liked; I liked, but loved not;
　　I loved, but straight did not what love decreed:
　　At length to love's decrees I, forced, agreed,
Yet with repining at so partial lot.
　　Now even that footstep of lost liberty
Is gone, and now like slave-born Muscovite
I call it prise to suffer tyranny;
And now employ the remnant of my wit
　　To make myself believe that all is well,
　　While with a feeling skill I paint my hell.

이제 어쩔 수 없이 사랑의 노예가 된 아스트로펠에게 자신의 '지옥'을 '그리는'
일이 문제로 등장한다. 아스트로펠은 자신의 열정과 고통을 노래하기 위해서
다른 이들의 과장되고 진부한 수사는 사용하지 않고 단순하지만 진실된 표현
으로 자신의 사랑을 표현하겠다고 다짐한다.

6
어떤 연인들은, 자신들의 시신을 즐겁게 할 때,

두려움에 의해 생겨나는 희망에 대해, 욕망이 무엇이지 모르겠다는 것에 대해,
지옥과 같은 고통을 불러일으키는 천상의 빛의 힘에 대해,
살아있는 죽음, 달콤한 상처, 아름다운 폭풍, 얼어붙는 정열 등에 대해 이야기한
　　다.
　　어떤 이는 황소와 백조로 수놓아지고, 황금비가 뿌려진
제우스신과 제우스신의 이상한 이야기 속에서 자신의 노래를 꾸민다.
다른 겸손한 이는, 목동들의 피리 속으로 자신의 기지를 대피시켜,
종종 시골의 핏줄 속에 왕가의 핏줄을 숨긴다.
　　어떤 이에게는 달콤한 탄식이 달콤한 스타일을 제공한다,
　　그리하여 눈물이 잉크를 쏟아내고, 한숨이 단어를 품어 낼 때,
그의 종이는 창백한 절망이고, 고통이 그의 펜을 움직이게 한다.
　　나도 내가 느끼는 바를 말할 수 있고, 나도 그들만큼 느낀다,
　　그러나 나는 나의 (마음의) 상태의 지도를 모두 보여줄 수 있다고 생각한다,
단지 떨리는 목소리가 나는 스텔라를 사랑한다고 발표할 때만.

Some lovers speak, when they their muses entertain,
Of hopes begot by fear, of wot not what desires,
Of force of heavenly beams, infusing hellish pain,
Of living deaths, dear wounds, fair storms and freezing fires.
　　Some one his song in Jove, and Jove's strange tales, attires,
Broidered with bulls and swans, powdered with golden rain.
Another, humbler, wit to shepherd's pipe retires,
Yet hiding royal blood full oft in rural vein.
　　To some a sweetest plaint a sweetest style affords,
　　While tears pour out his ink, and sighs breath out his words,
His paper, pale despair, and pain his pen doth move.
　　I can speak what I feel, and feel as much as they,
　　But think that all the map of my state I display,
When trembling voice brings forth, that I do Stella love.

위 소네트에서 아스트로펠은 당대의 연애시의 관습을 조롱하고 있다. 첫 4행은
과장되고 모순적인 페트라르카적 표현을 언급하며 그것의 진부하고 식상한 표
현을 열거한다. '살아 있는 죽음,' '달콤한 상처,' '아름다운 폭풍,' '얼어붙는 정

열’ 등은 대표적인 페트라르카적인 역설적 비유인 것이다. 5-6행은 신화에 의존하여 연애시를 쓰는 전통과 관습을 조롱하는 것으로 ‘이상한’ 이야기를 빌려 자신의 사랑을 노래하는 것을 비난한다. 7-8행은 목가전통을 따라 노래하는 관습을 언급한 것이고, 9-11행은 너무 자주 사용되는 ‘달콤한’ 이라는 표현을 직접 반복적으로 사용함으로써, 그러한 표현의 식상함을 조롱하며, 눈물이 잉크가 되고, 한숨이 절로 시가 되고, 창백한 절망을 종이 삼아, 사랑의 고통으로 시를 썼다고 토로하는 과장된 의인화를 풍자한 것이다. 아스트로펠은 단순히 관습을 따라하는 시인들은 조롱하며 자신은 진부한 관습적인 표현 대신에 ‘나는 스텔라를 사랑한다’는 단순하지만 진실된 표현으로 자신의 마음을 효과적으로 보여줄 수 있다고 자신한다. 아스트로펠은 누누이 스텔라에 대한 자신의 사랑을 기존의 방식으로는 전할 수 없음을 강조하지만, 그 역시 기존의 관습에서 자유롭지 못하다. 소네트 6 이후 계속되는 시들 속에서 시드니는 때로는 관습에 의존하며 때로는 독창적으로 자신의 감정을 전달할 수 있는 모든 수사학적 방법들을 시도해 본다.

자신들의 사랑을 정신적이고 종교적인 사랑으로 승화시키는 페트라르카적 여느 시인들과 달리 아스트로펠은 피할 수 없는 사랑의 힘을 대면한 채, 그것의 본질을 꿰뚫어 보려는 경험주의자로 제시된다. 사랑과 이성, 욕망과 덕목 사이에서 고통받는 자신의 내적인 긴장과 고통을 강조함으로써 아스트로펠은 스텔라가 요구하는 사랑의 덕목과 자신이 요구하는 욕망의 갈등을 극대화시킨다. 스텔라의 사랑은 그녀의 아름다움을 통해 아스트로펠을 미덕과 선으로 인도하는 사랑이지만, 아스트로펠에게 있어 그녀의 이러한 정숙한 덕목은 오히려 그의 사랑과 욕망을 좌절시키는 ‘폭군’과도 같은 존재인 것이다. 소네트 52는 아스트로펠의 태도에 있어서 변환점이 되는 소네트로서 자신을 억압하던 덕목과 이성에게 반기를 들고 아스트로펠의 욕망이 고개를 들기 시작하는 모습을 보인다.

52

덕목과 사랑사이에서 갈등이 생겨나니,
  각각은 스텔라가 자신의 것이라 주장한다.
  그녀의 눈, 그녀의 입술, 그녀의 모든 것이 이러하다고 사랑은 말한다,
그것들의 자신의 표시를 달고 있으니, 가장 확실하게 증명한다고
그러나 덕목은 다음과 같이 그 주장을 반박한다:
  스텔라가 (오 사랑스러운 이름이여), 스텔라가
  고결한 영혼이며, 천상의 축복의 분명한 상속인이라고,
우리의 마음을 사로잡는 이 아름다운 외모가 아니라.
  따라서, 그녀의 아름다움과 고상함이
실로 사랑의 것이기는 하나, 스텔라의 내부에 사랑은
어떤 구실로도 자신의 영지를 주장할 수 없다고
자, 사랑이여, 이러한 덕목의 주장이 우리의(사랑과 나의) 구애를 막으니,
  덕목으로 하여금 스텔라 자신을 갖게 하자; 그러나 그리하여,
  덕목은 단지 저 외모만을 우리에게 허락하는구나.

A strife is grown between Virtue and Love,
  While each pretends that Stella must be his.
  Her eyes, her lips, her all, saith Love, do this,
Since they do wear his badge, most firmly prove.
But Virtue thus that title doth disprove:
  That Stella (O dear name) that Stella is
  That virtuous soul, sure heir of heavenly bliss,
Not this fair outside, which our hearts doth move;
  And therefore, though her beauty and her grace
Be love's indeed, in Stella's self he may
By no pretence claim any manner place.
Well, Love, since this demur our suit doth stay,
  Let Virtue have that Stella's self; yet thus,
  That Virtue but that body grant to us.

위 시에서 사랑은 사랑의 신 큐피드를 가리킨다. 덕목과 큐피드는 서로 스텔라
가 자신들의 영역에 속한다고 논쟁을 벌인다. 큐피드는 자신이 스텔라의 육체

적인 아름다움은 관장하고 있으니 그녀가 자신의 소유라고 주장하며, 덕목은 자신이 그녀의 영혼을 관장하고 있으니 그녀가 자신의 소유라는 것이다. 이들의 논쟁에 아스트로펠은 큐피드의 편을 들어 덕목의 엄격성을 조롱하며 덕목이 스텔라에 대한 소유권을 인정받았기에 자신들에게 스텔라의 외모만이 허락되고 그녀의 내면은 허락되지 않았음을 지적한다. 이렇듯 소네트 52에서 고개를 내밀기 시작한 욕망과 아스트로펠은 '쳇, 인내의 학교여'라며 시작되는 소네트 56에서 육체의 즐거움을 거부하고 기나긴 인내를 강요하는 교훈과 덕목의 충고를 비웃는다. 소네트 68에 재현되는 스텔라의 고귀한 교훈의 목소리는 오히려 아스트로펠의 욕망을 부채질하고, 이제 그는 노골적으로 그녀와의 '기쁨의 낙원'을 상상한다. 이러한 억누를 수 없는 욕망의 목소리는 소네트 71에서 효과적으로 재현된다.

71
자연의 가장 아름다운 책 안에서
　　어떻게 덕목이 아름다움 속에 머무르고 있는지를 알고자 하는 사람으로 하여금,
　　당신 속에서 읽고 사랑을 배우도록 하라,
스텔라여, 당신의 아름다운 글귀들이(모습들이), 진정한 선을 보여준다.
그곳에서 그는 모든 악이 전복되는 것을 발견한다,
　　거친 힘에 의해서가 아니라, 이성의 달콤한 지배에 의해서,
　　그 빛으로부터 야행의 새들은 날아가 버린다;
당신 눈 속에서 내면의 빛이 그렇게 반짝이기에.
　　그리고 완벽함의 상속인이 되는 것에 만족하지 않고
당신은 당신 안에서 가장 아름다운 것을 발견한 자들의 마음을
그 방향으로 움직이고자 애쓴다.
그리하여 당신의 아름다움이 그 마음을 사랑으로 이끈다면,
　　당신의 덕목은 그 사랑을 선으로 단단히 이끈다:
　　"그러나 아," 욕망이 여전히 외친다: "나에게 약간의 음식을 달라."

Who will in fairest book of nature know
　　How virtue may best lodge in beauty be,

Let him but learn of love to read in thee,
Stella, those fair lines which true goodness show.
There shall he find all vice's overthrow,
  Not by rude force, but sweetest sovereignty
  Of reason, from whose light those night-birds fly,
That inward sun in thine eyes shineth so.
  And not content to be perfection's heir
Thy self, dost strive all minds that way to move,
Who mark in thee what is in thee most fair;
So while thy beauty draws the heart to love,
  As fast thy virtue bend that love to good.
  'But ah,' desire still cries: 'give me some food.'

스텔라를 책에 비유하면서 스텔라의 아름다움 속에 덕목이 머물고, 이 덕목을 스텔라를 바라봄으로써 배울 수 있을 것이라는 것을 아스트로펠은 인정한다. 진정한 선의 현현인 그녀의 눈빛은 다양한 악의 상징인 밤의 새 부엉이도 내쫓는다. 이 소네트에서 아스트로펠은 스텔라의 아름다움 속에 덕목이 가장 훌륭히 자리 잡고 있다고 주장하며, 당시 유행하던 미, 사랑, 덕목에 대한 이상을 따라 전형적인 플라톤적 양식으로 스텔라를 찬양하고 있다. 그러나 이러한 플라톤적 이상세계는 마지막 행에서의 욕망의 투박하고 직접적인 요구에 의해서 방해받는다. 앞선 13행의 추상적인 단어들―'덕목', '선', '악', '진정한 선', '이성', '내면의 빛', '완벽함' 등― 과는 대조적으로 마지막 행의 네 마디의 욕망의 주장은 단순하지만, 구체적이고 강력하게 다가온다. 이 네 마디밖에 안 되는 욕망의 주장이 13행에 걸쳐 세밀하게 구성된 사랑과, 덕목과 미의 이상적인 세계를 와해시키고, 억압된 긴장과 감정을 분출시키고 있는 것이다. 이제 분출된 욕망과 아스트로펠은 더욱 대담하게 자신의 길을 나아간다. 서정시 2편에서 아스트로펠은 스텔라가 자고 있는 틈을 타, 키스를 훔치게 되나, 단 한번 키스를 했을 뿐 더 하지 못한 자신을 바보라며 안타까워한다. 이후 소네트 84까지 아스트로펠은 이 키스사건을 소재로 일련의 시를 쓴다. 그러나 서정시 8편에서 스텔라가 자신도 아스트로펠을 사랑하나 '명예 폭군'에 의해 그를 거절할 수밖에 없다고 말하고 떠나고 난 뒤, 이후의 일련의 시들은 그녀와의 이별과 그녀의 부재를 슬퍼하는 톤으로 변화하게 된다. 결국 연작시로서 소네트는 스텔라의 거절로 절망의 늪에 빠지게 된 아스트로펠이 좌절 속에서 자신이 조롱했던 페트라르카적 수사를 반복하며 '해답'없는 영원한 고통에 빠진 것에서 끝나게 된다.

108

슬픔이 내 (정열의) 불꽃의 힘을 이용하여
　　내 가슴에 눌려진 저 어두운 용광로를 통해
　　자신의 납을 나의 끓어오르는 가슴 안에서 녹일 때,
그곳에서 나의 유일한 빛인 당신으로부터 기쁨이 반짝인다;
그러나 당신에 대한 생각이 나의 즐거움을 낳고,
　　나의 젊은 영혼이 자신의 둥지인 당신을 향해 퍼덕이자마자,
　　매일 초대받지 않고 나를 찾아오는 손님인 무례한 절망이,
바로 나의 날개를 붙잡고, 바로 나를 그의 밤 안에 감싼다.
　　그리고 나로 하여금 머리를 숙이게 하고, 다음과 같이 말한다:
'아 태양의 신의 황금(태양)이 저 비참한 이에게 무슨 소용이냐
그에게 강철 문은 그 날의 사용을 막고 있는데?'
아 슬프도다, 당신의 작용은 나에게 이렇듯 이상하게 행해지기에,
　　당신을 위한 나의 비애 속에서 당신은 나의 기쁨이 되고,
　　당신을 위한 나의 기쁨 속에서 당신은 나의 유일한 괴로움이 된다.

When sorrow, using mine own fire's might,
　　Melts down his lead into my boiling breast,
　　Through that dark furnace to my heart oppressed
There shines a joy from thee, my only light;
But soon as thought of thee breeds my delight,
　　And my young soul flutters to thee, his nest;
　　Most rude despair, my daily unbidden guest,
Clips straight my wings, straight wraps me in his night,
　　And makes me then bow down my head, and say:

'Ah, what doth Phoebus' gold that wretch avail
Whom iron doors do keep from use of day?'
So strangely, alas, thy works in me prevail,
    That in my woes for thee thou art my joy,
    And in my joys for thee my only annoy.

'비애 속의 기쁨'과 '기쁨 속의 괴로움'이라는 가장 상투적인 페트라르카적 표현
으로 마무리된 본 작품은 별을 사랑한 자 아스트로펠의 내면의 세계를 철저히
아스트로펠의 관점에서 극화한 작품이라 할 수 있다.

■참고문헌

배경진. "『시를 위한 변론』에 나타난 시드니의 갈등", 『밀턴과근세영문학』 제 16집
    1호 (2006), 1-19.

유재덕. "필립 씨드니", 『영미문학의 길잡이 1』. 영미문학연구회 편집. 창작과 비평
    사, 2001. 104-112.

Duncan-Jones, Katherine. *Sir Philip Sidney: Courtier Poet*. New York: New
    Haven, 1991.

Duncan-Jones, Katherine, ed. *Sir Philip Sidney: A Critical Edition of the Major
    Works*. Oxford: Oxford UP, 1989.

Hadfield, Andrew. *The English Renaissance 1500-1620*. Oxford: Blackwell, 2001.

Kalstone, David. *Sidney's Poetry: Contexts and Interpretations*. Cambridge MA:
    Harvard UP, 1965.

Maslen. R. W. ed. *An Apology for Poetry*. 3rd ed. Manchester: Manchester UP,
    2002.

Ringler, William A. ed. *The Poems of Sir Philip Sidney*. Oxford: Oxford UP,
    1962.

Waller, Gary F. and Michael D. Moore, eds. *Sir Philip Sidney and the
    Interpretations of Renaissance Culture: The Poet in His Time and Ours*.
    London: Croom Helm, 1984.

에드먼드 스펜서

●●● 김경한

"제 2의 초서"(our Second Chaucer) 또는 "시인의 왕자"(the Prince of Poets)로 칭송되는 에드먼드 스펜서(Edmund Spenser, 1552-1599)는 필립 시드니 경(Sir Philip Sidney)과 함께 엘리자베스 시대의 가장 위대한 시인 중의 한 사람으로 칭송된다. 스펜서는 1552년 런던에서 태어났는데, 이 사실은 그가 에드워드 6세(Edward VI)의 치세에 태어나, 프로테스탄트교도(Protestant)로 세례를 받고, 다시 메어리 여왕(Queen Mary)의 치세 속에서 몇 년을 보낸 뒤, 6세 이후로는 엘리자베스 여왕(Queen Elizabeth)의 신하가 되었음을 의미한다(Hamilton). 그는 신사(gentleman)의 신분으로 태어난 것은 아니지만, 후에 아일랜드 식민지를 경영하고, 토지를 포함하여 사유 재산을 소유하게 됨으로써 신사의 신분을 획득하였다.

스펜서가 성공한 배경에는 높은 수준의 교육을 지적할 수 있다. 그는 휴머니스트(humanist) 교육자 리처드 멀캐스터(Richard Mulcaster)가 교장으로 있는 머천트 테일러즈 학교(Merchant Taylor's School)를 수학하였고, 1569년 극빈 장학생으로 케임브리지(Cambridge) 대학의 펨브로크 홀(Pembroke Hall)에 입학하였다. 스펜서는 당시 케임브리지 대학의 지적 흐름이었던 청교도 교리에 영향을 받아 반 카톨릭 팸플릿에 몇 편의 시를 번역하여 싣기도 하였다. 그가 휴머니스트인 게이브리얼 하비(Gabriel Harvey)와의 지적인 유대 관계를 맺은 곳도 바로 케임브리지에서였다. 두 사람이 교환한 서신에서 드러나듯이, 스펜서는 일찍이 영시의 시작법을 실험하는데 관심을 가졌고, 또한 시인으로서 웅대한 포부도 지니고 있었다. 1573년 스펜서는 우수한 성적으로 학부를 졸업하였고, 1576년에는 석사학위를 획득하였다.

졸업 후 공직을 찾고 있던 스펜서는 1578년 케임브리지 펨브로크 홀의 선생이었던 로체스터 주교, 존 영 박사(Bishop of Rochester, Dr. John Young)를 만나 일년 동안 그의 비서로 봉직하게 되었다. 스펜서는 로체스터 주교의 저택에 거주하면서 더 큰 세계인 궁정 사회로 입문할 수 있었고, 1579년 엘리자베스 여왕의 총신이었던 레스터 백작(the Earl of Leicester)을 만날 수 있었다. 스펜서는 레스터를 섬기는 동안 레스터의 친구들인 시드니와 에드워드 다이어 경(Sir Edward Dyer)도 알게 되었다. 스펜서는 이들과 함께 영시의 운율에 대해서 토론하였고, "새로운 시"를 쓰고자 하는 그의 노력은 마침내 『양치기의 달력』(*The Shepheardes Calender* 1579)으로 나타나게 되었다. 스펜서는 시드니에게 헌정된 이 작품에서 영시의 운율을 실험하고, 의도적으로 고풍스러운 언어를 사용하였는데, 이를 통해 당시 궁정인들의 문학 서클로부터 주목받기 시작하였다.

1579년 10월 27일, 스펜서는 매커비어스 카일드(Machabyas Chylde)라는 여자와 웨스트민스터(Westminster)에서 결혼하였다. 둘 사이에 실배너스(Sylvanus)와 캐서린(Katherine)이 태어났으나, 카일드는 1591년 전후 사망하였다. 결혼한 이듬해인 1580년 스펜서는 아일랜드 신임 총독인 윌튼 그레이 경(Lord Grey of Wilton)의 개인 비서가 되어 아일랜드로 이주하게 되었다. 그는 영국으로 돌아가려고 끊임없이 노력하였으나, 결국 그는 아일랜드의 토지를 하사 받으면서 그곳에서 여생을 보내게 될 운명이었다. 아일랜드에서 스펜서는 영국의 폭력적인 식민 통치를 목격하였고, 그러한 식민 통치의 집행자로서 참여한 자기 자신도 개인적으로 많은 재산을 축적하였다. 1588년 그는 킬콜먼 성(Kilcolman Castle)으로 이주하였는데, 킬콜먼 성은 1598년 아일랜드 반란군에 의해서 함락될 때까지 그의 주요 거주지가 되었다. 1589년 킬콜먼 성의 이웃인 월터 롤리 경(Sir Walter Raleigh)이 킬콜먼 성을 방문하였을 때, 스펜서는 그에게 여왕에게 헌정할 서사시 첫 세 권을 보여주었는데, 이것이 계기가 되어 스펜서는 그 해 런던을 방문하고 여왕을 알현할 수 있었다. 엘리자베스가 스펜서의 시를 호평함으로써, 1590년 『선녀여왕』(*The Faerie Queene*)의 첫 세

권이 출판될 수 있었고, 마침내 『선녀여왕』은 영국의 민족 서사시로서 그 위치를 확고하게 자리매김할 수 있게 되었다.

아일랜드로 다시 돌아간 스펜서는 인생의 정점을 맞이하여 왕성한 창작 활동을 펼쳤다. 스펜서는 1586년에 사망한 시드니에 대한 애도시를 포함한 시집 『비가』(*Complaints*)를 1591년에 발표하였고, 1595년에는 리처드 보일 경(Sir Richard Boyle)의 친척인 엘리자베스 보일(Elizabeth Boyle)과의 두 번째 사랑과 결혼(1594년)을 반향하는 소네트 연작 『사랑의 소곡』(*Amoretti*)과 『축혼곡』(*Epithalamion*)을 썼다. 그는 계속해서 목가 『콜린 클라웃의 귀향』(*Colin Clouts Come Home Againe* 1595)과 『축혼전곡』(*Prothalamion* 1596)을 출판하였고, 1596년에는 기존의 『선녀여왕』 세 권을 수정한 것과 후속편 4-6권을 완성하여 함께 출판하였다— 미완성의 "무상편"(the Mutability Cantos)은 1609년 판에 처음 등장하였다. 한편, 스펜서는 자신이 1594년부터 코크 지방 판사(Queen's Justice for Cork)로서 근무한 경험을 바탕으로 영국의 식민 통치를 옹호하는 『아일랜드 현 상태에 관한 견해』(*A View of the Present State of Ireland* 1596)라는 보고서를 썼는데, 이 글에는 매우 편협하고 제한적인 그의 정치의식이 나타난다— 『아일랜드 현 상태에 관한 견해』는 유독서스(Eudoxus)와 아이내우스(Irenaeus) 사이의 대화로서 아이내우스는 스펜서의 입장을 대변한다. 스펜서에 따르면, 일단 한 민족이 그들의 주권을 새로운 권력에 양도하면 그 민족은 그들의 주권을 회복할 수 없고, 새 권력이 제정한 법을 거부하는 사람은 그 법에 항소할 수 없다고 주장한다. 스펜서의 이러한 태도는 결국, 아일랜드의 반란을 불러일으키는 결과를 맞이하였다.

1598년 스펜서의 킬콜먼 성은 아일랜드 반군에 의해 공격을 받았다. 스펜서의 재산은 약탈되었고, 성은 불타버렸으며, 그의 아이는 죽임을 당하였다. 스펜서는 그 해 9월 당시의 위기 상황을 기록한 문서인 『아일랜드에 관한 간략 보고서』(*A Brief Note of Ireland*)를 들고서 런던으로 향하였고, 1599년 1월 13일, 웨스트민스터에서 갑작스러운 죽음을 맞이하였다. 에섹스 백작(the Earl of

Essex)은 그의 무덤을 "초서 곁"에 묻히도록 배려하였다.

| 주요 작품 |

『양치기의 달력』(*The Shepheardes Calender* 1579)

『양치기의 달력』은 매우 정교한 구조를 지닌 작품이다. 『양치기의 달력』은 "To His Booke"이라는 프롤로그 격의 18행시로 시작하여, E. K.--Edward Kirke라고 추정된다─ 라고 서명된 하비에게 헌정되는 산문 서한이 뒤따르고, 전체의 주제를 명시하는 짧은 에세이("The generall argument of the whole booke")가 다음에 오며, 이어서 12개의 목가(eclogue)가 순서대로 등장하고─ 12개 목가의 제목은 각각 일년 12달의 이름으로 되어 있다. 그리고 마지막으로 20행으로 된 에필로그가 첨가되어 있다. 또한, 각 개별 목가마다 목판화, 목가의 주제, 시 텍스트, 하나 혹은 여러 개의 말로 구성된 엠블럼(emblem), 특정한 문구나 엠블럼에 대한 주석의 순으로 구성되어 있다.

스펜서는 스타일상으로 이 작품에서 고풍스러운 언어와 리듬을 추구하고 있다. 이러한 복고적 스타일은 초서의 영향을 받은 것으로서 좀 더 순수하고 토착적인 영어를 사용하고자 하는 스펜서의 욕구의 표현이다. 이 시에서 스펜서는 새로운 운율도 실험한다. 이를테면 「1월」("January")과 「12월」("December")만 제외하고 나머지 목가에서는 각기 다른 운율 패턴을 사용한다. 「1월」과 「12월」에만 똑같은 6행연을 사용하고 있는 것도 일 년의 처음과 끝을 연결시키려는 의도 때문이다. 즉, 스펜서는 달과 해의 주기적인 순환을 통해서 영원성에 대한 인식을 불러일으키고, 이러한 주기의 반복을 통해서 그 영원성을 성취하고자 하였다. 인간은 죽어야 할 운명의 유한한 존재이지만 각 달력에 요약된 전원의 이상적인 가치는 영원 불멸하다. 스펜서는 유한한 인간의 세계를 대조시키며 이상적인 가치의 영원성을 확보하고, 그러한 가치와 덕을 세상과 함께 나누는 일이 시인의 신성한 사명이요 그것은 곧 종교적인 은총(grace)이 의미하는 바와 같은 것이라고 보았다.

『양치기의 달력』은 테오크리투스(Theocritus)에서 시작되어 버질(Virgil)에게 계승된 전원시 혹은 목가(pastoral, ecologue)의 전통을 계승하고 있다. 테오크리투스에게서 전원시는 말 그대로 전원의 경치와 소박한 삶 및 행동에 대한 묘사였으나, 버질에 이르면 전원은 종종 사회적, 정치적 비판을 담은 하나의 은유로 기능한다. 전원시는 현실세계를 이상적인 전원 세계와 비교하여 평가함으로써 현실을 비판할 수 있다. 그렇게 함으로써 전원시는 때때로 당대의 사건들에 대해서 교훈적 혹은 풍자적인 논평이 될 수 있다. 스펜서는 당시 대부분의 시인들처럼 이러한 버질의 전통을 따랐다. 후에 스펜서를 칭송한 밀턴(John Milton)도, 그의 「리시더스」("Lycidas")가 보여주듯이, 그러한 전원시의 전통에 속한다. 스펜서는 전원시 형식을 통해서 영국 민족과 영국 국교가 직면한 여러 가지 위험에 대해서 경고한다.

『양치기의 달력』의 목가들은 E. K.에 의해서 세 가지 부류로, 즉 비가적(plaintive) — 「1월」("January"), 「6월」("June"), 「11월」("November"), 「12월」("December"), 교훈적(moral) — 「2월」("February"), 「5월」("May"), 「7월」("July"), 「9월」("September"), 「10월」("October"), 오락적(recreative) — 「3 월」("March"), 「4월」("April"), 「8월」("August") 목가로 나뉜다. 비가적 목가에는 사랑의 문제 혹은 명사에 대한 찬양이 취급된다. 교훈적 목가는 대부분 풍자적인데, 「7월」과 「9월」은 방탕한 목동과 목사를 다루고 있고, 「10월」에는 삶 속에서의 시와 시인의 의미를 다루고 있다. 오락적 목가는 독자의 긴장을 풀어주는 목동들의 대화로서 「3월」은 사랑에 빠진 친구를 다루고 있고, 「4월」은 엘리자베스 여왕을 찬미하는 긴 서정적 노래이며, 「8월」은 목가의 관례 중의 하나인 목동들 사이의 전통적인 노래 경연이다.

『선녀여왕』(*The Faerie Queene* 1590, 1596)

스펜서의 『선녀여왕』은 다층적 의미를 지닌 장편 서사시로서 다양한 각도에서 그 의미를 읽을 수 있다. 우선, 『선녀여왕』은 당시 영국이 직면한 대내외적인 위기를 극복하고 영국 민족의 정체성을 확립하고자 하는 민족 서사시로 읽을 수 있다. 스펜서가 『선녀여왕』을 본래 12편으로 계획한 의도도 로마의 민족 서사시를 표방하였던 버질의 『아에네이스』(*Aeneid*)가 12권으로 구성되어 있는 것과 무관하지 않다. 또한, 『선녀여왕』은 서사시의 영웅주의 주제가 보다 낭만화된 형식인 중세의 로맨스(romance)풍 서사시로도 읽을 수 있는데, 『선녀여왕』에는 기사, 성, 용, 마녀, 마술, 마상시합, 숲, 동굴, 사랑, 모험 등과 같은 전형적인 로맨스 요소들이 존재하기 때문이다. 또한, 『선녀여왕』은 당대의 엘리트 집단으로서의 궁정인(courtier)을 길러내기 위한 휴머니스트 "예절교본" 으로 취급될 수도 있다. 스펜서는 롤리 경에게 보낸 서한에서 『선녀여왕』의 목적을 "훌륭한 교육을 통해 덕을 갖춘 신사나 귀족을 양성하는 데"에 있다고 밝힌 바 있다. 『선녀여왕』의 각 권의 제목은 궁정인들이 달성해야 될 바로 그러한 교육 목표를 상징한다. 제 6권까지 각 권에 제시된 교육 덕목은 각각 신성(Holiness), 절제(Temperance), 순결(Chastity), 우정(Friendship), 정의(Justice), 예법(Courtesy)이다— "무상편"으로 불리는 제 7권은 미완성 유고로 남아 있다. 즉, 각 권은 주인공이 갖가지 악덕, 죄악, 유혹 등의 시련 과정을 겪으면서 자신에게 해당된 덕목을 완성해 가도록 구성되어 있다. 각 기사는 모험을 통해서 그들이 상징하는 덕목의 의미를 이해하고, 그것을 실천함으로써 행동을 통해서 그 덕목을 성취하게 된다.

제 1권의 주인공인 적십자 기사(the Red Cross Knight)는 신성을 상징하는 기사이다. 유나(Una--라틴어로 "one")의 요청으로 시작된 적십자 기사의 모험은 그가 위선(hypocrisy), 7대죄(seven deadly sins) 등과 같은 악과 맞서 영웅적으로 투쟁하고, 마침내는 용을 죽이고 유나의 부모를 구출하여 그녀와 결혼하게 됨으로써 완성된다. 여기에서 유나는 우의적인 의미를 띠는데, 유나는 적십자 기사의 정신적 지주로서 기사가 악과 투쟁할 때 은총을 하사하는 신성한 진리로 기능한다. 스펜서에게 덕은 하나요 전체로서 삶의 모든 영역에서 정의를 수행하는 의미를 지닌다. 그러나 인간의 덕은 그 자체로 완전하지 않으며 궁극적인 구원을 성취하고 신성을 달성하기 위해서는 은총의 도움이 필요하다. 스펜서에게 신성의 기사와 유나와의 결합은 하나로 통합된 인간의 모든 덕이 은총과 결합된 것을 의미한다(holiness, oneness).

제 2권의 가이언 경(Sir Guyon)은 절제의 덕목을 상징하는 기사이다. 덕망 있는 사람은 자신을 통제할 수 있는 능력을 갖추어야 한다. 인간의 능력이 조화롭게 발휘되기 위해서는 어느 한쪽의 극단으로 치우쳐서는 안 된다. 가이언 경은 마몬의 동굴(the Cave of Mammon)과 환락의 정자(the Bower of Bliss) 등의 경험을 통해서 어리석은 동정과 부주의한 연민을 극복하고, 자신의 감정과 정열을 통제할 수 있는 균형 및 조화의 미덕을 획득한다. 그러나 스펜서는 이러한 절제의 미덕도 이성과 판단 나아가 은총을 상징하는 순례자(the palmer)의 안내를 통해 성취된다고 봄으로써 제 1권에서처럼 인간의 핵심적인 덕목의 달성에 있어서 종교적 의미를 부여하고 있다.

제 3권의 주제는 순결이다. 제 3권에는 여러 가지 형태의 정숙한 사랑과 부정한 사랑을 상징하는 여걸들이 등장하고, 아모렛(Amoret)과 스커드모어(Scudamore), 벨피비(Belphoebe)와 티미어스(Timias), 플로리멜(Florimell)과 메리넬(Marinell), 브리토맛(Britomart)과 아스골(Arthegall)의 사랑과 순결에 관한 모험이 펼쳐진다─ 그들의 모험은 제 3권에 그치지 않고 제 4권과 제 5권으로 계속된다. 당시 엘리자베스 시대 상황을 고려하면, 스펜서가 브리토맛이라는 여성 기사를 주인공으로 순결의 문제를 다루고 있는 점은 매우 시사적이다. 브리토맛은 엘리자베스 여왕의 자연인(the private body)과 통치인(the public body), 여성성과 남성성, 순결한 사랑과 전사의 용맹성 등의 양면적 측면들을 조화시키려는, 즉 개인적으로 완성된 여성으로서 그리고 공적 책임을 지닌 군주로서의 양자의 균형을 유지하려는 스펜서의 노력을 반영한다. 무엇보다도, 브리토맛은 양성성(hermaphrodite/ androgyne)을 구현하는 인물이라는 점에서 스펜서는 이러한 시적 장치를 통해서 독신이었던 여왕의 결혼과 후계자 문제에 대한 보다 직접적인 해결책을 제시하고자 한 듯하다.『선녀여왕』에는 남녀가 한 몸이 되어 성구별이 없어지는 이러한 양성체 이미지들로 충만하다. 이를테면, 비너스 신전(the Temple of Venus)의 비너스는 양성체이다. "그녀는 두 가지 [남자와 여재를 한 몸에 지니고 있어서" 베일을 쓰고 있고 혼자서 잉태하고 출산한다고 알려져 있다(4.10). 1590년 판『선녀여왕』은 제3권에서 아모렛과 스커드모어의 양성적 결합으로—"저 아름다운 양성체"—전체의 시를 마무리짓고 있다. 또한 미드웨이강(the Medway)과 탬즈강(the Thames)의 결혼의식(4.11), 자연(Nature)에 대한 묘사(7.6), 그리고 브리토맛과 아스골 커플의 이성복장 착용에도(3.3; 5,7) 유사한 이미지들이 나타난다. 우리는 엘리자베스 치세 전반에 걸쳐 가장 직접적이고 실질적인 문제를 상기할 필요가 있다. 여왕은 왕위계승자 없이 독신으로 평생을 살았는데 이 문제는 국민을 불안하게 하는 국가적 중대 사안이었다. 스펜서가 양성적 이미지를 사용한 것은 이러한 문제에 밀접히 연관되어 있다. 양성체는 왕조적 요구사항들을 충족시킬 뿐만 아니라 여왕의 자연인과 통치인을 동시에 전시하는 연극적 효과도 창출할 수 있기 때문이다. 양성체는 자족적 생식을, 즉 여성이 남성의 도움 없이 잉태, 출산할 수 있는 능력을 상징한다. 이 점에서 쌍둥이 벨피비와 아모렛을 단지 태양 빛에 노출함으로써만 잉태하고 "부지불식간의" 상태에서 그들을 고통 없이 출산한 크리서고니(Chrysogone)의 자기생식의 이야기는 매우 시사적이다(3.6.27). 여왕을 재현하는 인물들 그 자체가 자족적 생식을 한다면 결혼은 불필요할지 모른다. 이러한 방식의 결혼 주제는 역시 계보학적 방법으로 연결되는 브리토맛과 아스골간의 약속된 결합에 의해서 강화된다. 브리토맛은 아서가 그랬듯이 아서와 유사한 비전에서 그녀가 보았던 그녀의 짝 아스골을 찾고 있다—어원적으로 아스골은 "Art-egall," 즉 "equal to Arthur"를 의미하며, 계보학적으로도 아스골은 아서의 외가측 이복동생으로 판명된다(3.3). 멀린은 튜더 왕들이 아서의 후손임을 확언하고 브리토맛과 아스골과의 결합에 의해 태어난 자손이 엘리자베스와 연관될 것임을 예언한 바 있다. 브리토맛의 운명은 아이시스(Isis)의 신전에서 그녀의 꿈에 양성적으로 암시된다. 브리토맛은 아이시스를 통해서 남성의 악어가 성적인 포옹으로 그녀를 나선모양으로 감싸 거대한 사자를 낳는 성교와 생식의 경험을 한다(5.7). 아이시스의 사제는 그녀의 신비한 꿈을 왕조적 의미가 담긴 우의로 해몽한다. 악어는 정의를 상징하는 아스골 인물인 오사이어리스(Osyris)이고 자비를 나타내는 아이시스는 브리토맛이다. 그리고 그들의 결합으로부터 사자와 같은 아들이 왕위계승자로서 탄생할 것임을 알려준다(5.7). 결혼하지 않고 아이를 낳는 방법으로서 양성적 생식은 동정녀 여왕의 정숙성을 정당화하고 동시에 왕조적 계승을 영구화한다. 양성론은 동정녀 여왕 엘리자베스의 권위를 유지하는 동시에 왕조적 문제를 극복하려는 스펜서 식의 해결책으로 이해할 수 있다. 스펜서의 양성론은 여왕의 확립된 기존의 순결숭배를 파괴하지 않고서 왕위계승 문제에 대한 하나의 해결책을 제시하려는 노력의 일환이다.

제 4권의 덕목은 우정이다. 스펜서는 제 4권에서 진정한 우정이 서로 대등할 때에만 가능한 것인지, 우정이 과연 남녀의 사랑보다 더 고귀한 것인지 등과 같은 질문에 답하고 있다. 스펜서는 캠벨(Cambell)과 트리아몬드(Triamond) 및 그들의 아내인 캐너시(Canacee)와 캠바인(Cambine)에 대한 이야기, 그리고 세 쌍둥이 형제의 상호 헌신을 통해서 우정의 본질을 예증한다. 한편, 스펜서는 가장된 우정 — Paridells와 Blandamours — 과 대조적으로 서로 대등한 신분은 아니지만 진정한 우정 — Glauce와 Britomart, Timias와 Belphoebe, Placidas와 Amyas — 을 대조시킨다. 스펜서에 의하면, 사랑은 강력한 본능에 의해 촉발되는 것이나, 우정은 지속적인 교육과 사심 없는 관대함에 의해서 발생되는 것이므로 육체적인 본능에 의존하는 사랑과는 다르다. 스펜서는 궁극적으로 영혼에 대한 사랑은 육체에 대한 사랑을 초월한다고 하여(Canto 9) 우정을 남녀의 사랑과 성적 본능보다 월등한 것으로 본다.

제 5권에서 스펜서는 인간은 정의를 행사할 수 있어야 한다고 주장한다. 인간은 항상 옳은 일을 추구해야 하는데, 무엇이 옳은지 정확히 규정짓기란 쉽지 않으며, 또한 주어진 상황을 어떻게 판단해야 하는지에 대한 지침도 불충분하다. 인간의 판단력은 흔들리고 속임을 당할 수 있다. 가이언이 종종 자신의 감정에 충실하여 판단력을 상실하듯이, 제 5권의 주인공 아스골도 폭정을 상징하는 래디건드(Radigund)의 포로가 되기도 한다. 아스골은 모호하고 불분명한 요소들─ Envy, Detraction, the Blatant Beast 등─ 을 다룰 때에는 정의를 집행하기가 쉽지 않다고 보았다. 스펜서는 자신의 비인간성을 드러내는 죄인을 포획함으로써 아스골의 사법적 능력을 보여준다. 또한, 그는 인간이 자신에게 유리할 때에는 그 법을 적용하고, 불리할 때에는 그 법을 무시할 수 없다고 주장함으로써 법적 원칙의 객관성을 보여준다(Canto 6), 스펜서는 아스골에게 법의 집행을 대변하는 무적의 철인인 탤러스(Talus)를 늘 동반시키는데, 이것은 그가 집행력 없는 정의는 무가치하다고 보았기 때문이다.

제 6권의 덕목은 예법으로서, 스펜서에 따르면 궁정인(courtier)이 쌓아야 할 덕목은 모두 이 예법과 관련된다. 이 예법의 의미에는 근본적으로 종교적 의미가 포함되어 있는데, 이 점에서 어원상으로 "courtier"와 "courtesy"가 상호 연관되어 있고, "courtesy"의 현대적 형태인 "civility"라는 말에는 그 종교적 의미가 상실되어 있는 점은 매우 시사적이다(*Spenser Encyclopedia*). 중세에 "courtesy"는 이웃에 대한 자선(charity)을 통한 사랑이라는 의미를 띠었고, 완전한 "courtesy"의 구현으로서 예수와 신과 천국이 칭송되었으며, 신의 완벽한 질서에 대한 은유로서 사용되기도 하였다. 이러한 "courtesy"의 종교적 의미는 궁정인의 등장과 함께 "에티켓," "상냥함" 등을 포함하는 세속적인 규범에까지도 확대 적용됨으로써 우주적인 조화에 대한 비유로서 이상적인 궁정인이 갖추어야 할 제반 덕목까지 포함하였다. 이것은 마치 "궁정풍 사랑"(courtly love)의 전통에서 "은총"(grace)의 의미가 종교적인 구원의 의미에서 세속적인 사랑에 대한 구원의 의미로 확장되는 것과 같은 이치이다. 스펜서는 문명사회의 불법과 폭력에 물들지 않은 자연 그대로의 상태를 바람직한 인간의 상태로 보았다. 인간의 언어조차도 모르는 야만인(the Salvage Man) 혹은 도시 생활과는 거리가 먼 은자(the Hermit)나 목동들은 비방, 폭력, 악이 난무하는 인간의 세속적인 삶에 대해서는 무지한 사람들이다. 그러나 인간에게 내재하는 선을 대변하는 그들은 항상 올바른 것에 대한 본능과 함께 그것을 수행할 수 있는 힘을 지니고 있다. 스펜서는 이들의 원시성이 타락하지 않도록 교화되어야 한다고 주장하는데, 그것이 바로 스펜서가 의미하는 예법, 즉 자연의 원시성이 교화된 이상적인 인간의 상태를 의미한다. 아치데일 산(Mount Acidale)에서의 칼리도어(Calidore--아름다운 선물의 뜻)가 직시한 비전에서 나타나듯이, 예법이란 그것이 신의 선물이요 은총이라는 인식, 그래서 예법을 다른 사람에게 실천할 수 있는 아가페적인 자비의 경지까지도 의미한다.

제 7권의 주제는 영원성(Constancy)이다. 스펜서는 미완성인 이 작품에서 영원성의 주제를 무상의 여신(Mutability)을 통해서 재현한다. 거인족 여신으로서 무상의 여신은 자연의 여신(Nature)이 지상에 형상화한 만물을 도착시킨다. 그녀는 자연, 정의, 질서를 파괴하고, 달의 여신인 신시아(Cynthia)에게 왕좌를 양보할 것을 주장하며, 신의 우두머리인 제우스(Zeus)의 명령조차도 듣지 않는다. 그녀는 신들의 회의에서 대담하게 제우스의 주권인 하늘의 통치에 반대하고 자신이 대지의 여신(Earth)의 손녀이자 혼돈의 신(Chaos)의 딸로서 제우스 이전의 통치자였던 거인족의 막강한 가문의 후예임을 주장한다. 무상의 여신은 아를로의 언덕(Arlo's Hill)에서 진행된 재판에서 신과 인간의 어머니인 자연의 여신에게 강력하게 탄원한다. 무상의 여신의 주장에 의하면, 지상의 만물은 움직이지 않고 영원한 듯이 보이지만 그것들조차도 그 구성요소들은 변하므로 월하의 모든 것들이 그녀에게 종속되어 있다고 호소한다. 그녀는 증인으로서 시(the hours), 월(the months) 등을 소환하고, 신시아, 머큐리(Mercury), 마스(Mars), 심지어 제우스도 포함하여 신들조차도 변한다고 증거를 댄다. 그러나 자연의 여신은 만물은 우연히 그들의 존재가 팽창 혹은 축소될지라도 그러한 변화는 피상적인 변화일 뿐 본질적으로 그들은 최초의 본성으로부터 변하지 않는다고 판결함으로써 무상의 여신에게 패배를 선언한다.

『사랑의 소곡』(*Amoretti*)(1595)

『사랑의 소곡』은 89개의 소네트로 구성된 소네트 연작이다. 엘리자베스 동시대의 소네트 연작들은 그 주제와 형식에 있어서 매우 유사한 구조를 지니고 있는데 이것은 그들이 엘리자베스 시대 이전부터 확립된 매우 오래된 전통으로서 페트라르카(Petrarch) 소네트 연작의 관습을 따르고 있기 때문이다. 스펜서는 1594년 엘리자베스 보일과 두 번째 결혼을 하게 되는데, 『사랑의 소곡』은 그녀와의 사랑과 결혼을 반향하고 있다. 스펜서는 『사랑의 소곡』에서 페트라르카풍 연애시처럼 연인의 고통과 헌신을 여인의 무정함과 아름다움에 대조시킨다. 또한, 관습대로 머리, 눈, 손 등과 같은 여인의 각 신체 부분에 대한 아름다움에 대한 찬미와 더불어 시간, 영원, 미에 대한 명상과 함께 인간의 유한성과 시의 영원성에 대한 명상도 덧붙인다.

　한편, 『사랑의 소곡』은 기존의 페트라르카풍 소네트와 다른 면도 지니고 있다. 기존의 소네트에서는 대부분 연인이 자신의 일방적인 사랑을 호소하는 탄원조의 내용을 담고 있지만, 『사랑의 소곡』에서는 사랑의 쌍방적인 조화가 추구된다. 스펜서의 연인은 자신의 사랑에 영원성을 부여하고, 의식적인 패턴을 통해 그 사랑을 성화시키려고 한다. 스펜서가 사랑의 모순보다는 사랑의 조화를 추구하는 것은 그가 사랑의 이상을 상호적인 사랑에서 찾고 있음을 보여준다. 이러한 스펜서의 소네트 형식의 변형에는 핵심적인 가치로서 그의 시간관이 존재한다.

　스펜서의 시간관은 순환적이다. 스펜서는 여인의 미처럼 시간의 지배를 받는 삶의 유한성에 대해서 잘 인식하고 있다. 그러나 스펜서는 인간의 유한성을 상기시키는 시간을 적대적인 것으로 간주하지는 않는다. 오히려 자신을 시간과 화해시키려고 노력한다. 그는 시간의 원시적인 힘을 불완전한 이 세상에 주기적인 패턴의 질서를 부여하는 문명의 동인으로 변형시키려고 한다(62.1-2, 7-12). 이를테면, 소네트 62는 소위 "the second New Year's sonnet"이라고 불린다. 이는 소네트 62에서의 새해는 소네트 4에서의 지난 새해로부터 다시 돌아오는 새해이기 때문이다(4.1). 즉, 다시 찾아온 소네트 62의 두 번째 새해는 죽음 혹은 필멸성에 대한 인식보다는 진보하는 과정으로서 삶에 대한 스펜서의 인식을 보여준다. 한편, 시간의 주기적인 그러나 진보하는 패턴은 세속적인 스펜서의 사랑의 패턴과 유기적으로 관련되어 제시된다. 소네트 62에서는 스펜서는 자신의 점증하는 사랑을 주기적 시간이 진보하는 과정과 함께 축하한다(62.13-4). 스펜서는 자신의 사랑을 재의 수요일(Ash Wednesday)로부터 부활절(Easter)로 이어지는 일련의 종교적인 의식들과 관련지음으로써 자신의 사랑의 유한성을 초월하고 자신의 사랑에 이러한 일련의 영적인 의식들로부터 생성되는 종교적인 의미를 부여한다. 22번부터 68번까지의 47개의 소네트 숫자는 재의 수요일과 부활절 사이의 날짜 수와 동일하다. 따라서, 47개의 소네트는 세속적인 시간과 사랑이 영적으로 성화되어 시작과 끝이 없이 영원하게 되는 것을 의미한다. 이러한 의미에서 스펜서의 사랑의 개념은 매우 제의적이고 의식적이다. 스펜서는 자신의 사랑에 이러한 의식을 결부시킴으로써 자신의 사랑에 신화적인 질서와 의미를 부여하고자 한다. 그리고 이를 통해 시간의 지배를 받는 자신의 애인과의 세속적인 사랑에 영원성, 신성을 부여할 수 있게 된다. 마침내 스펜서는 육체적 사랑과 정신적 사랑 사이의 갈등을 극복하고 (76-77), 플라토닉한 사랑(Platonic love)의 중요성을 깨닫는다(88.10-4). 나아가 스펜서의 시는 이러한 완전한 사랑의 상징으로서 간주된다(75). 시간에 질서의 패턴을 부여하고 의식적인 제의를 통해 자신의 사랑을 완전한 사랑에 이르게 하는 스펜서의 독특한 세계에는 시인과 애인과 사이에, 그와 치명적인 시간의 힘 사이에 갈등이란 존재하지 않는다. 이러한 갈등은 시드니와 셰익스피어

(William Shakespeare)와 같은 다른 시인들의 소네트에서는 끊임없이 충돌하고 있는 것이지만, 스펜서에게는 그러한 갈등이 존재하지 않는다. 이것은 스펜서만이 가지는 독특한 소네트의 발전 양상이다.

| 아서 이야기의 문화적 의미 |

스펜서의 『선녀여왕』은 기본적으로 민족 서사시로서 민족 신화를 확립하고자 하는 웅대한 목적을 지니고 있는 시이다. 타소(Tasso)의 『해방된 예루살렘』(*Gerusalemme Liberata* 1575)에서처럼 스펜서의 『선녀여왕』은 튜더(Tudor)가의 엘리자베스 여왕과 영국을 찬양한다. 스펜서는 롤리 경에게 보내는 서한에서 자신의 노작 『선녀여왕』의 목적을 덕망 있고 고매한 인격을 지닌 신사를 만들어 내는 것이라고 규정한다. 그리고 그는 이 목적을 달성하기 위해 "가장 훌륭한 전범으로서 아서 왕(King Arthur)의 역사"를 선택했다고 설명한다. 스펜서는 이 작품에서 "12개의 개별적인 도덕 덕목들이 젊은 아서에게서 완성되어 그가 왕이 되었을 때 용감한 기사의 이미지로 구현될 수 있도록 노력하였고, 그것이 12권 전체의 목적"이라고 하였다. 요컨대, 아서는 『선녀여왕』의 공식적인 주인공이자 작품 전체의 틀을 제공하는 핵심 인물로 제시된다. 스펜서는 이러한 전체적인 틀 속에서 12개의 덕목을 각각 대표하는 원탁의 기사들이 그들의 모험을 통해 각 덕목을 체득하는 과정을 기술하고, 아서를 그러한 과정을 통해서 각 기사들의 덕목을 통합적으로 구현하는 인물로 묘사한다. 궁극적으로 아서는 이러한 총체적 덕목을 체화하고 자신의 꿈에서 본 요정 나라의 여왕 글로리애너(Gloriana), 즉 엘리자베스 여왕과의 결합을 추구함으로써 영국의 창조신화를 완성하고 영국에 국가적 정통성을 부여하는 기능을 수행한다. 아서가 로마제국의 혈통인 브루터스(Brutus)의 후손임을 고려할 때, 영국은 로마제국의 혈통을 이은 정통성을 지닌 국가가 되는 것이다.

당시 영국은 정치적으로 종교적으로 대륙의 위협을 받는 상황이었고, 내부적으로도 매우 불안정한 상황에 처해 있었다. 이러한 위기의 시기에 국가의 정통성과 안정을 후원하기 위해서 국가 차원의 민족 이념을 확립하는 일은 시급한 시대적 요청이었다. 이와 관련하여 스펜서가 아서 이야기를 『선녀여왕』의 중요한 주제적 틀로 설정한 것은 매우 시사적이다. 스펜서를 통해 우리는 당시 영국민에게 아서 이야기가 어떤 문화적 의미를 띠었고, 어떤 역할을 수행하였는지 가늠해볼 수 있다.

아서는 영국 왕들 중에서 가장 위대한 왕으로 간주된다. 지금까지의 아서 이야기들은 1139년 경 역사학자 제프리 몬머스(Geoffrey of Monmouth)가 쓴 『영국 왕의 역사』(*Historia regum Britanniae*)에 토대를 두고 있다. 몬머스의 관점에서 아서는 영국의 역사적 인물로서 황제이면서 동시에 로맨스의 잠재력을 지닌 영웅이다. 아서는 영국의 영예로운 왕이요, 생애의 정점에서는 유럽의 황제이기도 하였다. 아서는 그의 아버지 우서 펜드래곤(Uther Pendragon--용머리)이 멀린(Merlin)의 마술의 도움을 얻어 변장을 통해 아서의 어머니인 이그레인 부인(Lady Igraine)을 속인 결과로서 잉태되었다. 아버지의 성에서 멀리 떨어져 비밀스럽게 양육된 아서는 왕위계승자를 예언하는 것으로 간주된 액스캘리버(Excalibur) 검을 돌에서 뽑고 15세의 나이에 우서의 왕위를 계승한다. 아서는 원탁의 기사들(the Knights of the Round Table)의 무예와 충성을 바탕으로 영국을 침공한 색슨족을 정벌하였고, 스코틀랜드, 아일랜드, 고스랜드(Gothland), 오크니섬(the Orkneys)까지 통치를 확대함으로써 12년 동안 평화를 확립할 수 있었다. 로마가 조공을 요구하였을 때, 아서는 이것을 단호히 거절하고, 조카인 모드러드(Mordred)를 영국의 대리 통치자로 남기고서 유럽으로 진격하여 로마 군사와의 전투를 벌였다. 그러나 그가 알프스 산맥을 넘으려고 할 때, 아서는 모드러드가 왕위를 찬탈했다는 소식을 전해 듣고 영국으로 귀환한다. 아서는 콘월(Cornwall)에서 모드러드를 살해할 수 있었으나 마지막 전투에서 중상을 입게 되어 자신의 상처를 치유하고자 애벌론 섬(the isle of

Avalon)으로 떠난다(212-61).

아서 이야기가 스펜서 시대에 활성화 된 배경에는 아서 이야기에 다양하게 존재하는 정치적 의의를 지적할 수 있다. 튜더 왕들은 왕권에 대한 자신의 권리를 주장하기 위해서 아서 신화를 자주 활용하였다. 몬머스의『영국 왕의 역사』에는 멀린의 일련의 비의적인 예언들이 포함되어 있다. 멀린에 따르면, 색슨족의 침공 이후 붕괴되었던 영국(웨일즈 및 콘월)의 국운은 과거의 그리고 미래의 왕으로서 영국에 평화를 가져올 아서에 의해 다시 부흥된다고 한다(FQ 3.3.26-49). 스펜서는 고전 지식과 결합된 이러한 신화 창조의 기술을 자신의 초기 후원자였던 레스터 백작(Robert Dudley, the earl of Leicester) 가문을 기리기 위한 계보학적인 글인, 지금은 현존하지 않는,『더들리 가계』(*Stemmata Dudleiana*)를 썼던 경험으로부터 익혔다. 더들리는 자신의 고대 귀족 혈통을 보여주는 가계를 만들기 위해서 여러 명의 왕실 사자와 작가들을 고용하였는데, 스펜서도 그 중 한 사람이었다. 스펜서가『선녀여왕』의 전설에 이 자료의 일부를 재사용하였음은 분명하다(Hamilton). 멀린의 예언은, 특히 웨일즈 출신의 헨리 튜더(Henry Tudor)가 1485년 왕위에 올랐을 때 성취된다. 헨리는 그의 불안정한 권위를 강화하기 위해 의식적이고도 지속적으로 아서 신화를 정치적으로 활용하였다. 헨리는 조부 오웬 튜더(Owen Tudor)와 관련지어 자신이 아서의 혈통이라고 주장하기 위해 계보학자들을 후원하였고, 윈체스터(Winchester)에서 태어난 자신의 첫째 아들의 이름을 아서라고 지었으며, 그를 최초의 웨일즈 왕자로 선포하였다. 스펜서는 아서의 헬멧이 아버지 우서 펜드래곤을 상징하는 용 문장으로 "온통 뒤덮혀" 있다고 기술하는데, 이 이미지는 헨리 7세가 영국의 왕위계승권을 주장하기 위하여 밀포드 해이번(Milford Haven)에서 행군하였을 때 그의 깃발에 표시된 캐드월래이더(Cadwallader)의 용을 상기시킨다(Millican 39).

아서 튜더(Arthur Tudor)는 1501년, 캐서린 아라곤(Katherine of Aragon)과 결혼한 지 얼마 안되어서 죽었다. 아서의 동생은 왕위를 계승하여 헨리 8세

(Henry VIII)가 되었고, 헨리 8세도 부친의 뜻을 이어 받아 1537년, 튜더 왕조의 색깔인 흰색과 녹색으로 칠해져 있는 아서의 원탁을 보완, 수선하였다. 헨리 8세는 "다시 태어난 아서"(Arthur *redivivus*)로서 자신을 인식하고 의식적으로 아서의 걸출한 후손으로서의 역할을 수행하였다. 1530년대에 이르러 헨리의 "대영 제국"(British Empire)이라는 이념은 자화자찬 그 이상의 것을 포함하였다. 헨리는 자신이 죽은 형의 아내와 결혼한 것이 무효임을 주장하면서 로마와의 투쟁을 가속화하고, 교회의 독립을 위해서 영국을 움직이겠다고 위협하였는데, 이를 위해서는 역사적 정당성이 요청되었다. 헨리는 그 정당성을 "고대의 수많은 진실된 역사와 연대기에는 영국 왕국이 제국으로, 또한 세상에서 그렇게 인식되었다고 명확하게 선언되었고, 표현되었다."로 시작하는 「항소 제한령」("Act in Restraint of Appeals" 1533)의 서문에 언급된 고대의 영국 왕정에서 발견하였다(Elton 353). 1534년 마침내 이탈리아인 폴리도어 버질(Polydore Vergil)이 『영국 역사』(*Anglica historia*)를 출간하였다. 폴리도어는 "황관"(Imperial Crown)이 콘스탄티누스 대제(Constantine the Great) 시대 이후 영국의 모든 왕들이 상속받은 것으로 기술하였다. 폴리도어는 아서의 우화적인 제국에 대해서는 불신하였으나 아서와 헨리를 역사적으로 존재하는 대영 제국의 후계자로 인정하였다. 헨리 8세는 외관상으로 폴리도어가 자신의 황제적 위치에 대해서 기껍게 인정하는 것이 그가 마지못해서 인정하는 환상적인 아서 전설에 대한 튜더적인 욕망들보다 더 중요하다고 보았다.

「항소 제한령」이 나온 뒤에 "황관"이라는 용어는 16세기 정부 문서에서 관습적으로 사용되었다. 메어리 여왕조차도 교회의 수장(the Head of the Church)이라는 작위는 포기하였어도 황후라는 작위는 유지하였다. 엘리자베스 여왕의 1550년 「국왕지상법」("Act of Supremacy")도 그녀의 왕관이 "황관"임을 다시 한번 천명하였다. 엘리자베스의 점성가인 존 디(John Dee)의 시기에 이르러서는 대영 제국이라는 이론은 불안한 왕권과 교황으로부터의 영국 교회의 분리를 정당화하려는 애국심보다는 신세계에 대한 영국의 권리를 공고히 하는 데에 더 힘을 발휘하였다. 디는 「완벽한 항해 기술에 관한 전반적이고 희귀한 기록」("General and Rare Memorials Pertayning to the Perfect Arte of Navigation" 1577)이라는 글에서 엘리자베스에게 유럽과 신세계에 대한 작위를 주기 위해 몬머스 책의 자료들을 사용하면서 영국은 아서의 정복 때문에 식민지 제국을 소유하였다고 주장하였다ー OED에 의하면 "대영 제국"이라는 용어를 처음 사용한 사람은 디이다.

애국적인 영국 작가치고 영국적 아서주의(British Arthurianism)의 제 양상들에 대해서 의의를 제기하는 사람은 거의 없었다. 15세기의 리드게이트(Lydgate)는 아서를 그의 「군주의 몰락」("Fall of Princes")에 분명히 포함시켰으나, 그는 아서의 권력 붕괴를 자만이 아니라 모드러드의 배반 탓으로 돌렸다. 전통에 대한 더욱 대담한 부정은 토머스 휴(Thomas Hughes)의 세네카 식의 복수비극(Senecan revenge tragedy)인 『아서의 불행』(*The Misfortunes of Arthur* 1587)이라는 작품인데, 이 비극은 여왕 앞에서 공연되었고, 아서는 자신의 야망과 근친상간으로 운명의 여신에 의해 파괴되는 것으로 제시되었다.

스펜서 시대의 독자에게 아서는 매우 복잡한 인물이었으나, 그럼에도 불구하고 아서 이야기는 16세기 전반에 걸쳐 매우 인기 있는 대중적인 이야기였다. 아서는 야외극과 공공 행렬에 자주 등장하는 인물이었고, 궁수 사회는 그의 이름을 따라 이름을 짓기도 하였다(Millican 45). 스펜서에게 주어진 임무는 이러한 16세기 아서주의의 모든 양상들을 반향하면서 아서 이야기를 정신적이고 윤리적인 교훈의 도구로서, 즉 당시의 관심사, 열망, 신념, 자아에 대한 비전을 형상화하는 도구로서 재창조하는 것이다. 스펜서의 『선녀여왕』은 전 시대의 말로리(Malory)의 『아서의 죽음』(*Morte Darthur*)보다 아서 이야기를 핵심적으로 취급하지는 않지만 그보다 덜 중요하다고 간주되지는 않는다. 말로리의 작품이 출판되지 않고 알려지지 않았을 때인 1634년부터 1816년 사이의 기간에 독자들에게 아서를 붙잡아 둔 것은 스펜서의 작품이었다. 더욱 중요한 것은 아서의 이미지를 개선함으로써 스펜서는 독자들에게 말로리가 재현한 중세 시와 산문 로맨스에 등장하는 용맹하지 못하고 도덕적으로 결함이 있으며 현명하지 못한 왕 대신에 새로운 정치적, 도덕적, 종교적 차원의 중요성을 지닌 인물을 제공하였다는 점이다.

스펜서 식의 아서 이야기에서 가장 두드러진 특징은 스펜서가 왕이 되기 전의 아서의 모험에 대해 초점을 두었다는 점이다. 이것은 아마도 전대의 말로리의 영향을 반향하는 것으로서 스펜서는 비도덕적인 아서를 다시 도덕화해야 될 필요성을 느꼈을지도 모른다. 스펜서의 기술에서 아서는 모범적인 업적을 수행하기 위해 티몬에게서 철저히 교육을 받고, 멀린의 도움으로 무장을 갖춘 다음 요정의 나라로 글로리애너를 찾아 나선다. 『선녀여왕』의 이야기는 아서가 영국의 왕으로서 역사에 다시 나타나기 전에 우선 개인의 도덕적인 완성을 위해 모든 모험이 구성되어 있다고 볼 수 있다. 아서는 영예를 추구하는 과정에서 각 덕목들을 그의 몸 속에 구현시킨다. 그래서 스펜서는 "아서 왕자의 몸 속에 특별히 장엄함을 제시한다"고 롤리에게 보내는 서한에서 밝히고 있다. 이러한 과정을 거친 후에 아서는 선녀여왕과 결합하고 대영 제국의 정통성을 정당화할 수 있게 된다.

아서가 그러한 정통성을 확립하는 방법은 기사도(chivalry)이다. 기사도에 포함된 모든 문화적 전통은 스펜서에게 가장 정통적이고 대표적인 교육 방법으로 간주된다. 기사도는 중세 초기의 전사 규범(warrior code)에서 시작되었다. 기사도는 프랑스어 "chevalerie"라는 어원이 의미하듯이 본래 말 위에서의 군사적 기술을 의미하였다. 초기의 가치들은 힘과 약탈과 같은 매우 단순한 것이었으나 중세 이후로 기사도에는 귀족적 취향이 가미되어 좀더 높은 차원의 가치로서 기사들의 영예를 위한 충성과 욕망이 추구되었다. 12세기에 이르면, 십자군(the Crusades)이 종교적 목표와 기사도적 호전성을 정당화하게 되고, 아서 이야기를 그린 작품들이 거기에다 궁정풍 사랑(courtly love)과 봉사의 이상을 주입하였다. 기사도는 경건함과 호전성, 게임과 진지함, 예술과 삶의 기묘한 혼합을 이루게 되었다. 르네상스 시대에 이르면 기사도는 점차 시대에 뒤쳐진 가치 규범으로서 시대착오적으로 간주되기 시작하였으나, 여전히 엘리자베스 시대의 영국의 문학과 궁정 의식에 그 영향력을 미치고 있었다. 스펜서는 『선녀여왕』 전편을 통해서 "정의를 위해서 사용되었던 고대의 훌륭한 창검의 사용"에 대해서 상기시킨다"(*FQ* 3.1.13). 기사도는 여전히 개인의 행동에 대한 근본적인 원칙으로서 귀족의 영예와 개인적 이상을 표현하기 위한 일반적인 수단이었다.

사실, 엘리자베스 시대에 기사도는 사회의 다양한 모순들을 조화시킬 수 있는 강력한 이념으로 작용하였다. 귀족사회의 위상은 크게 변화였으나 그 힘은 여전히 강력하였다. 국가통치제도가 중앙집권화하게 됨에 따라서 "한때 무시무시하였던 호족들이 아첨장이 궁정인들로, 잘 길들여진 연금수급자들로" 변형되었다. 엘리자베스 시대의 귀족들은 이러한 변화에 강력하게 저항하였으나 사실 봉건주의는 사망한 것이다. 그러나 문화적으로, 봉건시대의 기사의 이미지와 가치관은 여전히 그 효력을 보유하고 있었다. 레스터 백작, 에섹스 백작(the earl of Essex), 시드니 경은 조국의 명예를 위해서 아일랜드와 대륙의 전쟁터로 달려갔고, 스펜서는 그들의 업적을 찬양하였다. 스펜서는 아일랜드의 혹심한 전쟁 동안 그레이 경과 동행하였는데, 그는 후에 그레이 경을 『선녀여왕』의 제 5권의 정의의 기사인 아스골로 변형시켰고 아일랜드 분쟁을 야만인과 이단자들에 대한 십자군의 성스러운 투쟁으로 변형시켰다. 궁정에서 왕위계승일(the Accession Day)에 거행되는 마상시합은 더 이상 중세 시대의 위험한 전쟁 게임은 아니었으나, 참가자들에게 봉건시대의 전사들처럼 그들의 영광의 날을 재현하도록 허용함으로써 귀족들의 호전성에 대한 하나의 배출구를 제공하는 문화적 순기능을 수행하였다. 스펜서는 선녀여왕을 기리기 위한 처녀 기사단(the Order of Maidenhead) 수여식과 그 "해마다의 엄숙한 향연"을 위한 엘리자베스 궁정의 정교하고 화려한 행렬을 『선녀여왕』에서 그리고 있다 (*FQ* 2.2.42).

스펜서에게 기사도의 제의적 기능은 그 신화적 내용만큼이나 중요하다.

기사도는 관습이 지배적인 응집력을 가지는 하나의 의식화된 사회적 제도이다. 기사도는 법에 준하는 사회 규범이다. 스펜서가 교육시키고자 한 12가지의 덕목들은 당시 엘리자베스 시대인들에게 가장 이상적인 덕목이었고 이러한 덕목들을 기사도적 정신을 통해 구현시킴으로써 스펜서는 시대적 이상을 완성할 수 있었다.

『선녀여왕』은 아서 이야기를 바탕으로 당시 시대적 요청에 따라 영국 민족의 정통성을 확립하고자 하는 스펜서의 신화적 재창조이다. 그러한 과정에서 아서는 정통성이라는 대의를 위해서 개인적으로 자신을 정화할 필요성이 있는 것으로 제시된다. 정화의 과정을 통해 체득한 미덕으로 무장한 아서와 글로리애너의 결합은 영국의 정통성을 더욱 확고하게 빛내줄 것이기 때문이다.

참고문헌

Elton, G. R. ed. *The Tudor Constitution: Documents and Commentary.* 1960. rev. ed. Cambridge: Cambridge UP, 1982.

Hamilton, A. C., et al., eds. *The Spenser Encyclopedia.* Toronto: The University of Toronto P. 1997.

Levine, Mortimer. *The Early Elizabethan Succession Question: 1558-1568.* Stanford: Stanford UP, 1966.

Millican Charles Bowie. *Spenser and the Table Round: A Study in the Contemporaneous Background for Spenser's Use of the Arthurian Legend.* Cambridge: Harvard UP, 1932.

Monmouth, Geoffrey. *The History of the Kings of Britain.* Trans. Lewis Thorpe. London: Penguin Books, 1966.

Spenser, Edmund. *The Faerie Queene.* Ed. A. C. Hamilton. New York: Longman, 1977.

__________. *The Yale Edition of the Shorter Poems of Edmund Spenser.* Eds. William A. Oram, et al. New Haven: Yale UP, 1989.

윌리엄 셰익스피어

●●● 정내원

셰익스피어(William Shakespeare, 1564-1616)는 1564년 4월 26일 스트레트포드(Stratford)에서 세례를 받았다는 것과 1616년 4월 25일 스트레트포드의 트리니티(Trinity)교회에 묻혔다는 것 외에 그에 관한 기록은 그리 많지 않다. 아버지 존 셰익스피어는 장갑제조업자로 부농의 딸 메리 아덴과 결혼하였고 높은 고위 행정관을 지냈다. 그래서 셰익스피어는 그 당시 문법학교를 다녔고 라틴어 수업을 받았을 것이라고 추측한다. 그러나 후에 존은 관직을 그만 두었고 가세가 기울었다. 셰익스피어는 1582년 8년 연상인 앤 하사웨이(Ann Hathaway)와 결혼하여 장녀 수사나와 쌍둥이 햄넷와 쥬디스를 낳았다. 그 후 정확한 이유는 알지 못하나 런던으로 갔다. 일설에는 사슴을 밀렵하다 도망했다고 하기도 하고, 다른 일을 하기 위해 갔다고 하나 정확치 않다. 런던에서 셰익스피어는 배우와 극작가가 되었다. 그 당시 극작가 로버트 그린(Robert Greene)은 "우리의 깃털로 멋지게 꾸며 갑자기 출세한 까마귀"(an upstart crow, beautified with our feathers)라고 셰익스피어를 혹평했다. 1593-1594년 흑사병으로 몇 달 동안 극장문을 닫았을 시기에는 샤우삼푸턴백작에게 바치는 헌시 『비너스와 아도니스』, 『루크리스의 겁탈』을 썼다. 1594년에는 Chamberlain's Men(후에 King's Men으로 명칭 변경) 단원의 배우가 되고 주주가 되었다. 그가 시인에서 극작가로 전향한 것을 할리데이(F. E. Halliday)는 경제적 목적 때문이라고 한다(21). 셰익스피어의 극들은 인기가 있었고 그의 최초의 극은 『착오 희극』(*The Comedy of Errors*)으로 1591년에 상연 되었다. 런던에서 그는 충분한 돈을 벌어 1597년 New Place를 구입하고 1613년경에 스트레트포드로 완전히 은퇴하였다.

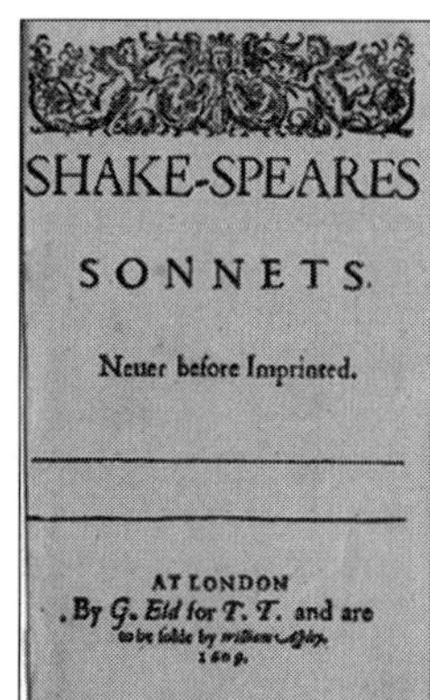

사우삼푸톤 백작 Henry Wriothesley
21세로 셰익스피어의 후원자, 소네트
의 미남청년으로 유력시되는 후보자

1609년판 셰익스피어 소네트의 책
표지

셰익스피어 소네트의 헌정사

출판 연대

소네트는 셰익스피어가 썼으나 출판은 출판업자 소로프(Thomans Thorpe)가
사절판으로 발간(1609년)하였다. 이 출판에는 신비스러운 헌정사가 있다:

TO.THE.ONLIE.BEGETTER.OF.
THESE.INSVING.SONNETS.
Mr.W.H.ALL.HAPPINESSE.
AND.THAT.ETERNITIE.
PROMISED.
BY.
OVER.EVER.LIVING.POET
WISHETH.
THE.WELL-WISHING.
ADVENTURER.IN.
SETTING.
FORTH.

T.T.

T.T.는 Thomas Thorpe를 나타내고 있으나 "the onlie begetter"로 묘사된 "Mr. W.H."는 누구를 가리키는 것인지 모른다. 그래서 많은 추측을 낳으며, W.H.로 William Herbert(팸부르크 백작), Henry Wriothesley(샤우샴프톤 백작), William Harvey 경(샴푸톤의 계부), William Himself(셰익스피어) 등이 거론되고 있다. 또 셰익스피어의 첫 글자 'W.S.'나 'W.Sh'를 잘못 인쇄한 것으로 보기도 하고, 그 당시 팜프렛에 쓰였던 "Who He"를 나타내는 기상(conceit)이라고도 하며, 출판업자 소로프가 단순히 추측과 논의를 야기시키려고 썼다고도 한다. 소네트의 출판 년대는 확실하나 소네트가 쓰여진 시기는 학자들간에 의견이 다르다. 거의 대부분의 소네트는 1590년대 중반에 쓴 것으로 알려져 있고, 미어즈(Francis Meres)가 영국 시인들을 옛 시인들과 비교한 책『지혜의 보고』(*Palladis Tamia: Wits Treasury* 1598)에서 셰익스피어의 소네트를 "사사로운 친구들 간의 감미로운 소네트"라고 언급한 것으로 비추어 1598년까지 쓰여진 것으로 간주한다.

소네트의 구조

소네트는 14행의 iambic pentameter로 된 정형시이다. 이태리 소네트 abba abba cde cde의 전반 8행(octave)과 후반 6행(sestet)을 셰익스피어는 영어에 맞게 세 개의 4행련구(quatrain)와 이행련구(couplet)로 하여 압운을 abab bcbc cdcd efef gg로 변형하여 사용하였다. 그러나 소네트 99, 126, 145는 예외이다. 소네트 99는 15행이고, 126은 6개의 이행련구로 되어 있고, 145는 iambic tetrameters로 되어 있다.

인물

셰익스피어의 154편 소네트 중 1-126번까지는 궁정풍 사랑에서 벗어나 청년을 대상으로 썼다, 이 중 1-17번까지는 청년에게 결혼하여 자손을 통해 그의 미를 보존할 것을 촉구하는 자손 번식(procreation)의 시들이고, 소네트 78-86은 경쟁자 시인에 관한 시들이다. 127-152번까지는 Dark Lady에 대한 시인의 사랑으로 이들 시의 상당수는 시인의 연인과 청년의 부정에 관한 것이다. 마지막 153-154번은 우의적(allegorical)으로 쓴 시들이다.

주제

셰익스피어의 소네트는 그 당시 다른 시인들의 연작 소네트보다 더 세속적이고 성적이다. 이 가운데서 일부는 페트라르카 전통의 사랑의 소네트를 패러디하고 있다. 또한 인간 사랑의 복잡함을 창조하기 위해 관습적 성의 역을 여성에서 남성으로 바꾸었다. 동료 시인들과는 달리 소네트 규칙을 어기며 사랑과는 관계없는 인간의 악을 얘기하기도 하고(소네트 66), 정치적인 일을 비평하기도 하며(소네트 124), 사랑을 조롱하고(소네트 128), 미를 패러디((소네트 130)하고, 성의 역할을 연출(소네트 20)하며, 육체적 성에 대해 공개적으로 말하며(소네트 129), 심지어 호색적인 것을 소개하기도(소네트 151)한다. 그러나 루이스(C. B. Lewis)는 소네트에 나타난 사랑을 1)부모의 사랑 2)우호적 사랑 3)봉건적 사랑 4) 부부의 사랑 5) 페트라르카적 사랑 6) 우상 숭배적 사랑(2)으로 분류하고 있다. 페기그니(Joseph Peguigny)는 1-126번을 사랑의 성장(1-19), 사랑의 성숙(20-99), 사랑의 쇠퇴(100-126)로 분류한다(5). 월러(Gary Waller)는 하나 하나의 소네트를 작은 대본 같다(220)고 하고, 허블러(Hubler)는 소네트의 우수함이 개별 소네트에 있다(8)고 한다. 극작가 이전에 위대한 시인이었던 셰익스피어가 소네트에서 그의 독특한 생각과 태도, 탁월함을 어떻게 표출하고 있나를 그의 개별시의 분석을 통해 접근하고자 한다.

| 작품 세계와 초점 해설 |

자손 번식을 다룬 소네트 1-17번 시들의 몇몇 이미저리와 논지는 에라스무스와 시드니에게서 빌려 왔으며, 이 시들은 압운의 반복으로 밀접하게 연결되어 같은 주제를 변형하고 있다. 뮈어(Kenneth Muir)는 17개의 소네트가 238행 시의 한 스탠자 같다(46)고 한다. 이들 소네트에서 청년은 "모든 본보기 중 본보기이고, 온갖 타입 중의 타입이며, 이상의 표상"(Joel Fineman, 250)으로 표출되고 있다. 그래서 소네트 전통의 이상적 미에 대한 단순한 찬양을 넘어 이를 계승 확산 보존하고자 하는 것이다.

> 가장 아름다운 이에게 번식을 바람은
> 미의 장미가 사멸되기 않게 하려 함이요,
> 세월이 흘러 노인이 죽을 때,
> 고운 자손이 그의 모습 계승할 것이요:
> 그러나 그대는, 자신의 빛나는 눈과 계약하여,
> 자신을 연료로 그대 불꽃을 태우고 있나니,
> 풍요속에 기근을 만들며,
> 자신을 적으로, 아름다운 자신에게 너무 가혹하게 한다오
> 이 세상의 신선한 장식이요
> 찬란한 봄의 유일한 전령(傳靈)인 그대는,
> 그대 재보를 그대 봉우리 속에 묻고 있나니,
> 고운 구두쇠여, 아끼므로 낭비하고 있다오
> 세상을 동정하시오, 안그러면 욕심장이가 되어,
> 무덤과 그대에 의해, 세상 모든 것이 먹히게 될 것이요 (소네트 1)

> From fairest creatures we desire increase,
> That thereby beauty's rose might never die,
> But as the riper should by time decrease,
> His tender heir might bear his memory:
> But thou, contracted to thine own bright eyes,
> Feed'st thy light's flame with self-substantial fuel,

Making a famine where abundance lies,
Thyself thy foe, to thy sweet self too cruel.
Thou that art now the world's fresh ornament,
And only herald to the gaudy spring,
Within thine own bud buriest thy content,
And, tender churl, mak'st waste in niggarding:
　　Pity the world, or else this glutton be,
　　To eat the world's due, by the grave and thee. (sonnet 1)

이 시에서 청년은 미의 장미(2행)이다. 전통적으로 장미는 식물계의 본보기(paragon)로 장미에 대한 비유는 청년이 인간의 본보기임을 뜻한다. 인간의 본보기인 청년이 시간과 죽음 앞에 노출되어 있음을 화자는 인식한다. 이런 인식은 태어남(increase 1행), 성숙(riper 3행), 쇠퇴(decrease 3행), 죽음(memory 4행)의 단어들에서 나타나고 있다. 인간의 유기적 과정을 의미한다. 이런 유기적 상황의 인식은 보다 영원한 가치를 모색하게 하고, 이로부터의 구원은 자손 번식이라고 주장하고 있다. 개체는 필멸이나 개개의 존재는 그 씨앗 즉 자손 속에서 재생된다는 것이다.

그러나 청년은 자손 번식 대신 자애(self-love)의 성향을 나타낸다. 1행 복수대명사 we는 5행에서 thou로 바뀌면서 일반적인 입장에서 구체적 청년으로 초점이 옮겨간다. 청년이 "자신의 빛나는 눈과 결합한다"(5행)는 것은 자애의 나르시스적 요소이다. 자신을 연료(self-substantial)로 삼아 스스로를 불태운다(6행)는 것은 자애의 파괴적 요소이다. 특히 6행의 "Feed'st thy light's flame with self-substantial fuel"에서 두음 s, f, t는 이런 소모적 파괴성을 한층 강화시켜 주고 있다. 자애는 결과적으로 자신을 낭비하는 것이며 파괴하는 것이다. 그래서 역설적으로 "풍요가 있는 곳에 기근"(7행)을 초래하여 마침내 "자신을 적"(8행)이 되게 한다는 것이다.

셋째 4행련구는 결혼의 거부로 자손을 갖지 못함은 죄이며 미의 낭비임을 역설하고 있다. "미의 장미"(2행)이고 "세상의 신선한 장식"(9행)이며 "화려한 봄의 유일한 전령"(10행)인 청년이 결혼의 거부로 피지 못하고 "봉우리"(11행) 속에 묻혀 소멸되는 것이다. 그래서 청년은 모순어법(oxymoron) "고운 구두쇠"(12행)로, 미에 대해 인색은 "아끼므로 낭비하는"(12행) 역설적 언어로 발전하여 결혼(낭비)이 절약이고, 인색(self-love)이 낭비인 역설적 상황에 처하게 된다.

세익스피어는 여기서 결혼을 사랑의 문제가 아닌 경제적 거래로 보고 있다. 결혼은 재산을 유지, 양도하며, 재정적 이익을 가져온다고 생각한 것이다. 귀족청년에 대한 결혼권유는 당시 경제적 번영으로 침식해오는 중산층에 대한 방어로 볼 수도 있다. 즉 지주 귀족의 특권을 옹호하는 전통적 윤리가 내포되어 있다. 첫째 연은 미의 확산에 대한 일반적 진술로, 둘째연은 미의 번식에 대한 당위성 주장으로, 셋째 연은 미의 낭비에 대한 비난으로 미를 강조하고 있다. 그리고 결구에 "or else"(13행)는 명령적 양상을 띠며 결혼하지 않으면 자애와 죽음으로 세상의 의무인 자손을 번식하지 못한다고 경고한다. 결혼을 강요하는 위협적 암시이다..

소네트 18은 평범한 용어, 분명한 이미저리로 자연스러운 미와 영원한 미를 대조하고 있다.

> 내가 그대를 여름날에나 비교할까나?
> 그대는 여름날 보다 더 아름답고 더 온건하다오.
> 모진 바람은 5월의 귀여운 봉오리를 흔들어 대고,
> 그리고 여름 기간은 너무도 짧다
> 하늘의 눈(太陽)은 때로 너무 뜨겁게 비추고,
> 그리고 종종 그 황금 빛은 흐려진다오
> 아름다운 것은 조만 간에 쇠퇴하고,
> 우연히 또는 자연의 변화로 그 아름다움은 망가진다오
> 그러나 그대의 영원한 여름은 쇠하지 않고,
> 그대가 지닌 미는 절대 잃지 않을 것이오
> 그리고 죽음도 그대를 그의 그늘에 배회한다고 자랑치 못할 것이오
> 그대는 영원한 시 속에서 시간 따라 살게 될 것이오

인간이 숨쉬는 한, 그리고 눈이 볼 수 있는 한,
이 시는 살 것이고 그리고 이 시는 그대에 생명을 줄 것이오(소네트 18)

Shall I compare thee to a summer's day?
Thou art more lovely and more temperate:
Rough winds do shake the darling buds of May,
And summer's lease hath all too short a date;
Sometime too hot the eye of heaven shines,
And often is his gold complexion dimmed;
And every fair from fair sometime declines,
By chance or nature's changing course untrimmed:
But thy eternal summer shall not fade,
Nor lose possession of that fair thou ow'st,
Nor shall Death brag thou wand'rest in his shade,
When in eternal lines to time thou grow'st.
    So long as men can breathe or eyes can see,
    So long lives this, and this gives life to thee.

1행은 수사적이라기보다 순수한 질문으로 두 개의 의미를 갖고 있다. 첫째는 비교할 것인가? 말 것인가? 이고, 둘째는 그 비교가 정당한가? 이다. 첫 번째 질문에는 확실하게, 두 번째 질문에는 부정적으로 대답한다. 또 1행의 이미지는 내부적 미로 그의 정신적 영향을 탐색하고 있다. 2행 "그대는 더 아름답고 더 온건하다"는 화자의 자의적 결론이다. "그대"는 자연의 끊임없는 변화 속에서 정체적 존재이다.

3-8행은 "I"나 "thou"없이 자연의 불연속적인 여름날의 결함을 일련의 이미지로 나열한다. 첫째 "사랑스런 꽃봉오리"(3행)는 5월의 "모진 바람"(3행)으로 말미암아 불완전하다. 바람이 봉우리(미)보다 힘이 우세함을 암시한다. 두 번째 "여름의 기간(lease)은 너무 짧다"(4행)는 상업적 은유로 자연의 미가 손상되지 않는다 하더라도 그 기간이 일시적임을 말한다. 두 번째를 통해 첫 번째를 인정하는 것이다. 이 두 이미지에서 자연미의 기본적 결함은 왜 그의 연

인이 "더 아름다운"가를 설명하고 있다. 세 번째는 보다 발전된 이미지 "더 온 건하다"의 확장이다. 태양의 의인화된 형용사 "the eye of heaven"과 "gold complexion"는 "그대"와 대조된다. "너무 뜨겁게"(5행) 비친다든가 "흐려지든 가"(6행)하여 태양은 자연의 흐름에 절도 있는 행동을 못한다는 것이다. 흔들리 는 꽃봉오리의 이미지로 시작하여 여름과 태양의 넓은 범위로 발전하고 있다. 4-5행 "too short", "too hot"에서 "too"의 반복은 자연의 지나친 감을 고조시키 지만 2행 "more"의 중복은 연인의 미덕을 강조하고 있다. "sometime"(5행, 7 행)의 반복은 불안정, 변덕을 나타난다. 비교를 통해 같음과 다름의 차이를, 단 어의 반복과 다른 문맥에 의미를 수식하므로 물리적 감정적 유사성을 찾고 외 부세계와 부합된 체계를 나열하고 있다.

9행은 전환점이다. "thy eternal summer"의 소유격 대명사는 2행 thou와, 10행 12행의 thou를 연결시키며 thou는 행위의 주체이다. 이때 "여름"은 소유 자가 아니라 소유된 대상으로 8행까지의 자연의 "여름"과 반대된다. "thy"는 3-8행의 자연의 우주를 포기하고 현실의 유일한 인간으로 방향을 돌린 것이다. 전반부 8행(Octet)은 현재 단순시제로 각행에 단 하나의 동사가 있다. 그러나 9행 "shall not fade"의 미래 시제는 일상 세계에서 화자의 마음 속에 있던 이 상적 상태의 기대감이다. "그대의 영원한 여름"은 "여름날"과는 다른 상상의 행위이고 환유라기보다 은유이다. 둘째 셋째 4행련구는 비슷한 구조로 둘 다 2행 "더 아름답고 더 온건한"을 발전시킨 것이다. 둘째 4행련구는 "and"로 시 작하고 셋째 4행련구는 부정 "nor"로 시작한다. 즉 10-11행의 미를 잃지 않으 리라는 것과 죽음의 그림자에서 방황하지 않으리라는 것이다. 주된 대조는 반 복된 단어들에 있다. 연인이 갖고 있는 "fair"는 "every fair from fair sometime declines"에 도전한다. 이 두 미의 차이점은 자연의 여름과 반대되는 "영원한 여름"이 시간에 대항하는 "영원한 싯귀"(12행)와 결합한다. 셋째 4행련구 시작 (9행)과 끝(12행)은 "eternal"의 반복으로 통합되고 있다. 연인의 "여름"과 그의 "싯귀들"은 반복되는 형용사(eternal)로 통합하여 세익스피어는 미묘하게 자신의 창조적 역할을 암시하고 있다. 그는 이상적 사랑과 시적 표현을 소유하고 있음을 시사한 것이다.

12행에 암시된 영원성은 이행련구에서 정의된다. 이행련구는 밀접한 평행의 구조로 되어 있고 "so long"의 반복은 각행의 분리된 행동을 서로 조화시키고 있다. 조동사 "can"의 반복은 삶 자체를 나타내는 두 개의 관련된 행위를 연결시킨다. 숨쉬고(breathe) 보는(see) 행위들은 모음운(assonance)으로 연결되어 있다. 인간 삶이 지속된다면, 그래서 인간이 읽을 수 있고 시를 암송할 수 있다면 그 때 이 시는 살아서 그 찬양의 대상에 일종의 불멸을 준다는 것이다. 다른 말로, 연인의 불멸이 "this"에 달렸듯이 시 자체는 삶과 문명(literacy)의 지속을 요구한다는 것이다.

소네트 21은 연작 소네트에서 최초의 독백시라 할 수 있다. 자연계의 비영속성과 인간의 변덕 속에서 청년의 미를 보존하기 위한 수단으로 소네트 1-17은 자손번식을, 소네트 18, 19는 시의 영속성을, 소네트 20은 청년의 불멸화를 그렸다. 그러나 소네트 21은 어조가 바뀌면서 화자가 진지하게 내향적으로 자기 자신에게 자신에 관해 이야기하고 있다. 그러므로 이 시는 연작 소네트에서 처음으로 나타난 독백시라 할 수 있다.

채색된 미에 자극받아 시를 쓰는 시인과
나의 경우는 같지가 않소
그런 시인은 천체를 장식의 수단으로 삼아
모든 아름다운 것을 열거하고 있다오.
그리고 엄청난 비유를 짝짓기하고,
태양과 달, 대지와 바다의 보석, 4월에 갓 피어난 꽃과
이 크고 둥근 하늘이 둘러싸고 있는
모든 진귀한 것들을 가지고 말이오.
아, 진실로 사랑하고, 진실되게 쓰게 해주오.
그리고 나의 애인은 하늘에 반짝이는
저 금빛 촛불들처럼 찬란하진 않지만,
아름답기론 그 어느 어머니의 자식 못지 않다오.

소문 좋아하는 이들은 더 떠벌려도 좋소.
나는 팔 것이 아닌 그대를 찬양하고 싶지 않소. (소네트 21)

So is it not with me as with that Muse,
Stirred by a painted beauty to his verse,
Who heaven itself for ornament doth use,
And every fair with his fair doth rehearse,
Making a couplement of proud compare
With sun and moon, with earth and sea's rich gems,
With April's first-born flowers, and all things rare
That heaven's air in this huge rondure hems.
O let me, true in love, but truly write,
And then believe me, my love is as fair
As any mother's child, though not so bright
As those gold candles fixed in heaven's air:
    Let them say more that like of hearsay well,
    I will not praise that purpose not to sell. (Sonnet 21)

첫 번째 8행련구는 단 하나의 문장으로 화자와 다른 시인(that muse)을 대조하고 있으나 잘난 체 하는 "다른 시인"이 지배하고 있는 장면이다. 다른 시인은 궁정풍 시인들이 찬양하는, 꾸며내거나 빌려 온 이미지를 사용하고, "거짓 외모"(2행)에 감흥을 일으켜 시를 쓰고 있다. 그는 "무한히 높은 곳을 동경"(3행)하고, "온갖 아름다운 것"(4행)을 주제로 시를 쓴다고 한다. 다른 시인의 과장되고 화려함은 청각적으로 증폭되고 있다. fair(4행), compare(5행), compare(5행)/....rare(7행)의 압운 연결, heaven's air(8행), ...fair(10행)/...heaven's air(12행)의 압운음, "making a couplement of proud compare"(5행)에서 세 번씩 반복되는 m, k, p 두음의 청각적 배경은, 화자의 과장을 극에 달하게 하는 효과를 준다. 이는 다른 시인들의 과장되고 화려한 스타일을 거부하면서 아이러니칼하게 실제로 화자 자신이 쓰고 있는 것이다.

9행은 스타일에 급격한 변화를 보여준다. 화자의 주장과 스타일이 보다 단순하고 구어체적으로 바뀐 것이다: "O, let me true in love but truly write."
"true"와 "truly"의 같은 어원의 반복(polyptoton)은 8행련구의 경향과 전혀 반
대되는 단순한 반복의 용어이다. 이것은 시드니의 연작 소네트 『아스트로펠과
스텔라』의 소네트 1번 "Loving in truth"의 관례를 따르고 있다. 시드니와 셰익
스피어는 진실한 사랑과 진실한 글을 같은 관계로 보고 있다. 즉 "진실한 사랑"
은 과장 없이 참되게 써야 한다는 것이다. 이러한 생각은 11, 12행의 비유에서
나타난다: "[나의 연인은] 저 하늘에 걸려 있는 금빛 촛불들처럼/ 찬란하지는
않지만 어느 어머니의 아이처럼 아름답다오." "어느 어머니의 아이"(11행)의
이미지는 기교적인 "금빛 촛불"(12행)에 반대되는 소박하고 수수한 언어이다.
그러나 이 이미지 역시 그의 연인은 지금까지 태어난 어떤 아이 보다 더 아름
답다는 또는 다른 시인들에 의해 "fair"로 찬양 받으리라는 과장을 감추고 있는
수사적 책략이다.

이행련구는 셋째 4행련구의 평범한 말에서 신랄한 위트로 스타일이 바뀐
다: "헛된 풍문을 일삼는 자들은 더 떠들게 하시오/ 나는 팔 생각이 없으니 지
나친 칭찬은 아니할 것이요." 이것은 화자가 자신의 방식으로 자신을 찬양하고
있음을 시사한 것이다. 화자는 아이러닉한 방법으로 다른 시인을 얘기하면서
자신은 연인을 소박하게 묘사하여 처음에는 변명적으로, 마지막에는 확신으로
정의하고 있다.

소네트 29는 사랑은 자기 연민에서 자기 초월로 전환하는 힘이 있음을 보
여준다.

> 행운의 여신과 세인의 눈밖에 나서,
> 버림받은 신세를 홀로 슬퍼하고,
> 소용없는 울음으로 귀머거리 하늘을 괴롭히고,
> 자신을 돌아보고 내 운명을 저주하며,
> 좀 더 유망한 사람이 되기를 원하고,
> 용모는 그 사람처럼, 친구 많기는 저 사람처럼,

이 사람의 재주를, 저 사람의 권세를 부러워하며,
가장 원하는 것에 가장 불만 한다오;
그러나, 이런 생각들로 나 자신을 경멸할 즘에,
다행히 그대를 생각하면, 그 때 내 처지는,
새벽에 적막한 대지로부터 날아오르는
종달새처럼, 하늘 문에 찬미가를 부르게 된다오;
왜냐하면 그대 사랑은 그 같은 부를 가져와
내 처지를 왕과도 바꾸지 않으리요. (소네트 29)

When in disgrace with Fortune and men's eyes,
I all alone beweep my outcast state,
And trouble deaf heaven with my bootless cries,
And look upon myself and curse my fate,
Wishing me like to one more rich in hope,
Featured like him, like him with friends possessed,
Desiring this man's art, and that man's scope,
With what I most enjoy contented least;
Yet in these thoughts myself almost despising,
Haply I think on thee, and then my state
Like to the lark at break of day arising
From sullen earth sings hymns at heaven's gate;
    For thy sweet love rememb'red such wealth brings
    That then I scorn to change my state with kings. (Sonnet 29)

화자는 자신의 다양한 운명에서 불운, 짜증, 권태의 고통을 호소하고 있다. 이러한 고통은 소리로 더 강화되어 나타난다. 3행에서 3개의 무거운 강세 음절 "troub-", "deaf", "heaven"은 거슬리는 소리를 내며 인접해 있다. "heaven with"는 강약으로 가장 거친 음이 되고, "boot-"의 강세음은 앞에 3개의 약세음 ("-en with my")으로 말미암아 더 강하게 들린다. 이러한 거친 강세음과 시행들이 휴지(caesura)없이 긴박하게 돌진하여 분노한 고통의 외침을 강화시키고 있다. 또한 3. 4행 첫머리에 반복된 "and"는 북을 치는 듯한 효과를 주어 화자가 가슴을 치며 한탄하는 것 같은 태도를 반영한다.

한편, 2, 4행에서 반복된 일인칭(I..... my..... myself..... my.....)은 화자가 자신에 몰두해 있음을 시사한다. 여기서 3개의 재귀대명사 역시 반사성(reflexivity)으로 화자의 지나친 자기 관심사를 의미한다. 그러나 자기 몰두에 빠져 불평하고 있던 화자는 불평에서 부러움으로 관심을 옮겨간다. 5-6행에서 리듬은 ....like/ ......like, ...like로 점차 더 빠르게 진행되면서, "가장 원하는 것"(what I most enjoy)에 "가장 불만"(what I most enjoy contented least)하고 있다는 데서 리듬은 다시 규칙적으로 된다. most와 least는 모순 어법으로 least의 소리가 의미와 함께 화자의 패배를 나타낸다. 불규칙한 리듬은 자기 연민에 젖어 생에 의미를 주는 진정한 가치를 상실하였음을 반영하고 있는 데 반해, 규칙적 리듬은 정상을 되찾아 자신으로부터 타에게로 옮겨감을 예비해 주고 있다.

구문상으로도 이 같은 변화를 나타내고 있다. 첫째 4행련구는 논리적으로 4행에서 문장이 끝난 것 같으나 형식적으로 다음 4행련구로 문장이 이어진다. 둘째 4행련구 8행에서 문장이 끝나므로 다음의 새로운 전개를 기대하게 한다. 셋째 4행련구 첫머리의 "Yet"는 생각의 변화를 나타낸다. 지금까지 자기 중심적 자기 비난에서 벗어나 "그대"를 생각한다. 자기 초월(self-transcendence)로의 전환이다. 이것은 8행까지가 종속절이고 6행련구가 주절인 것에서도 반영된다. 자기초월의 변화를 종달새 이미지로 나타내고 있다. 새의 이미지는 상승을 의미한다. 인간 조건을 승화시키고자 하는 욕망은 물질적 인간의 사슬에서 벗어나고자 하는 초월적 행동을 암시한다. 사랑으로부터 온 고양의 상태, 갇힌 영혼에서 명징한 상태로 날아오름을 보여주기 위해 새의 이미지를 쓴 것이다.

12행 "hymns", "heaven's gate"는 화자의 사랑을 기독교적 신격(deity)에 해당하는 사랑으로 승화시킨 것이다. 또 연인이 그의 애인을 숭배하는 종교 같은 궁중풍 사랑의 기상(conceit)이 함축되어 있다. 사랑은 자기 연민에서 자기 초월로 전환할 수 있는 힘이 있음을 나타내고 있다. 그리고 사랑은 왕의 처지와도 바꾸지 않을 만큼 큰 부를 자져다 준다. 그러므로 결구에서 화자는 그의 처지를 왕과도 바꾸지 않으리라 확언한다. 13행 "wealth", 14행 "scorn", "change"는 현재의 은유들이며 이는 독자로 하여금 천상에서 다시 지상으로 옮겨온 느낌을 준다. 천상 아닌 지상에서 사랑의 보상을 시사하고 있다. 사랑은 인간의 재능, 재산, 실패, 실망의 부족을 보상해 줌을 확언하는 소네트이다.

소네트 65는 자기 성찰의 시라 할 수 있다. 1-2행까지는 화자 자신을 가리키지도 않으며, 개인 감정이 섞이지 않는 객관적 논설로 되어 있다. 그래서 진정한 독백시로 보기 어려우나 질문과 대답으로 되어 있는 시의 구조를 내면적 대화로 간주할 때 자기 성찰의 시라 할 수 있다.

> 황동도, 돌도, 대지도, 끝없는 바다도,
> 슬픈 필멸이 이들의 세력 위에 군림하나니
> 실행력이 한송이 꽃보다 못한
> 미가 이 폭력에 대항해 무슨 호소를 하리오?
> 모진 세월의 파괴적 포위에 대해
> 아 어떻게 여름의 감미로운 숨결을 유지할 것인가?
> 시간이 부수지 못할 강한 철문도,
> 요지부동의 튼튼한 바위도 없다오?
> 아 무서운 명상! 시간의 상자에서
> 세월의 가장귀한 보물을 어디에 감추리오?
> 또 무슨 강한 손이 시간의 빠른 걸음을 막으며,
> 또 누가 미의 파괴를 금 할 수 있을까?
> 아, 검은 잉크 속에서 나의 애인을 영원히 빛나게 하는
> 이 기적 없이는 아무도 못하리. (소네트 65)

> Since brass, nor stone, nor earth, nor boundless sea,
> But sad mortality o'ersways their power,
> How with this rage shall beauty hold a plea,
> Whose action is no stronger than a flower?
> O how shall summer's honey breath hold out
> Against the wrackful siege of batt'ring days,
> When rocks impregnable are not so stout,

Nor gates of steel so strong, but Time decays?
O fearful meditation! Where, alack,
Shall Time's best jewel from Time's chest lie hid?
Or what strong hand can hold his swift foot back,
Or who his spoil of beauty can forbid?
   O none, unless this mircle have might,
   That in black ink my love may still shine bright. (sonnet 65)

이 시는 소네트 64에서 언급한 변화 요소들(돌, 청동, 바다)을 반복하면서 모든 것이 불영속 하다는 것을 인식한다(1-2행). 이처럼 모든 것이 영속적이지 못한 자연의 이치에 어떻게 화자가 대항할 수 있는가 묻는다: "한 떨기 꽃만큼의 힘(action)도 못 가진 美가/ 어떻게 이 폭력(시간)에 대항(plea)할 수 있겠는가(3-4행)?" 동의를 강요하는 강한 수사적 질문이다. 법률 이미지 "plea"와 "action"의 은유는 화자의 마음 상태를 표출하고 있다. 즉 무기력한 피고인의 모습을 나타내고 있는 것이다. 법은 약자를 보호하는 것이 아니라 강자를 보호한다. 그러므로 연약한 미는 결국 법의 보호를 받지 못하는 희생자의 입장이 됨을 시사하고 있다.

질문은 계속된다: "여름철의 달콤한 숨결이 어떻게/ 저 파괴적인 시간의 맹렬한 포위를 당해 낼 수 있는가?/ 시간의 파괴에는 강철 문도/ 견고한 바위도 그다지 튼튼하지 못하다오/ 아, 생각하기조차 두렵다오! 시간의 최고 보석을/ 시간의 궤에서 꺼내 어디에 숨겨 두어야 좋을까?/ 어떤 강한 손이 시간의 날쌘 발을 붙잡을 수 있을까?/ 미에 대한 시간의 약탈을 누가 막을 수 있을까(5-12행)?" 마지막 두 질문은 일련의 수사적 질문으로 그 어느 것도 막을 수 없다는 부정적인 대답(nothing, no one)을 내포하고 있다.

한편 "아 생각하기조차 두렵다오!"(9행)에 감탄사는 화자의 감정을 객관화 한 것이다. 즉 화자는 자연에 관해 명상하는 것이 아니라 자연에 관한 그의 생각을 명상하는 것이다. 그 결과 시로써 사랑을 빛나게 하는 기적 외엔 아무

것도 없음을 인식하게 된다. 즉 연인(time's jewel)을 시속에 감추는 것이 최고라고 생각한 것이다. 연인을 보석에 비유한 것은, 가치는 지녔지만 무생물이며, 찬란하게 간직하여야만 그 진가를 존속할 수 있음을 의미한다. 그러나 화자는 자신에 대해 의구심을 갖는다. 14행 "나의 사랑"을 나의 사랑의 감정(my feeling of love)으로 본다면, 화자는 그의 사랑의 감정이 변화하지 않을까 하는 두려움을 암시하고 있다. 그래서 자신의 감정도 묶어 두고 연인도 빼앗기지 않고 간직할 수 있는 길은 시뿐이라는 믿음에 이른다.

소네트 73은 인간의 생이 일회적이니 더 늦기 전에 사랑을 하자는 것이다.

일년 중 그때를 그대 내게서 보게 되리
추위에 흔들리는 가지에 달린
노란 잎 몇 개 혹은 한잎도 없는 계절에
예전 아름다운 새처럼 소년들이 노래하던, 텅빈 폐허의 성가대석을,
그대 내게서 황혼을 보게 되리,
일몰 후 서녁으로 저물어 가는,
곧 칠흑같은 밤속에 함몰하여,
제 2의 죽음인 잠이 온갖 것을 안식 속에 봉인해 놓는 것을.
그대 내게서 불꽃을 보게 되리,
젊은 날의 재 위에 남아 있는,
죽음의 침상처럼, 그 불꽃은 꺼져야만하리,
불을 피우던 땔감이 소멸되면서.
이것을 그대 인식한다면, 그대 사랑 더 강해지리,
머지않아 그대도 떠나야 하기에, 더욱 사랑하게 되리. (소네트 73)

That time of year thou mayst in me behold
When yellow leaves, or none, or few, do hang
Upon those boughs which shake against the cold,
Bare ruined choirs, where late the sweet birds sang.
In me thou seest the twilight of such day
As after sunset fadeth in the west,
Which by and by black night doth take away,

Death's second self, that seals up all in rest.
In me thou seest the glowing of such fire
That on the ashes of his youth doth lie,
As the death-bed whereon it must expire,
Consumed with that which it was nourished by.
    This thou perceiv'st, which makes thy love more strong,
    To love that well which thou must leave ere long. (sonnet 73)

1행은 계절, 화자, 볼 수 있는 기회, 보는자(beholder)를 소개한다. 2행은 yellow/few/none의 어순을 예상하나 Yellow/none/few로 의미 전개 진행이 깨어지고 있다. 그래서 다시 한번 돌이켜 읽어보게 된다. 즉 다시 한번 관심을 갖게 된다. 세 개의 구두점(yellow leaves, or none, or few)은 시의 속도를 느리게 머뭇거리게 하며 곰곰이 생각하는 불안한 마음을 반영하고 있다. "leaves, or none, or few"는 억지로 평온함과 망설임 속에서 진행되다가 행의 끝 "do hang"에 가서 상승하며 빨라지게 된다. 행의 끝에서 활음조가 길게 늘어지는데, 그것은 좀더 빠른 속도로 시작되는 다음 행 "Upon those boughes"에 의해 벌충된다. 느릿느릿하다가 갑자기 빨라지는 움직임은 잎사귀들이 한 잎 한 잎 떨어지다가 갑자기 마구 떨어지는 것을 모방한 것이다. 리듬 효과와 음성 효과로 가을 나뭇잎이 하나씩 하나씩 떨어지다 결국 한 잎도 남지 않는 현상을 나타내고 있다. "do hang"에서 속도가 빨라지고 어디에 걸려 있는가? 라는 의문을 갖게 된다. 이러한 의문은 시각(looking), 인식(seeing), 인지(knowing)를 환기시킨다. 그래서 "그대"는 3행에서 추위에 떨고 있는 나뭇가지를 보게된다. 추위에 떨고 있음은 곧 겨울이 다가옴을 의미한다. 즉 죽음이 가까이 있음을 인식케 하는 것이다.

1행의 조동사 "may"를 가정으로 보면, 표면적으로는 "그대는 내가 얼마나 늙고 죽음에 가까이 있는가를 보고 있다"지만 실제는 "내가 중년에 불과 한데, 그대는 젊기 때문에 나를 아주 늙은이로 보고 있다"라는 아이러닉한 것이

된다. 아이러니로 읽는다면 그 효과는 실제 상황과 연관하여 화자의 리얼리티
를 보장해준다. 4행에서 늙음을 텅 빈 성가대석에 비유하고 있다. 첫 번째 4행
련구의 일년 중 가을, 낮의 풍경이 둘째 4행련구에서 하루 중 일몰에 해당하는
황혼으로 바뀐다. 5행 "such day"도 such a day로 착각하기 쉬우나 다시 읽어
보아야 "such day"(=so much of daylight)로 읽혀진다. 이 역시 관심을 고조시
키며 다음 행으로 이어진다. 6행 "석양이 질 때"는 곧이어 밤(night)이 등장한
다. "black night"는 의인화하여 무언가 앗아가는 즉 "황혼"을 유괴해 가는 유
령 같은 존재로 죽음과 동일시하게 된다. 그래서 black night는 black knight를
암시한다.

3연은 사람의 일생을 불꽃같은 일회적인 사건에 비유하고 있다. 2연과 3
연은 평행적이다. 5행의 "황혼"과 "낮" 대신 "타오름"과 "불꽃"을 쓴 것 외에
2개 연의 첫 행들은 똑같다. 9행에서는 희미한 불꽃을, 10행에서는 재를 본다.
11행에서 "it"는 불꽃, 인생, 사랑을 가리킨다. 이것들은 사라져 재가 된다는 것
이다. 12행의 "it"은 인생의 불꽃, 사랑의 불꽃이다. 그에 의해 살았으나 이제
그 모든 것이 소모되었다는 것이다.

1행의 지시사 "That"는 그때를 "그대는 내게서 보리라"이다. 13행에 지시
사 "This"는 "이것이 그대가 나에게서 보게 될 모습이다"라는 것이다. 그대가
보게 될 모습은, 시간은 점점 더 적은 단위로; 일년의 계절, 하루의 일부, 불타
고 있는 마지막 순간이다. 색깔은 점점 더 강렬하게 노란 잎사귀에서, 석양의
황혼 빛으로, 불꽃으로 된다. 빛은 점점 흐려져 대낮에서 황혼으로, 밤으로 변
한다. 공간은 차가운 바람(1연)에서 뜨거운 질식할 것 같은 무덤의 재로(3연)압
축된다. 이러한 은유들은 인간의 필멸을 나타낸다. 시간의 단위는 점점 작아지
고, 화자는 점점 크게 흐릿하게 나타나고, 색깔은 진해지고, 빛은 흐려지고, 온
도는 더 뜨거워진다. 이것은 초점을 더 정확하게 맞추는 듯한 효과를 나타낸다.
인간의 필멸은 2, 3연에 더 내재해 있고, 이행련구에서는 현실에서 도덕적인
것으로 전환된다. 추상적 경구적 언어로 설득력은 없어도 권위 있는 종결이다.

14행 "leave"는 2행 "leaves"와 본질적으로는 다르나 음성적으로는 같다. 이는 문법적으로 기능과 형태가 다른 일종의 동어 반복법(polyptoton)이다.

각 연은 단 하나의 문장으로 되어 있고 2연 3연 첫 행 "in me"는 1행 "in me"의 메아리이다. "may... behold(1행)/... see(5행)/....see(9행)"도 리듬과 균형을 문법적으로 맞추고 있다. 이 시는 이처럼 수사적 비유가 흠뻑 배어 있다. 각각의 은유는 하나의 문장을 이루고 반복을 통해 다양한 의미를 강조하고 있다. 한해의 순환주기인 나무의 비유가 하루의 순환 주기인 황혼의 비유 속에서 다른 의미로 반복되고, 사람의 일생과 자연의 일생 사이의 대비가 결정적인 차이를 보여주는 세 번째 연으로 이어진다. 그것은 자연은 계속 순환하나 사람의 일생은 단 한번으로 사라진다는 것이다. 환한 "낮"에서 황혼(일몰)과 어둠으로, 노랑색(낙엽)과 옅은 붉은 색(저녁 놀)에서 선명한 붉은 색(불꽃)과 회색(재)으로 전개되면서, 반복되는 은유를 통해 단 일회뿐인 과정이 예상되고 있다. 이 시는 "젊은이여, 그대가 생각하는 것만큼 내가 늙지 않았을 지라도 나는 매년, 매일, 매시간 점점 늙어가서 언젠가 죽고 말 것이요. 그러니 그대 곁에 내가 있는 동안 그대는 그만큼 더 나를 사랑하고 또 그래야만 한다"는 것이다. 각 문장에서 말하는 사람(me)이 행위자였으나 이행련구에서는 그대(beholder)가 행위자가 된다. 지금 바라보는 자는 화자를 떠나야만 한다. 보는자는 단순히 "leave"를 포기나 상실로 이해해야 한다. 보는자에게도 더 가까이 필멸의 위협이 다가 온다는 것이다.

세익스피어는 인간의 사랑을 정적(static)이 아닌 동적(dynamic)으로 보았다. 스펜서는 사랑을 변하지 않는 불(fire=he)과 얼음(ice=she)에 비유했다. 그러나 세익스피어에게 사랑의 본질은 변화(mutability)이다. 이는 정체(stasis)아닌 생성가능성을 시사한다. 가변적 잠재력을 가진 인간이 변화하는 시간 속에서 정적인 사랑은 어렵다고 생각한 것이다. 성장과 쇠퇴가 끊임없이 반복되는 현상의 세계에서 세익스피어는 시간의 경과 따라 증가하는 사랑이 진정한 사랑이라고 생각했다. 플라토닉한 관점에서 완전한 사랑의 정의는 늘지도 줄지

도 않는 것이지만, 셰익스피어는 항상 시간을 남달리 의식한 시인으로서 소네
트 115에서 사랑의 성장 생성을 얘기하고 있다. 즉, 시간은 변하고, 희미해지고,
둔해지나, 사랑은 성장하는 것임을 강조하고 있다.

내가 이전에 쓴 글귀는 거짓이었고;
그대를 최고로 사랑했다고 한말까지도 ;
그때는 나의 큰 불길이 훗날
더 밝게 타오르리라는 것을 미처 몰랐소.
그러나 시간을 생각할 때 수많은 우연이
서약을 깨뜨리고 국왕의 포고를 변경하고,
신성한 미를 추하게 하고, 굳은 의지를 둔하게 하고,
강한 마음을 세파따라 변하게 함을.
아! 세월의 학정을 두려워하며,
"지금 나는 그대를 가장 사랑하오"하고 말하지 말았을 것을,
현재를 찬미하며, 다른 것은 의심하며
불확신을 확신하고 있었던 때였소.
사랑은 어린아이; 그 당시 그렇게 말하지 말 것을,
아직도 자라는 것을 더 자라게 하기 위해. (소네트 115)

Those lines that I before have writ do lie,
Even those that said I could not love you dearer;
Yet then my judgement knew no reason why
My most full flame should afterwards burn clearer.
But reckoning Time, whose millioned accidents
Creep in 'twixt vows, and change decrees of kings,
Tan sacred beauty, blunt the sharp'st intents,
Divert strong minds to th'course of alt'ring things-
Alas, why, fearing of Time's tyranny,
Might I not then say 'Now I love you best',
When I was certain o'er incertainty,
Crowning the present, doubting of the rest?
   Love is a babe; then might I not say so,
    To give full growth to that which still doth grow. (sonnet 115)

화자는 이 시에서 전에 쓴 글들, 가장 사랑한다고 했던 말들이 거짓이었다고 한다. 4행의 "most full"은 1)대단히 풍요한 2)완전한(Stephen Booth 379)을 뜻하고, "flame"은 정열을 뜻한다. 1)의 의미로 보면, 강렬한 감정은 뒤늦게 나타남을 시사하고, 2)의 의미로 해석하면, 완전한 정열은 시간의 경과 후에 나타남을 시사한다. 즉, "full flame"의 본질은 변하지 않으나 시간이 흐른 후에 더욱 밝게 타오른다는 뜻으로, 사랑의 본질은 변하지 않으나 시간 따라 더욱 그 강도가 높아짐을 암시한다. 그래서 이전에, 사랑의 완전함, 충만함을 말한 것은 잘못이었음을 역설하고 있다.

시간의 경과 따라 사랑을 증가시키는 이 시간은 적이 될 수도 있다. 5행 "accidents"는 1) 예견할 수 없는 사건(Evans 227), 2) 불운(『리차드 3세』 1. 3. 214)의 뜻으로 쓰였다. 시간의 사건들에 불운이 함축되었음을 시사한다. 7행 "성스런 미"는 궁중풍 연인들이 전통적으로 애인의 신체적, 정신적 미를 성스런 미에 비유한 영향으로 볼 수 있다. 시간의 파괴의 가공함을 극대화시키기 위해 단순한 미 아닌 성스런 미로 묘사한 것이라 할 수 있다. "sharp'st intents"에서 "intents"는 "꿰뚫다"(『겨울이야기』 1. 2. 138)로 송곳의 이미지이며 "blunt"와 대조적이다. 이 역시 시간의 가공할 파괴력을 강하게 부각시키고 있다. 강한 의도를 무디게 하는 시간의 힘을 시의 구문에서도 반영시켰다. 제일 4행련구는 마침표로 끝나고, 제이 4행련구는 "But"로 시작하여 논리적 구문적으로 독립된 문장을 기대하나 강한 의도를 무디게 하는 시간처럼 미완성 문장으로 끝난다. 이것은 시간의 경과는 사랑을 성장 성숙시키기도 하고, 강렬한 사랑의 의지를 무디게도 만드는 양면이 있음을 의미한다.

셋째 4행련구에서 시간은 폭군으로 등장한다. 5행 "시간을 생각함"은 9행에서 "시간의 폭군을 두려워하며"로 바뀌었다. 시간을 폭군으로 등장시킨 것은 시간의 포악함을 두려워하고 있음을 시사한다. 11행 "certain over incertainty"는 wordplay로 1)불확신을 초월하여, 2)의심을 초월하여(부스 382)를 뜻한다. 의심과 불확신을 초월하여 현재의 사랑만 최고로 여겼음을 고백한다(12행). 이것은 현재의 사랑이 폐위될까 두려워하며 오로지 현재의 사랑만 최고로 생각하였음을 의미한다.

그러나 사랑의 잠재력을 알기 위해서는 시간을 필요로 한다. 그러므로 "I love you best"라는 말을 지금 한다는 것은 모순이다. 또 현재 사랑을 진행하고 있을 때 "I love you best"라는 말은 성립되지 않는다(Gerald Hammond 209). 사랑은 성장시켜야 하는 어린아이와 같은 것이라고 이행련구에서 강조하고 있다. 한편, 사랑을 어린아이에 비유하므로 "I love you best"라는 고백이 철없음의 암시한다. 또 어린아이는 순수성, 본질적 미성숙을 함축하여 소멸의 기미 없이 계속 순수하게 자라나는 능력을 갖고 있음을 의미하기도 한다. 이와 같이 사랑은 항상 자라나므로 어떤 단언적인 말도 정확히 할 수 없음을 역설하고 있다. 사랑과 시간의 관계를 긍정적 측면에서 본 것이다. 시간의 사건들은 맹세, 확고한 목적들에 끼여들고, 견고한 영혼을 변화의 흐름에 굴복하게 하여 인간을 정신적 표류자가 되게 하는 부정적 측면이 있다. 그러나 사랑에 있어서는 상실 아닌 증가, 획득을 가져오고 사랑의 불꽃을 더 밝게 타오르게 한다는 것이다. 그렇다고 시간의 경과에 따라 사랑이 단순히 증가하는 것은 아니다. 존 단은 "Love's Growth" 시에서 사랑은 "가지에 꽃들"(blossoms on a bough)처럼 쉽게 피어난다고 한다. 그러나 셰익스피어의 사랑은 노력을 요구한다. 시간 속에서 노력해야 한다. 14행 "아직도(still) 자라나고 있는 것을 더 자라게 하기 위해"서는 노력이 요구되는 성장을 시사한다. "still"은 진행으로 현재에도 계속됨을 말한다. "to give full growth"는 성장, 성숙시켜야 하는 화자의 노력을 암시하고 있다. 그러므로 현재 진행되고 있는 사랑은 노력하여 완전한 성숙이 되도록 해야 한다는 주장이다. 이 시는 시간이 인간과 인간의 사랑을 성숙시키고 결합시키는데 긍정적 역할을 하고 있다는 것이다.

소네트 121은 독백형식을 통해 자기 인식(self-knowledge)의 과정을 보여주는 시다.

사악하다는 평보다 사악한 것이 낫다오,
악하지 않는데도 비난 받고,
내 마음이 아닌 다른 이의 시각으로
그리 평받고 온당한 즐거움을 상실할 때,
왜 타인들의 거짓된 음탕한 눈이
나의 유희적 정열을 아는체 하는가?
나보다 못한 자들이 나의 약점을 염탐해
내가 선으로 생각하는 것을 멋대로 악하다 하는가?
아니, 나는 나요, 나를 비방하는 자들은
자신의 죄를 드러내는 것이요
그들은 삐뚤어졌어도 나는 똑바르다오;
그들의 사악한 생각으로 나의 행위를 나타내서는 안되오,
모든 인간은 악하고 그들의 악이 지배한다는
이 일반적 악을 그들이 갖고 있지 않는 한은 말이요. (소네트 121)

'Tis better to be vile esteemed,
When not to be receives reproach of being,
And the just pleasure lost, which is so deemed
Not by our feeling but by others' seeing.
For why should others' false adulterate eyes
Give salutation to my sportive blood?
Or on my frailties why are frailer spies,
Which in their wills count bad what I think good?
No, I am that I am, and they level
At my abuses reckon up thier own;
I may be straight though they themseleves be bevel;
By thier rank thoughts my deeds must not be shown,
    Unless this general evil they maintain:
    All men are bad and in their badness reign. (sonnet 121)

이 시는 가설적 결론으로 시작하고 있다. 사회 환경이 사악하면 사랑이 정당한
기쁨을 누릴 수 없다는 일반적 이야기를 하고 있다. 순진한(not to be) 사람이
악하다고 비난받는다면, 악한 것으로(vile esteemed) 여겨지기보다 차라리 악

해(vile)지는 편이 낫다고 한다(1-2행). 악하다(to be vile), 악하지 않다(not to be [vile])는 것은 어떤 특정한 것을 가리킨다고 보기 어렵다. 그러나 "vile"이 라틴말로 "cheap", "base"의 뜻을 갖고 있음을 감안 할 때 이는 성적 부도덕을 의미한다고 볼 수 있다. 일반적이거나 성적으로 부도덕한 곳에서는 고귀한 애정이 사악하다고 간주되거나, 또는 비난을 받음으로써 정당한 기쁨을 가질 수 없다는 것이다. 사악한 "사회적 평가"(4행)로 진정한 즐거움을 누릴 수 없고, 사악한 사회 환경이 바람직하지 않는 결과(to be vile)를 낳는다는 일반적이고 추상적인 이야기를 피력하고 있다.

제이 4행련구는 일반적 추상적인 것에서 개인적 구체적인 것으로 바뀐다. 일반적 "our", "others"에서 개인 화자 "I"가 등장하면서 두 개의 연속된 주관적 질문을 한다. 여기서 나타난 형용사 "false", "adulterate", "sportive", "frailer"는 앞의 "vile"의 의미를 보다 분명하게 해준다. 화자는 그들의 "결함"과 자신의 "유희적 정열"을 인정하면서 앞에서 주장한 완전히 "순수한"(2행) 것에서 한 걸음 물러난다. "나의 유희적 정열"(6행), "나의 약점"(7행)과 "그들의 거짓된 음탕한 눈"(5행), "보다 못한 자들"(7행)은 화자와 다른 이들이 각각 잘못을 저질렀다는 것이다. "왜 다른 이들의 거짓된 불순한 눈이 나의 방탕한 혈기에 눈짓하는가?"(5-6행), "왜 나보다 결함이 더 많은 사람이 내가 좋다고 생각하는 것을 멋대로 나쁘다고 여기며 나의 하찮은 약점을 엿보는가?"(7-8행)는 다른 사람들에 의해 평가받을 필요가 없다는 것이다. 사회적 평가와 화자의 가치가 서로 다름을 의미한다. 또 이 두 질문은 제삼 4행련구 시작에서 화자의 감정을 고조시키는 효과를 주며 다음에 화자가 자신을 어떻게 털어놓을 것인가를 기대하게 한다. 그래서 9행에서 강의적 외침(interjection) "No"로 대답한다. 부패한 사회평가를 거부하는 것이다. 그리고 자신의 고결함을 강조하고 있다: "나는 나요"(9행). 화자 스스로 정직 절제를 요구하며 그와 달리 생각하는 사람들에 대해 무관심함이 내포되어 있다. 이 구절을 성경에서 인용함으로 화자 자신의 확신에 신뢰감을 더해 주는 효과가 있다. 독자 역시 그 의미를 신뢰할 수 있게 한다. 또 "I"에 수식어가 없음은, 화자는 자신의 평가를 싫어하는 증거라 할 수 있다.

10행은 화자를 비난하는 것은 오히려 그들 자신의 죄를 폭로하는 것이라고 한다. 상대방의 잘못에 초점을 맞추고 있다. 11행에서 정직과 부정직이 완전히 분리되면서 화자 자신의 도덕적 우세를 주장한다. 11행 "I may be straight"에서 "may be"는 화자의 도덕적 판단이 절대적으로 고정된 것이 아님을 암시한다. "be"(9행, 11행)와 "think(8행)" 동사는 화자의 정체성을 나타내며 그의 존재를 강조하고, "그들의 추악한 생각"(12행)과 "화자의 행동"(12행)은 완전히 분리된다. 화자의 세계(truth)와 그들의 세계(deception)는 완전히 다르다는 것이다. 제일 4행련구에서 our/ others의 대조는, 제이 4행련구에서 I/ others로, 제삼 4행련구에서는 I/ they로, 추상적 대조에서 개인적 대조로 발전하여 화자와 그들 사이에 분리가 확장된다. 처음은 일반적 선/악으로, 다음은 화자 개인의 약간의 잘못을 인정하면서 그들의 사악함으로, 그리고 12행에서는 화자의 결백과 그들의 사악함이 완전히 분리되는 것이다. 이행련구는 독특하게 문법적으로 12행과 연결되어 있고, 처음 4행련구의 의미가 반복되고 있다. 악한 사람이 세계를 다스리면 악하지 않은 사람이 악하다고 비난받고, 타인에 의해 악하다고 간주되어 정당한 기쁨을 상실하는 것(2-4행)은 "일반적인 악"(13행)이라는 것이다. 이것은 "모든 인간은 악하다"(14행)로 예외를 인정하지 않는 말이다. 그러나 이행련구의 접속사 "unless"로 그 역(逆)을 생각할 수 있다. 즉 악하지 않는 자의 존재 가능성을 시사하고 있다. 14행 bad/ badness의 의미 반복은 1행 "vile"의 반복과 같다. 이러한 반복은 시를 하나의 순환 고리로 만들고, 이 순환 속에서 악한 생각을 하는 자는 악하다라는 도덕적 성품을 재확인하며, 명백한 악과 화자의 내면적 선의 대조를 통해 그의 도덕적 견해를 확립하고 있다.

청년을 대상으로 쓴 소네트 126번까지는 사랑의 긍정적인 면이 있다. 그러나 Dark Lady를 대상으로 쓴 127-152번까지 사랑의 부정적 측면이 표출되고 있다. 소네트 129는 육체적 사랑을 부정적으로, 소네트 137은 남녀 사랑의 자기 분열적 요소를, 소네트 138은 사랑의 자기 기만적 요소를, 소네트 147은 남녀 사랑이 가져다주는 광기적 요소를 그리고 있다. 이것은 홉스(Thomas Hobbes)의 『리바이어던』의 영향으로 자연의 선악 양면처럼 인간 사랑의 파괴적 측면을 표출한 것이라 할 수 있다.

참고문헌

Booth, Stephen. Ed. *Shakespeare's Sonnets*. New Haven: Yale UP, 1969.

Evans. G. Blakemore. Ed. *The Sonnets*. Cambridge: Cambridge UP. 1996.

Fineman, Joel. *Shakespeare's Perjured Eye*. Berkeley: U of California P, 1986.

Hammond, Gerald. *The Reader and Shakespear's Young Man Sonnets*, London: Macmillan, 1981.

Hubler, Edward. *The Sense of Shakespeare's Sonnets*, Princeton: Princeton UP, 1952.

Lewis, C. B. *The Allegory of Love*. London: Oxford UP, 1971.

Muir, Kenneth. *Shakespeare's Sonnets*. London: George Allen & Unwin, 1982.

Pequigney, Joseph. *Such is My Love*. Chicago: U of Chicago P, 1985.

Vendler. Helen. *The Art of Shakespeare's Sonnets*. Cambridge: Harvard UP. 1997.

Waller, Gary. *English Poetry of the Sixteenth Century*. London: Longman, 1986.

존 단

●●● 심미현

존 단(John Donne, 1572-1631)은 17세기 "형이상학파 시인들"(Metaphysical Poets)을 대표하는 시인이다. 그는 엄밀하게 말하자면 프랜시스 베이컨(Francis Bacon)과 셰익스피어와 동시대인으로서 엘리자베스 시대에 속하는 시인이다. 하지만 당대의 시와는 확연히 구별되는 그의 시가 지닌 독자성과, 그리고 사후 출판된 그의 시집의 출판년도(1633)로 인해 오히려 이후의 형이상학파 시인들과 함께 분류된다. 그는 부유한 철물상의 아들로 런던 브레드 스트리트(Bread Street)에서 육남매 중 셋째로 태어났다. 네 살 때 아버지를 일찍 여읜 단은 극작가 존 헤이우드(John Heywood)의 딸이었던 어머니 엘리자베스(Elizabeth)의 영향을 크게 받으며 자랐다. 그의 가문은 독실한 로마 가톨릭 집안으로 종교적 문제로 박해받고 있었다. 그의 어머니는 순교한 토마스 모어(Thomas More)의 조카였고, 가톨릭교도였던 그의 외삼촌 재스퍼(Jasper)는 체포되어 사형선고를 받고 투옥되었다가 추방당했다. 당시는 가톨릭 신도들에 대한 핍박이 극에 달했던 때였으며 가톨릭 신도들은 출세의 꿈을 접어야만 했다. 특히 단이 지극히 사랑했던 친동생 헨리(Henry)가 신부를 숨겨준 죄로 감옥에서 옥사함으로써 가톨릭 신앙으로 인한 단의 고통과 절망은 더욱 심각한 종교적 갈등과 번민으로 이어졌다.

일찍이 재능을 보였던 단은 1584년과 1588년 어린 나이로 옥스퍼드와 케임브리지 대학교에 차례로 입학했으나 가톨릭교도라는 이유로 학위를 받지 못했다. 단은 20세 되던 해인 1592년 런던의 링컨 법학원(Lincoln's Inn)에 입학하여 법학을 공부했다. 이 기간 동안 단은 동생 헨리의 죽음 이후의 종교적 갈등에서 벗어나지 못하고 방황하는 가운데 아버지로부터 물려받은 유산 상속분으로 방종한 생활을 하며 잭 단(Jack Donne)으로 불릴 법한 20대 초기의 청춘

서리(Surrey)주 퍼포드(Pyrford) 소재 존 단의 집

기를 보내게 된다. 술과 여자에 파묻혀 세속의 쾌락에 탐닉하였던 이 기간 동안의 그의 경험은 이 시기에 썼던 열정적이고 관능적인 초기의 연애시 속에 반영되어 있다.

일찍부터 출세에 뜻을 두었던 단은 1596년에는 에섹스(Earl of Essex)를 따라 스페인의 카디즈(Cadiz)와, 포르투갈 앞 바다에 있는 아조레스(Azores) 군도 원정에 참가하기도 했다. 당대에는 귀족이 인솔하는 해외원정에 참가하여 그것을 계기로 출세의 기회를 잡는 경우가 종종 있었다. 이를 계기로 2년 후(1598) 단은 에섹스의 추천으로 당시 옥새상서였던 토마스 에저턴 경(Sir Thomas Egerton)의 비서가 됨으로써 공직 출세의 길에 오른다. 이어서 1601년에는 브래클리(Brackley) 구역 의원으로 국회에 입성한다. 하지만 단은 에저턴의 저택에 함께 살고 있었던 에저턴 경의 둘 째 부인의 어린 질녀 앤 모어(Ann More)와의 비밀 결혼으로 공직을 박탈당한다. 29세의 단이 13살이나 어린 앤 모어(당시 16세)와 비밀 결혼을 하자, 화가 난 앤의 부친이 에저턴 경에게 단의 파면을 소청하여 단을 투옥시키기까지 했다. 앤과 단과의 진실한 사랑을 인정하게 된 앤의 부친이 에저턴 경에게 뒤늦게 단을 다시 기용해줄 것을 요청했지만 허사였다. 이듬해 캔터베리 대주교로부터 정식결혼을 인정받은 단은 사랑하는 소중한 아내를 얻게 되었지만 가정 생계를 감당할 만한 아무런 일자리도 없이 이후 약

10여 년 동안 시골에 있는 처가 친척집에 얹혀 살면서 빈곤하게 살아갔다. 이 기간 동안 단은 가난과 건강악화, 불운과 절망의 세월을 보내야만 했다.

단은 런던에 다시 상경하여 백작부인과 귀부인들 및 궁정인들과 사교함으로써 이들 명문가의 후원을 받을 수 있었다. 이 기간 동안 영국국교의 입장을 옹호하고 가톨릭 예수회를 공격하는 책자를 쓰기도 했다. 또한 자신이 절망했던 시절의 암담한 심정을 반영하듯 자살을 옹호하는 『자살론』(*Biothanatos*)을 집필하기도 하였다. 특히 단은 로버트 드루어리 경(Sir Robert Drury)의 외동딸의 죽음을 애도하는 비가 "1, 2주년 기념사"(The First and Second Anniversary, 1611-2)를 쓴 인연으로 드루어리 경을 든든한 후원자로 갖게 된다. 런던에 있는 집을 제공받은 일은 물론이고 그와 함께 유럽대륙 여행을 가게 되었는데, 이때 단이 아내에게 쓴 시가 그 유명한 "고별사: 슬퍼함을 금하는"(Valediction: Forbidding Mourning 1611)이다.

그 후에도 단은 관직에의 미련을 버리지 못하였지만 결국 성직의 길을 택한다. 1615년 중년에 접어든 단(43세)은 마침내 국교회의 목사가 된다. 이때부터 단은 젊은 날의 잭 단과는 전혀 다른 닥터 단(Dr. Donne)의 삶을 살게 된다. 배교의 고뇌와 갈등으로 방황했던 젊은 날의 자신을 회개하며 단은 종교적 헌신의 삶으로 완전히 전환한다. 1617년 그가 그토록 사랑했던 아내 앤이 12번째 아이를 낳다가 죽게 되자 단의 충격은 이루 말할 수 없었으며 이후 그는 모든 세속과 단절한 채 앤과의 못 다한 사랑을 오로지 하느님에 대한 사랑으로 전환하고 종교시를 집필하였다. 그는 제임스 1세의 왕실 목사였으며 1621년 세인트 폴 성당(St. Paul's Cathedral)의 수석사제가 된 이후 죽는 날까지 그 임무를 헌신적으로 수행하였다. 그의 설교는 당대 최고의 설교로 인정받았으며 그의 생애 동안 그는 시인으로서보다는 설교가로서 더욱 이름을 떨쳤다.

편의상 단의 창작 시기는 대략 세 시기로 구분할 수 있다. 제1기(1590-1601)는 런던 법학원 유학 시절부터 앤 모어를 만나서 결혼할 때까지이다. 이 시기의 작품으로는 『노래와 소네트』(*Songs and Sonnets*)에 실린 대부

수의를 걸치고 관에 서있는 존 단 대리석 조각상(세인트 폴 성당)

세인트 폴 성당

분의 연애시들과 『엘레지』(*Elegies*), 『풍자』(*Satires*) 등이 있다. 제 2기(1601-1614)는 결혼부터 성직에 임할 때까지이며, "1, 2주년 기념사"가 있다. 제3기(1614-1631)는 성직에 봉사하여 생을 마감할 때까지로 『성스런 소네트』(*Holy Sonnets*), 『신성한 시』(*Divine Poems*), 『설교문』(*Sermons*) 등이 있다.

단은 1623년에 그를 괴롭히던 병마가 다시 찾아와 죽음의 고비를 넘긴 이후 1630년 다시 중병을 얻게 된다. 1631년 궁정에서의 마지막 설교(그의 사후 『죽음의 결투』(*Death's Duel*)라는 제목으로 출판됨)를 끝으로 그는 죽기 며칠 전 자신의 죽음을 예감하고 초췌한 모습에 수의를 걸치고 자신의 관 위에 서서 그의 초상을 그리게 한 것으로 전해진다.

| 작품 세계 |

형이상학파 시(Metaphysical Poetry)의 특징

17세기 영시의 시기는 엘리자베스조 후기에서 제임스 1세 시대(1603-1625)와 찰스 1세 시대(1625-1649)를 거쳐 크롬웰 공화정 시기(1649-1660)가 종식되고 찰스 2세가 왕정에 복고한 시기까지를 일컫는다. 단이 살았던 17세기 초 르네상스 영국은 새로운 지리상의 발견, 지동설, 망원경의 발명 등의 과학의 발전, 그리고 표면화된 종교 갈등으로 인해 정치, 사회, 종교, 사상 등 모든 분야에서 기존의 것이 붕괴되고 새로운 것이 태동되는 혁명과 변혁의 과도기였다. 신 중심의 중세 스콜라 철학, 천지창조, "존재의 대 사슬"(The Great Chain of Being)로 요약되는 조화로운 우주질서라는 전통적 세계관의 기반은 코페르니쿠스, 갈릴레오, 케플러의 천문학상의 새로운 발견 앞에서 무너질 수밖에 없었다. 뿐만 아니라 마키아벨리(Machiavelli)의 근대적 정치 철학, 몽테뉴의 인간 행위에 대한 회의적 태도 역시 기존의 우주론과 철학의 위계를 뒤흔들어 심각한 가치관의 혼란과 시대적 회의를 초래하였다. 그 결과 인간은 우주와 세상에 대해 새로운 눈을 뜨게 되어 불안과 회의의 분위기가 팽배했으며 시인들 역시 이러한 세계 속에서 긴장과 불안을 느끼고, 인간의 경험과 정신세계에 대한 회의를 갖고 이들을 탐구하게 되었다.

17세기 영시의 시파는 크게 "형이상학파 시인들"과 "왕당파 시인들"(Cavalier Poets), 그리고 대시인 밀턴(John Milton)이라는 전혀 다른 그룹으로 구분할 수 있다. "형이상학파 시인들"로는 존 단을 기수로 조지 허버트(George Herbert), 헨리 보온(Henry Vaughan), 리처드 크래쇼(Richard Crashaw) 등의 종교 시인들과 앤드루 마블(Andrew Marvell), 에이브러헴 카울리(Abraham Cowley) 등의 세속 시인이 있다. "왕당파 시인들"로는 벤 존슨(Ben Jonson)을 기수로 하는 찰스 1세 궁정 소속의 토머스 커류(Thomas Carew), 리처드 러브레이스(Richard Lovelace)가 있다.

17세기 "형이상학파 시"의 특징을 논할 때 가장 핵심적인 용어는 "형이상학적 기상"(Metaphysical Conceit)이다. 우선, "형이상학적"이라는 용어는 정작 존 단을 위시하여 허버트, 크래쇼, 보온 등의 시인들이 자신들의 시를 논할 때 사용한 용어가 아니라 후대에 존 단 일파를 평하는 비평에서 사용된 용어이다. 영문학에서 "형이상학적"이란 용어를 맨 처음 사용한 이는 시인 존 드라이든(John Dryden)이다. 그는 『풍자의 기원과 발전에 관한 담론』(*A Discourse*

Concerning the Original and Progress of Satire 1693)에서 단의 연애시의 난해성을 "형이상학"으로 설명하며 혹평했다.

> 단은 풍자시에서뿐만 아니라 자연만이 지배해야할 연애시에서도 형이상학을 너무 많이 즐겨 쓴다. 그리고 여성의 마음을 사랑의 부드러움으로 끌어들여야 할 때 철학의 까다로운 사색으로 여성의 마음을 당혹스럽게 한다.
>
> He affects the metaphysics, not only in his satires, but in his amorous verses, where nature only should reign; and perplexes the minds of the fair sex with nice speculations of philosophy, when he should engage their hearts, and entertain them with the softness of love.

그러나 단의 일파가 "형이상학파 시인들"이란 명칭으로 불리게 된 것은 18세기 시인 사무엘 존슨(Samuel Johnson)에 의해서이다. 존슨은 『영국 시인전』(*Lives of the English Poets*) 중 「카울리론」("Life of Cowley" 1779)에서 형이상학파 시인들을 비난하는 평을 했는데 이 비평은 현대비평이 주목해왔던 용어와 개념들을 처음으로 사용함으로써 "형이상학파시"에 관한 가장 영향력 있는 비평이 되어 왔다.

> 17세기 초경에 형이상학파 시인들이라 칭할 수 있는 일군의 시인들이 나타났다... 형이상학파 시인들은 학식 있는 사람들이며 그들의 학식을 과시하는 것이 오로지 그들이 노력하는 바였다... 그들의 생각은 때때로 새롭다. 그러나 그다지 자연스럽지는 못하다... 기지는... 한층 엄격히 철학적으로 말해 일종의 조화로운 부조화라 생각할 수 있을 것이다. 즉 유사하지 않은 이미지의 결합, 혹은 외견상 동일하지 않은 것에 숨어있는 유사점의 발견이다. 이렇게 정의된 기지를 그들은 충분 이상으로 갖고 있다. 가장 이질적 개념들이 폭력에 의해 멍에 씌워져 있다... 그들의 학식은 사람을 가르치고 그들의 불가사의한 난해성은 사람을 놀라게 한다.
>
> About the beginning of the seventeenth century appeared a race of writers that may be termed the metaphysical poets... The metaphysical

poets were men of learning, and to show their learning was their whole
endeavor... Their thoughts are often new, but seldom natural... But wit...
may be more rigorously and philosophically considered as a kind
discordia concors: a combination of dissimilar images, or discovery of
occult resemblances in things apparently unlike. Of wit, thus defined,
they have more than enough. The most heterogeneous ideas are yoked by
violence together... their learning instructs and their subtlety surprises:

형이상학파 시는 왕정복고 이후에도 규칙성과 정확성, 명징성을 중시한
신고전주의 비평에서 전혀 호평을 받지 못했으며, 이어 낭만주의 시대에도 사
무엘 콜리지(Samuel Coleridge)만이 예외적으로 그들 시의 기지(wit)에 찬탄을
보냈을 뿐이다.

그러나 20세기에 접어들어 지적인 비유와 논리적인 전개가 특징인 단을
위시한 형이상학파 시인들은 주지주의 문학적 성향을 지닌 현대 비평가들의
새로운 관심을 끌게 되어 재조명되었다. 특히 1910년 이후 단의 시는 존 크라
우 랜섬(John Crow Ransom), 알렌 테이트(Allen Tate), 클리언스 브룩스
(Cleanth Brooks) 등에 의해 본격적으로 비평적 관심의 대상이 되어왔다. 특히
그리어슨(Herbert Grierson)의 『존 단 시집』(*The Poems of John Donne* 1912)
과 『17세기 형이상학적 서정시선』(*The Metaphysical Lyrics and Poems of the
Seventeenth Century* 1921)은 그 동안 잊혀온 단 일파에 대한 관심과 흥미를
불러일으키는 데 큰 몫을 하였다. 그리어슨은 "열정과 사고, 감정과 추리의 특
이한 혼합"이라는 또 다른 측면을 단의 위대한 공적으로 주목하였다. 이러한
생각은 엘리엇(T.S. Eliot)의 그 유명한 논문 「형이상학파 시인론」("The
Metaphysical Poets" 1921)에서 더욱 발전된다.

그 차이는 시인들 간의 단순한 정도의 차이가 아니다... 그것은 지적인 시인과
반영적 시인의 차이이다... 테니슨과 브라우닝은 시인이며, 그들은 사고한다. 그
러나 그들은 그들의 사상을 장미 향기처럼 즉각적으로 느끼지 않는다. 단에게

사상은 경험이었다. 그것은 그의 감수성을 변형시켰다... 보통 사람의 경험은 혼돈되고, 불규칙적이며, 단편적이다. 후자는 사랑에 빠지거나 혹은 스피노자를 읽더라도 이들 두 가지 경험이 서로 아무런 관계가 없거나, 타이프라이터의 굉음이나 요리 냄새와도 아무런 관계가 없다; 그러나 이들 시인들[형이상학파 시인들]의 마음에서 이러한 경험들은 항상 새로운 전체를 형성한다.

The difference is not a simple difference of degree between poets... it is the difference between the intellectual poet and the reflective poet. Tennyson and Browning are poets, and they think; but they do not feel their thought as immediately as the odour of a rose. A thought to Donne was an experience: it modified his sensibility... the ordinary man's experience is chaotic, irregular, fragmentary. The latter falls in love, or reads Spinoza, and these two experiences have nothing to do with each other, or with the noise of the typewriter or the smell of cooking; in the mind of the poet these experiences are always forming new wholes.

엘리엇은 단을 비롯한 형이상학파 시인들이 지닌, 어떠한 체험도 소화하고 삼킬 수 있는 감수성의 메커니즘, 즉 사상을 직접적이고 감각적으로 파악하는 능력, 또는 사상을 감정으로 재창조해내는 능력인 "통합된 감수성"(unified sensibility)을 예찬한다. 그는 감성과 지성을 분리하지 않고 새로운 전체로 만들 수 있는 바로 이러한 전통에 현대시가 뿌리를 내려야한다고 주장하였다. 단과 형이상학파 시의 현대성을 확인할 수 있는 대목이다.

단의 형이상학파 시의 특징

단은 다양하고 복잡한 것을 몸소 경험하고 그것을 자신의 시를 통해 실험적으로 탐구하고 분석한다. 일례로 단의 『노래와 소네트』에서의 모순되는 사랑관과 정서적 애매모호성은 단의 신념이 그만큼 확고하지 못하고 회의적이었음을 보여준 것으로 이해할 수 있으며 이것은 또한 그가 살았던 시대 배경과 무관하지 않을 것이다. 중세적 세계관이 근대적 사상으로 위협받던 과도기의 시인으

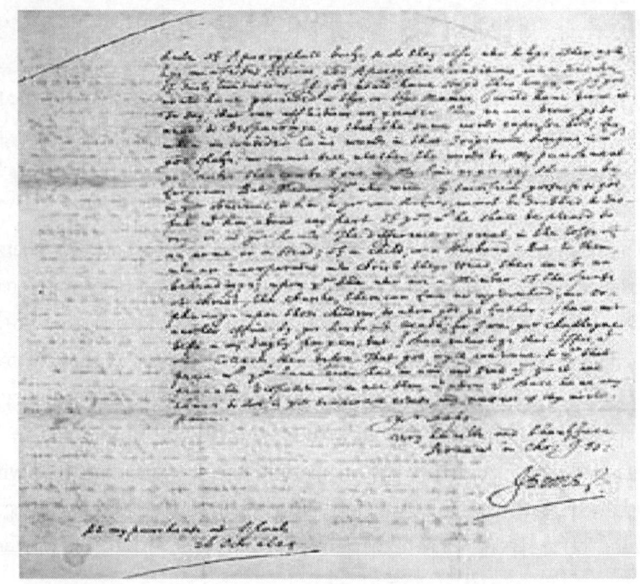

브리짓 화이트, 레이디 킹스밀(Bridget White, Lady Kingsmill)에게 보낸 존 단의 친필 편지
(1624년 10월)

로서 단은 혼돈된 당시의 사회를 회의적인 입장에서 볼 수밖에 없었을 것이다. 아마도 단의 "형이상학적 기상"이라는 새로운 문학기법 또한 이러한 복잡한 과도기적 세계에서 그가 겪은 이질적인 경험을 융합시키고자 시도한 결과물이었을 것이며, 그 결과 그의 시는 그 범위가 크게 확장되었다.

이러한 과도기적 시대를 살았던 단은 시대의 두 극단을 하나로 포괄하고자 하는 강렬한 의지로 그의 새로운 감수성을 담아낼 수 있는 새로운 시도를 하였다. 그는 당시 유행하던 지리학, 천문학, 기하학, 연금술, 점성술 등 당대의 광범위한 학문적 업적에 지적 관심을 갖고 거기서 다양한 이미지와 기발한 비유를 끌어왔다. 그는 이러한 것들을 자신의 시에 용해시켜 자신의 예술적 표현과 시적 활력의 바탕으로 삼았다.

단의 "형이상학파 시"는 스펜서(Spenser)나 페트라르카풍의 소네트

(Petrarchan sonnet)에서 이상화된 여인을 상투적인 미사여구로 찬양하는 시작 전통에 반발하여, 거칠고 사실적인 언어로 현실적 사랑을 노래하였다. 따라서 당대에는 비평가들로부터도 호평을 얻지 못하고 일부 소수의 독자들에게만 필사본으로 읽혀질 정도였다. 심지어 그의 사후에 『노래와 소네트』가 출판된 이후에도 그의 시는 많은 독자를 확보할 수 없었다.

그러나 20세기로 접어들어 그리어슨의 『존 단 시집』과 『17세기 형이상학적 서정시선』, 엘리엇의 「형이상학파 시인론」 등의 일련의 저서들과 논문들은 그동안 영문학에서 가려져 있던 단을 일약 대시인의 반열에 자리매김하였으며, 이후 20세기 현대시와 시론에 미친 단의 영향은 지대하다.

단의 시에 나타난 형이상학파 시의 특징을 크게 다음의 네 가지로 구분하여 설명할 수 있다.

첫째, "형이상학적 기상"이라는 기발한 착상과 비유가 많다. 이것은 지나치게 동떨어진 두 사물의 유사성을 찾아내어 억지로 끌어다가 비유한 것으로서 그 바탕에는 신학, 철학, 과학, 천문학, 기하학 등에 관한 단의 해박한 지식이 깔려있다. 언뜻 이러한 비유들은 얼토당토않은 과장처럼 보이지만 분석적이고 논리적이고 변증법적인 시의 전체적인 구조를 결정짓는 가장 중요한 요소가 된다. 넓은 문맥 안에서 비유가 논리적인 연결성을 갖고 확장되어 시의 의미를 형성하는 '확장된 기상'(expanded conceit)과 짧은 문맥 안에서 비교가 암시되며 경이감으로 긴장되는 '압축된 기상'(condensed conceit)이 있다. 일례로 '확장된 기상'의 가장 대표적인 예로는 "고별사: 슬퍼함을 금하는"에서 사랑하는 부부의 영혼을 "금박"(gold to airy thinness beat)에 비유한 것과, 그리고 정신적으로 견고히 결합된 부부의 영혼을 기하학의 도구인 "컴퍼스"(compass)의 두 다리에 비유한 것이다. 사물들 간의 단순한 외형적 유사성보다는 두 대상 간의 실질적인 기능이나 속성의 유사성에 주목한 이러한 독창적이고 기발한 착상은 시의 전체적인 구조를 결정지을 뿐만 아니라 독자에게 신선한 충격과 지적 만족감을 제공한다.

"벼룩"(Flea)에서 두 애인의 피를 한 방울씩 빨아먹은 벼룩은 이미 그 몸 속에서 두 사람의 피가 섞였으므로 화자가 갈망하는 남녀합일의 상태를 즐긴다. 따라서 벼룩은 두 애인의 "결혼 침대"(marriage bed)이자 결혼식을 올리는 "신전"(marriage temple)에 비유된다. 따라서 그 순간 그 벼룩을 죽인 애인의 행위는 삼중의 죄, 즉 애인을 죽이고 자신을 죽이고 벼룩을 죽임으로써 세 생명을 죽이는 죄를 범할 뿐만 아니라 성스런 결혼의 신전을 파괴한 성소파괴의 "신성모독"의 죄까지 짓게 된다.

> 비록 그대는 나를 죽이는 것이 습관이 되었지만
> 그것에다 추가하지 마시오, 자살과
> 신성모독을, 셋을 죽이는 세 가지 죄를.
>
> Though use make you apt to kill me
> Let not to that self - murder added be,
> And sacrilege, three sins in killing three.
>
> (16-18)

둘째, 극적 요소를 지닌다. 일종의 극적 독백을 하는 화자와 화자의 이야기를 듣는 청자가 있고 여기에 가상의 상황이 설정되어 있는 것이 특징이다. 때로는 주어진 상황 내에서 행동이 일어나고 그에 대한 반응이 있다. 당대 인습적인 페트라르카 풍의 연애시의 속삭이는 듯한 감미로운 언어와 리듬 대신에 일상 대화에서 흔히 사용되는 거칠고 구어적인 언어와 불규칙적인 운율을 사용한다. 일종의 사실주의 극의 요소를 지닌 것이다. 시의 서두에서 화자는 솔직하고 적나라하게 무대 위의 극중 인물처럼 호통을 치기도 하고, 질문하고 때로는 명령하는 독백식의 대사를 한다. "떠오르는 태양"(The Sun Rising)의 첫 연에서 애인과 하룻밤을 지낸 화자는 아침이 밝자 사랑의 보금자리에서 일어나야만 하는 것이 못마땅하여 커튼 사이로 비추는 태양에게 욕설을 퍼붓는다.

바쁘고 늙은 바보, 제어할 수 없는 태양,
왜 너는 이처럼,
창문을 통해서 그리고 커튼을 통해 우리를 방문하느냐?
너의 운행에 맞추어서 연인들의 계절도 달려야하느냐?

Busy old fool, unruly sun,
Why dost thou thus,
Through windows and through curtains call on us?
Must to thy motions lover's seasons run?
(1-4)

"시성"(The Canonization)의 첫 연에서 화자는 세상 사람들에게 자기의 사랑에 참견하지 말라며 "제발 입을 닥쳐라, 그리고 내가 사랑을 하게 두어라,/차라리 나의 중풍이나, 혹은 통풍을 비웃어라"(For God's sake hold your tongue, and let me love,/ Or chide my palsy, or my gout)라고 퉁명스럽게 내뱉는다.

"새 아침"(The Good-Morrow), "가서 별똥을 잡아라"(Go and catch a falling star)의 첫 부분도 각각 이러한 대화체식의 질문으로 시작한다.

정말이지, 그대와 나는 무엇을 했는지 모르겠소
우리가 사랑하기까지?

I wonder, by my troth, what thou and I
Did, till we loved?
("새 아침" 1-2)

가서 별똥을 잡아라
독말풀 뿌리를 임신시켜라

Go and catch a falling star,
Get with child a mandrake root,
("가서 별똥을 잡아라" 1-2)

게다가 대부분의 시에서 두 연인이 처해있는 어떤 특정 공간과 상황을 그려볼 수 있다. 일례로 "새 아침"과 "떠오르는 태양"에서 사랑의 밤을 함께 보낸 두 연인은 완전한 사랑을 깨닫고 마주보는 눈에 서로의 얼굴이 보일 정도로 아주 가깝게 침대에 함께 누워있는 상황이다. 그리고 "벼룩"에서는 둘 만이 함께 있는 어두운 좁은 공간에서 사랑을 나누기를 원하는 화자가 완강히 거부하는 애인을 설득하는 가운데 애인이 갑자기 벼룩을 죽여 손톱을 붉게 물들이는 행동과 반응이 있다.

셋째, 과학적이고 지적이다. 단은 당대의 광범위한 새로운 과학적·학문적 지식을 기발한 착상과 비유를 통해 자신의 시 속에 용해시키고 그것을 정교하게 논리적으로 발전시킨다. 천문학, 지리학, 기하학, 법학, 신학, 의학, 스콜라 철학, 정치학, 연금술, 점성학 등에서 끌어온 비유들은 단순히 학식으로 드러나는 것이 아니라 그의 정서적 체험을 재현하기 위한 다양한 사상, 이미지, 비유들로 압축되어 있다. "떠오르는 태양"에서 화자는 자신과 함께 누워있는 애인을 "향료와 금을 출산하는 두 인디아"(both th' Indias of spice and mine)에 비유한다. 단은 여인의 육체적 아름다움을 신대륙 탐험가들이 발견한 풍요의 땅 인도에 비유하기 위해 지리학을 이용한 것이다. 곧이어 화자에게 애인의 육체는 풍요로운 땅일 뿐 아니라 자신의 전부인 "모든 국가"(all states)가 된다.

그런가하면 "엘레지 19번, 잠자리에 드는 애인에게"(Elegy XIX, To His Mistress Going to Bed)에서 여인의 육체는 새롭게 발견한 땅 "아메리카"가 되고 그 신대륙에서 화자는 그 나라를 홀로 지배하는 왕이 된다.

> 아, 나의 아메리카여! 나의 새로-발견된-땅이여,
> 나의 왕국이여, 남자 하나뿐일 때 가장 안전한 곳,
>
> O my America! my new-found-land,
> My kingdom, safeliest when with one man manned,
> (27-28)

그런가하면 "성루시일의 야상시, 연중 가장 짧은 날"(A Nocturnal upon St. Lucy's Day, Being the Shortest Day)에서는 연금술이라는 과학적 지식이 동원된다.

> 왜냐하면 나는 사랑의 새 연금술로 이룩된
> 모든 죽은 것이기 때문이다.
>
> For I am every dead thing,
> In whom love wrought new alchemy.
> (12-13)

넷째, 논증적 혹은 변증법적이다. 단의 시에서 화자는 논의의 형식을 빌어다 자신의 주장을 전개하는 경우가 많다. 언뜻 궤변이나 혹은 모순처럼 보이는 논리가 그의 시에서는 분석적이고 삼단논법적인 치밀한 논증의 전개 또는 역설(Paradox)의 논리를 통해 정연한 논리를 포장하며 설득력을 갖는다. 이러한 특징은 위에서 살펴본 형이상학파 시의 지적인 특성과 함께 20세기 주지주의 문학적 성향에 부합되는 요소라 할 수 있다. "벼룩"에서 화자는 그가 사랑을 나누길 원하는 애인이 처녀성 상실에 대해 지닌 두려움이 얼마나 하찮은 것인가를 교묘하게 논리적으로 설득하여 그녀를 굴복시킨다. 시 전체의 치밀하고 비약적인 논리전개에 현혹되는 화자의 애인과 독자는 처녀성의 상실이란 고작 벼룩이 한 번 빨아먹은 양만큼의 피를 상실한 것과 다를 바 없다는 것을 의심 없이 받아들이게 된다. 시의 중반까지도 애인은 화자의 설득에도 불구하고 의기양양해하며 벼룩을 죽여 손톱을 붉게 물들였다. 그러나 화자는 그녀가 의기양양하게 승리에 도취해 있는 바로 그 순간 그녀가 더 이상 자신의 주장을 펼 수 없는 상황으로 상황을 역전시킨다.

> 이 벼룩이 무슨 죄를 범했다는 것이오,
> 그대로부터 빨아들인 핏방울 외에?

그렇지만 그대는 뽐내면서 그대 자신이나
내가 그것 때문에 더 약해진 것은 아니라고 하오;
　　그건 사실이오, 그러니 두려움이 얼마나 거짓인지를 아시오;
그대가 나에게 몸을 맡길 때, 이 벼룩의 죽음이
그대로부터 앗아간 생명만큼의 순결이 소모될 것이오

Wherein could this flea guilty be,
Except in that drop which it sucked from thee?
Yet thou triumph'st, and say'st that thou
Find'st not they self nor me the weaker now;
　'Tis true, then learn how false fears be;
Just so much honor, when thou yield'st to me,
Will waste, as this flea's death took life from thee.

(19-27)

화자는 벼룩을 죽인 그녀의 행위와 주장을 옳다고 인정한 바로 그 순간, 벼룩
의 죽음이 애인의 어느 부분도 손상시키지 않았듯이 그에게 정조를 바친다 하
더라도 벼룩이 한 번 빨아먹은 피 한 방울만큼의 정조만 희생된다는 반박논리
로 애인의 주장을 무너뜨리기 때문이다.

| 초점 해설 |

단의 시들이 시집으로 처음 출판된 것은 그의 사후 2년만인 1633년이다. 여기에
는 『노래와 소네트』에 수록된 연애시들, 『에피그램』(*Epigrams*), 『엘레지』,
『풍자』, 몇몇 지인들에게 보낸 『편지』(*Verse Letters*), 그리고 종교시 『성스런
소네트』 등이 있다. 단의 작품은 크게 두 가지로 구분할 수 있는데, 젊은 시절
그가 런던에서 법학원에 다니며 경험한 다양한 사랑을 노래한 초기시에 속하는
연애시와, 중년 이후 그가 국교회 목사가 되고 난 후에 적은 종교시가 그것이다.

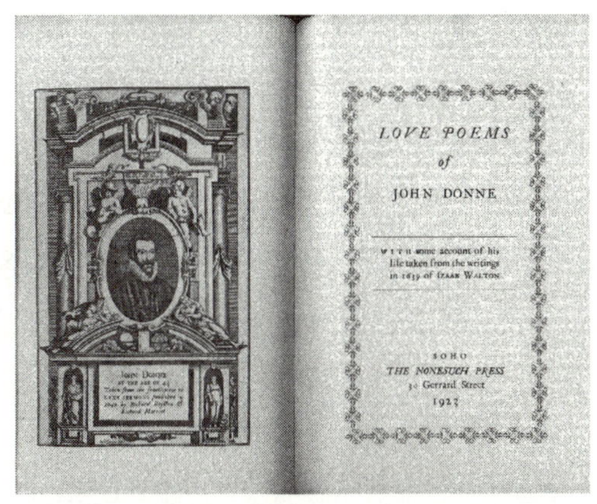

존 단의 연애시집

단의 연애시

단의 시 가운데 가장 널리 알려져 있고 그의 천재적 시적 재능이 유감 없이 발휘된 시들은 『노래와 소네트』에 수록된 연애시들이다. 여기에 수록된 55편의 시들은 대개 1590년 초반에서 그가 성직에 정식으로 임하기 이전인 1610년 초반까지의 대략 20여 년에 걸쳐 쓴 시들로 추정되며, 수록된 시들의 순서는 원래의 집필시기 순서와는 무관한 것으로 알려져 있다. 이들 연애시들은 당시 유행하던 스펜서나 이탈리아의 페트라르카풍 소네트와는 현저한 차이를 보여준다. 단은 전통적인 낡은 문학수법이나 규칙적인 운율, 단조로운 시어들을 청산하고 형이상학파 시의 특징인 "형이상학적 기상"과 역설, 신선하고 풍부한 이미저리로서 자유롭게 사랑을 노래하였다. 이들 시들은 당시 유행하던 시에서처럼 이상적이고 신격화된 애인을 칭송하는 내용이 아니라 현실에서 볼 수 있는 보통의 연인을 야유하고 경멸하거나 혹은 유혹하고 설득하기도 하고, 때로는 이상화하는 등 실로 서로 모순되고 상충되는 다양한 주제의 시들이다. 이들 시 속에서 화자는 그 때까지 연애시에서 다루지 않았던 다양한 사랑과 연애의 체험을 노골적이고 직설적으로 노래한다. 또한 특이한 점은 세속적이고 육욕적인 사랑을 표현하는데 전혀 뜻밖의 신성한 종교적 이미저리를 사용할 뿐만 아니라 당대의 과학적 학문과 지식에서 광범위하게 끌어온 다양한 비유들을 이용하여 그의 격렬하고 열정적인 사랑이나 이상적인 사랑의 경험을 노래한다는 것이다. 이러한 요소들은 오히려 단의 시의 이미저리를 강화시키고 시적 긴장감을 부여함으로서 독자들에게 신선한 충격과 지적 만족감을 제공한다. 우선 그의 대표적 연애시라 할 수 있는 "고별사: 슬퍼함을 금하는"을 살펴보기로 한다.

"고별사: 슬퍼함을 금하는"

슬퍼하는 몇몇 친구들이 지금 숨이
　　떨어진다고 말하고, 또 몇몇은 그렇지 않다고 말하는 동안,
덕망있는 사람들은 조용히 죽어가면서,
　　그들의 영혼에게 가라고 속삭이는 것처럼;

그렇게 우리도 살며시 녹아서, 아무 소리도 내지 맙시다.
　　눈물의 홍수도, 아니 탄식의 폭풍우도 일으키지 맙시다.
속인들에게 우리의 사랑을 알리는 것은
　　우리의 기쁨을 모독하는 것이니,

지진은 화재와 공포를 일으키고,
　　사람들은 그 피해와 그 의미를 계산하오
그러나 천계들의 진동은
　　비록 훨씬 더 크지만, 무해하오

우둔한 달 아래의 연인들의 사랑은
　　(그 사랑의 정수는 감각인데) 이별을
용납지 않소, 이별은 그 사랑을 구성한
　　요소들을 제거하기 때문에.

그러나 사랑에 의해 그토록 순화되어

우리 자신도 그 사랑이 무엇인지를 모르는
우리는, 서로의 마음을 믿어,
　눈과 입술과 손이 없는 것을 별로 상관치 않소

우리의 두 혼은 그러므로 하나여서,
　비록 나는 가야 하지만, 단절이
아니라 확장을 겪소,
　공기처럼 얇게 쳐서 늘어뜨린 금박처럼.

만일 우리의 혼이 둘이라면, 그들은 둘이오,
　마치 뻣뻣한 두 컴퍼스 다리가 둘인 것처럼;
당신의 혼은, 고정된 다리여서, 움직일 기색도
　보이지 않지만, 다른 다리가 움직이면 움직이오

그리고 그것은 비록 중심에 위치하지만,
　다른 다리가 멀리 배회하면,
그것은 기울고 다른 다리를 따라 경청하오,
　그리고 그것이 귀가함에 따라 꼿꼿이 서오,

당신도 내게는 이와 같이 될 것이오, 다른 다리처럼
　비스듬히 달려야하는 나에겐;
당신의 확고함이 나의 원을 정확히 그리게 하고,
　내가 시작한 곳에서 나를 끝나게 하오

A Valediction: Forbidding Mourning

As virtuous men pass mildly away,
　And whisper to their souls to go,
Whilst some of their sad friends do say
　The breath goes now, and some say, No;

So let us melt, and make no noise,
　No tear - floods, nor sigh-tempests move,
'Twere profanation of our joys

To tell the laity our love.

Moving of th' earth brings harms and fears,
  Men reckon what it did and meant;
But trepidation of the spheres,
  Though greater far, is innocent.

Dull sublunary lover's love
  (Whose soul is sense) cannot admit
Absence, because it doth remove
  Those things which elemented it.

But we by a love so much refined
  That our selves know not what it is,
Inter-assuréd of the mind,
  Care less, eyes, lips, and hands to miss.

Our two souls therefore, which are one,
  Though I must go, endure not yet
A breach, but an expansion,
  Like gold to airy thinness beat.

If they be two, they are two so
  As stiff twin compasses are two;
Thy soul, the fixed foot, makes no show
  To move, but doth, if th' other do.

And though it in the center sit,
  Yet when the other far doth roam,
It leans and hearkens after it,
  And grows erect, as that comes home.

Such wilt thou be to me, who must
  Like th' other foot, obliquely run;

Thy firmness makes my circle just,
  And makes me end where I begun.

이 시는 단이 1611년 그의 후원자였던 로버트 드루어리 경을 따라 유럽으로 여행길을 떠나기 직전 잠시 동안의 이별의 슬픔을 달래기 위해 사랑하는 아내 앤에게 바친 시이다.

제 1연에서 시인은 이 세상을 영원히 하직하는 죽음의 순간에도 고결한 사람은 오히려 자신의 영혼에게 육체로부터 떠나라고 속삭이면서 이승과의 그 영원한 이별을 차분히 맞이한다고 말한다. 그러므로 이렇듯 영원한 이별도 아닌 잠시 동안의 이별을 앞에 둔 자신과 아내와의 이별은 더욱 고요하고 차분해야함을 말하고 있다.

제 2연에서 시인은 당대의 페트라르카 풍 소네트에서 볼 수 있는 상투적이고 인습적인 이별의 표현인 “눈물의 홍수”나 “탄식의 폭풍우”를 거부한다. 또한 자신들의 사랑을 속인들의 사랑과 구별하면서 속인들에게 그런 자신들의 사랑을 말하는 것은 기쁨을 “모독하는” 것이라고 말함으로써 부부의 사랑을 신성한 종교적 차원으로까지 승화시킨다.

제 3연에서도 계속 속인들의 사랑과 자신들의 사랑을 구별하며 그것을 지진과 천계의 진동에 각각 비유한다. 여러 행성 중의 하나에 불과한 지구에서의 지진은 사람들에게 공포를 일으키고 피해를 주는데 반해 그 보다 훨씬 더 큰 규모로 진행되는 천계의 진동은 아무런 해도 끼치지 않는다는 것이다. 이를 통해 시인은 천상의 사랑에 비유될 수 있는 그들이 잠시 동안 이별하는 것은 두 사람 모두에게 무해할 것임을 암시한다.

이어지는 제 4연과 5연에서도 지상적 사랑과 천상적 사랑의 대비가 계속된다. “달 아래의” 영역이 4원소(물, 불, 흙, 공기)로 이루어진 변화의 세계이듯이 그곳에서의 연인들의 사랑 역시 변하기 쉬운 사랑이라면, 달 영역 위의 천계는 변화되지 않는 본질의 세계이므로 천상의 사랑 또한 영원한 사랑임을 암

시한다. 또한 다른 연인들의 지상적인 사랑은 감각에 의존하기 때문에 감각을
떼어놓는 이별을 용납할 수 없지만 단과 그의 아내는 "서로의 마음을 믿는" 정
신적 결합이기 때문에 "눈과 입술과 손"의 부재가 전혀 문제되지 않는다.

제 6연에서는 육체적인 이별에도 불구하고 그들의 영혼이 "하나"로 결합
되어 있기 때문에 이들 부부에게는 결코 정신적 단절이 없다는 것을 기발한
"형이상학적 기상"을 통해 논리적으로 설명한다. 이들 부부의 영혼은 하나이기
에 그들은 아무리 육체적으로 서로 멀리 떨어져 있다 하더라도 그 사랑은 끊어
지지 않는다는 것을 순금 "금박"에 비유한 것이다. 아무리 얇고 길게 늘어뜨려
도 공기처럼 끊어지지 않고 오히려 한없이 늘어나는 순금의 속성과 아무리 거
리가 떨어져 있어도 단절이 없는 정신적인 참된 사랑의 영혼이라는 전혀 이질
적인 두 가지가 기발하게 연관된 예이다.

제 7연부터 이어지는 마지막 세 개의 연에서는 "형이상학적 기상" 중 가
장 대표적인 예로 꼽히는 "컴퍼스"의 비유가 이어진다. 위의 "금박"의 비유처
럼 여기서 부부의 영혼은 그것과 전혀 관계없는 듯이 보이는 기하학 도구인
컴퍼스에 비유된다. 컴퍼스의 이미지에서 특이할만한 사실은 그것이 단순히
해당 문맥 안에서의 비유의 이미지에서 그치지 않고 부부의 영혼과 컴퍼스 간
의 내면적인 속성의 유사성에 근거한 치밀한 논리적 전개에 의해 시 전체로
계속 확장되는 "확장된 기상"이라는 것이다. 시인은 컴퍼스의 딱딱한 두 다리
가 하나의 꼭지에서 연결되어 있듯이 부부의 두 육체는 하나의 영혼으로 견고
하게 결합되어 있다는데 착안한 것이다. 아내는 컴퍼스의 "고정된 다리"처럼
중심을 지키며 움직일 기세를 보이지 않지만 "다른 다리"인 남편이 움직이면
따라서 움직인다고 말한다. 이것은 실제로 컴퍼스가 원을 그리는 작동 과정에
서 고정된 다리가 확고하게 중심을 지킬 때만이 제대로 온전한 원을 그릴 수
있듯이 아내 또한 가정의 중심에서 확고한 정절을 지키는 것을 암시한다. 동시
에 비록 중심에 위치하면서도 다른 다리가 원을 그릴 때면 다른 다리를 따라
몸을 기울인다는 것은 아내가 떠나간 남편에 대한 애틋한 마음을 갖고 항상

그의 안부에 마음을 쓰는 것을 비유한다. 컴퍼스의 두 다리가 상호보완적으로 균형을 맞추어 원을 그릴 때만이 출발점으로 다시 되돌아 올 때 정확한 원을 완성할 수 있듯이 남편의 부재중에도 변함 없이 제자리를 꿋꿋하게 지키는 아내의 정절은 이들 부부의 정신적 결합을 더욱 완전한 것으로 만들 수 있다는 결론이다.

그러나 "고별사"를 포함하여 『노래와 소네트』에 수록된 사랑의 시들의 주제는 본 항목의 서두에서도 언급하였듯이 한 마디로 정의 내릴 수 없을 만큼 서로 모순되고 상충된다. 화자의 사랑의 경험은 너무나 강렬하고 다양하여 통일된 주제를 찾기 힘들다. 사랑에 대한 단의 모순되는 태도와 사랑의 대상인 여성에 대한 각양각색의 태도 때문이다. 화자는 사랑을 흠모하는가 하면 저주하기도 하며, 사랑을 성취하고 황홀한 도취에 빠지는가 하면 사랑에 절망하여 비참해하고 냉소적 태도에 빠지기도 한다. 또한 육욕적 사랑을 갈구하는가 하면 정신적인 사랑의 숭고함을 찬양하는 등 실로 사랑에 대한 광범위하고 다양한 태도를 엿볼 수 있다. 연애시의 주제는 크게 다음의 네 가지로 구분해서 설명할 수 있다.

첫째, 육체적·정신적 사랑의 충만한 기쁨이다. "새 아침"은 완전한 사랑을 새롭게 깨닫게 된 화자가 사랑하는 애인과 함께 사랑의 밤을 보내고 아침을 맞아 그녀에게 하는 인사이다. 여기에서 화자는 현재의 애인과 사랑을 나누기 이전의 모든 쾌락과 기쁨은 현재와 비교한다면 한낱 유치한 "공상"(fancies)에 불과하다며 "이제 깨어나는 우리의 두 혼에 아침 인사를 드려야 하오"(And now good morrow to our waking souls)라고 말한다. 육체적 사랑의 추구에서 한 단계 발전하여 마치 잠에서 깨어난 것처럼 영혼이 깨어나는 각성된 사랑의 즐거움은 두 연인이 누워 있는 "하나의 작은 방을 전 우주로 만들기에"(makes one little room an everywhere) 충분하다. 각성된 사랑은 지리상의 발견이나 혹은 확장과 맞먹는 중요성을 지닌다. "새 아침"과 짝을 이루는 "떠오르는 태양"에서도 역시 "그녀는 모든 국가, 그리고 나는, 왕/ 그 밖엔 아무것도 존재치 않는다."(She is all states, and all princes, I/ Nothing else is.)라며 자기와 애인이 완전한 사랑을 나눈 침실이야말로 완전한 하나의 세계가 되기에 충분하다고 말한다. 연인들이 누워있는 침대가 세계의 중심이 되고 방의 벽은 태양의 천체가 된다면 이들의 사랑은 우주 전체라고 할 수 있을 만큼 충만한 것이다.

둘째, 육체적 사랑에 대한 환멸/경멸이다. 이것은 단이 런던 유학 시절에 경험하였던 방탕한 생활과 연관된 쾌락적이며 육체적인 사랑에 대한 냉소적 태도에서 비롯된 것으로 볼 수 있다. "상심"(The Broken Heart)에서 화자는 사랑의 불길은 너무나 짧게 타오르고 순식간에 우리를 삼켜버린다고 한탄하면서 그가 열렬히 사랑하는 연인은 일체의 연민을 갖고 있지 않기에 "사랑은, 오호라, 내 마음을 한 방에 유리처럼 산산조각 내었다."(Love, alas,/At one first blow did shiver it as glass.)고 말한다. 또한 "사랑의 연금술"(Love's Alchemy)에서 화자는 사랑의 광산을 아무리 깊이 파서 본들 "그것은 온통 사기"('tis imposture all)임을 깨닫고는 "우리의 안락, 우리의 성공, 우리의 명예, 그리고 우리의 좋은 시절을/ 우리들은 이 허무한 물거품의 그림자를 위해 치를 것인가?"(Our ease, our thrift, our honor, and our day,/ Shall we for this vain bubble's shadow pay?)라고 반문한다. 이어서 화자는 여인들이란 마음이 없는 존재들이며 소유해보면 "미이라"(mummy)에 불과하다고 육체적 사랑에 대한 환멸을 냉소적으로 표현한다.

그런가하면 여성의 정조에 대한 불신에서 비롯된 사랑에 대한 경멸과 조롱도 있다. 이들 시에서 사랑의 대상인 여인은 부정하고 변심하기 쉬운 여인으로 그려져 있다. 따라서 단은 여인의 순결이나 정조까지도 하찮은 것으로 여기고 조롱한다. "가서 별똥을 잡아라"에서 시인은 이 세상에 정절과 미를 겸비한 여자는 없다고 단언한다.

네가, 돌아올 때면, 내게 말하리라
네게 일어났던 모든 이상하고 신기한 일들을,

그리고 맹세하리라
　　아무데도
정절과 미를 겸비한 여자는 살지 않는다고

Thou, when thou return'st, wilt tell me
All strange wonders that befell thee,
　　　　And swear
　　　　Nowhere
Lives a woman true, and fair.
　　　　　　　(14-18)

또한 "여자의 절개"(Woman's Constancy)에서 화자는 오늘 하루 화자를 사랑했던 여인이 내일은 화자를 버리고 다른 새 사람에게 사랑의 맹세를 할 것이라며 여성의 정조 없음을 탄식하기도 하고, "무정한 사람"(The Indifferent)에서는 "나는 누구나 사랑할 수 있다, 만일 그녀에게 정절만 없다면"(I can love any, so she be nor true.)이라며 냉소적이고 역설적인 논리로 여성의 정조를 조롱한다.

　　셋째, 정신적 사랑에 대한 예찬이다. 단이 남녀간의 사랑에 대해 영적인 눈을 뜨게 된 것은 아내 앤 모어에 대한 진실하고 헌신적인 사랑에서 비롯된다. "고별사: 슬퍼함을 금하는"은 감각을 초월하여 하나의 영혼으로 맺어진 자신과 아내와의 정신적 사랑을 예찬한다. 또한 "사업 혹은 플라톤적 사랑"(The Undertaking or Platonic Love)에서는 여인의 내면에 깃든 미덕을 사랑하고 "남성과 여성"(the He and She)을 잊어버리는, 즉 성을 초월할 수 있는 정신적 사랑을 예찬한다.

　　그러나 내부의 사랑스러움을 발견한
　　　사람은, 모든 외부의 것을 싫어한다,
　　왜냐면 색과 피부를 사랑하는 사람은,
　　　단지 여인들의 낡아빠진 옷을 사랑하는 것이니까.

> But he who loveliness within
>   Hath found, all outward loathes,
> For he who color loves, and skin,
>   Loves but their oldest clothes.
>   (13-16)

넷째, 영혼과 육체가 조화를 이룬 절대적 사랑에 대한 예찬이다. 단은 초기 연애시에서 육체적이며 쾌락적인 사랑에 탐닉했다가, 그런 사랑에 환멸을 느끼고 부정한 여인에 대한 냉소적 태도를 취하다가, 그 후 그와 정반대로 정신적 사랑을 갈구하기도 하고, 결국 사랑에서 육체와 영혼은 이분법적으로 나누어지는 것이 아니라 서로 조화될 수 있다는 균형 잡힌 인식에 도달한다. 육체와 영혼이 조화를 이룬 사랑이야말로 단이 궁극적으로 추구한 이상적인 사랑이었다. "황홀"(Ecstasy)에서 두 연인은 "사랑에 의해 그처럼 순화되어 영혼의/ 대화를 이해할 수 있고"(If any, so by love refined/ That he soul's language understood) 그들을 결합시키는 것은 "섹스"(sex)가 아니라는 것을 안다. 그러나 그들의 결합에서 육체가 자기의 몫을 다하지 못한다면 그들의 결합은 "위대한 왕이 감옥에 갇힌 셈이 된다."(Else a great Prince in prison lies.)고 말한다. 사랑의 신비는 영적인 세계에서 성장하지만 육체의 도움 없이는 불가능하다는 것을 "육체는 사랑의 책이다"(But yet the body is his book.)라는 단적인 표현으로 강조한다. 육체를 기반으로 영혼의 경지에 도달하는 절대적 사랑을 예찬한 시에서 단은 사랑하는 여인을 신격화하고 그 여인에 대한 사랑 또한 절대적이다. "시성"에서 둘이 하나가 되는 완전한 사랑을 성취한 화자와 연인은 "파리"(fly)에서 시작하여 "독수리"(eagle)와 "비둘기"(dove), 그리고 영원불멸의 상징인 양성성의 "불사조"(phoenix)의 비유에 이르는데, 이것은 그들의 사랑이 두 개의 성을 초월하여 하나의 중성으로 된 영원한 사랑임을 암시한다. 그들이 "사랑에 의해 살 수 없다면, 사랑에 의해 죽을 수는 있다"(We can die by it, if not live by love)는 역설적 논리는 죽어서 부활함으로써 그들의 사랑이 영원하게 될 수 있음을 말해준다. 그들의 사랑 이야기를 담을 형식이 "시"(verse), "소네트"(sonnets), "성가"(hymns) 등이 된다는 것 역시 그들의 사랑이 죽음으로도 갈라놓을 수 없는 불멸의 사랑이 되어 사랑의 성자의 반열에 오르게 된다는 것을 말해준다. 시의 제목 자체에서 "시성"이라는 종교적 용어를 끌어와 남녀간의 세속적 사랑이 성스러운 종교적 차원으로까지 승화될 수 있는 기적을 노래한 예가 된다.

이상을 통해 단의 『노래와 소네트』를 중심으로 연애시에 나타난 사랑의 다양한 주제를 살펴보았다. 단은 쾌락적이고 외설적인 사랑에 대한 탐닉과 환멸에서부터 이상적이고 절대적인 사랑의 가치에 이르기까지 매우 다양하고 광범위한 사랑의 체험을 바탕으로 사랑의 본질을 탐구하였음을 알 수 있다. 단은 남과 여, 영과 육, 사랑의 덧없음과 영원성, 신성함과 세속성이라는 대립적 개념들을 통해 격정적인 사랑의 경험의 전 범위를 분석하고 탐구하였던 것이다.

단의 종교시

한편 단의 연애시와는 전혀 다른 주제를 다룬 단의 종교시들이 있다. 『성스런 소네트』가 단의 종교시들 가운데 대표적인 것으로, 그 집필 시기는 그의 연애시들과 겹치기도 하고, 연애시의 경우와 마찬가지로 몇 편의 시를 제외하고는 정확한 연대를 알 수 없다. 대략 단이 성직자가 되기 몇 년 전(1610년 전후)부터 그가 성직자가 된 이후에 주로 쓴 시들로 추정된다. 단은 성직자가 된 이후에도 계속 경제적으로 어려운 시기를 보냈으며, 특히 사랑하는 아내 앤의 죽음과 자신의 건강 악화로 고통스럽고 불행한 시기를 보냈다. 단이 이전의 열정적이었던 세속적 사랑에서 벗어나 온전히 하느님을 향한 경건한 사랑으로 전향한 이후에 쓴 이들 종교시에는 한 인간으로서 겪은 좌절과 고통뿐만 아니라 성직자로서 체험한 여러 가지 문제에 대한 시인의 독특한 관점이 드러난다. 죽음에 대한 명상, 죄의식과 겸허하게 회개하는 마음, 그리고 하느님의 은총에 의지함으로써 구원을 얻고자 하는 시인의 간절한 심정 등이 나타난다.

단의 대표적인 종교시라 할 수 있는 "때려 부수소서 저의 심장을"(Batter My Heart)은 육욕의 죄악에서 완전히 벗어나 오로지 하느님의 사랑 안에서만 구속되고자 하는 시인의 간절하고 절박한 심정이 영적 강간을 통한 순결이라는 충격적 역설을 통해 강렬하게 표현되어있다. 하느님의 사랑 대신에 사탄의 증오에 의해 겁탈 당한 채 비참하게 구속된 시인은 하느님을 향해 보다 적극적으로 자신을 구원하기 위한 행동을 취해주실 것을 통렬하게 부르짖는다. 이 시에서 주목할 점은 단이 순결한 영혼을 향한 고뇌에 찬 열망을 표현할 때조차 마치 연애시처럼 여인과의 관계를 표현하는 관능적이고 감각적인 시어를 사용한다는 것이다. 그의 연애시와 종교시의 연결고리를 볼 수 있는 일면이다. 단은 연애시에서의 남녀관계의 복잡한 모순과 갈등을 종교시에서는 하느님과 인간의 관계로 투사한 것이다. 이렇듯 신성이라는 정신적인 것을 육체적이고 성적인 체험과 연관지음으로써 단은 자신의 강렬한 신앙을 더욱 직접적으로 전달하고자 한 것이다.

"때려 부수소서 저의 심장을"

때려 부수소서 저의 심장을, 삼위일체의 하느님이시여; 당신은
여태껏 단지 두들기고, 입김 불고, 비추고, 그리고 수선하시려 할 뿐입니다;
제가 일어나서 설 수 있도록, 저를 거꾸러뜨리소서, 그리고 당신의
힘을 쏟아서 깨고, 불고, 태워서, 저를 새로 만드소서.
저는, 강탈당한 도시처럼, 다른 사람의 소유가 된 채,
당신을 받아들이려고 노력하지만, 그러나 아, 아무 소용도 없습니다;
제 속에 있는 당신의 총독, 이성은 저를 방어해야 하지만,
포로가 되어, 나약하고 배반하는 것으로 판명되었습니다.
그러나 저는 당신을 극진히 사랑합니다, 그리고 즐겨 사랑을 받길 원하지만,
저는 당신의 적과 약혼한 몸입니다.
저에게 이혼을 선언하고, 그 연분을 다시 풀던지, 찢어버리소서;
저를 당신에게 붙잡아가서, 투옥시키소서, 저는

당신께서 노예로 만들지 않으면, 자유롭게 되지 못할 것입니다.
정숙하지도 못할 것입니다, 당신께서 강간하지 않으시면.

Batter my heart, three-personed God; for, You
As yet but knock, breathe, shine, and seek to mend;
That I may rise, and stand, o'erthrow me, and bend
Your force, to break, blow, burn, and make me new.
I, like an usurped town, to another due,
Labor to admit You, but O, to no end;
Reason, Your viceroy in me, me should defend,
But is captived, and proves weak or untrue.
Yet dearly I love You, and would be loved fain,
But am betrothed unto Your enemy.
Divorce me, untie, or break that knot again;
Take me to You, imprison me, for I
Except You enthral me, never shall be free,
Nor ever chaste, except You ravish me.

첫 4행에서 시인은 새롭게 거듭나 확고한 신앙에 도달하기 위해 하느님의 가혹한 처벌을 간절히 간청한다. 새롭게 재창조되기 위해서는 자신의 회개와 참회만으로는 불가능하고, 오직 삼위일체의 하느님의 은총과 더욱 강력한 성령의 힘만으로 가능하다고 말한다. 하느님의 가혹한 학대의 고통만이 죄로 물든 과거의 그를 완전히 때려부수어 그를 새로운 사람으로 탈바꿈할 수 있다고 확신하기 때문이다. 가혹한 자기학대의 치열한 열망은 2행의 "두들기고," "입김 불고," "비추고"하는 온유한 하느님의 자비로운 행위 대신에 4행의 "깨고," "불고," "태워서"라는 파괴적이고 폭력적인 시어들에서 드러나듯 하느님께서 자신의 심장을 망치로 부수어서 풀무질하듯 불고 태우고 녹여 다시 완전히 새롭게 주조해주기를 바란다.

다음 4행에서 시인은 자신을 "강탈당한 도시"에 비유한다. 자신을 지켜줄 이 도시의 총독이자 하느님의 대리인인 "이성"은 나약하여 시인을 배반하였기 때문에 시인은 적군에게 겁탈 당할 위기에 처해있는 절망적인 상황이다.

　　마지막 6행에서는 단의 연애시를 연상시키는 감각적인 성적 이미지가 두드러진다. 이 부분은 비록 종교시가 주제와 분위기 면에서 연애시와 대별되더라도 그 표현에 있어서는 연속성을 보여주는 예가 된다. 여기서 에로틱한 이미지들은 특유의 역설적 논리로 인해 신앙의 경지와 접목된다. 단은 하느님과 자신과의 정신적 유대관계를 애인과의 관계로 대치시켜 육체적 사랑의 언어로 표현함으로써 마치 애인의 사랑을 갈구하듯 하느님의 사랑을 갈급하며 그것을 열정적이고 강렬하게 체험하고자 하는 욕망을 나타낸다. 여기서 "약혼," "이혼," "정숙," "강간" 등의 세속적 언어의 직설적 사용은 독자에게 충격을 준다. 신성과 육욕이라는 전혀 반대되는 이질적 요소의 결합을 통한 역설적 논리는 시인 단만이 끌어낼 수 있는 설득력을 지닌다. 지금 하느님의 적 사탄과 약혼한 시인은 스스로는 그 연분을 풀 능력이 없으므로 하느님의 은총으로 그 연분을 풀어 자기를 "투옥"시켜 "노예"로 삼아달라고 간청한다. 하느님의 종으로 구속되어 오직 하느님만을 온전히 섬겨 육체의 죄악에서 해방되기를 절실히 원하는 시인의 염원이 담겨있다. 또한 자신을 성적 욕망이 충족되지 못한 여인의 이미지에 비유하여 하느님에 의해 겁탈되지 않는다면 결코 처녀성을 유지하지 못할 것이라는 궤변적이고 역설적인 논리를 발전시킨다. 영혼의 순결을 위한 겁탈이라는 언뜻 모순되어 보이는 이 역설의 논리는 종교적 차원에서 이해한다면 순결한 처녀처럼 영혼의 순결을 지키려는 시인의 간절한 마음으로 이해할 수 있다. 인간의 영혼이 육체에서 해방되어 온전히 하느님께 바쳐질 때만이 육체의 죄악과 인간과의 끝없는 갈등이 끝날 수 있음을 특유의 역설로 보여준 대표적 종교시라 할 수 있다.

　　한편 단의 연애시가 젊은 날 잭 단 시절의 시인의 체험을 반영한 것이라면, 종교시는 그가 닥터 단 시절 즉 영국 국교로 개종하고 사제가 되기 몇 해 전부터 사제가 된 이후에 명상을 통해 얻은 자아성찰과 고뇌에 찬 인식의 기록이다. 특히 아내 앤 모어의 죽음 이후 단은 그녀에 대한 불변의 사랑을 하느님

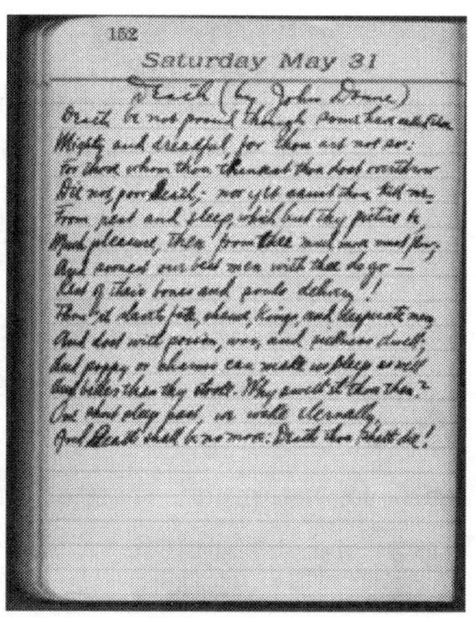

존 단의 죽음을 애도하는 엘레지가 함께 실린 존 단의 시집 (1633년 출판)

"죽음이여, 뽐내지 말라"의 친필 원고

을 향한 영원한 사랑과 헌신으로 전환하게 된다. 단의 경건한 종교시에서는 죄로 인한 절망과 그리스도를 통해 나타나는 하느님의 자비에 대한 믿음이라는 양극단을 오가는 불안한 구도자의 정신세계를 엿볼 수 있다. 단은 연애시에서의 남녀관계의 복잡한 모순과 갈등에 대한 탐구를 후기의 종교시에서는 신과 인간의 관계에 대한 보다 깊이 있는 탐구로 전환하였다. 주제로는 죽음과 부활에의 비전, 죄와 회개/용서, 하느님의 은총과 구원 등이 있다. 단의 종교시의 주제는 크게 세 가지로 구분해서 설명할 수 있으며, 이들 주제들은 궁극적으로는 서로 연관되어 있다.

첫째, 죽음과 부활에의 비전이다. 죽음의 문제는 『자살론』과 『설교문』에서는 물론이고 단의 종교시 전체에서 집중적으로 나타나는 중심 주제 중 하나이다. 아내의 죽음으로 인한 불행과 자신의 건강악화, 그리고 경제적 궁핍은 단에게 정신적 불안감을 안겨주었으며 삶의 유한성과 죽음의 문제를 절실히 생각하게 만든 계기가 되었다. 『성스런 소네트』 10번 "죽음이여, 뽐내지 말라"(Death, be not proud)에서 시인은 의인화된 죽음을 두려워하거나 죽음 앞에서 절망하지 않고 도전적으로 당당히 죽음과 맞서 대결한다. 어떤 사람들은 죽음을 강대

하고 무섭다고 생각하지만 시인은 그런 일반적인 생각을 거부하고 역설적이고
냉소적인 표현으로 오히려 죽음에게 호언장담하며 죽음을 조롱한다.

> 죽음이여, 뽐내지 말라, 어떤 사람들은 너를
> 강대하고 무섭다고 불렀지만, 실상 너는 그렇지 않기 때문이다;
> 네가 생각하기에 네가 멸망시켰다고 생각하는 사람들도
> 죽지 않는다, 불쌍한 죽음이여, 또한 너는 나도 죽이지 못하기 때문이다.
>
> Death, be not proud, though some have called thee
> Mighty and dreadful, for thou art not so;
> For those whom thou think'st thou dost overthrow
> Die not, poor Death, nor yet canst thou kill me.
>
> (1-4)

이어서 시인은 죽음은 결코 자신을 죽이지 못할 것이며, 죽음의 그림자에 불과
한 휴식이나 잠으로부터도 많은 기쁨이 흘러나온다면 죽음으로부터는 더 많은
기쁨이 흘러나와야 한다는 역설적 논리를 전개한다. 죽음을 육체의 안식이자
영혼의 해방으로 인식하기 때문에 시인은 죽음을 극복하고 죽음을 적극적으로
받아들일 자세를 보인다. 특히 이 시의 결론부에서 "짧막한 한 잠이 지나면, 우
리는 영원히 깨어난다./ 그리고 죽음은 더 이상 있지 않을 것이다; 죽음이여,
네가 죽으리라."(One short sleep past,/ we wake eternally./ And death shall
be no more; Death, thou shalt die.)라는 통쾌한 역설은 죽음에 대한 승리의
선언이자 부활의 선언이다. 한 순간의 죽음이 지나가면 죽음이 제거되기 때문
에 죽음은 파멸이 아니라 오히려 영원히 깨어나서 영원한 삶을 얻을 수 있게
된다는 시인의 강한 믿음을 보여준다.

단의 마지막 종교시 "나의 병중에, 나의 하느님께 드리는 성가"(Hymn to
God my God, in my Sickness 1631)는 심각한 병으로 임종을 앞둔 단이 자신의
죽음을 예감하고 죽기 며칠 전에 쓴 시로 추정된다. 이 시에서 단은 경건하고
성스런 마음으로 죽음의 순간을 준비한다. 죄와 죽음의 갈등에서 오는 비탄과

절망으로부터 완전히 해방된 단의 독실한 신앙을 잘 보여주는 시이다.

제가 그 거룩한 방으로 가고 있는 때문입니다
    그곳에선, 영원한 당신의 성도들의 합창과 함께,
저도 당신의 음악으로 쓰일 것이기에, 저는 가면서
    여기 문턱에서 악기를 조율합니다,
    그리고 그 때 제가 해야 할 일을, 지금 미리 생각합니다.

Since I am coming to that holy room
    Where, with thy choir of saints for evermore,
I shall be made thy music, as I come
    I tune the instrument here at the door,
    And what I must do then, think now before.
                                    (1-5)

시인은 자신의 임박한 죽음을 미리 알고 하느님의 거룩한 방으로 들어가기 전 문턱에서 자신의 과거를 경건하고 엄숙하게 되돌아보며 반성한다. 죽음에 대한 공포나 절망은 전혀 없이 죽음을 평화스럽게 받아들이는 시인의 진실하고 좀 더 성숙한 신앙의 자세를 엿볼 수 있다. 시인이 기꺼이 기쁜 마음으로 죽음을 맞이할 수 있는 것은 죽음의 상징인 "서쪽"과 생명의 상징인 "동쪽"이 납작한 지도상에서 한 곳에 만나는 것처럼 죽음도 부활과 연결된다는 믿음 때문이다.

                            서쪽과 동쪽이
모든 납작한 지도 위에서(그리고 저도 하나의 지도입니다)
하나이듯이, 죽음도 부활과 맞닿아 있습니다.

            As west and east
    In all flat maps(and I am one) are one,
    So death doth touch the resurrection.
                            (13-15)

시인은 죽음으로 인해 종말을 맞이하는 것이 아니라 부활의 축복을 통해 새로운 영생을 얻을 수 있다는 확신을 그리스도의 십자가 죽음을 통해 깨닫고 죽음을 기쁘게 맞이한다.

둘째, 죄와 회개/용서의 주제이다. 단은 아내의 죽음 이후 세속의 사랑과 결별하고 하느님을 향한 사랑과 헌신으로 전환했지만 자신의 과거 삶에 대한 죄의식에서 비롯된 정신적 갈등과 고뇌가 그를 계속 괴롭혔다. 『성스런 소네트』 1번 "당신이 저를 만드셨나이다"(Thou Hast Made Me)에서 질병으로 인해 죽음을 눈앞에 둔 절박한 상황에서 시인은 죄의식에 사로잡혀 "뒤에서는 절망이, 앞에서는 죽음이"(Despair behind, and death before) 무섭게 엄습하는 가운데 자신의 무력함을 인정하고 오직 창조주 하느님께 매달리는 나약한 인간의 모습을 보인다. 그는 이러한 처절한 상황에서 하느님이 자신을 창조했으니 당연히 죽음으로부터도 자신을 구해달라고 절망과 공포 속에서 항변조로 부르짖는다.

> 당신이 저를 만드셨나이다, 그런데 당신의 피조물을 쇠하도록 하시렵니까?
> 지금 저를 수선해주십시오, 저의 종말이 급히 서두르기 때문입니다.
> 저는 죽음으로 달려갑니다, 그리고 죽음도 저를 맞으러 급히 옵니다,
> 그리고 저의 모든 쾌락은 마치 어제와 같습니다.

> Thou hast made me, and shall thy work decay?
> Repair me now, for mine end doth haste,
> I run to death, and death meets me as fast,
> And all my pleasures are like yesterday;
>
> (1-4)

이어 시인은 자신의 죄를 회개하면서 인간이 죽음으로부터 다시 일어나서 부활할 수 있는 것은 오로지 하느님의 자비로운 은총 덕분임을 깨닫고 "하느님의 은총의 날개를 펴서 원수의 술책을 막아"(Thy Grace may wing me to prevent his art) 자신을 구원해달라고 하느님께 호소한다. 무기력한 인간의 죄의 회개만으로는 구원을 받을 수 없고 하느님의 품 안에서만 안전할 수 있음을 강조한 것이다.

『성스런 소네트』 3번 "오 그 한숨과 눈물이"(Oh might those sighs and tears)에서 시인은 젊은 날 방탕했던 자신의 과거의 죄를 조목조목 반성하며 눈물의 회개를 한다. 여인을 우상시하고 헛된 눈물을 낭비하며 그들과 맺었던 세속적 사랑에 대해 이제 "경건한 불만"(holy discontent)을 터트리며 회개함으로써 그 열정을 이제 온전히 하느님께 바치고자 한다. 진정한 회개를 위해서는 과거에 지은 죄를 낱낱이 고백해야한다. "술주정뱅이"(Th' hydroptic drunkard), "밤마다 여인을 찾아 헤매던 도둑"(night-scouting thief), "욕정으로 안달이 난 호색인"(The itchy lecher) "자만심에 자기 만족한"(self tickling proud) 과거의 모습에서 벗어나 이제 반성과 회개를 통해 진실한 신앙인으로 거듭나려고 하는 것이다.

『성스런 소네트』 7번 "둥근 땅의 상상된 끝에서"(At the round earth's imagined corners)에서 시인은 다른 사람들보다 죄를 많이 지은 자신이 하늘나라에 부름 받기 전에 용서받기 위해 하느님께 회개하는 방법을 가르쳐달라고 간절히 애원한다.

> 만일 이 모든 사람들 이상으로 저의 죄가 많다면,
> 당신의 크나크신 은총을 비는 것은 이미 때가 늦은 까닭입니다,
> 저희가 당신 계신 그곳에 갔을 때에는, 여기 이 낮은 땅위에서
> 회개하는 방법을 가르쳐 주시옵소서; 그것은 당신의 피로써
> 저의 용서를 보증함과 같이 선하신 일이 되는 까닭입니다.

> For, if above all these, my sins abound,
> 'Tis late to ask abundance of Thy grace,
> When we are there; Here on this lowly ground,
> Teach me how to repent; for that's as good

As if Thou hadst sealed my pardon, with Thy blood.

(10-14)

한편 1623년 단이 심각한 병중에 쓴 시로 알려진 "아버지 하느님께 드리는 성가"(A Hymn to God the Father)에서 그는 자신이 과거 20여 년 동안 저질렀던 죄를 회개하며 하느님의 용서를 간청하면서도, 현재에도 여전히 죄를 짓고 있기 때문에 하느님께서 용서하시더라도 용서 안 하신 것이나 다름없는 절망적 상황을 개탄한다.

> 당신은 제가 처음 시작했던 그 죄를 용서하시겠습니까,
> 　그것은 저의 죄입니다, 이전에 저질러졌지만?
> 당신은 그 속을 제가 달렸던 그 죄를 용서하시겠습니까,
> 　그리고 여전히 달리고 있는, 항상 뉘우치지만?
> 　　당신께서 용서하시면, 당신께서는 용서 안 하신 것입니다.
> 　　제가 더 많은 죄를 갖고 있는 까닭입니다.

Wilt Thou forgive that sin where I begun,
　Which is my sin, though it were done before?
Wilt Thou forgive that sin through which I run,
　And do run still, though still I do deplore?
　　When Thou hast done, Thou hast not done,
　　For I have more.

(1-6)

하지만 하느님께 완전한 용서를 받을 수 없기 때문에 죽은 이후에 멸망할 것이라는 시인의 "공포의 죄"(a sin of fear)는 하느님께서 독생자 외아들 그리스도를 통해 빛으로 임하시리라는 희망으로 드디어 공포에서 벗어날 수 있음을 고백한다.

셋째, 하느님의 은총과 구원이다. 하느님의 은총은 예수님의 십자가의 고통과 희생, 그리고 십자가의 죽음으로 인한 부활과 연관되어 나타난다. 따라서

십자가의 고통은 죽음 이후의 영광의 부활을 의미한다. "예수님께 드리는 성가, 작가의 마지막 독일 여행길에"(A Hymn to Christ, at the Author's last going into Germany)에서 시인은 그리스도를 통한 하느님의 사랑을 확신하고, 나무의 수액이 겨울에 영원한 뿌리를 찾는 것처럼 시인은 인생의 "겨울"인 죽음의 때에 임박하여 오로지 "진정한 사랑의 영원한 뿌리"(the eternal root/ Of true love)인 그리스도에게 매달린다. 나무의 수액과 뿌리의 관계를 시인과 그리스도의 관계에 빗댄 적절한 비유이다. 그리스도의 진정한 사랑을 확신하기에 죽음을 향해 갈 때 찾는 사람은 오직 그리스도뿐이다.

단의 종교시는 그가 아내의 죽음과 그가 살던 시대의 과도기적 변혁으로 인한 혼란과 회의 속에서 삶의 유한성과 덧없음을 깨닫고 종교에 몰두하여 궁극적으로 하느님의 은총과 내세의 구원을 추구하였음을 보여준다.

참고문헌

이창준, 이재호 공역.『十七世紀 英詩』. 서울: 탐구당, 1977.

Bloom, Harold Ed. *John Donne*. Broomall: Chelsea House Publishers, 1999.

Guibbory, Achsah Ed. *The Cambridge Companion to John Donne*. Cambridge: Cambridge UP, 2006.

Mallett, Phillip. *York Notes Advanced: John Donne Selected Poems*. London: York Press, 1999.

Nutt, Joe. *John Donne: The Poems*. New York: palgrave, 1999.

벤 존슨

●●● 신겸수

벤 존슨(Ben Jonson, 1572-1637)은 하나의 거인 같은 사람이어서, 그에 대한 일관된 조망을 하기란 쉬운 일이 아니다. 그는 16C 초, 영국 문학계에서 매우 다양한 역할을 수행했고, 문인으로서 그가 사용한 문체 또한 매우 다양했다. 실로 벤 존슨은 배우이며, 극작가이기도 하였고, 학자이며 비평가이고, 또한 번역가이기도 하였다. 한편 시인으로서의 비중 또한 적지 않아서, 그는 영문학 최초의 계관시인이라는 영광스러운 자리까지 올라갔고, 문학사적으로는 그를 추종하는 후배 문인들의 그룹까지 생겨났으니 어떤 의미에서 벤 존슨은 영문학 최초의 문예학파의 수장이라고 할 수 있다. 실로 벤 존슨의 생애는 거칠고도 험난한 것이었다. 그는 목사의 아들로 태어났지만, 아버지는 그가 세상에 태어나기 전, 세상을 떠났고, 그의 어머니가 재혼하여 맞이한 새아버지는 벤 존슨을 벽돌공으로 키우려 도제 수업을 강요하였다. 다행히도 벤 존슨은 어떤 후견인의 도움을 받아, 웨스트민스터 스쿨에 입학함으로써, 당대의 위대한 고전 학자였던 윌리엄 캠든(William Camden)으로부터 훌륭한 교육을 받을 수 있었다. 졸업 후 벤 존슨은 그의 양아버지의 강요에 의하여 벽돌공 일을 배우다가, 도제 수업을 회피하기 위하여 군에 입대하게 된다. 벽돌공 수업 경험에 대하여 벤 존슨은 늘 창피하게 생각하였다고 한다.

벤 존슨의 군 입대 시기는 네덜란드와 스페인이 전쟁을 벌이고 있었고, 영국은 네덜란드를 지원하고 있었다. 영국군을 따라 전투에 참여한 벤 존슨은 전선이 교착 상태에 빠지자, 양쪽 진영의 대군이 지켜보는 가운데, 적군 병사와 일대일로 결투를 해 상대방을 죽이고 돌아오는 용감함을 보이기도 하였다. 플랑드르 벌판에서 벌어진 이 결투사건은 벤 존슨의 성격을 잘 보여주는 최초의 중요한 에피소드이다.

    1594년 경, 영국으로 돌아온 벤 존슨은 배우 겸 극작가로 일을 시작했지만, 그것 또한 폭풍의 진원지를 전장에서 극장으로 옮겨놓은 것과 다름이 없었다. 왜냐하면 그는 이번에는 동료 배우와 결투를 벌여서 상대방을 살해함으로써 투옥되어 사형 당할 위기에 처하기 때문이다. 그러나 다행히도 벤 존슨은 라틴어를 읽을 수 있는 사람은 극형을 면해준다는 당시 목사의 변론권에 의하여 가까스로 교수형은 면했지만, 엄지손가락에 살인자의 낙인을 받고 풀려난다. 그런가 하면, 스코틀랜드에서 제임스 왕이 영국 왕으로 추대되어 왔을 때, 벤 존슨은 스코틀랜드를 모욕하는 발언을 했다가 다시 한 번 감옥에 가게 된다.

    동료 극작가들과의 복잡한 문학적 논쟁에서 벤 존슨은 늘 극렬한 입장을 취하였다. 벤 존슨의 격한 성격은 그가 영국 국교보다는 가톨릭에 대한 호의적인 입장과 결부되어 더욱 문제를 악화시키기도 하였다. 예를 들어, 1605년 화약 음모사건(the Gunpowder Plot)이 발발하게 되었을 때, 벤 존슨이 주변사람들로부터 의심의 주된 대상이 된 이유 중의 하나는 그가 이 사건이 있기 얼마 전 가톨릭으로 개종하였기 때문이었다. 이때는 가톨릭에 대한 영국인들의 증오심이 극에 이르렀던 시기였다.

    그러나 벤 존슨은 이런 모든 시련을 극복하였을 뿐만 아니라, 나이가 들수록 유쾌한 인물로 변하였고, 종교 또한 다시 영국 성공회로 개종함으로써 세인들과의 거리감을 더욱 좁히게 되었다. 만년에 벤 존슨은 런던의 비공식적 문인 사회의 독재자였고, 국왕의 연금을 받는 계관시인이었으며, 국왕으로부터 총애를 받는 신하였다. 그는 셰익스피어, 존 단, 버몬트, 프란시스 베이컨과 같은 사람들의 좋은 친구였으며, 귀족들과 외국 저명인사들로부터 두루 호평 받는 사람이었다.

    벤 존슨의 첫 번째 위대한 희곡은 셰익스피어가 주연 배우로 참여했던 『모두가 제 기질대로』(*Every Man in His Humour*)이다. 소위 기질희극으로 불리는 이 희곡에서 벤 존슨은 인간의 지배적인 특이한 성향 및, 독특한 기질을 신랄하게 풍자한다. 그의 고전 비극 『세자누스』(*Sajanus*)는 작품이 지닌 음울한 분위기와 정체된 행동, 고전적 소재의 중압감으로 인하여 크게 호평을 받지는 못하였다. 그러나 『볼포네』(*Volpone*)와 『연금술사』(*The Alchemist*)는 풍자희극의 걸작으로 널리 인정되고 있다. 이 두 희곡은 여러 나라 언어로 번안되고 현대판으로 각색되어 상연되고 있으며, 오늘날의 시각으로도 보아서도 본래 텍스트의 발랄함과 활력을 인정받고 있다.

1605년부터 벤 존슨은 일련의 궁정가면극(masques)을 쓰기 시작했다. 이 장르는 국왕이나 여왕에 대한 충성과 경의를 포함하여 놀라운 볼거리와 알레고리를 담은 정교한 연극 형태이다. 가면극으로 인하여 벤 존슨은 궁정 생활과 깊숙이 인연을 맺게 되었고, 셰익스피어가 사망하는 시기인 1616년에는 계관시인으로 임명되어 상당한 연금을 받게 됨으로서 세속적 출세의 정점에 이르렀다.

1616년 벤 존슨이 그의 작품 전집을 발간한 사건은 문학사적으로 많은 의미를 지닌다. 무엇보다도 이 전집은 생존 문인의 것이라는 점에서 사후에 발간되는 관례를 벗어나는 것이었고, 희곡을 다수 포함시켰다는 점에서 시 중심으로 되어있던 전집과 차별화 되었다. 이 전집에서 벤 존슨은 그때까지 자신의 모든 작품을 면밀히 검토하여 문학적으로 가치가 있다고 생각하는 작품은 모두 전집에 포함시켰다. 공연적 측면에서는 실패했고, 개인적으로는 커다란 실망을 안겨준 『캐틸린』(*Catilene*)을 이 전집에 포함시켰음을 볼 때, 우리는 벤 존슨이 이 전집에 대한 기본 입장을 엿볼 수 있다. 벤 존슨의 작품 전집은 1623년 발간되는 셰익스피어 작품 전집을 위한 전초적 업적이라는 점에서 의의가 크다.

전집을 발간한 이후에도 벤 존슨은 언젠가는 다시 전집을 증보할 생각으로 계속 작품을 쓰고, 수정해 나갔다. 비록 그의 후기 연극은 별로 성공적이지 못하였지만, 벤 존슨은 계속해서 시를 쓰고 번역도 하고, 귀족들에게 바치는 시도 쓰고 왕성한 문인활동을 계속하였고, 그 가운데에 묘비명, 통렬한 연설문 등도 포함하여 그의 해박한 지식과 열정이 드러나 있다. 시인으로서의 벤 존슨

을 살펴보기 위하여 그의 시를 문체에 따라 몇 개 그룹으로 나누어서 살펴보기
로 한다.

| 작품 세계 |

벤 존슨의 시는 대체적으로 그 문체의 성격에 따라 5개 그룹으로 나뉜다.

연애시

여러 희곡에서 벤 존슨은 연인들에게 아름다운 사랑의 노래를 지어주었다. 이
아름다운 서정시들은 문체가 평이하면서도 아름답고 감미로운 이미지들이 풍
부하다. 예를 들어, "내가 비록 어리지만"(Though I Am Young)은 그의 희곡
『슬픈 목동』(*The Sad Shepherd*)에서 목동 캐롤린(Karolin)이 부르는 노래로
서 목가적 소박함이 잘 나타나 있다.

> 내가 비록 어려서 죽음이나 사랑이
> 어떤 것인지는 모르지만
> 그들이 둘 다 활을 들고 다니면서
> 사람의 가슴을 겨눈다는 말은 들었어요
> 그리고 또한 사랑은 열기로
> 죽음은 냉기로 상처를 낸다는 말을 들었어요
> 그러니 사랑과 죽음은 와 닿는 느낌만 전혀 다를 뿐,
> 의미는 한 가지가 아닌가 생각이 돼요
> 폐허의 유적을 바라보면서
> 날아가 버렸다고도 하고 무너져 내렸다고도 하듯이,
> 똑같은 목적을 위해서 어느 때는 한 줄기 번개에서
> 어느 때는 하나의 파도에서 길을 찾듯이
> 죽음의 차가운 손길과 마찬가지로 사랑의 불화살이나
> 화인(火印)도 쉽게 사람을 죽이지요

사랑의 불길은 무덤에서 찬 서리를
쫓아버리는 힘이 있다는 것을 빼고는.

Though I am young and cannot tell
Either what Death or Love is well,
Yet I have heard they both bear darts,
And then again, I have been told
Love wounds with heat, as Death with cold;
So that I fear they do but bring
Extremes to touch, and mean one thing.
As in a ruin we it call
One thing to be blown up or fall;
Or to our end like way may have
By a flash of lightning or a wave;
So Love's inflamed shaft or brand
May kill as soon as Death's cold hand;
Except Love's fires the virtue have
To fright the frost out of the brave.

『한 미인을 나는 보았네』(*It was a Beauty That I saw*) 역시, 그의 희곡
『새 여인숙』(*The New Inn*)에서 불려지는 노래이다. 이 희곡의 4막 4장에서 사
랑에 빠진 젊은이 러벨(Lovel)은 그가 사랑하는 여인이 "너무도 순수하고, 너무
도 완벽해서 온 우주의 뼈대"가 이 여인의 자태 앞에 절름발이가 되었다고 노
래한다. 여인의 완벽한 아름다움을 청년은 "매듭 없는 한 폭의 비단, 거침없이
나아가는 행진, 흠 하나 없는 정교한 형상, 뭉개진 곳 없이 인쇄된 책"에 비유
하고 있다. 결코 흠잡을 데 없이 갖추어진 소녀의 아름다움을 찬양하는 비유는
다소 통속적이지만 연인들의 애절한 사랑을 소박한 문체로 표현하기는 부족함
이 없다.

　"여왕이시여, 여자 사냥꾼이시여"(Queens and Huntress)는 희곡 『신시
아의 향연』(*Cynthia's Revels*)에서 저녁별 헤스퍼러스(Hesperus)가 부르는 노

래이다. "신시아에 대한 찬가"(Hymn to Cynthia)라고도 널리 알려진 이 시에서 헤스퍼러스는 신시아를 "휘황찬란한 여신"(Goddess excellently bright)으로 칭송하고 있다. 신시아는 시에서 다이아나와 같은 여신으로, 달의 여신이면서 동시에 순결, 사냥의 여신이기도 하다. 그리하여 존슨 시대에는 자동적으로 처녀왕 엘리자베스와 동일시되었다. 시인은 태양이 잠들고, 어두운 밤이 되자 신시아에게 "날이 저문 뒤 하늘을 밝혀서"우리를 축복해 주기를 간청한다. 아울러 사냥의 여신으로서 "그대의 진주 활과 수정처럼 빛나는 화살 통을 잠시 내려놓고, 달아나는 사슴에게는 아무리 짧더라도 숨 돌릴 틈을 달라"고 기원한다.

"실리아에게 바치는 노래"(Song: To Celia)에서 우리는 고전주의자로서 벤 존슨의 특징을 잘 발견할 수 있다. 이 유명한 시는 기원후 3세기경 희랍의 소피스트였던 필로스트라투스(Philostratus)를 모방한 것인데, 여기서 벤 존슨은 필로스트라투스의 여러 작품에서 각각 떨어진 구절들을 조각보처럼 끼워 맞추어 놓고 있다. 이 서정시는 초기 판본이 여러 개 전해지고 있는데 이를 잘 비교해 보면 존슨이 아주 조심스럽게 필로스트라투스의 구절들을 새로운 영어 표현으로 가다듬고 있음을 알 수 있다.

오직 그대의 눈으로만 나를 위해 축배를 드시오
그러면 나는 내 눈으로만 맹세를 하리다.
아니면 오직 술잔에만 키스를 남기시오
그러면 나는 더 이상 술을 찾지 않으리다.
영혼에서 일어나는 목마름은
신들의 음료라야 풀어지지만,
내가 비록 제우스신의 넥타를 마실 수 있다 해도
그대의 것과는 바꾸지 않으리.
얼마 전 그대에게 장미 꽃다발을 보냈소,
그대를 영예롭게 해서라기보다는
거기가면 시들지 않을지도 모른다는
희망 때문이었소
그러나 그대는 그냥 냄새만 맡아보고,

다시 내게 돌려보냈소
그 후부터 그 꽃이 자라면서 향기가 나는데, 세상에
그건 꽃이 아니라, 당신의 냄새라오

Drink to me only with thine eyes,
And I will pledge with mine;
Or leave a kiss but in the cup,
And I'll not look for wine.
The thirst that from the soul doth rise
Doth ask a drink divine:
But might I of Jove's nectar sup,
I would not change for thine.
I sent thee late a rosy wreath,
Not so much honoring thee,
As giving it a hope that there
It could not withered be.
But thou thereon did'st only breathe,
And send'st it back to me;
Since when it grows and smells, I swear,
Not of itself, but thee.

만가와 묘비명

벤 존슨은 가족 및 친구, 그리고 귀족들을 포함하여 죽은 사람들을 애도하는
시를 많이 썼다. 이 작품들은 대개 길이가 짧고 간단한 것들이지만, 명쾌하고
직설적인 문체로 대리석 석판에 새겨져서 읽는 사람으로 하여금 충분히 공감
할 만한 상상력을 불러일으킨다.

벤 존슨은 아들과 딸의 죽음을 애도하는 만가를 하나씩 남겼다. "나의 큰
아들에게"(On My First Son)에서 묘사되고 있는 벤 존슨의 아들은 1596년 태
어나, 1603년 자기 생일날 전염병으로 죽었다. 벤 존슨은 이 아들의 이름을 자
신의 이름과 동일하게 지었는데, 이 시의 첫 행에서 존슨은 "잘 가라, 내 오른

손의 아이여"(Farewell, thou child of my right hand)라고 작별을 노래하고 있다. '벤자민'(Benjamin)이란 히브리어로 '오른손'을 의미하기 때문이다. 이 아들이 열병에 걸려 죽어갈 때, 벤 존슨은 마침 여행 중이었다. 비록 아들의 곁에 있지 못하였으나, 아들의 사망 소식을 듣기 전 벤 존슨은 그 아들에 대한 꿈을 꾸었다고 한다. 아들은 이마에 피의 십자가가 새겨져 있었는데, 마치 칼로 베인 것처럼 또렷하게 새겨진 상처에서 붉은 피가 선명하게 흐르고 있었다고 한다. 이런 꿈을 벤 존슨은 아들의 죽음에 대한 예시라고 생각하였다고 한다. 이 시는 벤 존슨이 즐겨 쓰는 각운 형태인 이행연구(aa, bb, ...)로 되어 있고, 6개의 이행연구로 되어 있으며, 시의 후반으로 갈수록 문법이 맞지 않고 혼란스럽다. 아들을 잃은 아버지의 슬픔을 문법적인 혼란으로 표현하고 있는 것이다.

"나의 큰 딸에게"(On My First Daughter)는 위에서 살펴본 시의 자매편으로서 주제와 성격이 두 시는 꼭 같다. 이 시 역시, 6개의 이행연구, 즉 12행으로 구성되어 있다. 벤 존슨의 딸은 당시에는 흔한 이름이었던 매리(Mary)였는데, 어린 소녀의 죽음을 애도하는 시답게 쉽고도 간결한 문체로 되어 있다. 매리는 태어난 지 6개월만에 세상을 떠났는데, 벤 존슨은 솟아나는 슬픔을 억제하며, 비록 딸은 죽었지만, 천국에 가서 행복하리라고 애써 스스로를 위로한다. "너와 이름이 같으신 천국의 여왕께서,/ 네 영혼을 그 분의 처녀수행원들 속에 넣어주셨으니," 아빠는 덜 슬프다는 구절에서 우리는 벤 존슨의 절제된 슬픔, 형이상학적 기상을 발견할 수 있다.

가족 외에 친구나 귀족을 위해서도 벤 존슨은 여러 편의 묘비명을 썼다. 예를 들어, "엘리자베스, L.H.의 묘비명"(Epitaph on Elizabeth, L.H.)처럼 "죽음과 함께 잠들어" 버려서 무덤 속에 묻힌 이가 누구인지 자세히 알 수 없는 경우도 있고, – 후세의 비평가들은 엘리자베스 레이디 해튼(Elizabeth, Lady Hatton)이라고 추정하지만– "솔로몬 페이비의 묘비명"(Epitaph on Salomon Pavy, a Child of Queen Elizabeth's Chapel)처럼 소년 배우의 죽음을 애도한 시도 있다. 존슨의 시에 몇 차례 등장하는 순회극단의 배우 솔로몬 페이비는

1602년 12살의 나이로 사망했는데, 그는 나이는 어렸지만 노인의 역할을 매우 잘 연기했다고 한다. 이 애도시에서 벤 존슨은 운명의 3여신의 그의 너무도 훌륭한 연기를 보고, 그만 노인인 줄 착각하여 저 세상으로 데려갔다는 것이다. 노인 대신 소년을 저승으로 데려온 실수를 만회하려 운명의 여신들은 이 소년을 다시 이 세상으로 되돌려 보낼까 생각도 했으나 소년이 너무 귀여워서 그런 의도를 포기하고 그냥 천국에 두기로 하였다고 노래한다. 이아손의 아버지를 끓는 가마솥에 넣어서 회춘시킨 고사를 원용하여 솔로몬 페이비를 살려내려는 시도를 묘사하는 대목에서 고전주의자 벤 존슨의 일면이 다시 확인된다.

> 욕소에 십어넣어
> (다시 살려내려 하였으나)
> 지상에 두기에는 너무 귀여워서
> 하늘나라에 두기로 맹세했다네.
>
> And [they] have sought (to give new birth)
> In baths to steep him;
> But, being so much too good for earth,
> Heaven vows to keep him.

연회 축하시

벤 존슨은 많은 축하시를 썼다. 이 시들은 그의 행복한 삶의 모습을 반영하는 정교한 질서 의식 및 장엄한 권위의 성격으로 표현된다. "펜스허스트에게"(To Penshurst)와 같은 시는 하나의 실제 건물과 주변의 풍경을 소박하지만 고상한 필치로 그리고 있다. 펜스허스트는 켄트에 있는 시드니 가문의 시골 저택이다. 시인 필립 시드니가 태어난 이 저택에 대한 벤 존슨의 시는 특수 지역에 대한 찬미가로서 선구적인 작품이며, 이후 많은 시인들에게 모델이 되었다. 예를 들어, 존 데넘(John Denham)의 "쿠퍼 힐"(Cooper's Hill), 알렉산더 포프(Alexander Pope)의 "윈저 숲"(Windsor Forest) 등은 모두 벤 존슨의 시를 모방한 예들이다. "펜스허스트에게"는 특수한 저택에 대한 찬미시인 만큼, 구체적 지명이나 특수한 사실들이 많이 포함되어 있다. 예를 들어 "제임스 왕께서 그의 훌륭한 아드님, 왕자님과 함께 이곳으로 사냥 나오셨을 때"(King James when, hunting late this way with his brave son, the Prince)가 시에서 다시 한 번 기억되는가 하면, 귀부인 바바라 개미지(Lady Barbara Gamage)의 이름을 따서 지은 숲, 어쇼어(Ashore)의 숲, 시드니의 숲(Sidney's copse), 그리고 안주인 레스터 부인(Lady Leicester)이 진통을 시작했다는 귀부인의 참나무(Lady's Oak) 등이 시의 소재로 활용된다.

벤 존슨은 펜스허스트 저택의 소박한 아름다움을 다양한 각도에서 묘사한다. 저택주변의 숲, 동산, 강물과 강둑, 높고 낮은 평야와 고원에 이르기까지 평화롭고 풍요로움이 넘친다. 비록 저택은 당시 유행처럼 번쩍이는 기둥이나 황금으로 된 지붕으로 되어있지 않으나 오히려 옛날식 벽돌 건물이기에 더욱 고풍스러워서 보는 사람의 경이감을 불러일으킨다. 고색이 창연한 집 주변은 흙과 나무, 바람과 물이 어울려서 사람들이 생활하고 여유를 즐기기에 더없이 좋다. 산에는 요정들이 출몰하고, 시인 필립 시드니 경이 태어났을 때 심겨졌다는 밤나무는 모든 뮤즈들이 즐겨 모이는 시적 상상력의 원천이다. 숲에는 사슴이, 강둑에는 송아지가, 강물 속엔 온갖 물고기가 풍성하여 저택의 식탁에는 산해진미가 부족함이 없다.

> 과수원에는 과일이, 정원에는 꽃들이
> 바람처럼 신선하고, 시시각각 새롭다.
> 일찍 피는 벗나무, 늦게 피는 자두나무,
> 무화과, 포도, 마르멜로, 모두 제철이 되면 피어난다.
> 낯붉히는 살구, 털복숭아가 그대의 담 벽에
> 주렁주렁. 모든 아이들이 마음대로 따먹는다.

> Then hath orchard fruit, thy garden flowers,
> Fresh as the air, and new as are the hours.

The early cherry, with the late plum,
Fig, grape, and quince, each in his time doth come;
The blushing apricot and woolly peach
Hang on thy walls, that every child may reach.

주인이 인정 많은 사람들이므로 이웃에 사는 주민들 또한 그들을 존경하며 추앙한다. 누가 시킨 것도 아닌데 이웃들은 선물을 들고 찾아와서 펜스허스트 주인과 여주인에게 문안을 드린다. 안주인은 덕망 높고, 살림 어느 한구석 빈틈이 없다. 묵어 가는 손님에 대한 세심한 배려와 후덕한 호의는 제임스 왕을 비롯한 귀한 손님들의 경우처럼 높이 드러난다. 아이들 또한 착하고 신앙심이 깊다. 그러므로 이런 저택에 사람들이야말로 집을 단순히 소유하는 것이 아니라 진정으로 향유하는 사람들이라고 존슨은 시를 마무리짓는다.

이처럼 펜스허스트는 목가적 이상향이다. 한 가지 흥미로운 구절은 존슨이 펜스허스트 저택의 풍요로운 식탁을 묘사하는 장면에서 "이곳에는 내가 마시는 술잔의 수를 세는 이도 없고, 곁에 서서 내 식욕을 못마땅해 하는 웨이터도 없다."(Here no man tells my cups: nor standing by,/ A waiter doth my gluttony envy)는 구절이다. 일부 비평가들은 이 구절이 존슨의 식탐과 방종을 보여주는 증거라며 자주 인용한다. 그러나 아무래도 이런 혹평은 지나친듯하고, 초대받은 손님에 대한 주인의 너그러움을 찬양하는 대목으로 이해함이 좋을듯하다.

행복하고 풍요로운 삶에 대한 묘사는 벤 존슨의 또 하나의 걸작, "친구를 저녁에 초대하며"(Inviting a Friend to Supper)에 잘 나타나 있다. 초대장 형식으로 되어 있는 이 시는 호라티우스를 모방해서 지은 것이지만 그 색조는 다분히 영국적으로 바뀌어 있다. 친구를 초대하여 대접하는 조촐한 저녁 식사는 현대 독자들에게조차 놀라운 친근감을 불러일으킨다. 이 시의 요지는 초대장의 일반 내용과 크게 다르지 않다. 초대를 하오니 와달라는 것, 아낌없이 음식을 내겠다는 것, 시 낭송을 들으며 포도주를 마시자는 것 등, 오늘 날 저녁 초대서

한이라고 해도 크게 다르지 않을 것들이 언급되고 있다. 이 시의 첫 구절은 다음과 같다.

> 선생님, 오늘 밤 저희 집에
> 삼가 모시고자 합니다.
> 선생님 같은 손님을 우리가 모실만하다고 여겨서가 아니라
> 오시는 손님과 더불어 선생님께서 우리 연회를
> 위엄 있게 해주시기 때문입니다.

> Tonight, grave sir, both my poor house and I
> Do equally desire your company:
> Not that we think us worthy such a guest,
> But that your worth will dignify our feast,
> With those that come.

그러나 시 낭송 행사에서 우리는 고전주의자 벤 존슨의 면모를 다시 한 번 확인하게 된다. 이 모임을 위하여 존슨은 머메이드 술집에서 "풍요로운 카나리아 산 포도주"를 사 가지고 와서 손님들을 대접할 계획을 세운다. 머메이드 술집은 당시의 런던 귀족들이 즐겨 찾던 선술집으로서, 이곳에서 팔던 카나리아 제도에서 생산되는 달콤한 포도주는 손님들에게 대단한 인기가 있었다. 그래서 존슨은 "이 술을 호라티우스나 아나크레온이 맛보았더라면 그들의 시구절 만큼이나 생명도 오늘까지 이어져 왔을 것이다."(had Horace or Anacreon tasted [it], Their lives, as do their lines, till now had lasted)라고 노래한다. 로마 시인 호라티우스나, 그리스 시인 아나크레온 역시 포도주를 예찬하는 시를 많이 썼기 때문이다. 카나리아산 포도주를 마시면서 존슨은 "버질, 타키투스, 리비우스 또는 몇몇 명작품"(Virgil, Tacitus,/ Livy or of some better book) 등, 고전 시인들을 읊고자 하는데, 흥미로운 사실은 벤 존슨이 이 운문 초대장(a verse letter)을 마무리하는 방식이다.

그리고 풀리나 패롯 같은 스파이들도 곁에 없을 것입니다.
우리 집에서 술 마시고 죄인 되는 사람도 없을 것이며
처음 죄 없이 만난 것처럼 그렇게 우리는
헤어질 것입니다. 우리가 식탁에서 유쾌하게
주고받는 어떤 소박한 말들도 다음날 아침
우리를 슬프게 하지는 않을 것입니다. 또한 오늘밤
우리가 즐기는 이 자유로움을 위협하지 않을 것입니다.

And we will have no Pooly or Parrot by;
Nor shall our cups make any guilty men,
But at our parting we will be as when
We innocently met. No simple word
That shall be uttered at our mirthful board
Shall make us sad next morning; or affright
The liberty that we'll enjoy tonight.

풀리(Pooly)나 패롯(Parrot)은 정부에서 파견된 스파이들의 이름이다. 이 두 이름은 하나로 연결되어 수다스런 새(Poll Parrot)를 연상시킨다. 벤 존슨은 로마 가톨릭 신자로서 당국으로부터 계속적인 감시를 받으면서 살았다. 1598년 투옥되었을 때 감옥에서 벤 존슨은 영국국교도로 개종하기는 하였지만 그에 대한 당국의 의심은 완화되지 않았고, 존슨이 다시 로마 가톨릭을 개종했다는 점에서 의심의 굴레에서 자유롭지 못한 것도 이해가 된다. 친구들을 집에 초대해서 시를 낭송하고 포도주를 마시면서도 존슨은 스파이들의 눈길을 의식하지 않을 수 없다. 그의 정치적, 종교적 불안감은 그의 시 여러 곳에서 발견되고 있다.

헌정시

벤 존슨은 많은 수의 찬미시를 썼다. 그 중에는 왕실이나 귀족들에게 받치는 찬양시나 헌정시도 있고, 친구에 대한 우정이나 스승에 대한 존경심의 표현, 또는 친구들의 책에 붙인 서문 등도 있다.

벤 존슨의 헌정시에는 그의 따뜻하면서도 냉철한 인간적 면모가 요약되어 나타난다. "윌리엄 캠든에게"(To William Camden)는 존경하는 스승에 대한 대표적인 찬양시이다. 윌리엄 캠든(1551-1623)은 존슨이 다녔던 웨스트민스터 스쿨의 교장으로서 유명한 역사학자이자 고미술전문가였다. 캠든의『브리타니아』(Britannia;1586), 『영국 걸작 유산』(Remains of a Greater Work Concerning Britain,1605)은 여러 차례 거듭 출판되고, 많은 외국어로도 번역되어 소개된 명저이다. 존슨의 삶에 지대한 영향을 끼친 캠든에 대하여 존슨은 "나의 경건함"(my piety)을 바치면서, 누가 무엇을 물어도 모르는 것이 없을 정도로 해박한 지식과 더불어, 만인을 사로잡는 겸손함을 가지신 분으로 , 예술에 대한 그의 안목과 비록 보잘것없기는 하지만 그의 모든 지식을 빌려 주신 스승으로 캠든을 찬양하고 있다.

이 찬양시는 스승에 대한 존경심의 표현으로서 뿐만 아니라 형식적인 면에서도 흥미롭다. 이 시에서 벤 존슨은 그의 대표적 형식인 이행연구(二行聯句:couplet) 7개, 14행으로 구성하고 있다. 존슨이 그의 아들 및 딸의 죽음을 슬퍼하며 노래한 "우리 큰 아들에게"나 "우리 큰 딸에게"를 6개의 이행연구 12줄로 구성하여 미완의 삶에 대한 아쉬움을 표현했다면, "윌리엄 캠든에게"는 "당신이 가지신 만물에 대한 이름, 기술, 믿음, 고대 최고의 근원을 탐색해 가는 놀라운 통찰력"(What name, what skill, what faith hast thou in things!/ What sight in searching the most antique springs!)을 가진 완벽한 학자의 찬양을 14줄로 구성하였다는 것은 벤 존슨이 완결된 시 형식으로 소네트(sonnet)를 염두에 둔 것이 아닌가 생각된다.

벤 존슨은 귀족들을 위한 여러 편의 헌정시를 썼다. 이런 부류의 시가 다루는 소재들 가운데는 그의 주요 후견인이었던 펨브로크 백작을 위시로 하여 여러 명의 귀족들이 있는데 베드포드 공작부인 루시(Lucy)도 그 중의 한 사람이다. 루시는 당시 유명한 문학후견자로서 벤 존슨, 존 단(John Donne)을 비롯하여 여러 사람이 그녀에게 시를 헌정하였다. 특히 존 단은 자신의『풍자시집』

(*Satires*)을 인쇄하여 그녀에게 바쳤는데 존슨은 당시 흔히 쓰이던 방식대로 원고형태의 필사본을 헌정하며 다음과 같이 그녀를 찬양하고 있다.

베드포드 공작부인 루시에게
― 단씨의 『풍자시집』과 함께 바칩니다.
우리 세상의 찬란함, 그대 루시여
시신들의 날의 생명이자, 그들의 새벽별이여!
시인이 아니라 시작품이 스스로 주인을 찾아가라면,
그대를 위한 책이 되고 싶지 않은 시가 어디 있으리오
그러나 당신이 원해 쓰인 이 시들은 시인의 목표를
시 자체의 목표로 멋지게 꾸몄습니다. 귀한 시는 귀한 친구가 필요한 법
하지만 풍자란 대부분의 인류를 피하지 않고
주제로 삼기 때문에 친구가 거의 없지요
왜냐하면 어느 시인도 악의로 풍자를 하지는 않지만
풍자하는 소리를 들으면 더욱 화를 냈지요
그래서 그 소재가 생겨난 곳에 살면서
이런 시들은 부탁하고 읽고
또한 좋아하는 사람들은 비록 숫자는 적어도
필경 가장 훌륭한 사람들입니다. 그 중에서 당신은 가장 훌륭한 분입니다.
우리 세상의 찬란함, 그대 루시여,
뮤즈들의 새벽별이자 저녁별이시여.

To Lucy, Countess of Bedford,
with Mr. Donne's Satires
Lucy, you brightness of our sphere, who are
Life of the Muses' day, their morning star!
If works, not th' authors, their own grace should look,
Whose poems would not wish to be your book?
But these, desired by you, the maker's ends
Crown with their own. Rare poems ask rare friends.
Yet satires, since the most of mankind be
Their unavoided subject, fewest see:
For none e'er took that pleasure in sin's sense,
But, when they heard it taxed, took more offense.

They then that, living where the matter is bred,
Dare for these poems yet both ask and read
And like them too, must needfully, though few,
Be of the best: and 'mongst those, best are you;
Lucy, you brightness of our sphere, who are
The Muses' evening, as their morning star.

벤 존슨이 친구들이 낸 책에 대하여 쓴 서문 중에서 가장 대표적인 서문은 1623년 출간된 『셰익스피어 전집』 2절판에 붙인 것이다. 80행으로 되어 있는 비교적 긴 이 서문은 벤 존슨 자신뿐만 아니라 셰익스피어에 대한 비평에 있어서도 자주 언급되는 중요한 언급들이 다수 포함되어 있다. "시대의 영혼"(Soul of the age), "점잖은 셰익스피어"(gentle Shakespeare), "에이븐 강의 아름다운 백조"(Sweet swan of Avon), "시인들의 별"(Star of poets) 등, 셰익스피어 비평가들에게 빈번히 회자되는 이런 용어들은 모두 벤 존슨이 서론에서 언급한 용어들이다.

이 서문에서 벤 존슨은 셰익스피어의 문학이 어느 사람도 어느 뮤즈도 칭찬하기에 부족하다는 사실을 고백하면서 결코 시샘하는 마음에서 하는 의례적이고 가식적인 칭찬이 아니라, 진정 가슴을 열고 셰익스피어의 명성과 저술을 받아들인다. 존슨은 셰익스피어를 초서나 스펜서에 견주어도 손색이 없는 시인이라고 칭송하며, 셰익스피어보다 몇 달 먼저 세상을 떠난 웨스트민스터에 묻힌 프란시스 버몬트(Francis Baumont; 1584년생, 1616년 3월 6일 사망)에게 셰익스피어가 들어갈 자리를 내기 위해 존 옆으로 비켜달라고 요구할 필요가 없다고 익살을 부린다. 셰익스피어는 비록 웨스트민스터가 아니라 그의 고향 스트라트포드의 성삼위일체교회에 묻혀 있다고 하더라도, "그대의 책이 살아 있고, 우리에게 읽고 칭찬할 줄 아는 지혜가 있는 한 영원히 살아갈 사람"이요, "무덤 없는 기념비"(a monument without a tomb)이기 때문이다.

이 서문에서 벤 존슨이 셰익스피어를 일컬어 "비록 그대가 라틴어는 부족

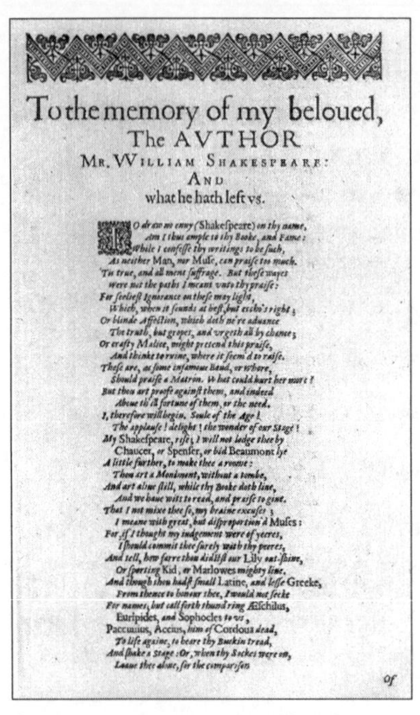

| 『셰익스피어 전집』 2절판에 실린 벤 존슨의 헌정시 첫 번째 페이지 | 『셰익스피어 전집』 2절판에 실린 벤 존슨의 헌정시 두 번째 페이지 |

하고 희랍어는 더 부족하지만"(though hadst small Latin and less Greek)이라는 구절은 한때 셰익스피어의 외국어 실력을 폄하하는 증거로 잘못 쓰이기도 하였다. 현대적 관점에서 보면 셰익스피어의 라틴어 실력은 상당한 수준에 있었지만, 여기서 존슨이 말하는 라틴어는 학자적 수준의 고급 라틴어를 염두에 두고 한 말이다. 셰익스피어는 불어와 이탈리어에도 능숙했지만 존슨은 언급할 가치가 있다고 생각하지 않기 때문에 여기서는 거론조차 하지 않고 있다. 우리에게 더 흥미를 끄는 것은 고전주의자 벤 존슨이 자연(Nature)과 인위(Art)라는 두 가지 측면에서 셰익스피어를 평가하고 있는 대목이다. 벤 존슨은 에스킬러스, 소포클레스, 에우리피데스, 아리스토파네스 등, 위대한 희랍 시인들뿐만이 아니라, 테렌스, 플라우투스, 파쿠비우스(Marcus Pacuvius), 아키우스

(Lucius Accius) 등 위대한 로마 시인들이었다지만 희곡은 단편적으로 밖에 전해지지 않는 시인들을 셰익스피어와 비교하여 칭송한 다음, 셰익스피어의 위대함이 결코 자연(Nature)의 공로만은 아니라고 평가한다.

> 이 시인의 소재가 자연이기는 하지만,
> 그곳에 형상을 부여한 것은 그의 인위이기 때문이다.
> 살아 숨쉬는 시를 쓰고자 하는 사람은
> (그대의 시행들이 그렇듯이) 뮤즈들의 모두에 그것을 올려놓고
> 땀을 흘러가며 또 한 번 담금질을 해야 한다.
> 그리하여 자신이 생각하는 형틀에 맞게
> 그 소재 및 자기 자신을 바꾸어 놓아야 한다.
> 그렇지 않으면 그는 월계관 대신 조롱을 받게 된다.
> 왜냐하면 훌륭한 시인은 태어나는 것 못지않게 만들어지는 법이다.

> Tough the poet's matter Nature be,
> His art doth give the fashion; and that he
> Who casts writes a living line must sweat
> (Such as thine are) and strike the second heat
> Upon the muses' anvil; turn the same,
> And himself with it, that he thinks to frame,
> Or for the laurel he may gain a scorn;
> For a good poet's made a well as born.

벤 존슨은 셰익스피어를 타고난 천부적 시인으로 뿐만이 아니라 "잘 뒤집어 가면서 매끈하게 줄질한 시행"(his well-turned and true-filed lines)을 만들어 내는 인위적 시인으로 평가한다는 점에서 호라티우스나 롱기누스와 같은 고전 시론에 입각하고 있음을 알 수 있다. 위대한 시인이란 재능으로 태어나는 것 못지 않게 노력에 의해서 만들어지는 것이다.

경구시

벤 존슨은 로마 시인 마샬(Martial)을 모방하여 격언적, 금언적 성격의 짧은 시

들을 많이 썼다. 이런 짧은 시들은 때로는 흥미롭기도 하고, 때로는 따끔한 맛도 있는가 하면, 불쾌하거나 음탕한 것들도 있다. 오늘날 우리는 이런 벤 존슨식의 문학 작품에 즐거움을 느끼는 시적 감수성을 상당히 상실해 버렸지만, 경구적이거나 금언적인 풍자시에 대한 르네상스 시대 영국인들은 지식인들의 필수 교양으로서 많은 주목을 받았다. 벤 존슨의 외설적 경구시들을 리처드 크로셔(Richard Crashaw 1612?-1649)의 성스러운 종교시와 비교해 보는 것도 르네상스 시대정신의 서로 다른 양면을 고찰해 보는 좋은 계기가 될 것이다.

1600년 벤 존슨은 자신의 시를 모아서 『경구시와 숲』(*Epigrams and the Forest*)이라는 제목으로 출간하였다. 2부로 나누어져 있는 이 시집에는 "경구시" 영역에 154편, "숲" 영역에 35편이 실려 있고, 반드시 경구적인 성격은 아니라고 하더라도 우리가 앞에서 살펴본 것과 같은 서정시, 묘비명, 헌정시 등이 포함되어 있다. 이 시집에 실린 시들의 성격이 제목과 반드시 일치하지는 않는다는 사실은 벤 존슨 스스로 밝히고 있다.

수록된 시들의 성격뿐만이 아니라, 형식에 있어서도 다양함이 확인된다. 시의 길이 역시 아주 짧은 것들에서 비교적 긴 편에 속하는 것들도 있다. 예를 들어 『경구시』의 첫 번째 시 "독자에게"(To the Reader)는 단 두 줄로 되어 있다. 이 시에서 벤 존슨은 독자들에게 자신의 시를 제대로 이해하여 줄 것을 간명하게 요청하고 있다.

> 내 책을 손에 쥐신 그대여
> 제발 잘 읽어 주시오, 다시 말씀드려서 이해하여 주시오
>
> Pray thee, take care, that tak'st my book in hand,
> To read it well: that is, to understand.

이런 경구적 성격은 때로는 교훈적으로, 때로는 따끔한 풍자가 배어 있다. 역시 두 줄로 되어 있는 "죽음에 대하여"(Of Death)에서 벤 존슨은 "당연한 죽음을

두려워하거나 슬퍼하는 자는 부활을 믿지 않는 자이다.”(He that fears death, or mourn it, in the just,/ Show of the resurrection little trust.)라고 간단히 정의를 내리고 있다. 3행으로 되어 있는 “스파이에 대하여”(On spies), 역시 성격이 크게 다르지 않다.

> 스파이들이여, 너희는 국가의 촛불이라지만,
> 재질이 천박해. 심지 끝까지 다 타버리고 나면
> 냄새가 고약해서 버려지지. 당연한 결말.
>
> Spies, you are lights in state, but of base stuff,
> Who, when you have burnt yourselves down to the snuff,
> Stink, and are thrown away. End fair enough.

그의 시집의 성격을 결코 독설에만 의존하지 않겠다는 벤 존슨의 의도는 그의 두 번째 시 “나의 책에게”(To My Book)에서 분명히 드러난다. 당시 풍자시집에 대한 대중적 관심을 고려할 때, 『경구시』(*Epigrams*)라는 이름의 이 시집에서 독자들은 당연히 쓰라린 독설이나 따끔한 풍자를 기대할 것이다. 그러나 벤 존슨은 결코 자신의 시집이 “누가 맞든 상관없이 던져대는 미친놈들의 돌멩이처럼”(As mad-men stone : not caring whom they hurt) 만들지는 않겠다고 밝힌다. 그러나 자신의 시들은 “보다 현명한 기질에 의해서”(by thy wiser temper)에 의해서 쓰인 것이며, “음탕하고, 불경스럽고, 저속한 구절로” 세상 사람들의 헛된 웃음이나 선망을 원하지 않는다는 것이다.

‘경구시’란 통상 길이가 짧고, 따끔한 충고를 던지는 개인적 풍자시를 의미했다. 그러나 벤 존슨은 이런 일반적인 의미를 보다 넓은 범주로 확대하여 사용하고 있다. 존슨은 경구시라는 범주에 조롱이나 풍자를 위한 시, 찬양이나 칭송을 하는 시, 고인을 기리는 묘비명, 그리고 “친구를 저녁에 초대하며”와 같은 운문으로 된 편지 형태의 시까지 포함시키고 있는 것이다. 존슨이 그의 전집에서 『경구시』를 “제1권”(Book I)이라고 명명하고 있음을 볼 때, 벤 존슨은

"제2권"(Book II)을 염두에 두고 있었음에 분명하다. 전집이 출간된 이후 산발적으로 쓰인 시들 중에서도 위에 언급한 부류에 들어갈 만한 시들이 많이 있으나 존슨은 다시 이들을 모아서 정리해 놓지 못하고 죽었다.

"어딘가를 걷고 있는 무엇에게"(On Something, That walks somewhere)는 벤 존슨이 쓴 궁정인에 대한 풍자시 중 하나이다. 좋은 옷을 입고 근엄한 표정을 띠고서 지체 높은 행동을 하는 귀족은 비록 피와 살을 지니고 있는 사람이기는 하나 결코 남을 위해서 착한 일도 악한 일도 행하지 않는다. 아무 일도 하지 않으면서 궁정 주위를 맴도는 이 정치가에게 벤 존슨은 "죽은 채로 걸어 다니는"(walk dead still) 송장에 비유하고 있다. "돈 설리에 대하여"(On Don Surly) 역시 위선적 정치가에 대한 풍자시이다. 돈 설리는 "위대한 인물"(a great man)이 되고 싶어서 온갖 재주를 다 동원하지만 시인의 눈에 그는 한결같이 우스꽝스러운 바보짓으로 보인다. 코뿔소처럼 코를 내리깔고 사람들과 이야기하는 모습, 외로이 식탁에 앉아서 꿩고기 식사를 하는 모습, 주사위 놀이를 하면서 하느님을 모욕하기도 하고, 욕도 잘하고 자신의 개가 가는 길을 방해했다고 가난한 사람들을 두들겨 패면서 그래야 위인이 된다고 생각하는 돈 설리에 대해서 벤 존슨은 이런 행위는 위대한 사람이 아니라 위대한 바보가 될 뿐이라고 비꼰다.

르네상스 세시풍속에 대한 벤 존슨의 풍자는 귀족뿐만 아니라 일반 백성 그리고 여성에게까지 다양한 대상을 택하고 있다. 예를 들어 "자일즈와 조운에 대하여"(On Giles and Joan)는 불화하며 살아가는 어느 부부의 이야기이다. 불쌍한 자일즈는 결혼한 것을 후회한다. 그의 아내 조운도 그러하다. 자일즈는 아침 일찍 일어나서 외출하는 것이 기쁘다. 조운도 그렇다. 자일즈는 눈꼴사나운 일을 보면서 사느니 차라리 장님이 되고 싶다. 조운도 그러하다. 자일즈는 아이들이 자신의 소생이 아니라고 생각한다. 그의 아내 조운도 역시 그렇다. 이렇듯 열이면 열 가지 항상 맞장구를 치는 아내를 두고 어제 불화하는 부부라고 할 수 있겠는가? 그래서 존슨은 "내가 알기로는 이들보다 더 잘 어울리는 커플은 없다."(I know no couple better can agree)고 시를 마무리짓는다.

　　자신의 『전집』 제2판을 준비하면서 벤 존슨은 시 분야에서 "숲 그늘아래"(The Underwood)라는 제3부를 설정하고 89편의 시를 모았다. 벤 존슨은 "숲"이라고 명명했던 제2부와 어떤 연관성을 주기 위함이었다고 쓰고 있는데, 『전집』 제2판은 그의 생전에 발간되지 못했고, 그가 죽고 난 뒤 1640-1641년에 걸쳐서 유고집으로 출간되었다.

초점 해설

벤 존슨은 전형적인 르네상스 지식인이었다. 그가 비록 불같은 성격의 소유자이기는 했으나 전반적인 그의 삶은 당시 사람들에게는 크게 낯설지 않은 것이다. 그의 시가 비평가들로부터 크게 주목받지 못한 것도 그의 삶이나 성격처럼 크게 두드러진 사실이 많지 않았기 때문인지도 모른다. 물론 그의 시를 즐겨 읽는 독자들도 있었고 그에 대한 비평이 없는 것은 아니지만, 우리는 그의 시에서 존 단의 시처럼 연극성(dramatic personality)이나, 앤드루 마블의 시처럼 절묘한 수수께끼(intriguing enigma)등을 찾을 수 없다. 그렇다고 스펜서의 『선녀여왕』(*The Faerie Queen*)이나 밀턴의 『실낙원』(*Paradise Lost*)처럼 스케일이 크거나 장엄함을 갖추고 있지도 않다. 이런 이유로 해서 벤 존슨을 교훈주의자, 고전주의자, 풍자시인, 또는 어쩌다가 가끔씩 시를 쓰는 시인 등으로 분류되었는데, 이런 낮은 평가는 모두 벤 존슨의 어느 한 측면만을 확대 해석한 적절하지 못한 평가들이다.

　　르네상스 시대 독자들에게 벤 존슨은 "집요하고 도전적인 인물"(an urgent and challenging figure)이었다. 그의 시 하나 하나는 깊은 감명을 준다. 그가 죽은 아들이나 딸을 위해 쓴 묘비명에는 자식을 잃은 부모의 비통함이 감동적이면서도 극히 절제된 정서로 표현되어 있다. 시드니 가문의 저택을 묘사한 목가시, "펜스허스트에게"는 웅변적인 아름다움이 넘쳐흐른다. 실리아에 받치는 노래나 연인들의 송가에는 아름다운 서정성이 소박한 문체로 표현되고 있다.

벤 존슨의 초기 걸작시들은 아무렇게나 전집에 모아놓은 것이 아니라, 세심한 선별기준에 의해서 편집되어 실려 있는 것이다. 비록 개개의 시들이 이런 의도 하에 쓰였는지는 알 수 없지만 "경구시"와 "숲"에 실려 있는 시들은 연작시로 읽을 때 더욱 선명한 구조가 드러난다고 하는 데 비평가들의 의견이 일치하고 있다. 존슨의 연작시 구조는 존 단이나 셰익스피어의 소네트보다도 확고한 구조를 지니고 있다고 보는 비평가도 있다. 벤 존슨의 시들은 연작시라는 구조 속에서 연결 지어 읽을 때 더 커다란 의미를 찾을 수 있다.

"베드포드 공작부인 루시에게"에서 존슨은 "보기 드문 시는 보기 드문 친구를 요한다"(rare poems ask rare friends)라고 말한 바 있다. 어쩌면 존슨이 그의 "경구시집"에서 설정한 구조가 "보기 드문" 것이어서 일반 독자들에게는 쉽게 손에 잡히지 않는 것인지도 모른다. 여기 실린 시들은 이르게는 1595년 그의 첫딸이 사망할 무렵에서부터 늦게는 1610년경까지 쓰인 것들이다. 주제면에 있어서 이 시들은 칭송과 비난, 인생과 사회비판과 망자에 대한 애도문까지 다양한 종류들이 섞여 있다. 그의 최고 후견인이었던 펨브로크 공작 필립(Philip)에게 그의 희곡『캐틸린』(*Catiline*)을 바치면서 존슨은 좋은 것을 칭찬하는 사람들은 많지만, 그것을 알아주는 이는 별로 없는 현실을 지적하면서 "사람의 판단이란 지식에서 나오는 것이요, 그것은 가늠해보는 능력이다"(men judge only out of knowledge,/ That is the trying faculty)라고 말하고 있다. 여기서 "지식"(knowledge)이란 단순한 사실의 축적이 아니라, 그의 "독자에게"에서 말한 것처럼 필자의 의도를 제대로 "이해"하는 분별과 판단을 일구어내는 능동적 처리 능력을 말한다. 어쩌면 벤 존슨은 그의 경구시집에 담겨진 의도를 이렇게 간파해주기를 기대하고 있는 지도 모른다. "헐뜯기만 하는 영국인들에게"(To Mere English Censurer)의 마지막 행에서 존슨은 "그대의 믿음이 그대가 지닌 지식의 전부이다"라고 한 것이라든가, "헨리 굿이어 경에게"(To Sir

Henry Goodyere)에서 "그 사랑을 낳은 것은 그런 지식이었다"(It was a knowledge, that begat that love)라고 언급하고 있는 것도 같은 맥락이라고 볼 수 있다. 사물의 이치를 가늠해 볼 줄 아는 능력으로서 "지식"을 벤 존슨의 시들은 요구하고 있는 것이다. 왜냐하면 이런 능력이 없으면 그의 시들은 결코 생명을 얻을 수 없기 때문이다.

실제로 몇 편의 시들을 연작시로서 살펴보기로 하자. "경구시집" 제52번은 "헐뜯기 좋아하는 궁정인에게"(To Censorious Courtling)이다. 이 시의 소재가 되고 있는 궁정인은 문학적 감식력이 없는 엉터리이다. 그래서 내심으로는 벤 존슨을 못마땅해 하면서도 자신의 판단력 부족을 감추기 위해서 존슨의 시에 대해서 마음에 없는 칭찬을 한다는 내용이다. 이 시의 뒤를 잇는 제53번은 "낡은 시집의 간지 수집가에게"(To Old-End Gatherer)로서 누군가가 헌정했던 시집의 간지를 떼어내고, 자기 것인 양 새로 간지를 붙인 다음, 자신의 후견인에게 다시 헌정하는 가련한 표절 시인에 대한 내용이다. 제54번은 "셰브릴에 대하여"(On Chev'ril)로서 셰브릴은 존슨의 시가 비방으로 가득 차 있다고 비난한 변호사의 이름이다. 이 시에서 존슨은 셰브릴을 "마음대로 늘어나는 가죽"(pliable leather)이라고 비꼬고 있다. 이 시에서 하나를 건너뛰어 제56번은 "엉터리 시인에 대하여"(On Poet-Ape)로서 다른 작가의 희곡을 재구성해서 명성을 얻으려는 엉터리 시인에 대한 시인만큼 앞에서 다룬 시들과 일맥상통하고 있다. 문제는 그 사이에 끼여 있는 제55번이 "프란시스 버몬트에게"(To Francis Beaumont)로서 실제 유명 시인을 제재로 택함으로써 나머지 시들이 허구적이거나 익명성을 띤 인물들이라는 점에서 차별성이 드러난다. 그러나 다른 각도에서 보면, 이 시 역시 시의 창작 및 시의 감상이라는 커다란 주제 안에 포함되어 있다. 존슨은 버몬트를 칭찬하며 엉터리 시, 빈약한 판단력, 거짓 명성으로 둘러싸인 엉터리들 사이에 참된 시인에 대한 찬양시를 삽입해 넣음으로써 전체적인 구조에 중심축으로 삼고 있는 것이다. 버몬트가 존슨에게 보낸 아첨 어린 운문 편지 형태의 찬사에 대하여 답하는 형식으로 되어 있는 이 시에서 존슨은 저명한 시인 버몬트를 점잖게 비판함으로써 존슨을 이해 못하고, 잘못 해석하고, 마구 표절해 대는 엉터리 시인들에 대한 조롱이 더욱 무게를 지니게 되는 것이다. 이처럼 일부분을 떼어서 고찰해 보아도 우리는 존슨이 연작시적 구상에 대한 증거들을 찾을 수 있다. 이런 접근 방식을 존슨의 시 전체에 확대 적용해보면 우리는 더 많은 소득을 얻을 수 있을 것으로 본다.

벤 존슨은 대단히 수준 높은 풍자작가이다. 그의 시는 겉으로는 칭찬을 하는 듯 하면서도 여러 가지로 해석이 가능해서, 왠지 그 뒤에 무언가가 숨겨져 있는 듯한 느낌을 지울 수 없는 경우가 많다. 앞에서 살펴 본 버몬트의 경우에도 존슨은 자신이 세상으로부터 받고 싶은 칭송을 대신 버몬트에게 돌려놓고 있다. 결국 칭송의 대상은 자기 자신인 셈이다.

벤 존슨의 풍자시는 단순히 선이 악을 축출하는 차원의 문제가 주 관심이 아니다. 이른바, 존슨이 "지식"이라고 부르는 일관된 기준(a constant standard)의 필요성을 논하는 것이다. 이 기준은 작품의 감상뿐만이 아니라, 인간 행위 자체에 대해서도 필요하다. "경구시집"의 58번에서 65번까지 일련의 시를 연작으로 읽어보면 이런 주장이 더욱 설득력을 갖게 된다. 이 시들에는 화약음모사건이 언급되고, 마운트이글(Lord Mounteagle), 솔즈베리 공작(Earl of Salisbury) 등의 인물이 등장한다. 마운트이글은 국회의사당에 대한 폭파음모사건을 사전에 알아내어 솔즈베리 공에게 알림으로써 이 음모가 좌절되게 만든 인물이다. 그러나 이 역사적 사건은 오늘날까지도 석연치 않은 요소가 많이 있다. 실제로 그런 음모가 있었으나 마지막 단계에서 발각이 난 것인지, 아니면 솔즈베리 공이 가톨릭을 몰아내고 권력을 잡기 위하여 조작한 사건인지, 오늘날도 의견이 분분하다. 일련의 시들에서 존슨은 마운트이글의 공로를 칭송하고, 겸허한 정치인으로서 솔즈베리 공을 높이 평가한다. 그러나 좀 더 자세히 문맥을 들여다보면 이 역시 교묘한 풍자가 아닌지 의심스럽다. 존슨이 솔즈베리 공을 위하여 일했음은 분명한 사실이다. 그가 솔즈베리 공에게 고용되어 일한 시점이 화약음모사건 발생 직후임은 명백하고, 심지어는 이 사건이 있기 전부터 존슨은 솔즈베리를 위하여 일했다는 주장도 있다. 심지어는 존슨이 화약음모사건의 일원으로 일했다는 증거도 있다. 그렇다면 그는 이중스파이였다는 말이 된다. 만약 존슨이 이중스파이였다면 위의 일련의 시들은 전혀 다른 함의를 지니고 있는 것이다. 그가 칭찬하는 듯한 마운트이글은 국민적 영웅이 아니라, 존슨 자신과 다름없는 이중스파이일 뿐이다. 그리고 이 시의 뒤를 잇는 "나의 뮤즈에게"(To My Muse)에서 언급되는 '가치 없는 귀족'(a worthless lord)은 혹시 솔즈베리를 빗대는 것일 수도 있다. 그렇게 보면 연작시라는 측면에서 다소 이질적인 주제임에도 불구하고 존슨이 이곳에 끼워 넣은 것은 의미가 있다고 생각된다.

1616년 벤 존슨은 계관시인으로 임명되었다. 이 영예는 문인으로서 존슨의 위치를 국왕이 공식 인정한 것이며, 명시되지는 않았지만 전에 그런 전례가 없었던 만큼 그가 영국의 첫 계관시인임은 부정할 수 없는 사실이다. 그러나 벤 존슨은 이때부터 실질적으로 무대에서는 은퇴한 것이나 다름이 없다.

1618년 스코틀랜드를 도보 여행하고, 시인 드러몬드(William Drummond 1585-1649)와 6개월 동안 함께 생활하면서 그의 전기적 사실이 전해지고 있다. 드러먼드는 벤 존슨의 방문에 대한 일기 형식의 노트 원고를 남겼다. 이 원고는 1832년 발행됨으로써 드러먼드 자신 및 벤 존슨의 삶에 대한 귀중한 사료가 되었다. 왜냐 하면 1623년 그의 서재에 화재가 발생함으로써 다수의 문학 작품과 더불어 존슨의 삶과 문학 세계를 이해하는 데 도움이 될 수 있는 귀중한 사료들이 없어졌기 때문이다.

만년의 벤 존슨의 삶은 행복하지 못하였다. 1628년부터는 뇌졸중의 발작으로 인하여 상당한 기간 동안 침대 신세를 져야 했고, 런던 시 당국으로부터 "시 역사 담당관"(City Chronologer)으로 임명되지만 현실적으로 직무수행이 어려웠다. 더욱이 1631년에는 이니고 존스(Inigo Jones)와의 해묵은 갈등이 표면화되어 국왕으로부터 받던 연금마저 끊기게 됨으로써 벤 존슨은 경제적으로도 궁핍한 생활을 하다가 1637년 8월 6일 세상을 떠난다.

만년의 그의 작품 세계는 사양화 일변도였다는 평가는 지나친 것이지만 상상력의 저하가 두드러지는 것은 사실이다. 더욱이 벤 존슨은 자신의 작품전집 제2판을 계획하고 후기에 쓴 작품들을 조심스레 선별하여 편입시킬 계획이었다. 그러나 이 계획을 실현시키지 못하고 사망하기 때문에 만년의 벤 존슨의 평가가 악화된 면도 있다. 벤 존슨의 후기 궁정가면극은 후기에도 계속적인 발전의 면모를 보이고 있다. 또한 후기시들은 우리가 앞에서 살펴본 경구시들 만큼은 좋지 않아도, 존슨의 영감이 쇠퇴하고 있지 않음을 보여준다.

상당 기간 벤 존슨은 영국 문인 사회의 거두였다. 그의 문학 서클은 사무엘 존슨의 문인 서클에 버금가는 사교 모임이었다. 많은 선술집에서, 특히 "선술집 데블"(The Devil Tavern)의 아폴로실(the Apollo Room)은 벤 존슨과 그를 추종하는 소위 "벤의 후예들"(the Tribe of Ben)들이 자주 모임을 갖는 장소였는데, 여기서 벤 존슨은 늘 존경받는 좌장이었다. 로버트 헤릭, 토머스 캐롯, 존 서클링 등과 같은 시인들 그리고 포클랜드, 디그비 등과 같은 사상가들은 자신들 스스로 "벤의 후예"라고 불리기를 좋아했다. 이와 같은 벤 존슨의 후배 학자들은 영국 시단의 왕당파 전체의 중추적 모태가 되었다. 이런 젊은 문인들은 벤 존슨을 리더로 따랐고, 17세기에 시작되어 번창했던 르네상스 시대의 위대한 문인들의 — 예를 들어, 셰익스피어, 프란시스 베이컨, 존 단, 월터 롤리 등의 — 마지막 생존자로 존슨을 존경했다.

벤 존슨이 세상을 떠나자 영국 사람들은 그를 웨스트민스터 사원에 정중히 매장하였고, 그의 무덤 주위에 웅장한 기념물을 세워주려는 계획을 세웠다. 그러나 이 계획은 결코 실현되지 못하였다. 영국 사회가 청교도 혁명이라는 내전의 소용돌이 속으로 빨려 들어가고 있었기 때문이다. 사람들은 그의 묘비에 "오 남달랐던 벤 존슨이여"(O rare Ben Jonson)라는 짤막한 한 구절을 새겼는데, 평생 그가 써준 수많은 묘비명에 비하면 너무 짧고 초라하지만, 어떤 면에서는 폭풍 같은 인생을 살다 간 르네상스 문인에 대한 평가를 잘 요약해서 보여주는 상징적인 묘비명이기도 하다.

참고문헌

Bamborough, J. B., ed. *Ben Jonson*. London: Hutchinson U. Library, 1970.

Barish, Jonas A., ed. *Ben Jonson*. New Delhi-110001: Prentice-Hall of India, 1980.

Dutton, Richard, ed. *Ben Jonson: Epigrams and The Forest*. Manchester: Flyfield, 1984.

Eliot, T.S. "Ben Jonson," *Selected Essays*. London & Boston: Faber and Faber, 1932; rpt, 1951, pp. 147-60.

Leggatt, Alexander. *Ben Jonson: His Vision and His Art*. London & New York: Methuen, 1981.

조지 허버트

●●● 백정국

| 작가 소개 |

조지 허버트(George Herbert, 1593-1633)는 웨일즈의 한 유복한 가정의 다섯째 아들로 태어났다. 그가 태어난 1593년은 예사롭지 않은 해였다. 나중에『조지 허버트의 생애』(*The Life of Mr. George Herbert*)를 써 허버트를 세상에 널리 알리는 데 큰 공헌을 한 아이작 월튼(Izaak Walton)도 같은 해에 태어났다. 크리스토퍼 말로우(Christopher Marlowe)가 이마에 칼이 꽂혀 살해를 당하고, 그 별스럽게 처참한 죽음은 신 앞에 겸손할 줄 모르는 파우스트 이야기를 드라마로 만든 "오만한" 작가에 대한 신의 심판이었다는 일갈(一喝)이 교회의 강대상을 뒤흔들었던 것도 이때였다. 영국국교에 참예하기를 거부하는 자들은 추방하거나 극악범으로 처형한다는 내용의 "비국교도 비밀집회에 관한 법령"(Conventicles Act)이 통과되고, 관객들에게는 더할 나위 없이 흥미롭지만 작가에게는 위험천만한 정치와 종교문제를 다룸에 있어 남다른 자기방어의 재능을 소유했던 윌리엄 셰익스피어(William Shakespeare)가 런던을 휩쓴 전염병으로 극장들이 철시하자 써샘튼 공작(Earl of Southampton)에게『비너스와 아도니스』(*Venus and Adonis*)를 헌정하며 몸보신을 꾀한 것도 같은 해였다. 청년이 된 허버트가 성직자의 꿈을 품고 웨스트민스터 학교를 거쳐 캠브리지 트리니티 칼리지로 입학한 것은 이러한 동시대의 종교를 둘러싼 갈등에 비추어 시사하는 바가 적지 않은 선택이었던 것으로 보인다.

캠브리지대학 진학을 포함한 허버트의 인생길에서 어머니 막달린 허버트(Magdalen Herbert)의 영향은 지대했다. 네 살 때 아버지를 잃은 허버트에게 뉴포트 부인은 사랑이 넘치는 어머니 이상의 여인이었다. 존 던(John Donne)의 후원자로 그와 두터운 교분을 쌓았던 그녀는 총명한 아들의 지적인 대화상대자였으며, 신에게 바쳐질 그의 성직자와 시인으로서의 삶의 방향을 가장 먼저 감지한 사람 중에 하나였다. 허버트는 열일곱의 나이에 "시에 대한 저의 보잘것없는 재능은 모두 그리고 영원히 하나님의 영광을 위해 봉헌될 것이다"라고 결심하는데, 그 결심의 말을 들은 것은 바로 그의 어머니였다.

하지만 캠브리지에서 드러난 허버트의 재능은 일견 엉뚱한 방향을 겨냥하고 있는 듯이 보였다. 지독한 책벌레이며 장서수집가이기도 했던 허버트는 그 탁월한 지적 능력을 인정받아 모교의 수사학 강사로 임명되고, 곧이어 "대학의 대표 연사"(public orator)로 선출되었다. 게다가 캠브리지를 종종 방문했던 제임스 왕(King James I)의 눈에 뜨여 그의 총애를 누리는 영광마저 안게 되었다. 아카데미아에서 그의 명성이 정점에 다다른 것이다. 프랜시스 베이컨(Francis Bacon)이 죽기 일 년 전에 자신의 시편 번역을 허버트에게 헌정했고, 베이컨이 죽었을 때 허버트가 그를 위해 추도시를 바쳤다는 사실은 허버트가 동시대에 얼마나 매력적인 인물로 비쳐졌는가를 상징적으로 보여준다.

그렇게 승승장구하던 허버트는, 캠브리지에서의 자신의 입지, 권세 있는 인물들과의 교류, 그리고 무엇보다도 왕의 총애를 발판으로 궁정의 자리를 엿보았을 법도 했을 텐데, 세속적인 야망의 길을 좇지 않았다. 월튼은 뒤를 보아줄 만한 영향력 있는 친구들의 죽음과 그 뒤를 이은 제임스 왕의 서거(1625)로 궁정을 향한 허버트의 꿈도 죽어버렸다고 적고 있으나, 허버트는 유한한 세속의 권력자들에게 하나뿐인 자신의 인생을 건다는 것이 허무하다는 것을 깨달았던 것 같다. 속세의 권력자들은 결코 그의 시 「구속」(Redemption)에 등장하는 "집주인"(Lord)처럼 "나"의 소원을 미리 알고, 자신을 죽임으로써 그 소원을 들어주는 이들이 아니었다. 제임스 왕 사후 궁정의 한 지인에게 성직자의 길을 가겠다는 결심을 밝혔을 때, 그의 태생과 재능이 사장(死藏)됨을 안타깝게 여긴 그 지인이 이를 극구 만류하자 허버트는 이렇게 대답했다고 한다. "천상의 왕의 하인은 이 땅에서 가장 고귀한 가문의 태생이어야 한다."

천상의 왕을 섬기는 하인의 길은 사실 허버트 부인이 아들 허버트에게 바라던 길이기도 했다. 어머니의 사망(1627) 후 세 해가 지나 영국국교(Church of

England)로부터 서품을 받으면서 시작된 베머튼(Bemerton)의 교구사제로서의
허버트의 삶은, 어머니의 친구이며 자신을 아꼈던 존 던의 삶과는— 그들의 시
가 또한 그랬듯이— 확연히 달랐다. 궁정사제(Royal Chaplain)로서 왕을 비롯한
고관대작을 상대로 설교했던 존 던과는 대조적으로 허버트는 권력자들의 지배
대상이 된 가난하고 무지한 민중들을 향해 하나님의 말씀을 전했다. 월튼은 베
머튼에서의 허버트의 모습은 자비와 겸손과 기독교인으로서의 덕행으로 충만하
여 성 크리소스톰(St. Chrysostom)과 가히 비견할 만하다고 쓰고 있다. 또한
존 던이 화려한 궁정의 뜰을 거닐며 제왕의 장식품들을 목도했다면, 허버트는
일주일에 두 번씩 평원을 걸어 당도한 솔즈베리의 대성당의 스테인드 글래스를
감상했다. 이때의 감흥을 시로 옮긴 「창문들」(The Windows)에서 화자는, 설교
자는 "깨지기 쉬운, 뒤틀린 유리"(a brittle, crazy glass)니 "당신의 은총이 통과
하는 창문"(a window through thy grace)이기를 겸손하게 그러나 간곡하게 희
구한다.

　　허버트의 소박한 심미적 감수성이 단지 시각적 대상에만 한정된 것은 아
니었다. 허버트는 음악감상을 즐겼던 시인이었다. 솔즈베리에서 스테인드 글래
스를 통과하는 빛에 눈이 부셨을 때 그의 귀는 성당 안에 울려 퍼지는 교회음
악에 열려 있었고, 이때의 청각경험은 「교회음악」(Church-music)이란 시의 바
탕이 되었다. 허버트는 또한 악기연주를 좋아했던 시인이기도 했다. 솔즈베리
에서 베머튼으로 돌아오는 길에 허버트는 종종 음악 동호인 모임에서 노래를
부르고 루트(lute)를 연주하고는 했다. 허버트는 죽기 전 주 일요일에도 병상에
서 일어나 자신의 악기 하나를 달래서는 손에 들고, "나의 하나님, 나의 하나님
이여! / 나의 음악이 당신을 찾을 것이며, 모든 현은 / 당신의 속성을 노래해야
만 할 것이 옵니다"(My God, my God! / My music shall find thee, / And ev'ry
string / Shall have his attribute to sing)라고 읊으며 스스로의 반주에 맞추어
노래를 불렀다고 전해진다. 허버트에게 종교는 삶의 "즐거움을 추방하는 것이
아니라, 단지 즐거움에 절제를 가르치며 규칙을 부여"하는 것이었으며, 그에게

음악은– 연주하는 능동적 즐거움이나 연주에 도취되는 수동적 즐거움을 수반
하든– 불완전한 인간의 언어가 제공할 수 없는 감성적 쾌락을 허락함으로써
빈곤한 인간 언어에 신성한 에너지를 공급하는 또 다른 언어였던 것이다. 존
웨슬리(John Wesley)가 허버트의 시에 대해 남다른 애착을 갖고 적지 않은 수
의 그의 시에 곡을 붙여 찬송가로 만든 것은 허버트의 시가 갖는 음악성과 섬
세한 언어 감수성을 인정했기 때문이다.

영원할 수 없는 "깨지기 쉬운 유리"였던 허버트는 1633년 불혹의 나이에
지병으로 세상을 떠났다. 동시대 극작가 제임스 셜리(James Shirley)의 말처럼
허버트는 "죽음에서 향기를, 티끌 속에서 꽃을 피우는" 영혼이었다. 허버트는
자신이 섬겼던 교회의 제단 밑에 묻혔다. 그의 묘석에는 아무런 비문도 새겨지
지 않았다.

| 작품 세계 |

허버트의 시는 그 일관된 종교적 주제로 인해 현대의 비기독교 독자들과 무신
론자들에게 커다란 관심을 끌지 못하는 면이 없지 않다. 그러나 그의 시는 비
밀스러운 직관과 신비스러운 신화적 요소를 적당히 얽어 맨 진부한 자아도취
적 종교시 혹은 기독교의 본질을 전투적 배타성으로 왜곡 포장하여 특정한 정
치 이데올로기에 이용하려는 시들과는 전혀 다른 차원에 서있다. 허버트의 시
는 너무나 진솔하게 종교적이기 때문에 너무나 진솔하게 인간적이다. 20세기
의 가장 탁월한 기독교 변증론자이며 저명한 르네상스 영문학자 C. S. 루이스
(Clive Staples Lewis)가 기독교에 적대적인 무신론자였을 때 허버트에 관해 언
급한 내용은 그의 시를 이해하는 데 흥미로운 관점을 제공한다.

순간순간 겪게 되는 삶의 정수를 전달함에 있어 내가 이제껏 읽었던 모든 작가

들을 능가하는 듯이 보이는 이가 여기 있었다. 서툰 작자들은 그 모든 작업을 단도직입적으로 수행하는 대신 소위 "기독교 신화"를 통한 명상을 여전히 고집해 왔다. 이 모든 것에서 거의 확실히 내릴 수 있는 결론은 "기독교인들은 틀렸으나, 나머지 인간들은 따분하다"는 것으로 표현될 수 있을 것이다.

이 해박한 무신론자는 허버트가 믿었던 것을 믿을 수는 없었지만, 허버트와 그의 시에서 다른 사람들의 인생에 결핍된 "삶의 현장성, 흡입력, 진정함, 생명력"을 발견했던 것이다. 물론 허버트의 시에서 신비주의적 요소가 완전히 부재(不在)하는 것은 아니지만, 그의 시적 사유의 출발점은 종교적 일상(日常)에서 조우하는 소소해 보이는 물리적 대상에 대한 집약적 관찰에서 비롯되는 경우가 허다하고, 그 관찰에서 끌어낸 통찰을 시로 형상화할 때 그의 언어는 매우 물질적이고 직선적이며, 그 효과는 종종 자연스럽게 직관적이고 형이상학적이다.

1633년에 출판된 허버트의 초판 시집은 『성전』(*The Temple*)이란 제목을 달고 있고, 저자를 "전직 캠브리지 대학의 연사"라고 소개하고 있다. 시골교회 성직자로서의 삶을 자청했던 허버트에게 대학의 연사라는 직함은 그가 원하지 않았을, 그를 과거로 회귀시키는, 거북스러운 호칭이었을지 모른다. 게다가 책의 제목도 허버트 같았으면 거창하게 들리는 "성전"대신 소박하게 "교회"라고 붙였을 법하다. 저간의 사정이야 어쨌든 허버트의 이 유일한 시집은, 시인의 신앙고백을 놀라운 시적 상상력과 탁월한 기지, 정치(精緻)한 이미저리와 소박한 언어로 표현함으로써 인간의 영혼이 성전임을 증명하고, 또 독자들의 마음 속에 그런 성전이 세워지기를 의도한다는 점에서, 아주 적절한 제목을 갖게 된 것으로 여겨진다.

허버트의 시를 온전하게 이해하기 위해서는 다른 르네상스 시인들의 시와는 다른 접근법이 요구된다. 그의 시는 그림 맞추기 퍼즐에 비유될 수 있다. 개개의 시가 퍼즐 조각처럼 모여 하나의 커다란 그림을 만들어 낸다. 즉, 개별성과 전체성을 동시에 확보하고 있다는 뜻이다. 이러한 독특한 특징을 제대로 파악하려면 『성전』을 처음부터 끝까지 순서대로 살펴 볼 필요가 있다. 『성전』

이 담고 있는 낱낱의 시는 성전건축 공사장의 벽돌과 모르타르 같은 역할을 하며, 그 역할은 작품의 순차적인 공간이동적 구조에 의해 구체적으로 확인된다. 『성전』은 "교회 현관"(The Church-porch), "교회"(The Church), "교회의 투사"(The Church Militant) 세 부분으로 구성되어 있다. 이러한 구조적인 특징은 다시 공간적, 시간적 삼중구조와 연관되어있다. 공간적인 측면에서 보았을 때 『성전』의 구조는 구약에 등장하는 히브리 민족의 장막/성전의 건축학적 삼중 구조― 뜰/현관(courtyard/porch), 성소(holy place), 지성소(holy of holies) ― 를 모사하는 듯이 보이며, 시간적으로는 인간의 성장과 노쇠 그리고 죽음을 암시하고 있다. 『성전』에서 개인은 성장과 노쇠와 죽음의 물리적 과정을 겪고, 영적으로는, 존 데이비드 워커(John David Walker)의 표현을 빌면, "그리스도에 대한 원시적인 순종," "고뇌 속에서 성숙," 그리고 "하나님과 연합하는 궁극적 운명"의 과정을 거친다. 『성전』을 순서대로 읽어 내려간다는 것은 신의 집에 들어가 참예하며 그를 만나는 성경의 제사장 혹은 성자의 거룩한 경험을 공유함을 상징한다.

　『성전』의 서두를 장식하는 "교회 현관"은 77개의 연으로 이루어져 있다. 죄를 범한 형제에게 "일흔 일곱 번까지라도" 용서해 주라는 예수의 가르침을 상기시키는 77이라는 숫자가 암시하는 신의 너그러움이, 교회당 안으로 발을 들여놓기 전에 선행되어야 할 육체와 마음의 정화에 대해 노래하고 있는 시의 내용과 맥이 통하는 것은 결코 우연이 아니다. 그러나 신의 용서는 죄를 씻어 내려는 인간의 각고의 노력을 전제하는 용서다. 그리고 그 노력은 지루할 정도로 반복적인 자기정화의 노력이어야 한다. "교회 현관"은 『성전』의 나머지 부분과는 차별적으로 77개 연 모두가 각각 6행의 ababcc의 매우 정형적인 각운을 갖고 있고, 그 내용 또한 성경의 『잠언』을 연상시키는― 지켜야 할 것과 버릴 것을 명확히 선포하는― 아포리즘적 성격을 강하게 띠고 있다. 예를 들어, 화자는 교회 현관에 서있는 자에게 이렇게 말한다. "욕정을 경계하라"(Beware of lust), "입을 조심하라, 병의 통로이니"(Look to thy mouth; diseases enter there), "모든 이에게 상냥히 대하라"(Be sweet to all), "위대한 것을 탐하지 말라"(Envy not greatness), "어떤 이의 사랑도 멸시하지 말라"(Scorn no man's love), "설교에 의존하되, 주로 기도에 주로 의지하라"(Resort to sermons, but prayers most) 등등.

건축물로서의 교회 현관을 지나 교회/성소로 들어서려면 문을 거쳐야 하듯, 『성전』에서는 「상인방」(Superliminare)을 통과해야 한다. "살수용기"(Perirrhanterium)라는 "교회 현관"의 부제가 이미 암시하듯이 그곳을 통과하는 것은 세례를 받은 자의 특권처럼 보인다. "너는, 앞선 계율들이 / 물을 흩뿌려 가르쳤나니 / 교회에서의 몸가짐을, 접근하여, 맛보라 / 신비한 교회의 양식을"(Thou, whom the former precepts have / Sprinkled and taught, how to behave / Thyself in church; approach, and taste / The church's mystical repast).

"교회 현관"을 출발하여 「상인방」을 거쳐 도착하는 곳은 『성전』의 핵심부인 "교회"다. 이곳에 담겨있는 시들은 『성전』의 건축학적 구조가 독자의 수동적인 순례를 목적으로 한 것이 아니라 궁극적으로 독자가 능동적인 건축가이기를 소망함을 보여준다. 이것은 바울로 대표되는 신약성경의 사상, 즉 사람이 신의 살아있는 성전이라는 신학사상과, "교회"(*ecclesia*)라는 말의 원래 뜻이 "사람들의 모임"이라는 사실을 상기시킨다. 따라서 「제단」(The Altar)이 "교회"의 첫 번째 시로 자리잡고 있는 것은, 교회와 성전의 물리적 공간구조에 부합함과 동시에 그 제단이 생명 없는 돌이 아니라 "눈물로 굳힌"(cemented with tears) "마음"(heart)으로 세워짐을 드러낸다는 측면에서, 용의주도하고 정밀한 배치라고 아니할 수 없다.

「제단」의 각 단어와 행이 제단으로 만들어져 가는 화자의 조형적 신앙고백이 교회의 성전으로서의 공간성 확보를 선포하는 교두보격의 역할을 한다면, 그 뒤를 따르는 「희생」(The Sacrifice)은 제단 위에 바쳐진 희생 제물이 바로 예수임을 상기시킨다. 이어 「무덤」(Sepulchre), 「부활절」(Easter), 「구속」

(Redemption)으로 펼쳐지는 전개 양식은 십자가 처형의 구속사적(救贖史的) 중요성을 환기시키고 있다. 하지만 여기서 주목할 것은 "교회"에 속한 많은 시들이 전달하고자 하는 메시지가 기독교의 교의(教義)를 전파하는 데 초점이 맞추어 있지 않다는 점이다. 허버트의 많은 시들이 종종 기독교의 신학사상을 아주 철저하게 수용하고 있어 시적 화자를 그 대변인처럼 보이게 하는 것은 사실이지만, 허버트의 진정한 관심은 교조적 배타성에 경도될 가능성이 있는 기독교인들을 시인의 섬세하고 유연한 종교적 사유의 세계로 끌어들임으로써 신이라는 절대자와 인간과의 관계를 재정립하기를 원한다는 것처럼 보인다. 교회는 하나님을 예배하는 신성한 곳이지만 「죄인」(The Sinner)들이 모이는 곳으로 속세의 한가운데에 위치하며, 그 속세에는 「고뇌」(Agony), 「괴로움」(Affliction), 「죄」(Sin), 「배은망덕」(Ungratefulness), 「한숨과 신음」(Sighs and Groans), 「굴욕」(Mortification), 「망령」(Dotage), 그리고 종국적으로 「죽음」(Death)이 기다리고 있다. 이러한 일련의 실존적 문제에 맞닥뜨린 허버트의 화자는, 존 던의 시에서 목격되는 죽음과 심판에 대한 공포와 구원의 불확실성에 대한 탄식으로 움츠린다거나, 리처드 크래쇼(Richard Crashaw)처럼 신과의 황홀한 결합을 모색한다거나, 혹은 존 밀턴(John Milton)의 경우처럼 원죄에 의한 낙원 상실을 기억하며 신묘막측(神妙莫測)한 하나님의 섭리에 의해 압도당하지 않는다. 허버트와 신과의 관계는, 앤 패스터넉 슬레이터(Ann Pasternack Slater)의 지적처럼, 제라드 맨리 홉킨스(Gerad Manley Hopkins)와 신과의 관계를 연상시킨다. "긴장감이 있으면서, 천진난만하며, 격정적으로 무성적(無性的)"이다. 허버트가 보는 신과 인간의 관계는 창조자와 피조물이란 어쩔 수 없는 위계질서에 의해 피조물이 주눅이 드는 관계가 아니라, 평범한 인간의 수준으로 강림한 신과 때로는 치기 어린 논쟁을 벌일 수 있는 역동적인 관계이다. 기도의 본질을 소네트의 형식을 빌어 다양한 이미지로 노래한 「기도 (I)」(Prayer I)에서 기도가 "일상의 천국, 잘 차려 입은 인간"(Heaven in ordinary, man well drest)이라고 비유될 수 있는 것은, "ordinary"라는 말이 17세기 영국의 주막에서 정해

진 음식 가격을 지칭하는 말이었다는 사회언어학적 배경을 아래, 천상적인 것이 세속적인 지평을 포괄한다는 통찰을 전제한다. 「구속」(Redemption)에서 세입자의 불만이 해소될 수 있는 것은 집주인(Lord)이 천상에서 속세의 "유흥장소"(resort)로 자신의 거처를 옮겨 인간 삶의 분요(紛擾)함에 뛰어들어 그들의 언어로 스스로를 규정하고자 했기 때문에 가능한 것이다.

그러나 이러한 신의 낮아짐은 허버트를 무례하고 공격적으로 만들지 않는다. 오히려 그는 자신이 벌인 논쟁이 애초에 승산이 없는 것이었음을 깨닫고 있는 듯하다. 가령, 「속박」(The Collar)에서 화자 "나"(I)는 "길처럼 자유롭고 / 바람처럼 방종하다"(free as the road, / Loose as the wind)라고 선언하며 온갖 이유를 들어 떠날 것임을 장담하지만, "얘야"(*Child*)라는 단 한마디의 신의 부름에 "나의 주여"(*My Lord*)라고 화답하고 침묵한다. 패하는 싸움임을 이미 알고 있기에 한껏 떼를 써볼 수 있다는 논리다.

허버트의 시를 성경이 묘사하는 인격적인 하나님에 투영하면서 그가 몸담았던 영국국교(Church of England)가 가톨릭과 온건한 캘빈주의(Calvinism) 사이의 중도적 위치를 점하고 있다는 점을 기억한다면, 신과 인간 사이를 인격적 관계로 본 허버트를 이해하는 데 도움이 될 것이다. 그의 성사시(sacramental poetry)가 갖는 이러한 특징은 동시대 프로테스탄티즘의 한 분파인 아르미니아니즘(Arminianism)과도 연관이 있어 보인다. 그리스도의 십자가 죽음은 선택된 자들만이 아니라 만인의 구원을 위한 것이라는 아르미니아니즘은, 죽음과 심판의 공포를 부정하고, 사랑스럽고 자비로운 영혼의 안식처로서의 하나님에 초점을 맞추는데, 이러한 교의는 엄격한 사후 심판을 강조하는 강경한 캘비니즘과는 확실히 구분된다. 「꽃」(The Flower)에서 시든 꽃으로 비유되는 화자가 낙원의 정원에서 영원히 살게 될 것임을 깨닫고, 「패로디」(A Parody)에서 피폐한 영혼이 비통의 순간에, 다가와 위로하는 신을 감지하게 되는 것은 이러한 동시대 신학사상의 흐름과 무관하지 않다.

신학적인 면에서 허버트의 시가 갖는 또 다른 특징은 고뇌하는 연약한 영혼이 받는 위로 혹은 갈등의 해결이 대체로 즉각적인 것에 비해, 그러한 은혜를 베푸는 신의 존재가 즉각적으로 규정 또는 파악되기를 거부한다는 점이다. 힐러리 켈러허(Hillary Kelleher)는, 허버트의 시가 신의 창조세계에서 신의 명확한 실재를 확신하는 종교적인 길을 걷고 있기는 하지만, 그 길은 신의 "미지성(未知性)"을 인정하는 신플라톤주의의 비아우구스투스적 조류인 "부정신학"(negative theology)에 근거한다고 본다. "하나님은 무엇이다"(What God is)라고 피조물의 이성으로 창조자를 긍정적으로 인식하는 "긍정신학"(positive theology)과는 다르게, 디오니시우스(Dionysius the Areopagite), 토마스 아퀴나스(Thomas Aquinas), 그리고 작자미상의 『알 수 없는 구름』(*The Cloud of Unknowing*)에서 발견되는 신관(神觀)에 그 연원을 두고 있는 "부정신학"은, "하나님은 무엇이 아니다"(What God is not)라고 부정해 나감으로써 인간 언어로 붙들어 맬 수 없는 신의 무한성을 이해하고자 노력한다.

이러한 "부정신학"의 영향은 허버트의 시에서 다양하게 감지된다. 신의 인간창조 과정을 노래한 「도르래」(The Pulley)에서 신의 "본성"은 "자연"(Nature) 안에 전적으로 존재하지 않으며, 「아침기도」(Mattins)에서는 "솜씨"(the work)는 언급되나 그 솜씨의 주체인 "장인"은 밝혀지지 않는다. 신을 찾아 "나의 무릎이 지구를, 나의 눈이 창공을 관통"(My knees pierce th' earth, mine eyes the sky)하는 「탐색」(The Search)에서 화자가 결국 깨닫는 것은 "당신의 부재는 알려진 모든 공간을 능가한다"(thy absence doth excel / All distance known)는 것이다. 「기도 (I)」(The Prayer I)에서 창조자와의 소통 수단인 기도의 본질을 규정하려는 시도가 실패하는 것도 같은 관점에서 이해될 수 있다. 서술동사 없이 명사의 나열로만 기도를 정의하고자 했다는 것 자체가 애초에 비유의 불완전성을 내포하지만, 마지막 행의 "이해되는 무엇"(something understood)이라는 구절은 결정적으로 "교회의 향연"(the Church's banquet)으로 시작하여 "뒤집힌 번개"(Reversed thunder), "낙원의 새"(the bird of Paradise) 등으로 이어지는 일련의 과장된 비유의 타당성을 무색하게 만들어

버린다. 허버트는 언어를 극단까지 끌고 감으로써, 유한자와 무한자 사이를 매
개할 수 있는 아날로그(analogue)가 존재하지 않기 때문에 신의 이름을 말할
수 없듯이, 기도를 정의한다는 것 역시 부질없는 것임을 드러낸다. 다시 말해,
기도는 신에 의해서만 완벽하게 이해될 수 있으므로, "이해되는 무엇"이란 구
절은 피조물이 교통하고자 갈망하는 신이 언어의 의미화 작용 너머에 존재함
을 보여줄 뿐이다.

　　마지막으로, "교회"가 신과 인간의 사적인 관계를 서술하고 있다면『성
전』의 마지막 부분인 "교회의 투사"는 제도로서의 "교회"가 인류 역사에서 어
떤 방향성을 갖고 심판의 날까지 역동적으로 움직이는가를 서술하고 있다. 이
역동성은, 시의 초반부에 암시되어 있듯이, 시간과 공간이 무너지는 하나님의
전지전능함 안에서 감지된다.

> 영광스러운 보좌에서 만물을 단지 하나로서
> 보시고 통치하시는, 전능한 주여.
> 가장 작은 개미나 원자도 아는 당신의 권능은,
> 시간의 순간순간에도 알려져 있나이다.

> Almighty Lord, who from thy glorious throne
> Seest and rulest all things ev'n as one:
> The smallest ant or atom knows thy power,
> Known also to each minute of an hour.

과거와 미래 사이의 무한한 거리를 현재에 잡아두면서 "교회의 투사"는 하나님
의 교회가 이집트를 시작으로 그리스와 로마, 독일과 스페인을 거쳐 영국에서
"비교우위적 승리"(higher victory)를 거두며 전 세계로 퍼져나감을 보여준다.
그러나 제럴드 하몬드(Gerald Hammond)의 지적처럼, 이것은 1630년대의 시
로서, 허버트는 교회가 지상에서 편안하고 안전한 자리를 찾을 수 있다는 것이
환상임을 보여준다. 시는 교회를 집요하게 추적하는 "죄"(Sin)를 추적해 나아

가며, 애초에 약속했던 전진의 내러티브는 선회의 내러티브로 바뀐다. 비록 교회가 "미대륙"(America)으로까지 달려가는 전진의 인상을 풍기기는 하지만 그 움직임 역시 환영적인 것이다. 허버트는 회전목마의 두 마리 말처럼 교회와 죄가 일정한 거리를 사이에 두고 역사의 공간에서 움직임을 경고한다.

엄밀하게 말해 "교회의 투사"는 『성전』의 끝은 아니다. 허버트는 18행의 「발문」(L'Envoy)으로 시집을 맺으면서, "영광의 왕"(*King of glory*)과 "평화의 왕"(*King of Peace*)께 예수의 피는 차갑고 그의 십자가는 "보잘것없는 나무"(common wood)에 불과하다고 허풍을 떠는 사탄의 계교를 멈추게 할 것을 청한다. 허버트는 죽음이 생명이 되는 기독교의 가장 큰 역설로『성전』의 "공사"를 마무리하고 싶었던 것이다.

| 초점 해설 |

신과 인간 사이의 관계, 그리고 그 속에서 펼쳐지는 인간 내면의 갈등과 고뇌, 도전과 순응이 드라마틱한 긴장감을 갖고 허버트의 시세계를 지배한다고 할 때 빼놓을 수 없는 것은 이러한 종교적 주제를 시의 형식으로 담아내는 허버트의 기교이다. 흔히 비평가들은 "바로크(Baroque)적" 혹은 "실험적"이라는 표현으로 허버트의 시의 형식적 특성을 정의하는 경향이 있으나, 내용과 분리된 형식에 초점을 맞추는 것은 그의 시를 균형 있게 이해하는 데 장애가 된다고 여겨진다. 허버트의 시에서 내용과 형식은 너무도 긴밀하게 접지되어 있어, 도대체 내용이 형식을 규정하는 것인지, 아니면 형식이 내용을 규정하는 것인지 분간해 내는 것이 쉽지 않다. 허버트는 형식과 내용이 하나가 될 때 비로소 시가 온전한 모습을 갖춘다고 여기는 듯하다. 그의 시는 "형식은 호흡을 해야 한다"는 하인리히 웨플린(Heinrich Wölfflin)의 말에 매우 잘 어울리는 시다. 「창문들」(The Windows)의 마지막 연은 형식과 내용에 대한 허버트의 생각을 시청각적으로 매우 정밀하게 예증한다. 삶과 유리된 교리, 교리와 유리된 삶이 영혼을 울리지는 못하듯이, 허버트는 신성한 "빛"이 언어의 스테인드 클래스를 통해 "색깔"을 띠어야만 설득력을 확보한다고 믿는다.

> 교리(敎理)와 삶, 색깔과 빛은 하나로
> 그것들이 어울려 섞일 때,
> 강건한 경외심을 불러일으키나니, 말은 그저
> 섬광같이 사라져 버리고
> 양심의 소리는 귀속을 울리지 못하노라.

> Doctrine and life, colors and light, in one
> When they combine and mingle, bring
> A strong regard and awe; but speech alone
> Doth vanish like a flaring thing,
> And in the ear, not conscience, ring.

허버트의 시가 노정시키는 기교적 다양성은 물론 그가 다루고자 한 시적 주제가 각론적으로 매우 다양하기 때문이기도 하지만, 그의 학문적 바탕이 고전 수사학의 영향을 강하게 받고 있기 때문이기도 하다. 앞서 간략히 언급했듯이 허버트는 캠브리지대학에서 수사학을 가르쳤으며, 당대 영국의 내노라하는 수사학자들과 친밀한 교류를 한 것으로 알려져 있다. 그러나 허버트의 시가, 간결하지만 명료하고, 소박하지만 저급하지 않고, 숭고하지만 반드시 현란하지 않은 고전 수사학의 대가들— 이를테면 키케로(Cicero)나 어거스틴(Augustine) —의 혼합된 문체의 특성을 띠고 있다고 하여, 허버트가 전통적인 문학적 장식에 사로잡혔다는 뜻은 아니다. 이러한 면에서 허버트는 대륙의 소네트 작가들의 진부함을 풍자한 필립 시드니(Philip Sidney)를 연상시킨다. 「요단강 (I)」(Jordan I)에서 목동을 "순수한 사람들"(honesty people)이라고 칭한 후 "그들로 노래하게 하라"(let them sing)고 하고, "그 누구의 나이팅게일도 부러울 것이 없다"(I envy no man's nightingale)라고 했을 때, 허버트는 자신의 시작(詩作)의 차별성을 염두에 둔 것이다. 허버트의 시가 그 기교적 특성에도 불구하고 "소박하다"고 불리는 것은 "시작의 복잡성"의 반대 개념으로서의 소박함이 아니라, 화려한 시각적 장식(display)과 그 장식 자체를 목적으로 한 공들임(elaboration)의 상대 개념으로서의 소박함이라는 관점에서이다. 허버트의 시는 언어 자체에 대한 애착을 넘어 언어의 진실성에 관심을 보이며, 그러한 관심은 변화무쌍한 실험에 의해 확인된다. 허버트의 시가 보이는 형식과 내용의 일치 혹은 연합은 그의 시를 크게 "형상시"(shaped poems), "형식시"(form poems), "압운시"(rhyme poems)로 나누어 관찰해 볼 때 두드러진다.

먼저, 허버트의 "형상시"는 형식과 내용의 불가분의 관계를 시각적으로 명확하게 입증하는 대표적인 예다. 「제단」(The Altar)과 「부활절 날개」(Easter Wings)는 그 제목을 설명하듯 시가 각각 제단과 날개의 모양새를 갖고 있다. 허버트의 동시대에 이러한 부류의 시들이 유행했던 사실을 감안하면 그의 이러한 형상시가 유달리 특별하다고 보이지는 않지만, 한 가지 분명한 사실은 허버트의 시가 지면에서 특정한 시각적인 형태를 갖추어 나아가는 과정이 내용과 연관하여 너무도 자연스러워 다른 테크닉적 가능성을 상상하는 것을 어렵게 만든다는 점이다. 「부활절 날개 (I)」(Easter Wings I)를 예로 들어보자.

<blockquote>
부요하고 풍족하게 인간을 창조하신, 주여,
　어리석게 인간은 그것을 상실하여,
　　점점 부패해 들어가고
　　　마침내 되는 것은
　　　극도의 빈곤:
　　　당신과 함께
　　　오 날게 하소서
　　종달새처럼, 조화롭게,
　이 날 당신의 승리를 노래하리니:
하면 내 속의 추락이 비상의 고도를 높이오리다.
</blockquote>

Lord, who createdst man in wealth and store,
  Though foolishly he lost the same,
    Decaying more and more,
      Till he became
        Most poor:
        With thee
      O let me rise
    As larks, harmoniously,
  And sing this day thy victories:
Then shall the fall further the flight in me.

무(無)에서 유(有)를 "부요하고 풍족하게"(in wealth and store) 만들어내는 측량할 수 없는 신의 장엄한 창조 작업을 말할 때 시행의 "부요하고 풍족한" 길이는 인간이 그 부요함과 창조함을 어리석음으로 "상실하여"(lost) "썩기"(decaying) 시작해 점점 위축되어 극도의 영적 "빈곤"(poor)에 처한 자신을 발견할 때 가장 볼품 없는 분량으로 축소된다. 그러나 그 볼품 없는 순간은 키에르케고르(Kierkegarrd)의 "단독자"처럼 신과 외롭게 조우하는 순간으로 역전되어 새가 "비상"(rise)을 앞두고 날개를 펴는 순간이 되며, 종달새처럼 "조화롭게"(harmoniously) 날기를 희구할 때 잃어버렸던 날개의 모습을 대칭적으로 찾아 나아간다. 시행의 길이는 계속 예수의 부활의 승리로 인해 물리적으로 팽창하여, 추락이 상승을 결정적으로 추동하는 발판임을 확인할 때 첫 행의 길이를 되찾고, 마침내 시는 비상하는 새의 형상을 갖게 된다.

두 번째 부류에 속하는 "형식시"는 시어와 시구의 정교한 선택과 배치가 시의 전체적 의미에 입체감을 부여하는 시라고 할 수 있다. 가령, 「골로새서 3장 3절」(Coloss. 3. 3.)은 해당 성경구절의 후반부 — "너희 생명이 그리스도와 함께 하나님 안에 감취었음이니라"(Your life is hid with Christ in God) — 를 확대 부연하여, "나의 생명은 그의 안에 감취었고, 그것은 나의 보배"(My Life Is Hid In Him, That Is My Treasure)라는 메시지를 전달하는데, 메시지의 단어가 시행에 순차적으로 정확한 음절의 위치를 찾아, 마치 생명이 감추어 있듯이, "숨어 있는" 구조를 갖고 있다.

> 내 말과 생각은 둘 다 이런 개념을 표현하니,
> 바로 삶은 태양과 함께 이중적으로 움직이는 것.
> 하나는 직선, 그리고 낮의 친구,
> 다른 하나는 숨겨져 있고 . . . .

> *My* words and thoughts do both express this notion,
> That *Life* hath with the sun a double motion.
> The first *Is* straight, and our diurnal friend,
> The other *Hid* . . . .

한 가지 아쉬운 점이 있다면 메시지의 각 단어가 확연하게 대문자와 이탤릭체로 쓰여 있어 "숨겨있음"의 미학을 다소 감소시키는 느낌을 준다는 것이다. 「낙원」(Paradise)에서도 이와 유사한 "지나친 친절함"이 목격된다. 허버트는 첫 연에서 신을 인간의 과수원 수목을 전지하는 정원사로 상정하고 각 행의 마지막 단어를 드러나게 잘라간다. 그리고 이러한 전지작업은 나머지 연에서도 반복된다.

> 주여, 한 줄로 당신께 과실과 질서를
> 드리는 당신의 나무들 사이에 내가
> 살기에 당신을 찬양합니다.

> I bless thee, Lord, because I GROW
> Among thy trees, which in a ROW
> To thee both fruit and order OW.

「삼위일체 축일」(Trinity Sunday)은 시각적 호사함을 배제하고 가장 효과적으로 형식과 내용이 완벽하게 융화됨을 보여준다. "셋"이 "하나"가 되는

"삼위일체"의 신학개념이 시 전체에 매우 자연스럽게 녹아있다. 형식면에서 시는 aaabbbccc의 삼중운율(triplet rhyme)을 갖는 세 개의 연으로 구성되어 있고, 첫째 연에서 신의 행동은 성부와 성자와 성령의 활동을 표시하는 "창조"(formed)와 "구속"(redeem'd)과 "성화"(sanctifi'd)의 세 가지로 대별되고, 둘째 연은 과거에서 현재로, 현재에서 미래로의 3단계의 시간의 흐름을 지적하며, 마지막 셋째 연은 상호연관이 깊은 세 쌍의 단어들 — "심장"(heart), "입"(mouth), "손"(hands) / "믿음"(faith), "소망"(hope), "사랑"(charity) / "달리다"(run), "일어서다"(rise), "안식하다"(rest) — 로 이루어져 있다. 내용의 3과 형식의 3이 하나가 되어버린 것이다.

마지막으로, 정교한 운율에 초점을 맞춘 "압운시"는 허버트의 시에서 가장 큰 비중을 차지한다. 이 그룹에 속하는 시들의 독특하고 기발한 압운형식(rhyme scheme)은 시인이 전달하고자 하는 메시지의 설득력을 높이는 데 매우 중요한 역할을 한다. 「거부」(Denial)는 그 탁월한 예로 여겨진다.

> 내 기도가 당신의 귀를 꿰뚫지
> 못했을 때,
> 내 시처럼 내 마음은 무너져 내려,
> 두려움과 무질서로 내 가슴은
> 메었습니다.
>
> When my devotions could not pierce
> Thy silent ears;
> Then was my heart broken, as was my verse:
> My heart was full of fears
> And disorder:

시의 첫째 연은 신을 향한 화자의 기도가 "거부"되어 마음이 무너질 때 시구들도 무너짐을 보여준다. 운율분석(scansion)은 처참하게 불가능해지고 마지막 행은 각운의 짝을 찾지 못한 단어 "무질서"(disorder)로 끝난다. 이렇게 시작한 시

의 나머지 연들은, 마지막 연을 제외하면, 첫째 연에서 예고된 감정과 운율의
불안정함과 불완전함을 이어받는다. 게다가 각 연의 마지막 단어들은 시의 제목
이 시사하는 부정의 뉘앙스를 강하게 풍긴다. 첫째 연의 끝 단어가 "무질서"였
다면, 둘째 연은 "놀람"(alarms), 셋째와 넷째 연은 "들리는 소리 없음"(no
hearing), 그리고 다섯째 연의 경우는 "불만족스러운"(discontented)이다. 이렇
게 불만족스러운 무질서는 마지막 연에서 만족스러운 질서를 되찾게 된다.

> 오 내 무정한 가슴을 위로하고 조율하시며,
> 시간을 미루지 마옵소서.
> 당신의 호의가 내 간청을 들어주시면
> 그 호의와 내 마음이 공명하여,
> 내 각운을 고치오리다.
>
> O cheer and tune my heartless breast,
> Defer no time;
> That so thy favours granting my request,
> They and my mind may chime,
> And mend my rhyme.

각운이 맞지 않았던 첫 다섯 연은 시인의 조바심에 대한 신의 "거부"의 결과이
다. 그러나 시인이 하나님의 뜻에 굴복하여 그의 흐트러진 그의 마음을 "조율"
하기를 간청할 때 이제껏 외로웠던 "rhyme"은 "chime"이라는 공명의 짝을 찾게
된다. 결국, 「거부」는 인간이 욕망의 본성을 "거부"하지 않으면 신의 "거부"에
직면하게 되는 반면, 그 욕망의 본성을 "거부"하면 신의 은총을 초대하게 된다
는 신약성서의 "자기부정"의 메시지를 고스란히 담고 있다.

　　마치 헌화가(獻花歌) 같은 느낌을 주는 「화관」(A Wreath)은 압운형식이
동심원을 그리듯 대칭적으로 얽히고 설켜 독자의 마음속에 "화환"의 모양을 떠
올리도록 조밀하게 짜여있다. 나뭇가지를 촘촘히 구부려 화환을 만드는 작업
처럼 각 행의 끝 단어는 다음 행의 전반부로 끼어 들어가면서 앞선 연의 메시

지를 수정해 나아간다.

> 얽은, 마땅한 찬미의, 화환을,
> 마땅한, 찬미의 화환을, 당신께 바칩니다,
> 나의 모든 길을 아시는, 당신께 드립니다,
> 나의 굽어 휘도는 길, 그 길은 내가 사는,
> 내가 살지 않고 죽는 곳 . . . .

> A wreathed garland of deserved praise,
> Of praise deserved, unto thee I give,
> I give to thee, who knowest all my ways,
> My crooked winding ways, wherein I live
> Wherein I die, not live . . . .

그리고 9행부터는 첫 네 행에서 각운이 떨어지는 단어가 거꾸로 반복됨으로써 화환이 완성되는 형태를 갖는다. 꽃나무 가지를 꼼꼼히 얽어 화환을 짜는 끈기는 시를 써 가는 절대적 성실함이 되고, 마침내 시는 도약과 통찰의 여운을 남긴 채 "화환"에서 "왕관"으로 변용된다.

> 소박함을 주옵소서, 내가 살 수 있도록,
> 그렇게 살며 사랑하여, 당신의 길을 알며,
> 그 길을 알아 실천하도록. 그러면 내 드리오니
> 이 초라한 화환을 인하여, 당신께 찬미의 왕관을 바칩니다.

> Give me simplicity, that I may live,
> So live and like, that I may know thy ways,
> Know them and practise them: then I shall give
> For this poor wreath, give thee a crown of praise.

「거부」와 「화관」과 같은 시들이 정교하지만 상대적으로 눈에 쉽게 드러나는 압운을 쓰고 있는 반면, 「도르래」(The Pulley)와 「본향」(Home)과 같은 시들은 상당한 집중력이 있어야 그 압운의 미묘함을 감지해 낼 수 있다. 「도르래」
는 창조자의 피조물에 대한 인격적인 사랑을 창조자의 관점에서 우화적으로 서
술한다. 하나님은 가득 채운 복의 잔을 새로 창조한 인간에게 붓는다. 그러나
신은 "힘"(strength), "아름다움"(beauty), "지혜"(wisdom), "명예" (honour), "즐
거움"(pleasure)을 비롯한 거의 모든 복이 쏟아져 나오고 바닥에 "안식"(rest)만
이 남은 것을 보고 하던 일을 멈춘다. 인간이 스스로 복에 겨워 그 선물만을
숭배하고 창조자를 잊는 일이 없도록 평온을 허락해서는 안 되겠다는 생각이
든 것이다. 신의 독백으로 들리는 마지막 연에서 "rest"는 "안식"을 뜻함과 동
시에 "안식"을 제외한 나머지 축복을 지칭함으로써, 안식이 없는 축복, 축복이
없는 안식이 인간의 운명임을 암시한다. 그러나 시인은 "안식"(rest)을 "가슴"
(breast)에 조용히 숨겨둠으로써 인간의 안식은 하나님의 사랑에서 발견되는
것임을 확인한다.

> 하지만 그로 나머지를 간직하게 하되,
> 푸념하는 불안함으로 그것들을 갖게 하자.
> 그로 부요하나 곤고케 하자, 하다못해
> 선함이 그를 인도치 못하면, 곤고함이라도
> 그를 내 가슴으로 던져놓도록.
>
> Yet let him keep the rest,
> But keep them with repining restlessness:
> Let him rich and weary, that at least,
> If goodness lead him not, yet weariness
> May toss him to my breast.

열 세 개의 연으로 구성된 「본향」이 근본적으로 다루고자 하는 주제는
첫 번째 연에 잘 암시되어 있듯이, 진정한 평화의 상태로부터 유리된 인간의
소외감이다.

오소서, 주여, 당신이 정녕 끝없이 머무는 동안,
내 머리는 불타고, 나는 가슴앓이를 합니다.
당신의 지루한 유예는 내게 뼈 속 깊은 상처를 입혀,
내 영혼은 밤낮으로 숨이 막힙니다.
오 당신의 본성을 내게 보여 주시옵소서,
아니면 나를 당신께 데려가시옵소서!

Come, Lord, my head doth burn, my heart is sick,
While thou dost ever, ever stay:
Thy long deferring wound me to the quick,
My spirit gaspeth night and day.
O show thy self to me,
Or take me up to thee!

시작 연의 끝자락 2행 연구(couplet)는 뒤따르는 각 연에서 후렴처럼 반복적으로 쓰이며 ababcc의 압운형식을 12연까지 끌고 가다가 마지막 연에서 일견 당혹스러운 압운의 파격을 감싸 안는다.

오소서 존귀한 주여, 이 거룩한 계절을 넘기지 마옵소서,
내 살과 뼈와 관절이 기도합니다.
나의 시조차, 그 단어가 운율과 논리로는
머무소서이지만, 끝없이 오소서라 말합니다.
오 당신의 본성을 내게 보여 주시옵소서,
아니면 나를 당신께 데려가시옵소서!

Come dearest Lord, pass not this holy season,
My flesh and bones and joints do pray:
And ev'n my verse, when by the rhyme and reason
The word is, *Stay*, says ever, *Come*.
O show thy self to me,
Or take me up to thee!

"피곤한 세상"(weary world)에서 고달프고 외로운 인생살이를 해야 하는 화자

의 갈망은, "오소서"(*Come*)가 이제까지의 반복되는 지루한 압운형식의 리듬을 파쇄하고, 이제껏 본문에서 언급이 되지 않은 시의 제목을 바라보며 Come—Home의 의미심장한 시각운(eye rhyme)을 이룰 때 비로소 확연히 드러난다. 천국이 인간의 "본향"(Home)이라는 것이다.

사무엘 존슨(Samuel Johnson)이 기독교 신학사상은 "웅변이기에는 너무나 단순하고, 소설이기에는 너무나 신성하며, 장식이기에는 너무나 장엄하다"고 했을 때 허버트를 꼭 염두에 둔 것은 아니었지만, 존슨이 갈파한 기독교 사상과 문학과의 관계를 허버트만큼 스스로의 삶과 작품을 통하여 드러낸 시인을 찾아내기란 쉽지 않다. 허버트는 범인들에게는 조그만 시골마을의 사제로, 비평가들에겐 형이상학파 시인으로 기억되지만, 그의 모든 시는 신과 인간의 교통장소인 성전이라는 공간에서 "부활절 날개"처럼 겸손하면서도 대담한 비상과 활공을 감행한다. 마흔 해의 짧은 삶을 살면서 허버트가 펼친 시세계는 궁극적으로 편협한 신학사상을 넘어 보편적 인간 삶의 실존적 고뇌에 잇대어 있다.

참고문헌

Kelleher, Hillary. "'Light thy Darkness is': George Herbert and Negative Theology." *George Herbert Journal* 28.1&2(2004 & 2005): 47-64.

Patrides, C. A. ed. *George Herbert: The Critical Heritage.* London: Routledge, 1983.

Slater, Ann Pasternak, ed. *George Herbert: The Complete English Works.* New York: Alfred A. Knopf, 1995.

Walker, John David. "The Architectonics of George Herbert's *The Temple.*" *ELH* 29.3(1962): 289-305.

Walton, Izaak. *The Life of Mr. George Herbert.* London, 1670

앤드류 마블

●●● 채유순

앤드류 마블(Andrew Marvell, 1621-1678)은 1621년 3월 31일에 자연의 싱그러운 냄새와 정취가 넘치는 남부 요크셔주의 와인스테드-인-홀더니스에 소재한 조그만 마을에서 칼빈주의의 강력한 영향을 받았었으며 그와 동명이었던 부친 앤드류 마블과 모친 앤 사이에서 태어났다. 그의 나이 3살에 부친이 헐(Hull)시 근처에 소재한 홀리 트리니티 교회의 성공회 목사로 발령이 나자 마블 일가는 고향을 떠나서 헐로 이사를 했다. 그는 그곳에서 문법학교를 마친 후 1638년에 캠브리지에 소재한 트리니티 대학을 졸업했다. 그가 태어나서 자란 요크셔와 헐 지방은 그의 생애 내내 그에게 깊은 심리적인 영향을 미쳐서 그의 작품 중에서 가장 잘 알려진 시 "그의 수줍은 연인에게"(To His Coy Mistress)를 짓게 하였고 평생 동안 그 지방과 자신과의 일치감에 쌓여서 보내게 했다. 그는 나전어로 된 한편의 시와 희랍어로 된 시 한편을 썼었다. 그의 뛰어난 나전어 실력에 대해서 존 어베리(John Aubery)는 "마블은 나전어의 대가로서 영어나 나전어로 대단한 시를 썼다. 나전어 시로 그를 대적할 사람은 아무도 없다."라고 말할 정도로 그의 나전어 실력은 대단한 것이었다. 그 두 편의 시는 모두 케임브리지 시선집에 실려 있다.

모친이 돌아가신 후 1640년에 부친이 조그마한 배로 험버 강을 건너다가 불행히도 익사한 후에 그는 런던으로 갔다가 1642년에 영국을 떠나 불란서, 홀란드, 스위스, 스페인, 이태리 등지의 유럽을 돌아다니다가 1646년에 귀국을 하였다. 이러한 연유로 해서 1642년에 영국에서 발발했던 내란에 그는 직접적으로 참여하지 못했다. 이런 그의 행위에 대해서 몇몇 평자들은 마블을 좋지 않은 눈으로 보았다. 마블의 적들은 내란에 참여하지 않은 그를 겁쟁이라고 간주했지만 그가 내란 참여를 자제한 것은 내전에 대한 심각한 보류로 인함이다.

마블은 1949년까지 왕을 후원하던 왕당파에 마음을 두었다가 퓨리탄으로 개종을 했었다. 그가 개종을 한데에는 아마도 왕당파의 세속적인 면과 저속함에 대해서 경멸을 느꼈고, 퓨리탄의 강인한 도덕성과 정신적 가치와 덕망에 탄복하여 개종을 했던 것 같다. 그러나 이에 대한 뚜렷한 이유는 밝혀지고 있지 않다.

영국으로 돌아온 후 마블은 1650년대를 주로 가정교사 일을 하면서 시간을 보냈다. 1650년에 그는 2년 동안의 내란이 일었을 당시에 크롬웰(Cromwell) 진영의 중요 요직을 맡았었지만 스코틀랜드에 대한 크롬웰의 공격적인 정치 공약에 동조하지 않으므로 해서 크롬웰과의 불화로 요크셔 애플턴 하우스로 은퇴하였던 페어펙스 장군(Lord Fairfax)의 딸이었던 메어리 페어펙스(Mary Fairfax)의 가정교사가 되었다. 이 시기에 그는 비평문이 아닌 목가적 위대한 장시 "애플톤 가문의 페어펙스 경에게"(Upon Appleton House, to My Lord Fairfax)를 썼다. 그는 이 시를 통하여 주위 환경에 대해서 선명하게 그리고 있다. 그는 이 시기에 또 다른 서정시 "정원"(The Garden)을 쓰기도 했다. 학자들은 그의 위대한 시들이 대부분 이 시기에 씌어진 것이라고 믿고 있다. 1653년에 그는 이튼에 살고 있었던 장래 크롬웰의 사위가 될 윌리엄 듀톤(William Dutton)을 가르치기도 했다.

마블은 1653년부터 존 밀턴(John Milton)과의 절친한 우정을 유지했었고 1657년 9월에는 그 당시 공화당의 라틴어 장관이었던 밀턴의 비서로 임명되었다. 밀턴은 그를 라틴어 부고문관으로 추천했지만, 크롬웰이 죽기 1년 전인 1657년까지 이 자리를 얻지는 못했다. 1660년에 왕정이 복고되고 밀턴은 감옥에 갇히게 되어 사형의 위험에까지 봉착하게 되었다. 이러한 위기에 처한 밀턴의 목숨을 구하려고 마블은 최선을 다하였다. 밀턴을 가장 존경했던 마블은 왕정복고 후 사형의 위험에 처한 밀턴의 구명 운동에 자신의 정치적 권력을 최대한 활용하여 충성심과 용기로 최선을 다 하여 그를 구원했다. 마블은 밀턴을 정성을 다하여 보필했고, 후에 시력을 잃은 밀턴의 시를 받아써서 불후의 명작 『실락원』(Paradise Lost)을 남기게 조력을 하였다.

마블은 만년에는 왕정을 풍자하는 시를 주로 썼으며 그의 시 형식은 고전의 영향을 받았음이 드러나고 있다. 그는 홀랜드, 러시아, 스웨덴, 덴마크의 외교관으로 봉직했으나 정부에 대한 풍자문, 찰스 2세에 대한 증오와 반감을 실은 연설 등을 씀으로 해서 관료길이 막혔다. 그는 공화당 당원들과 달리 찰스 2세 추모시를 쓰지 않았다.

마블은 크롬웰 정부 시절 1659년 고향 헐에서 의원으로 선출되어 왕성한 정치 활동을 시작하여 임종할 때까지 20년 간 그 자리를 지켰다. 그는 의원으로 재직하던 초기에 외교 활동으로 홀랜드, 러시아, 스웨덴, 덴마크를 방문했었다. 그때는 정치적으로 대단한 혼란기였으므로 집중적인 작품 활동은 어려웠었고 주로 정부와 의회의 어리석음을 조롱하는 정치적 팜플랫과 풍자문을 썼었다. 그 후 그는 갑자기 열병으로 사망했었는데 그의 갑작스런 죽음에 대해서 그 당시 그의 풍자의 적수였던 제수잇 파가 독살했다는 소문도 떠돌았고, 또한 그가 반대파에 대한 완강한 적개심을 품었던 관계로 해서 독살을 당했다는 풍문이 있었다. 사인이야 어찌됐던 그는 곧바로 적절한 의료 치료를 받지 못하여 사망에 이르게 된 것은 사실이다. 그는 1678년 8월 런던 성 가일즈 성당에 안장되었다.

사후 동시대인들로부터 그는 팜플랫 저자, 서정시인, 풍자시인, 논쟁자, 의식 있는 의회의원, 위트가 넘치는 담대한 종교자유수호자, 강인한 퓨리탄, 일관되지 않은 의식을 지닌 절충자, 두려움을 느끼지 않는 우승자, 존 밀턴의 정부, 놀스(North) 경과 죠지 3세에 대항했던 휘그당 영웅, 크롬웰을 칭송했던 아첨꾼 개관시인, 깨끗한 애국자로서 찰스 2세에 대한 염증과 그의 일관된 종교적 신앙심과 삶에 대한 공평성을 찬양한 시인, 메타피지칼 위트 시인이라는 다양하고 상반된 평가를 받았다.

영문학의 전통을 세운 영시는 1500년부터 1660년까지의 르네상스 시대를 맞이하게 되었고 이때 활동했던 시인들은 형이상학파 시인과 왕당파 시인으로 구분되고 있다. 영시의 전통에 획기적인 변화를 가져왔던 형이상학파 시인들은 존 단이 이끌었던 시인군들이었다. 또한 이들은 종교 시인과 세속 시인으로 분류될 수 있었다. 종교 시인들로는 조지 허버트(George Herbert), 헨리 본(Henry Vaughan), 리쳐드 크래쇼(Richard Crashaw) 등이 있었고 세속시인들로는 앤드류 마블(Andrew Marvel), 존 클리블랜드(John Cleveland), 에이브라함 카울리(Abraham Cowley) 등이 있다. 왕당파 시인들은 벤 존슨(Ben Johnson)을 주축으로 모인 시인들로서 고전시인들을 찬미했던 토마스 커류(Thomas Carew), 리챠드 러브레이스(Richard Lovelace)였다. 그들은 대부분 찰스 1세에 대한 돈독한 충성심 때문에 왕당파 시인이라고 불렸다.

형이상학파 시인들의 시의 대부분의 주제는 사랑을 주제로 한 것으로 엘리자베스 시대의 시풍에 반대했었다. 그들이 노래한 사랑은 이상화된 사랑이 아니고 로마 시인들의 카르페 디엠(carpe diem, 즉 현재를 즐겨라)적인 현실적 사랑이었다. 그러나 그 당시에는 형이상학적인 시에 대한 평가가 오늘날과는 사뭇 다른 평가를 받았다. 사무엘 존슨(Samuel Johnson)은 형이상학파 시인들이 자신들의 학식을 과시하기 위한 도구로 이러한 시 형식을 쓰고 있다고 혹평을 내리기도 했다. 사실 형이상학파 시인들에 대한 재발견은 20세기에 와서야 이루어진 것이었다. 형이상학 시에 대한 재평가를 불러온 위대한 작업은 허버트 그리어슨(Sir Herbert Grierson), 엘리엇(T. S. Eliot), 리쳐즈(I. A. Richards) 등과 같은 현대시 발전에 지대한 영향을 끼친 비평가들의 영향이라고 볼 수 있다. 형이상학 시는 영문학 형식 중 가장 중요하고 폭넓은 문학 형식 중 하나이다. 엘리엇은 형이상학 시풍은 어떠한 체험도 소화할 수 있는 감수성의 메카니즘이라고 평한바 있다. 그는 형이상학 시풍은 어떠한 체험도 일체로 만들 수 있는 것으로 보았고 "통일된 감수성"(unified sensibility)의 시라고 격찬하였다. 형이상학 시는 외견상 이질적인 것에서 동질적인 면을 발견하여 하나의 일체감을 찾아내는 기상(conseit)을 보이고 있다.

17세기 문학 혁명 이후 시 주제나 시 형식에 대한 전반적인 변화가 왔으니 그 당시에는 시를 인간 정신의 경험을 예술로 분석하는 것으로 보았다. 이 시대에 활동했었던 마블의 최상의 시들은 유럽정신, 라틴 문화의 산물로서 말로로부터 존슨으로 발전되어진 고품격 시형이다. 17세기 시들은 두 가지의 특성 즉 위트와 호언장담의 독특한 형식을 포함하고 있다. 이러한 것들은 기교, 어휘, 문장구조 그 이상의 문제로써 마블, 카울리, 밀턴의 시들이 이러한 것들의 복합체라고 볼 수 있다.

마블에 대한 관심을 불러일으키는 계기는 1921년에 출생한 마블의 300주년 탄생을 축하하기 위하여 발간된 특집에 엘리엇이 그에 대한 에세이를 쓴 이후로부터이다. 엘리엇은 그의 에세이에서 마블의 간결한 시적 감각을 칭송하였다. 이 에세이로 인하여 마블에 대한 인식이 달라졌고, 그에 대한 가치 있는 비평 작업이 수립되어 심각한 재조명이 이루어졌다. 행운과 계획에 의해서 자서전적 텍스트와 비평 자료가 출판되었고 이러한 출판을 통하여 마블의 재발견이 가능해졌다. 지난 반세기 동안 일고 있는 마블에 대한 관심의 급증은 시인에 대한 새로운 평가가 평가자들의 의견마다 다 달랐지만 서로 보충적인 것으로 나타나고 있다.

동년에 그리어슨 경은 "17세기 형이상학 시 모음집: 던부터 버틀러까지" (*Metaphysical Lyrics and Poems of the Seventeenth Century: Donne to Butler*) 를 발간하였다. 이 책자를 통하여 일반 독자들은 마블의 시들에 접할 계기를 갖게 되었다. 이러한 개관서는 일반 독자들에게 마블의 주요시들과 가치 있는 역사적 시적 직관력을 제공 해주었다. 빅토리아 시대 사람들은 마블을 자연을 신선함과 직관력으로 그렸던 점에 대해서 탄복 감동했다.

또한 말고리어스(H. M. Margoliouth)의 시집을 통하여서도 마블을 접할 수 있는 계기가 마련되었다. 말고리어스의 해설집은 마블의 서정시와 풍자시에 대한 대단히 중요한 평론과 주석이 첨부된 시집이었다. 1927년에 옥스퍼드가 출판한 "앤드류 마블의 시와 서간집"(*The Poems and Letter of Andrew Marvell*)을 통하여 그의 시들과 비평문들을 누구든지 읽을 수 있는 계기를 갖게 되었다. 불란서에서 말고리어스의 친구인 레고이어스(Legouis)는 마블의 삶과 작품을 학자적 관점에서 출간하였는데 마블에 대한 최상의 자료로 평가받고 있다. 또한 리비스(F. R. Leavis)의 해석은 마블을 존슨과 던과 같은 위트의 계보에 설 수 있게 해주었다. 그리고 클린스 브룩스(Cleanth Brooks)가 쓴 "비유와 전통"(*Methaphor and the Tradition*)과 "위트와 고도의 심각성"(*Wit and High Seriousness*)을 통하여 마블의 작품 세계가 빛을 보게 된 계기를 제공해 주었다.

마블이 활동하던 시절에는 생소했던 새로운 기법을 선보였던 17세기 최고의 시인으로 간주되고 있는 그에 대한 불확실하고 애매모호한 사생활에 대한 정보로 해서 그는 20세기 초에 많은 학자와 독자들의 관심을 이끌고 있다. 오늘날에도 1681년에 출간된 시집 속표지에 마블의 사진이 들어있는 얇은 폴리오판 시집이 발견되는데, 대부분 독자들은 그의 시대에 맞지 않는 우스꽝스러운 싯귀 때문이 아니고 휘그당의 영웅의 사진 때문에 그 시집을 구매했었을 것으로 추측하고 있다. 이러한 해석을 통해서 그 시들은 오늘날에도 매력적인 면이 있음을 기억하는 독자들이 있다는 것을 보여주고 있다.

마블이 작품 활동을 했던 그 당시에 그는 많은 시를 쓴 것도 아니고 그의 시가 대단한 인기를 누렸던 것도 아니었다. 그는 생전에 복잡한 비평서를 그다지 많이 썼던 것은 아니었다. 그러나 그의 시에서 보이는 특이한 면은 대단한 것이었다. 사후 3년이 지난 1681년에야 그의 조카가 그의 유작시들을 편집해서 출판을 하였다. 그러나 여전히 그의 유작집에는 의문이 일고 있다. 그 유작집 서문에 메어리 마블(Mary Marvel)이 그의 아내라는 명칭으로 서문을 쓰고 있으나, 메어리 마블은 사실 메어리 파머(Parmer)로서 그의 아내 역할을 했었던 가정부였었다. 마블의 시모음집은 1681년에 메어리 마블의 서문을 싣고 출간되었다. 빅토리아 시대인들은 마블을 말할 수 없는 순수성과 예견을 가지고 자연을 노래했던 서정 시인이라고 그를 칭송했다. 마블의 시 정신에는 퓨리탄적인 것은 제한되어 있다. 퓨리탄이라기보다는 당대인으로서 마블은 밀턴 보다는 시대정신에 대해서 더 명확하게 토하고 있다. 빅토리아 시대 사람들은 마블을 자연을 신선함과 직관력으로 그렸던 점에 대해서 탄복 감동했다. 그러나 우리의 선대가 무시하고 평가 절하했던 그의 시 이면에 깔려 있던 아이러니와 윗트가 어린 그의 형이상학 시는 오늘날 그 진가가 밝혀지고 있다. 그 당시에는 전혀 관심을 받지 못했던 시의 표면 뒤에 깔린 17세기 형이상학시풍인 아이러니와 윗트는 대단한 관심의 대상이었다.

형이상학 시는 질서와 이성의 방향에 넓게 퍼진 운동으로 마블의 작품은 변혁을 잇는 획을 긋는 모범을 보인 영국 시였다. 1655년이 되기 전에 그는 개인의 의식 속의 시적 세계를 개발했다. 그 후 그는 단지 공적인 것을 주제로 시를 썼다. 마블의 시적 감수성을 가장 잘 정의 내리는 어휘가 "애매모호"성이다. "애매모호"성은 무엇보다도 마블의 시적 감수성을 설명해주는데 가장 적합한 용어가 될 것이다. 특히 그는 이러한 "애매모호"성을 그리는데 있어서 여러 형태를 사용하고 있지만 패러독스로 가장 잘 표현하고 있다. 그의 시와 그 뒷면에 어린 감수성들은 그 시대를 잘 반영하고 있다. 마치 오늘의 복합적인 것을 반영하듯이 날카로운 정치적, 종교적, 철학적 주제를 깔고 있는 깊은 인식론적 문제점이 있는 시들이었다. 이러한 독특한 시 형식을 지닌 형이상학 시인들의 시풍 영향을 받은 현대 시인들도 많다. 미국의 에머슨(Emerson)과 같은 시인들도 그러한 영향을 깊이 받았다. 형이상학파 시인들이 그들의 시작에 활용했었던 압축미와 압축성, 정신현상에 대한 분석, 대담한 비유 등이 현대 시인들의 관심과 흥미를 끌게 된 것이다. 과학적 전개와 시적 어귀 사이의 확연한 함축을 통한 상징성을 보이는 형이상학시의 독특한 가치 현대 시인들에게 시대를 초월한 동질성을 느끼게 해준 것이다.

마블의 서정시들은 윗트가 넘치는 것들이었다. 독자들은 그의 시들을 음미함에 있어서 자신들의 역사, 고대 문학에 대한 선 지식, 자신들의 감정을 토대로 하여 흥미 있게 읽을 수 있었다. 그래서 작품에 대한 해석도 각양각색으로 반응하여 다양한 해석이 창출되고 있다. 그는 그의 시에서 다루지 않는 주제가 없을 만큼 다양한 주제를 다루고 있다. 그는 실망하고 거부당한 애인, 어린아이의 매력적이고 부서질 듯한 삶. 고독이 주는 기쁨. 자연의 매력, 즐거움에 대한 유혹, 하느님에 대한 경배 등을 다양하게 그리고 있다. 우리가 그의 시에 젖어드는 것은 그의 시들은 곧 우리들의 경험과는 무관한 세계가 아닌 우리가 겪었던 바로 그 세계이기 때문에 우리에게 감흥을 주는 것이다. 그렇다고 그가 인류에 대한 장대함, 일반화를 노래하는 것은 아니지만, 18세기 평이한 사람들의 삶의 모습과 순수함을 그리고 있다. 그는 또한 '자연 시인'으로서 위즈 워드, 합킨스(Hopkins)의 모습과는 각각 다른 모습을 보이고 있다. 그는 자연에 대한 그 자신만의 독특한 식견을 가졌고 그것들을 표현하려고 노력했었다. 그가 쓰는 싯줄은 조그마한 영혼 덩어리로서 피할 수 없는 이 세상을 관조하는 만남을 우리에게 제시하고 있다. 그러한 만남을 그리는 언어는 즉각 조그마한 살아 있는 물체처럼 우리에게 투시하고 있다. 그의 시에 유혹적으로 제시되는 것은 여성의 아름다움, 부, 권력, 지식, 정신적 먹이 등등이 그려지고 있다. 그는 여성의 아름다움을 부정하지는 않았으나 정신적 아름다움과는 비교될 수 없는 것으로 단정짓고 있다. 또한 그는 성실한 우정과 자긍심을 부르는 지식과 지성을 강조하기도 했다. 그는 정신은 육체를 지옥이라고 공략하고, 육체는 정신을 폭군이라고 공격함으로써 두 개의 등장인물을 써서 보이는 위트와 기상의 활용을 통하여 육체에 영위되는 삶은 정신에 대한 죽음으로 대비하면서 자신의 시 정신을 이어갔었다.

To His Coy Mistress

Had we but world enough and time,
This coyness, lady, were no crime.
We would sit down, and think which way
To walk, and pass our long love's day.
Thou by the Indian Ganges' side
Shouldst rubies find; I by the tide
Of Humber would complain. I would
Love you ten years before the Flood,
And you should, if you please, refuse
Till the conversion of the Jews.
My vegetable love should grow
Vaster than empires, and more slow.
An hundred years should go to praise
Thine eyes, and on thy forehead gaze;
Two hundred to adore each breast,
But thirty thousand to the rest;
An age at least to every part,
And the last age should show your heart.
For, lady, you deserve this state,
Nor would I love at lower rate,
    But at my back I always hear
Time's winged chariot hurrying near;
And yonder all before us lie
Deserts of vast eternity.
Thy beauty shall no more be found,
Nor, in thy marble vault, shall sound
My echoing song; then worms shall try
That long-preserved virginity,
And your quaint honor turn to dust,
And into ashes all my lust:

The grave's a fine and private place,
But none, I think, do there embrace.
    Now therefore, while the youthful hue
Sits on thy skin like morning dew,
And while thy willing soul transpires
At every pore with instant fires,
Now let us sport us while we may;
And now, like amorous birds of prey,
Rather at once our time devour
Than languish in his slow-chapped power.
Let us roll all our strength and all
Our sweetness up into one ball,
And tear our pleasures with rough strife
Thorough the iron gates of life:
Thus, though we may not make our sun
Stand still, yet we will make him run.

그의 수줍은 연인에게

만약 우리에게 충분한 세계와 시간이 주어진다면,
아가씨여, 이 수줍음은 아무 죄가 되지 않으리라.
우리는 앉아서 어느 길로 가야할지 생각도하고
우리의 긴 사랑의 날을 보낼 수도 있으리.
그대는 인도 갠지스 강가에서 루비를 발견하고
나는 조수가 이는 험버 강가에서 불평을 늘어놓을 수도 있으리,
나는 노아의 대홍수가 있기 십년 전에 당신을 사랑하고,
그리고 당신이 원한다면 유대인들이 개심할 때까지
나를 거절할 수도 있으리라.
나의 식물 같은 사랑은 제국보다 더 거대하게
그리고 더 천천히 자랄 것이오
그대의 눈을 칭찬하고 그대의 이마를
바라보는데 백년을 소모하고
양쪽 젖가슴을 찬양하는데 이백년을,
그리고 나머지에는 삼만 년이 걸릴 것이로다.

모든 부분에 적어도 한 세대를 소모하고
그리고 마지막에 당신의 마음을 보여주어도 좋소
숙녀여, 그대는 이런 대접을 받을 만하기 때문이요,
나 또한 이보다 덜한 상태로 당신을 사랑하지는 않을 것이기 때문이오
  그러나 나의 등 뒤에서 나는 항상
시간의 날개를 단 마차가 황급히 다가오는 소리를 듣고 있소
그리고 우리들 앞 저 너머에는 광활한
영원의 사막이 놓여 있소
그대의 아름다움은 더 이상 발견되지 않으리
또한 그대의 대리석 무덤 속에서는 내 노래 소리의 울림도
들리지 않으리; 그때는 벌레들이 그 오랫동안
보존된 처녀성을 맛볼 것이며,
그리고 당신의 괴상한 정조는 먼지로 변하고
나의 모든 욕정은 재로 변하리:
그 무덤은 훌륭하고 비밀스런 장소이지만
생각컨대 거기선 아무도 포옹하지는 못하오
따라서 지금 젊은 빛갈이
아침 이슬 마냥 그대의 피부에 앉아 있는 동안
그리고 그대의 하고자 하는 영혼이 순간적인 물길로
모든 구멍에서 발산되는 동안,
지금 즐길 수 있을 때 우리 즐깁시다.
그리고 지금, 연애하고 있는 포악한 새들처럼
천천히 턱을 움직이는 시간의 세력 속에서 초췌해 지기보다는
차라리 즉각 우리의 시간을 집어삼킵시다.
우리의 모든 힘과 모든 달콤함을 둥글게 말아서
하나의 공으로 만듭시다.
그리고 인생의 철문을 통하여
우리의 즐거움들을 거친 투쟁으로 찢어 버립시다.
그리하면 우리가 비록 우리의 태양을
멈추게 할 수는 없어도 그를 달리게는 할 수 있을 것이오

마블이 1670년대에 쓴 이 시는 17세기 시 모음집에 등장하였고 많은 학
자들이 연구를 했을 정도로 유명한 그의 대표적인 시이다. 이 시는 카르페 디

엠(carpe diem) 형식을 띄고 있다. 이러한 형식은 던, 존슨, 헤릭, 커류 등이 즐겨 다루었던 시형식이기도 하다. 르네상스 시에서 많이 활용되었던 카르페 디엠은 "즐길 수 있는 지금 즐겨야 한다"는 점을 강조하고 있다. 마블은 사랑시로서 카르페 디엠 시를 주제면에서 지극히 제한적으로 사용하였고, 흔한 주제를 이런 방식을 차용해서 또 다른 의미를 재생산하였다.

마블의 대표적인 서정시인 이 시는 "If-But-Therefore"의 삼단논법의 구조를 취하고 있다. 화자는 사랑하는 아가씨에게 "만약(If) 충분한 시간이 있다면 자신의 사랑을 거절하여도 되지만, 그러나(But) 시간은 급히 지나가고 그들이 향유할 시간은 많지 않기 때문에, 그리하여(Therefore) 지금 즐길 수 있을 때 즐기자"는 삼단 논법에 입각한 논리적인 설득을 하고 있다.

1연에서 시인은 만약 자기와 연인이 그들의 사랑을 구가할 충분한 세계와 시간을 가지고 있다면 연인의 수줍음이 아무 죄도 되지 않으며, 차분하게 앉아서 어디로 가야 할지 오랫동안 생각할 수도 있고, 긴 사랑의 날을 함께 보낼 수도 있다고 말한다. 더구나 충분한 시간만 있다면 유대인들이 개종할 때까지 기다릴 수도 있다는 것이다. 사랑하는 아가씨에게 사랑을 간구하는 화자는 거침없이 애매모호함 없이 확실한 어귀로 자신의 사랑하는 마음을 토로하고 있다. 이 남자는 이 여자를 강렬하게 원하고 있고, 그 중심에 강렬한 성적인 정열을 품고 있다. 그는 그녀에게 시간은 천천히 그들 속으로 잠식되어 가고 있으니 성적인 결합을 더 이상 기다리지 말자고 강렬하게 그의 사랑을 강변하고 있다. 1650년경 영국은 동양에 대한 대단한 탐험과 관심을 갖기 시작하던 때이다. 마블이 갠지스 강과 자신의 주변에 있는 험버 강의 대치를 쓴 것도 이국적인 것에 많은 관심이 쏠리고 있는 시대적인 분위기를 느끼게 해준다.

노아의 홍수는 성서의 창세기에 언급된 사랑으로 그가 그녀에게 느끼는 사랑은 바로 그때부터 가슴에 품어왔던 열렬한 사랑인 것이다. 종교적인 것을 인용한 것에서 이 사랑은 육체적인 사랑이 있기 전부터 오래 오래된 사랑이고 결코 변치 않을 사랑을 의미하고 있다. "유대인의 개종"과 여성 유혹시도는 무한한 삶으로의 전환과 순간적 기쁨과 죽음으로의 전환인 것이다. 특히 시인은 시간의 문제를 공간적인 차원과 연결시켜 표현함으로써 생생한 입체감을 조성하고 있다.

또한, 장난스러운 '사랑으로의 초대'가 이어진다. 화자는 자신의 사랑을 식물에 비유하여 "나의 식물 같은 사랑은 제국보다 더 거대하게 그리고 더 천천히 자랄 것이다"라고 하면서 그녀의 신체의 나머지 부분을 찬양하는 데 오랜 시간이 걸리는 것을 개의치 않아 한다. 즉 눈과 이마에 백년, 두 젖가슴에 이백년, 나머지에는 삼만 년이 걸린다는 사실은 당연히 그녀가 받을 만한 대접이라고 하고 있다. 이것은 그녀에 대한 그의 사랑이 시간만 충분하다면 아무리 많은 양의 시간을 그녀의 사랑에 투자해도 아깝지 않을 만큼 큰 사랑이라는 것을 말하고 있다. 식물은 나무의 근간이고, 열매는 나무의 생산적인 부분으로서 근간이 됨을 말하고 있다. 그는 그녀에 대한 사랑이 인간의 삶과 의식의 근간이 될 수 있음을 토로한다. 그들의 사랑은 천천히 자랄 것이다. 그러나 그들의 사랑은 깊게 복합적으로 넓게 자라나고 있는 것이다.

화자는 그의 욕망을 말한다. 그는 기쁨을 나누자는 것 이상은 약속하지 않는다. 다만 시간에 말할 수 없는 강조를 둔다. 인간의 유한한 생명이 끝없는 잠으로 비유되면서 아가씨는 시간에 위협을 받고 있다. 화자는 즉각적으로 다가올 죽음을 의식하며 짧고 강렬한 성취를 바라고 있다. 화자는 사랑하는 연인의 미가 시간에 의해서 잘려나갈 것임을 안다. 그가 가지고 있는 성적 충동은 가장 강렬하게 표현되고 있고 정열적인 받아들임은 죽음과 연계되어 있다. 또한 완벽한 순수에 대한 욕망은 성애와 연계되고 있다.

제 2연에서 화자는 다시 우리를 시간의 세계로 데려온다. 시인은 시간을 날개를 단 마차에 비유하고 있다. 여유 있게 사랑을 논하고 연인을 찬양하는데 그 많은 시간을 너그럽게 소모할 준비가 되어있지만, 화자는 갑자기 극적이고 긴박한 그들의 유한한 생을 언급한다. 화자는 시간의 날개를 단 마차가 자신을 뒤쫓아오는 소리를 항상 듣고 있다고 함으로써 긴박한 극적 분위기를 조성하고 있다. 죽음은 인간으로 하여금 무한한 공간과 시간의 광활한 사막을 건너지 못하게 한다. 그가 갈구하는 욕망은 시간의 면전에서 아무런 소용이 없다. 정열이 재로 변하면 "영구히 간직한 순결성"이 "명예"로 예시되는 절제마저도 한 줌의 재로 변한다. 실제 세상에서 영원성은 육체의 파멸을 보존하지도 않고 알지도 못하는 허무와 합일한다. 육체적 결합의 강도는 죽음으로 인도한다. "강함"과 "달콤함"은 연인들의 육체적 결합으로 강화되는 것이 아니고 파괴되는 것이다. "새의 먹이" "철문" 등의 이미저리는 연인들을 이 세상 밖으로 이끌고 있다. "충분한 세상과 시간"은 그들을 죽음으로 인도한다. 화자는 급작스럽게 죽음에 조정되어야 하는 인간의 행위를 조롱하고 탐욕스런 시간에 찢겨지는 즐거움을 잔인하게 제시한다. 마블의 시간과 사랑에 의한 죽음은 언어적 승리가 아니고 강렬한 삶의 감정적 욕망, 강인한 반항이다.

화자는 인간의 목숨의 유한성을 설명하면서 냉소적인 독려를 한다. 급작스런 전환이다. 잠시 전의 위트는 냉소적인 분위기로 전환하여 험악한 진실을 토로한다. 죽음을 언급하면서 시인은 가치를 시간에서 재고 있다. 왜냐면 인간의 존재는 일시적이기 때문이다. 화자는 연모하는 여인을 이 세상의 무엇보다도 가치 있는 존재로 단정짓고 나서 놀랄만한 단어로 현실에 대한 사실적 공격을 감행한다. 벌레, 욕망, 잿가루, 한줌의 흙이라는 어휘로 과장적인 수줍음에 대하여 논리적으로 비평한다. 그러한 수줍음이 아가씨의 삶에 어떤 의미를 줄지 강력한 공격을 한다. 그녀에 대한 모든 칭송은 벌레로 바뀌고 아가씨가 고이 오랫동안 간직해온 처녀성과 순수한 육체는 죽음 후에 추한 것으로 변하고 마는 것임을 각인시키고 있다.

카르페 디엠은 이 시에서 "영원성"까지 확장되고 있다. 이 시는 어떻게 "유혹"을 이룰 것인가와 정열과 비판이 서로 평행을 이루고 있다. 화자는 자신의 의지를 행동으로 옮겨서 확인하고자 한다. 그는 흔한 주제를 써서 대단한 사랑을 유추 확인시키는 상상적인 것으로 변신시키고 있다. 그는 우리로 하여금 영원한 사랑을 이상의 한계에서가 아니고 감각의 한계 내에서 갖도록 이끌

고 있다. 여성의 수줍음을 조종하는 의도 뒤에는 시공간을 초월하고자 하는 욕
망이 있다. 반대편 구에 존재하며 함께 할 공간뿐만 아니라 시간을 극복하고자
하는 연인들에게는 죄의 함축인 '밤'이란 없고 '긴 사랑의 낮'만이 있을 뿐이다.
두 영역의 병치는 영구한 이상적인 고아한 순간적, 육욕적 아이러니와 윗트의
날카로운 대비의 기본을 이루고 있다. 어떤 시에도 사랑하는 사람의 행동이 이
처럼 폭력적 용어를 차용한 적은 없다.

　　마블의 시가 괄목할만한 이유는 무덤의 우울한 비전 속에 애인들에게 정
열적인 사랑을 즐길 것을 독촉하고 있고 여인의 냉정함을 통해 여성을 이상화
시키고 있다는 점이다. 화자는 여인의 이름에 신화적 분위기를 제시하는 것은
아니고 단지 "아가씨"라고 명명하면서 화자는 순수와 경험, 사랑과 욕망 사이
의 극적인 대비를 재 강화하고, 이 시는 사랑, 순수, 죽음, 자연과 인간과 연계
시켜 이들의 사랑은 날카롭고 전쟁 같지만 음악에서 보이는 달콤함, 우주적 전
쟁, 우주적 하모니를 정교하게 얽어서 조화와 하모니를 이루고 있다.

　　마지막 3연에서 시인은 이러한 유한적인 인간의 삶에 대처해야 할 그들의
사랑에 결코 실망하지 않는다. 오히려 수줍은 연인에게 적극적인 삶의 자세를
갖도록 강력하게 촉구하고 있다. 젊음이 있는 이 순간을 놓치지 말고 즐겨야만
한다는 것이다. 화자는 1연에서 자신의 사랑을 식물의 사랑에 비유했지만 여기
서는 포악한 새들의 사랑에 비유하고 있다. 마치 사랑에 빠져 있는 포악한 새
들처럼 천천히 진행되는 시간에 항복하기보다는 차라리 지금 즉각 시간을 먹
어치우자고 주장한다. 더욱 격렬한 어조로 모든 힘과 달콤함을 공처럼 둥글게
모아서 인생의 철문을 통하여 맹렬하게 즐거움들을 발산시키자고 종용한다.
또한 시인은 우리가 태양을 멈추게 할 수는 없어도 달리게는 할 수 있다는 점
을 주저하는 연인에게 각인시키고 있다. 유한한 생명체인 인간은 시간을 멈추
게 할 능력은 없지만 우리에게 주어진 유한한 시간을 활용하여 무언가를 이루
도록 노력을 해야 한다는 동인을 불러일으키고 있다. 즉 자신들만의 밝은 내일
을 만들자고 연인에게 희망을 불어넣고 있다.

마블은 이 시에서 유한한 존재로서의 인간의 상황을 냉소적으로 비판한다. 날개 달린 시간의 수레가 그들을 뒤쫓고있는 상황에서 "충분한 세상과 시간"을 갈망한다. 그러나 순간적인 세상에 존재하는 것으로의 사랑이 아니라 진정한 해결은 존재를 무시하지도 않고 정복당하지도 않는 것임을 강조하고 있다. 그는 논리적 진행 속에서 이상적인 영원한 사랑을 염원한다. 마블은 카르페 디엠적 사고방식을 애인을 갈구하는 애절함과 즐거움을 즐기려는 환희의 잔치를 통하여 유한한 인간의 육체적 생명의 한계를 넘어서 정신적인 승화의 경지에까지 자신을 끌어들이고 있는 숭고한 모습을 이야기하고 있다.

The Definition of Love

My Love is of a birth as rare
As 'tis, for object, strange and high;
It was begotten by Despair
Upon Impossibility.

Magnanimous Despair alone
Could show me so divine a thing,
Where feeble Hope could ne'er have flown
But vainly flapped its tinsel wing.

And yet I quickly might arrive
Where my extended soul is fixed;
But Fate does iron wedged drive,
And always crowds itself betwixt.

For Fate with jealous eye does see
Two perfect loves, nor lets them close;
Their union would her ruin be,
And her tyrannic power depose.

And therefore her decrees of steel
Us as the distant poles have placed
(Though Love's whole world on us doth wheel),
Not by themselves to be embraced,
Unless the giddy heaven fall,
And earth some new convulsion tear,
And, us to join, the world should all
Be cramped into a planisphere.

As lines, so loves oblique may well
Themselves in every angle greet;
But ours, so truly parallel,
Though infinite, can never meet.
Therefore the love which us doth bind,
But Fate so enviously debars,
Is the conjunction of the mind,
And opposition of the stars.

사랑의 정의

나의 사랑은 보기 드문 탄생이다.
이상하고 높은 대상을 위하여 그런 것 같이;
그것은 불가능 위에 절망에 의해서 태어났다.

도량이 넓은 절망만이
나에게 그렇게 신성한 사물을 보여줄 수 있었다.
거기서 힘없는 희망이 날아오른다면
단지 그의 번쩍거리는 날개는 헛되이 파닥거릴 뿐.

하지만 나의 확장된 혼이 고정되어 있는 곳에
재빨리 도착할지도 모른다.;
그러나 운명의 여신은 쇠로 된 쐐기를 박아 항상 자신을
그 사이에 몰아넣는다.

왜냐하면 질투하는 눈빛을 지닌 운명의 여신은
두 개의 완전한 사랑을 보고서 그들이 서로 가까워지지 못하게 하리라.;
그들의 결합은 그녀의 파멸을 가져 올 것이며
그녀의 폭군 같은 힘을 폐위시킬 것이다.

따라서 그녀의 강철같은 법령은
우리들을 서로 멀리 떨어진 양극처럼 벌려 놓았다.
(비록 사랑의 전체 세계가 우리를 중심으로 선회하지만)
스스로에 의해서는 껴안지 않도록
만약 현기증 나는 하늘이 무너지지 않는 한
땅이 새로운 진동을 일으키지 않는 한
그리고 우리를 결합시키기 위해 세계가 모두
꽉 죄어져 평평한 지구의가 되지 않는 한,

곧은 선처럼 비스듬한 사랑들은
모두 각도에서 서로 만날는지 모른다.
그러나 우리들의 사랑은 진정 평행을 이루고 있어서
비록 무한하나 결코 만날 수는 없다.
따라서 사랑이 우리들을 묶어는 주지만
운명이 그처럼 시기하여 방해하는
우리들의 사랑은 마음의 결합이요
대립된 별들이다.

　　“사랑의 정의”는 8연으로 된 시로서 공식적인 논쟁을 보이고 있다. 마치 마블의 다른 시 “그의 수줍은 연인에게”처럼 “Had we” “But I” “Let us”를 써서 삼단논법으로 시를 전개하면서 사랑의 정의를 논리적으로 전개하고 있다. 삶과 죽음의 괴상하고 멜로드라마틱한 요소와 잔인한 패러독스로 불운한 애인의 변형을 보이며 시 전체에 강력한 예언적 음성을 보이고 있다. 이 시는 행복한 연인들의 사랑이 아니라 불운한 연인들의 사랑을 다루고 있다. 불운한 사나이의 사랑 즉, 결코 서로 만날 수 없는 두 연인들에 관한 사랑이 시의 주제를 이루고 있다. 이 시는 사랑의 정의를 통하여 자아 발견의 지혜를 전하고 있기도 하다.

"사랑의 정의"는 짧은 시이지만 이미저리와 의인화 기법을 활용하여 기상에 기상을 더하고 있다. 독자들은 이 시를 읽으면서 이러한 기상을 통하여 지적 도전 또는 시에 어린 센세이션과 음가를 즐길 수 있고 특별한 감정을 느낄 수 있다. 특히 이 시는 순수함과 반투명함을 보여주면서 우리에게 즐거움을 느끼게 해주고 있다. "사랑의 정의"에서 마블은 수학적 이미저리를 통하여 순수한 정신을 완벽한 축약 지역으로 옮겨 놓고 있다. "그의 수줍은 연인에게"에서는 순간적이고 강력한 성적 정열을 거의 정반대의 지점으로 옮겨놓고 있으나, "사랑의 정의"에서는 이성적 사랑의 영원성을 통하여 인간의 가치를 표현하고 있다. 꽃이나 불과 같은 대상에 의해서가 아니라 인간의 전통적 감정을 천문학상의 용어를 써서 인간의 의미를 천체적 몸체로 풀어가고 있다. 그는 추상적인 것과 인간적인 것을 효과 있게 조화시켜 그의 시적 기교를 깊이 있게 펼치고 있다.

이 시에서는 사랑과 절망 사이의 복잡한 관계가 첫 두 개의 연에서 묘사되고 있다. 다음 5연은 운명의 행위가 묘사되고 있고 마지막 연은 비유를 통한 분석으로 결과를 정리하고 있다. 1연에서 보이는 "절망"이나 "불가능"같은 어휘는 기본적인 인간 행위에 대한 암시를 내보이고 있다. 사랑과 절망 사이의 복잡한 관계가 첫 두 개의 연에서 묘사되고 있다. 절망과 불가능 속에서 태어난 사랑. 완벽한 사랑은 "영원한 분리"를 찾을 수 있는 것이라고 확신한다.

제 2연에서는 정상적인 예상을 뒤엎는 패러독스와 아이러니가 더욱 날카로워진다. 개인적인 절망과 불가능성은 "운명"에 대한 생각을 넓히고 있다. 절망이나 불가능처럼 메마른 상황에 처해있지만, 한 가닥의 희망이라도 보인다면이라는 싯귀에서 시인은 희망에 대한 축약으로 "bird(새)"라는 어휘를 쓰고 있다. 희망을 추상적인 어휘로 "새"라는 용어로 대치하고 있다. 이 시에서는 추상적인 개념들이 의인화되어 표현되는 것들이 많다. 효과적인 의인법은 시를 살아있는 생명체로 만들어서 독자들과 화자가 혼연일체가 되어 시에 몰입하는 길로 우리를 이끌고 있다.

절망에 의해서 불가능 위에 태어난 사랑은 곧 절망적인 사랑을 의미하는 것으로 이 시의 화자는 그가 사랑하는 여인의 사랑은 평행을 이루는 사랑으로 결코 만날 수 없는 불행한 사랑이라는 것이다. 그들의 사랑은 결코 이룰 수 없는 불운한 사랑이다. 희망의 전조인 새가 있으나 그 새는 날개를 헛되이 파닥거릴 뿐이고, 운명의 여신은 쇠로 된 쐐기를 박아 항상 사랑을 갈구하는 그 남자를 그 사이에 몰아넣는다. 운명의 여신은 질투하는 눈으로 그들이 가까워지는 것을 막는다. 심지어는 강철같은 법령을 공표하여 두 사람을 양극으로 펼쳐놓는다. 그리고 그 두 사람이 만나지 못하도록 평행을 유지시키고 있다. 이 시에서도 "그의 수줍은 연인에게"보다는 덜 관능적이지만 두 연인이 결합을 갈구하는 모습은 흡사하게 드러나고 있다.

두 연인은 운명의 여신의 방해로 결코 합일을 이룰 수 없는 불운에 처해 있으나 두 연인은 육체적 합일을 뛰어넘는 정신적인 합일 속에서 그들의 사랑으로 그들의 마음을 채우고 있다. 즉 그들의 사랑은 현세적이고 육체적인 사랑이 아닌 정신적이고 플라토닉한 사랑이다. 그들이 육체적인 성애를 거부한 적은 없다. 다만 현실적으로 평행을 이루는 불운한 사랑에 결코 실망하지 않고 또 다른 사랑으로 그들의 사랑을 채우고 있음을 볼 수 있다. 곧 사랑은 육체적인 사랑만은 아니다. 육체적이든 정신적이든 두 사람의 마음으로 절실히 느끼는 사랑이 진정한 사랑임을 알 수 있다. 완벽한 사랑은 광대한 극간의 별리를 견디는 것이다.

이 시에서는 철학적인 언어나 지리학적 용어에서 비유를 많이 인용하고 있다. 전체적으로 형이상학적 압축을 주로 차용하고 있다. 천체적 이미저리는 지구의 극점과 하늘, 천체의 극점으로 표기되고 있다. 만일 두 애인이 그들의 순수한 사랑의 천체적 극점에 놓여 있다면 그들을 떨어뜨리는 거리는 우주적 거리에 있는 것이다. 결코 만날 수 없는 평행을 이루고 있음을 인용하여 절망과 불가능에 의해서 생성되는 사랑의 패러독스를 그리고 있다. 또한 마블의 시에 있어서 기하학적 도형은 정신의 한시적 존재의 정의와 천체적 삶에 대하여 의인화된 정신의 사랑 정의에 중심적인 중요성을 띄고 있다. 그러한 도형들은 모든 은유에 동가적 의의를 갖고 있다.

마블이 "그의 수집은 연인에게"에서 시간이 영원성을 돌리는, 영원성에 대항하는 무기였다면 이 시에서는 시간 자체가 적이다. 인간이 유한한 존재라는 본연성에 의해서 시간의 문제가 야기되고 있는 것이다. 절망이 사랑의 불가능성이라면 그것들은 시간과 영원성의 자손들이다.

마지막 연에서 사랑의 애매모호성이 조심스럽게 유지되고 있다. 특별한 훈련과 단련으로 품위를 내보이면서 사랑의 대상이 확정적이고 만질 수 없는 대상이지만 만질 수 있는 대상 그 이상으로 그러나 명확하게 존재시키고 있다. 마블은 사랑을 초월적이고 생소한 존재로 묘사하고 있으나 이러한 기법은 언어 장난이 아니고 적절한 곳에 적절한 단어를 써서 경험을 잘 말할 수 있는 적절한 어휘를 찾기 위함이다.

소크라테스가 발견한 사랑의 정의는 갈망하는 것이지 소유하는 것은 아니다. 신은 인간과 합해지지 않지만 사랑을 통하여 합치된다고 보았다. 그것은 사랑은 마음의 정점이기 때문이다. 사랑은 합일에 대한 욕망이라고 정의 내릴 수 있다. 마블은 플라토닉 원리를 심리적 형이상학적 암시를 찾기 위하여 활용하고 있다.

이 시에서 쓰이고 있는 기하학과 선 그리고 규칙은 냉정한 것으로만 보이는 것이 아니고, 대상의 본체를 내 비친 것이라고 볼 수 있다. 플라톤과 피타고라스는 대상물과 또 다른 대상물 사이의 진정한 구분점은 구조와 형태의 구분에 의존했다. 그것은 사실 대상의 색깔과 성향은 변하나 형태와 숫자는 불변이기 때문이다. 플라톤도 "공화국"에서 기하의 영구성에 준거하고 있다.

독자들이 "사랑의 정의"를 이해하기 위해서 기하와 천문에서 끄집어낸 이미지표를 그린다면 쉽게 이해할 수 있다. 17세기 천문학에서는 두 개의 천체가 선 위에 이어져 있다. 즉 사랑 받는 쪽과 그를 사랑하는 확장된 정신은 동일한 위치에 있다. 사랑하는 자와 그 대상자는 지구의 축이다. 180도 떨어져서 존재하는 진정한 사랑은 육체에 의해서가 아니라 정신에 의해서 획득되어질 수 있다. 그래서 '마음의 결함'을 가질 수 있다고 본다.

　　마블은 생애와 시간에 역행하는 증거가 될 수 있는 사랑을 발견한다. 그는 진정한 사랑을 연인들의 완벽한 육체적 결별에 의해서 할 수 있음을 본다. 마블은 정신적 육체적 사랑을 함께 상상하고 있다. 그는 그가 보는 세계에 만족하지 않으나 그러나 그의 욕망에 맞게 왜곡하려 하지 않았다. 이 시에서 보이는 강점은 정직성, 즉 두 개의 강하고 상반되는 감정의 결심체인 정직성 때문이다. 시간 속에 성애는 사랑을 파괴하기도 한다. 성애는 육체적 관계의 완전한 절단에 의해서 정복되어 진정한 사랑이 얻어질 수 있다. 마블은 모든 형태의 사랑은 시간을 초월하여 함께 정신을 구할 때 이룰 수 있는 것으로 우주적이고 완전한 미가 된다.

　　사랑에 기초한 완벽한 참은 별리를 견딜 수 있는 관계이다. 완벽한 사랑은 광대한 극간의 별리를 견디는 그래서 사랑의 "완벽한 세계"를 육체적 결합의 불가능성은 다음 스텐자에서 보이고 있다. 하늘이 무너지고 지구가 흔들리면 극점에서의 만남은 이루어 질 수 없음을 기상으로 나타내고 있다.

　　마지막 연에서 이 사랑에 대한 정의를 내리고 있다.

　　두 개의 천체가 선 위에 이어져 있다는 17세기 천문학을 활용하여 시인은 사랑 받는 쪽과 그를 사랑하는 확장된 정신을 동일한 위치에 놓고 있다. 사랑하는 자와 그 대상자는 지구의 축이다. 180도 떨어져서 존재하는 진정한 사랑은 육체에 위해서가 아니라 정신에 의해서 획득되어 질 수 있다. 우리는 그래서 "마음의 결합"을 가질 수 있다.

The Garden

How vainly men themselves amaze
To win the palm, the oak, or bays,

And their uncessant labors see
Crowned from some single herb of tree,
Whose short and narrow-verged shade
Does prudently their toils upbraid;
While all flowers and all trees do close
To weave the garlands of repose!

Fair Quiet, have I found thee here,
And Innocence, thy sister dear?
Mistaken long, I sought you then
In busy companies of men.
Your sacred plants, if here below,
Only among the plants will grow;
Society is all but rude,
To this delicious solitude.

No white nor red was ever seen
So amorous as this lovely green.
Fond lovers, cruel as their flame,
Cut in thess trees their mistress' name:
Little, alas, they know or heed
How far these beauties hers exceed!
Fair trees, wheresoe'er your barks I wound,
No name shall but your own be found.

When we have run our passion's heat,
Love hither makes his best retreat.
The gods, that mortal beauty chase,
Still in a tree did end their race:
Apollo hunted Daphne so,
Only that she might laurel grow;
And Pan did after Syrinx speed,
Not as a nymph, but for a reed.

What wondrous life in this I lead!
Ripe apples drop about my head;
The luscious clusters of the vine
Upon my mouth do crush their wine;
The nectarine and curious peach
Into my hands themselves do reach;
Stumbling on melons as I pass,
Insnared with flowers, I fall on grass.

Meanwhile the mind, from pleasure less,
Withdarws into its happiness;
The mind, that ocean where each kind
Does straight its own resemblance find;
Yet it creates, transcending these,
Far other worlds and other seas,
Annihilating all that's made
To a green thought in a green shade.

Here at the fountain's sliding foot,
Or at some fruit tree's mossy root,
Casting the body's vest aside,
My soul into the boughs does glide:
There like a bird it sits and sings,
Then whets and combs its silver wings,
And, till prepared for longer flight,
Waves in its plumes the various light.

Such was that happy garden-state,
While man there walked without a mate:
After a place so pure and sweet,
what other help could yet be meet,!
But 'twas beyond a mortal's share
To wander solitary there:
Two paradises 'twere in one

To live in paradise alone.

How well the skillful gardener drew
Of flowers and herbs this dial new,
Where from above the milder sun
Does through a fragrant zodiac run;
And as it works, th' industrious bee
Computes its time as well as we!
How could such sweet and wholesome hours
Be reckoned but with herbs and flowers?

정원

인간들은 얼마나 헛되이 종려나무, 참나무, 월계수를 얻기 위해
자신들을 아연케 하는가
그러나 그들의 끊임없는 수고는 단지 풀이나 나무로 만들어진
관을 쓴 것을 볼 따름이다.
짧고 둘레가 적은 그늘이 그들의 수고를 분별력 있게 비난한다.
그러나 모든 꽃들과 모든 나무들은 서로 밀착되어서
휴식의 화관을 짜고 있구나!

아름다운 조용함이여, 나는 그대를 이곳에서 찾은 것인가
또한 그대의 사랑스런 누이인 순수함도?
나는 오랫동안 잘못 생각하여 사람들과의 분주한
교제 속에서 그대를 찾아 헤맸노라.
그대의 신성한 초목이 만약 이곳 지상에 존재한다면
그것은 오직 초목 속에서만 자라리라;
인간들의 모임은 이 달콤한 고독에 비하면
온통 야만스러운 것.

어떤 흰색이나 빨간 색도 이 사랑스런 초록색처럼
요염하게 보인 적은 없다.
분별없는 연인들은 자신들의 열정만큼 잔인하게
이 나무에다 애인의 이름을 새기는구나.

아! 그들은 나무의 아름다움이 그녀의 아름다움을 얼마나
능가하는지도 모르고 신경도 쓰지 않는구나!
아름다운 나무들이여, 어떤 나무껍질에 내가 상처를 낸다 하더라도
너 자신의 이름 외에 다른 이름은 결코 나타나지 않으리라.

우리의 열정의 열기가 다 발산하고 나면
사랑은 이곳에다 최상의 은신처를 만드노니.
아름다운 인간을 쫓는 신들도 언제나
나무에서 그들의 경주를 끝냈도다.
아폴로가 대프니를 그렇게 쫓아 다녔으나
단지 그녀는 월계수가 되고 말았을 뿐이었다.
목신도 시링크스를 뒤쫓아갔으나
아름다운 요정이 아니라 갈대였을 뿐이었다.

내가 영위하는 이 삶은 얼마나 신기한 것인가!
잘 익은 사과들이 내 머리 위에서 떨어지고
감미로운 포도송이들이 내 입에다
그들의 포도주를 터뜨린다.
복숭아와 묘하게 생긴 복숭아들이
손만 펼쳐도 절로 닿는구나.
지나가다가 참외에 걸려 비틀거리며,
꽃에 매혹되어 나는 풀 위에 넘어진다.

그러는 동안 마음은 작은 즐거움으로부터
그의 행복 속으로 젖어든다.
정신은 모든 종류들이 각각의 유사한 꼴들을
바로 발견하게 되는 큰 바다로다.
그러나 정신은 이것들을 초월하여
아주 다른 세계와 다른 바다를 창조한다.
이미 만들어진 모든 것들을
초록색 그늘 속에 초록색 사고 속으로 소멸시키면서

여기 미끄러지는 샘물의 발에서
또는 어떤 과일 나무의 이끼 긴 뿌리에서

육체의 옷을 벗어버리고
나의 영혼은 나뭇가지 속으로 미끄러져 들어간다.
그리고 거기에 앉아 마치 새처럼 노래 부른다.
그리고는 은빛 날개를 만지고 쓰다듬는다.
그리고 긴 비상을 준비할 때
그 깃털은 오색의 빛으로 물결친다.

이와 같은 것이 그 행복한 정원의 나라다.
남자가 짝이 없이 그곳을 거니는 동안;
그처럼 순수하고 달콤한 장소를 얻은 후에
어떤 짝의 도움이 필요했으리!
그러나 거기서 고독하게 혼자 다니는 것은
인간의 몫 그 이상의 것이었다.
낙원에서 홀로 사는 것은
두 개의 낙원이 하나가 된 것과 다름없었다.

숙련된 정원사는 꽃들과 풀들을 가지고
이 새로운 해시계를 얼마나 잘 만들었는가,
하늘에는 더욱 온화한 태양이
향기로운 황도대를 통과해 달리고
부지런한 꿀벌은 태양의 움직임에 따라
우리들처럼 시간을 계산하지
이와 같이 달콤하고 건강한 시간을 풀과 꽃이
아니고야 어떻게 계산할 수 있으리오!

마블의 시 중 가장 잘 알려지고 애호 받는 목가시 "정원"은 그가 1650년
대에 외유를 마치고 영국에 돌아와 그 당시 크롬웰 진영의 요직에서 물러서있
었던 페어펙스 장군의 딸 가정교사를 하면서 보냈던 애플턴 하우스에서 썼다.
　"정원"은 윗트와 아름다움, 다양함, 깊이가 있는 시로서 모험적이고 근원
적인 한편 대단히 어려운 시이다. "그의 수줍은 연인에게"를 쓴 시인과 동일
인물이라고 믿을 수 없을 만큼 시 "정원"에서는 고독이 인간의 가장 심원한 필
요라는 주제로 채우고 있다. 이 시에는 육체가 아닌 정신이 갖는 의의가 인간

의 고향처럼 채워져 있다. 시인은 강인하고 결정적인 정신과 창조된 기쁨 사이의 대화는 기쁨에 대항하는 극단적인 투쟁 후에 오는 신성한 정신으로 그리고 있다. 이 시는 시인이 자신에게 말하는 독백의 시로 볼 수도 있을 것이다.

첫 연에서는 인간 세상의 요란함과 초목이 주는 휴식 사이의 대조를 그리고 있다. 인간이 추구하는 권력욕, 명예욕, 애욕과 정원의 정숙함과 천진, 정적과 고독이 계속 대비된다. 시인은 인간의 세속적 야망과 명예를 상징하는 종려나무, 참나무, 월계수를 언급하면서 세속적인 성공에 집착하는 우리들의 모습을 인지시키고 있다. 화자는 대도시에서 명예를 찾았던 것이다. 인간은 공허한 명예를 따를 때 이 나무의 열매나 저 나무로부터 월계관을 탐하게 되는 것이다. 그러나 그들이 수고롭게 온 정성을 다하여 얻게 되는 것은 풀이나 나무로 만들어진 한낱 소모품에 불과한 것일 뿐이다. 첫 연은 시의 중심생각을 보이고 마블의 거기에 대한 위트 있는 표현을 대두시키고 있다.

둘째 연에서는 세속적인 명예에 비하여 자연, 정원이 주는 월계관은 어떠한가? 자연은 휴식의 관을 짜고 있지 않은가! 그리고 자연은 우리에게 조용함, 순수 그리고 고독까지도 주는 것이다. 이처럼 정원의 찬양은 첫 연에서 시작하여 전 편에 유지되면서 고독의 장점이 점진적으로 드러나고 있다. 그러나 왜 고독은 그리도 고귀한 것인가? 정원과 고독 사이의 논리적 연관은 무엇인가? 그가 정원에서 취하는 기쁨은 질서의 기쁨이고 잘 다루어진 다양성이다. 정원은 고독과 휴식 둘 다를 우리에게 제공한다. 정원은 우리에게 더 나은 관을 제공하고 그 관을 받는 사람으로부터 어떤 노력도 요구하지 않는다. 정원은 고독과 휴식의 가치에 대하여 논쟁은 하지 않는다.

시인은 오랫동안 잘못 생각하여 인간이 얻을 수 있는 최상의 월계관을 "사람들의 분주한 교제 속에서 찾았다"라고 고백한다. "고독에 비하면 인간들의 교제는 거의 야만스러운 것"이라는 진리를 발견한 것이다. 시인은 정원이 주는 감각적 황홀감과 행복감을 느끼면서 이 세상이 아닌 다른 세계를 상상한다. 그는 이곳에서 육체의 조끼를 벗고 이상향으로 새처럼 날아가려 한다.

셋째 연에서 시인은 빨간색과 초록색의 이미지를 활용하여 자신의 의식 속에 잠재된 사랑을 토하고 있다. 시인은 초록색을 빨간색보다 더 화려하고 요염한 위치에 세우고 있다. 그는 정열적인 즐거움은 나무 사이에서 즐겨 질 수 있는 것으로 보고 있다. 시인에게 있어서 여성은 더 이상 관심이 없다. 왜냐하면 자연이 더욱 아름답기 때문이다. 시인은 이 지상에서 가장 아름다운 것으로 자연을 꼽고 있다.

시인은 다음 연에서 신화를 도입하여 자연을 찬양하고 있다. 대프니를 쫓았던 아폴로 신도, 시리크스를 쫓았던 판도 모두 그들의 벅찬 숨을 나무 즉 자연에서 고른 것이었다. 신들마저도 성애로부터의 자유를 나무에서 찾은 것이다. 정원은 인간에게 사랑을 위한 피정을 제공한다. 정원은 호색적이고 정열적 "열"로부터의 피난처이다.

다섯째 연에서도 시인은 정원이 인간에게 줄 수 있는 축복을 노래하고 있다. 여기에서 과일은 금단의 것이 아니라 인간들에게 노동을 하지 않고 얻을 수 있는 양식인 것이다. 인간이 정원에서 얻을 수 있는 과즙은 우리가 일상에서 구하는 음식이 아니고 영적인 것으로 그 어떤 것보다도 우리를 충만케 할 수 있는 양식이다. 인간이 즐겼던 육감적인 즐거움은 오로지 꽃과 과일들을 보고, 냄새 맡는 즐거움이었다. 그런 것들은 그의 마음을 흩트려놓지 않았다. 오히려 그 부드러움에 빠져있었다. 그를 자유롭게 했고, 그런 즐거움을 찾도록 했고, 신과 대화를 나누는 더 높고 큰 즐거움을 즐기게 했다.

이제 일곱째 연에서 드디어 시인은 육체의 옷을 벗어버리고 영혼의 이상 세계로의 비상을 준비한다. 순수의 세계로의 비상이다. 시인은 자신의 비상을 위하여 자신을 한 마리의 새라는 메타포를 활용하고 있다. 여덟째 연에서 시인은 낙원의 정의를 내리고 있다. 시인은 잔디에서의 전락 이후 순수를 인식하게 된다. 아담은 정원에서 고통 없이 기쁨만 있는 놀랄만한 삶을 발견한다. 마블은 감각적 기쁨을 플라토닉 사상으로 전환하려고 한다. 시인은 "천국에 홀로 사는 건 하나의 천국에 또 하나의 천국"이라고 완벽한 고독을 정의 내리고 있다. 우리는 완벽한 고독에 몰입하고 있는 아담에게서 완벽한 순수와 평화를 읽을 수 있다. 시인은 정원이 인간이 짝 없이 걸었던 순수의 정원임을 노래한다.

　　시인은 이 시를 통하여 다시 한 번 우리에게 삶의 용감성에 정열적 비전을 불어넣고 있다. 나무에서 마블은 정열의 상징을 발견하고 전락 이후에만이 보여 지는 완벽한 상태 즉 순수를 본다. 그는 그 자신의 야망과 멀리한 결코 분리할 수 없는 존재인 순수와 적막을 찾고 있다. 그는 관조적인 삶이 활동적인 삶보다 더 우위에 있는 것으로 보았다. 화자는 육체적 지점보다는 정신적 상태에 더욱 관심을 두고 있다. 고독은 이상과 생각을 나르는 마음의 상태로 누구와도 나눌 수 없는 것이다. 마음은 육체적 아름다움을 흩트리지 않고 고독과 휴식을 제공하는 곳을 원한다. 정원을 달콤하고 완전한 시간으로 그리고 있는 마블은 허버트와 달리 관조를 수동적인 상태가 아니라 능동적인 상태로 보고 있고 삶을 관조하기 위해서 "정원"에 모든 것을 투여하고 있다.

이창준. 이재호 공역. 『17세기 영시』. 서울: 탐구당. 1977.

Brett, R. L. *Andrew Marvell*. Oxford: Oxford UP. 1977.

Craze, Michael. *The Life and Lyrics of Andrew Marvell*. New York: Barnes & Noble. 1979.

Hyman, W. Lawrence. *Andrew Marvell*. New York: Twayne Publishers, Inc. 1964.

Leishman, J. B. *The Art of Marvell's Poetry*. Minerva Press. 1968.

Wallace, M. John. *Destiny His Choice: The Loyalism of Andrew Marvell*. Cambridge: Cambridge UP. 1968.

Wheeler, Thomas. *Andrew Marvell: Revisited*. New York: Twayne Publishers. 1996.

Wilcher, Robert. *Andrew Marvell: Selected Poetry and Prose*. New York: Methuen, 1986

존 밀턴

●●● 이병은

| 젊은 시절과 정치적 산문 |

 존 밀턴(John Milton, 1608-1674)은 1608년 부유한 청교도 집안에서 태어났다. 그의 부친인 존 밀턴은 가톨릭 신앙을 가지고 있던 시인의 조부와 달리 프로테스탄트 신앙을 갖게 되어 집을 뛰쳐나와 런던에서 대금업을 하는 공증인(scrivener)으로 경제적인 성공을 거두었다. 공증인이란 현재의 직업으로 말하자면, 대금업을 하는 투자 상담역, 혹은 법률자문인 정도가 되겠다. 시인의 부친은 음악에도 재능과 열정을 가지고 있었기에 시인에게도 큰 영향을 미쳤다. 부친은 평생 자식에게 무척 너그러워서 시인으로 하여금 좋은 교육을 받게 하고 경제적으로 윤택한 생활을 하도록 허락하여 시인으로 하여금 경제적 걱정 없이 학문에 열중할 수 있도록 하였다. 시인 밀턴은 어릴 적에는 토마스 영(Thomas Young)이라는 가정교사에게 수학하였다. 토마스 영은 비국교도 목사여서, 시인이 후에 반주교제 팜프렛을 쓰게 되는데 영향을 미쳤다고 짐작할 수 있겠다. 시인은 『종교개혁론』(*Of Reformation*)이라는 팜플렛을 영에게 헌정하였고, 또한 『스멕팀누스 변호』(*An Apology for SMECTYMNUUS*)라는 팜플렛의 SMECTYMNUUS는 영국국교회 주교제도를 반대하는 5명의 목사들 이름의 두음인데, 이 중 TY는 토마스 영을 가르칠 정도로 그와는 친분을 유지하였다. 얼마 후 시인은 세인트 폴(Saint Paul) 학교에 다니게 되었는데 이곳에서 라틴어, 그리스어 등의 외국어를 습득하였고, 아마 세인트 폴 대성당의 수석사제였던 시인 존 던(John Donne)의 설교를 들었을 가능성이 많다.

1625년 밀턴은 케임브리지(Cambridge) 대학의 크라이스트 칼리지(Christ's College)에 입학하였다. 아마 그의 곱상한 얼굴과 조용한 성격으로 '크라이스트 칼리지의 숙녀'(Lady of Christ's College)라는 별명을 얻었던 밀턴은 우등생으로 졸업을 한다. 1629년에 학사, 1632년에는 석사학위를 받았다.

원래의 계획으로는, 당시의 많은 우수한 학생들처럼 밀턴은 목사의 길을 걷길 원했었다. 밀턴의 부친도 시인이 성직을 갖길 원했으나, 당시 캔터베리 대주교인 윌리엄 로드(William Laud)가 이끄는 영국국교회의 주교제도에 대한 불만으로 밀턴은 성직을 포기하고 만다. 그는 목사직 대신에 시인이 되겠다는 의지를 보여주면서, 아서 왕(King Arthur)에 대한 영국의 서사시를 쓰고 싶다는 욕망을 나타내기도 하였다. 이러한 서사시에 대한 의지는 왕정복고 후『실낙원』(*Paradise Lost*)으로 대체되었다.

석사학위를 마친 다음에도 그는 해머스미스(Hammersmith)와 호튼(Horton)에 있는 집안 별장에서 1638년까지 7년 간을 보내는, 그의 표현대로 "학문적 은둔"(studious retirement)의 시기를 갖는다. 이 기간 동안 그는 그리스·로마의 고전문학에서 당대의 유럽 철학까지 더욱 그의 지적 영역을 넓혀간다. 1634년, 그는 브리지워터 백작(Earl of Bridgewater)의 웨일즈 총독 임명을 기념하는『코머스』(*Comus*)라는 가면극을 썼다. 이 극은 춤, 시, 노래가 중요하게 작용하는 전통적인 귀족적, 정치적 오락의 형태를 가지고 있으나, 선과 악의 갈등이라는 극의 내용을 통하여 암시적으로 가면극이 지니는 허위의식을 보여주고 있다는 평도 받는다. 즉, 권력의 억압과 부패한 사회에서 올바른 삶을 사는 모습을 보여주어 청교도적 항의를 내포하고 있다는 분석이다. 이 극은 너무 도덕적 설교에 치우쳐 다소 지루한 감은 있으나, 시적인 표현과 음악성으로 충분히 문학적인 가치를 지닌다. 극은 총독의 세 자녀가 숲 속에서 길을 잃고 마법사 코머스에게 시련을 겪다가 결국 아버지의 집으로 돌아간다는 단순한 내용이다. 주신인 바커스(Bacchus)와 마법사인 키르케(Circe) 사이에서 태어난 코머스는 나그네를 술로 유혹하여 짐승으로 변형시키는 마법사이며, "재치와 화려한 수사학"(dear wit, and gay rhetoric)으로 무장한 능변가이다. 하지만 자녀들은 그의 환락과 향연으로의 초대를 거부하고, 수호정령(Attendant Spirit)과 강의 여신 사브리나(Sabrina)의 도움도 받으면서 위기에서 벗어나, 목적지인 헤스페루스(Hesperus)의 정원, 즉 아버지의 집으로 간다는 것이다.

밀턴이 호튼시대에 쓴 또 하나의 중요한 시는 『리시다스』(*Lycidas*)이다. 이 시는 밀턴의 친구인 에드워드 킹(Edward King)이 목사직을 수행하기 위하여 항해하다 물에 빠져 죽은 사건 후 그를 추모하기 위하여 쓴 시이다. 시인은 이 시의 제사(題詞)에서 익사한 친구의 죽음을 애도하면서, 당시에 절정이었던 부패한 성직자의 파멸을 예언한다고 적음으로써 그 시의 목적을 분명히 하고 있다. 이 시는 목가적 전통을 따른 만가(pastoral elegy)이다. 시의 내용은 화자인 목동이 친구 목동 리시다스의 죽음을 애도하는 것이다. 그와 어려서 같이 지내던 과거를 회상하고 그가 없음을 한탄한다. 젊은 그의 죽음에 대한 책임이 누구에게 있느냐 하는 문제에, 밀턴은 그의 문학적 상상력을 발휘하여 신화, 전설, 성경 등을 인유하면서 대답하려 한다. 결국 리시다스의 죽음의 책임은 당시 영국의 부패한 성직자들에게 있고, 그들에 대한 처벌이 하늘에서 기다리고 있다는 것이다. 시는 다시 목가적 전통으로 돌아가 그의 장례식에 꽃을 뿌려주고, 죽은 리시다스는 천국에서 환영을 받는다는 내용으로 맺는 듯 하다가, 목가시의 전통에 따라 새로운 목소리가 등장한다. 시골 목동이 신선한 숲으로 새로운 목장으로 간다는 종결부는 시인의 예언적 사명을 다하겠다는 의지로 많이 해석된다.

1638년 밀턴은 유럽여행을 떠난다. 당시 귀족청년들이나 경제력 여력이 되는 청년들은 문화적 선진국들이었던 프랑스, 이태리 등의 유럽 각국으로 몇 년씩 배움의 여행을 하였다. 밀턴도 프랑스, 스위스, 이태리로 여행을 떠난다. 프랑스에서는 유명한 네덜란드의 시인, 신학자, 외교관이었던 휴고 그로티우스(Hugo Grotius)를 만났고, 이태리에서는 베네치아, 나폴리, 로마 등 여러 도시를 여행하였다. 피렌체에서는 투옥 중인 갈릴레오(Galileo)를 만났고, 후의 『실낙원』에서 투스칸(Tuscan)의 기사 갈릴레오의 망원경이라는 표현으로 그를 언급한다. 밀턴은 1년이 조금 넘는 기간동안 유럽의 유명한 학자들과 교류를 하다가, 나폴리에서 영국 본토에서 내전이 일어났다는 소식을 전해듣고, 시실리(Sicily)와 그리스를 방문할 계획을 포기하고 귀국길에 오른다.

흔히 밀턴의 일생을 3부분으로 나누는데, 전기는 탄생에서 청교도 혁명 전까지이고, 중기는 혁명 기간 중, 그리고 후기는 혁명 후『실낙원』 등의 대작이 나온 기간으로 구분한다. 물론 밀턴은 시인으로 명성을 쌓았지만, 그의 중기에 쓰여진 많은 산문에서 그의 철학, 신학, 정치관을 분명히 볼 수 있으며 르네상스적 지식인 밀턴의 참모습을 보여준다. 밀턴의 산문시대는 절대권력을 행사하였던 찰스 1세(Charles I)와 이에 대항하는 의회 사이의 갈등과 함께 시작한다. 헨리 8세(Henry VIII) 이후 영국국교회는 가톨릭과 결별한 상태였지만, 형식적으로는 주교제도를 가지고 있었기에 가톨릭 교회의 부패를 그대로 답습하고 있다는 불만을 청교도들에게 듣고 있었다. 특히 찰스 1세의 정책을 옹호하던 영국국교회의 대주교인 윌리암 로드(William Laud)의 전횡으로 정치와 종교가 유착되었고, 체제를 비판하는 글에 대한 강력한 검열제도가 있었다. 청교도들이 다수를 차지한 하원(House of Commons)이 사사건건 국왕의 통치에 방해가 되자 국왕은 1629년 이를 강제 해산하였다. 그러나 스코틀란드와의 전쟁으로 자금이 필요하게 된 국왕은 1640년 하원을 개원하였고 의회의 요구를 조금씩 들어주지 않을 수 없게 되었다. 결국 장기의회(Long Parliament)라는 명칭을 가지게 된 하원은 국왕과 1642년부터 내전을 치르게 되고, 1649년 찰스 1세를 처형하는 유럽역사상 가장 중요한 사건 중 하나를 만든다.

밀턴은 1641년과 1642년에 주교제도를 비판하는 일련의 팜프렛을 5편 발표한다.『종교개혁론』(*Of Reformation*)에서 주교들을 "세상의 눈을 멀게 하고 등쳐먹은 독재자의 패거리이며 협잡꾼의 집단"이라고 비난을 하면서, 사람의 몸에서 영양분을 빼앗는, 그리하여 즉시 제거해야만 할 기형적인 혹(wen)으로 비유한다. 밀턴의 논리는 분명하고 단호하다. 주교제는 초기교회부터 있어 왔고 신의 인준을 받았다는 주장에 대하여, 주교는 교회공동체에서 선출되었고 성서에는 그 근거가 없다고 주장한다. 주교제가 없으면 오히려 각 교구마다 교황이 생긴다는 주장에 대하여, 교회의 혼란을 우려하는 자는 "절제"(discipline)를 이해하지 못한 "방종한 자"(libertines)이라고 공격한다. 주교제가 없으면 왕권이 약화된다는 주장에 대하여서는, 주교제 때문에 교회가 세속적인 권력기관이 되어간다고 항변한다. 오히려 권력에 대하여 교회와 왕실 사이에 갈등이 생길 수도 있다며 왕권을 위하여서도 주교제는 철폐되어야 한다는 주장을 펼친다. 이후 『주교제에 대하여』(*Of Prelatical Episcophacy*), 『스멕팀누스 변호』, 『교회치리론』(*Reason of Church Government*) 등에서도 주교제의 폐단과 철폐를 계속하여 주장한다.

1642년 33세가 된 밀턴은 왕당파 정치인 리처드 파월(Richard Powell)의 딸인 17세 메리(Mary)와 갑작스런 결혼을 한다. 그러나 왕당파의 밝고 발랄한 집안 분위기에서 평생을 컸던 메리는 나이가 많고 청교도로써 엄격한 밀턴과는 여러 면에서 맞지 않았다. 결혼한 지 얼마 안 되어 친정을 방문한 메리는 밀턴의 청을 무시하고 돌아오지 않았고, 당시 발생한 내란은 둘 사이를 더욱 갈라놓고 말았다. 이 기간 동안 밀턴은 성격상의 불일치도 이혼 사유가 될 수 있다는 논지의 이혼론 팜플렛을 4편 발표하는데, 『이혼론』(*The Doctrine and Discipline of Divorce*), 『마틴 부서의 견해』(*The Judgement of Martin Bucer Concerning Divorce*), 『테트라코든』(*Tetrachordon*), 『콜라스테리온』(*Colasterion*)이 그것들이다. 당시 법령에 의하면 간통이나 유기 같은 사실을 증명할 수 없으면 이혼은 불가능하였고, 영국국교회의 법령에 의하여서는 어떠한 사유로서도 사실상 이혼 자체가 불가능하였다. 밀턴은 결혼이란 육체적 결합은 물론 정신적 결합이기에 부부간의 결함, 즉 "마음이 맞지 않는"(uncompatible) 부조화와 불일치도 이혼의 사유에 해당한다고 주장한다. 인간은 타락의 결과로 사고에 결함이 생겼는데, 이 결함으로 결혼의 상대를 잘못 고르는 경우가 생길 수 있고, 당시의 법으로서는 실수한 사람을 구제하여 줄 수가 없다는 것이다. 결혼이란 원래 인간의 불완전함을 보완하여 주는 신의 자비로운 안배인데, 정신적으로 맞지 않는 결혼은 신의 자비에 위배되는 행위임으로 이혼이 허락되어야 한다는 논리이다. 결혼 자체가 신의 자비였기에, 잘못된 결혼도 자비롭게 해결되어야 한다는 것이다. 또한 초기 교회부터 도덕적인 문제는 교회법에 따르도록 되어 있다는 전통적인 견해를 뒤집고, 그것을 개인의 자유에 기초한 자연법(natural law)으로 대치하려 하였다. 이는 현대의 관점에서는 쉽게 이해할 수 있는 주장이지만, 당시에는 마음 내키는 대로 이혼을 할 수 있다는 매우 위험하고 급진적이고 분별 없는 견해로 받아들여졌다. 주교제 논쟁으로 얻은 청교도들의 지지도 잃고 말았고, 그는 방탕한 자라는 뜻의 '이혼자'(Divorcer)로 낙인이 찍혀 다른 이단자들과 같이 취급당하기도 하였다. 일부 학자들은 이러한 밀턴의 이혼론 팜플렛이 그의 개인적 사유를 정당화하려는 노력이었다고 주장도 하지만, 반드시 그런 개인적 이유 때문에 집필하였다고 믿는 학자는 많지 않다. 어쨌든 메리는 가출 3년만인 1645년에 밀턴에게 돌아오고, 1652년 그녀의 죽음까지 결혼생활은 큰 문제가 없었던 것으로 보인다.

1644년에 출판된 『아레오파기티카』(*Areopagitica*)는 "검열을 받지 않는 출판의 자유를 위해 영국 의회에게 한 존 밀턴의 연설"(A Speech of Mr. John Milton for the Liberty of Unlicensed Printing to the Parliament of England)라는 부제가 말하여 주듯 표현의 자유를 옹호한 언론 자유의 경전이다. 이 글은 이혼론 팜프렛에 대한 의회 장로교파의 검열과 통제에 대한 밀턴의 대응이라고도 할 수 있다. 그는 『아레오파기티카』를 출판사나 인쇄소의 정보 없이 그의 이름만을 찍어 인쇄할 정도로 단호한 모습을 준다. 출판 검열은 가톨릭의 산문이고, 검열 자체가 사회나 교회에 해가 되는 생각들을 막아내지 못하고, 오히려 지식의 확산을 막는다는 이유로 그는 반대하였다. 이 글은 온당치 못한 검열의 역사적 기원 및 배경, 독서 전반에 대한 문제 제기와 자유스러운 독서의 장점, 검열의 비효율성과 기만성, 그리고 배움의 진보와 진리추구 과정에서 검열제도의 역기능 등의 내용으로 되어 있다.

영국의 내전은 1648년 찰스 1세의 체포로 종결되고, 1649년 왕은 폭군, 반역자, 살인자, 국가의 적이라는 명목으로 처형된다. 밀턴은 이를 지지하기 위하여 『국왕과 관료들의 재직조건』(*The Tenure of Kings and Magistrates*)이라는 산문을 쓴다. 국왕과 관료들의 권위는 어디에서 나오는 가를 설명하면서,

왕의 권위는 신에게서 받은 것이라는 '왕의 신성한 권리'(Divine Right of Kings)를 거부한다. 왕이나 관료는 단순히 나라의 행정관임으로 많은 국민들에게 해를 행하였을 경우에는 신의 분노를 집행하여 그들을 심판하는 것은 합법적이라는 것이다. 그는 자유를 누릴 자격이 있는 사람과 노예로 있기에 적합한 사람을 명백히 구분하면서, 국왕제도를 고집하는 사람은 노예라고 비난한다.

찰스 1세가 처형되고 국무회의가 구성되었을 때, 밀턴은 크롬웰(Cromwell)의 외국어 장관(Secretary for Foreign Tongues)으로 임명된다. 그의 임무는 외교문서를 번역하고, 외국 사신과의 통역, 그리고 대외적인 홍보를 담당하는 일이었다. 찰스 1세의 처형 직후, 왕을 진리의 순교자로 묘사한『왕의 성상』(*Eikon Basilike*)라는 글이 출판되었다. 밀턴은 이 글을 조목조목 대응하면서 우상 속에 가려져 있는 찰스 1세의 실체를 폭로하는『우상타파론』(*Eikonoklastes*)을 발표한다. 또한 영국 공화국의 이미지를 실추시키고 있는 프랑스의 학자 살마시우스(Salmacius)의『왕의 옹호』(*Defensio Regia*)에 맞서『영국민을 위한 변호』(*Pro Populo Anglicano Defensio*)를 발표하였다. 정의를 판정하는 것은 국민이라고 하는 기본 원칙에 따라 국왕의 사형은 합법이라는 주장이었다. 전 유럽을 상대로 영국민들의 무고함과 정당성을 밝힌 이 글은 밀턴에게 영국 공화국의 옹호자로서 명성을 주었다.

1654년에도 그는 공화정을 위하여『영국민들을 위한 두 번째 변호』(*Defensio Secunda Pro Populo Anglicano*)를 집필한다. 크롬웰과 그의 동지에 대한 찬사와 경고를 적은 이 글은 밀턴의 개인 신상에 대한 기록으로 더 유명하다. 이 글에서 그는 그의 실명이 신의 징벌이라는 적들의 비난에 대응한다. 밀턴은 1654년경부터 완전히 실명하였는데, 그의 실명은 어린 시절부터 밤늦게까지 독서하는 습관 때문이라는 설명과 함께, 밀턴은『영국민을 위한 변호』의 고된 집필 작업이 그의 실명의 결정적 원인이 되었다고 밝힌다. 더 이상 눈에 무리를 가하면 실명하게 될 것이라는 의사들의 경고에 순응하는가, 아니면 신의 음성에 복종하는가 하는 양자 선택에서 나라를 위하여 눈을 희생하였다고 적고 있다. 실명 후에도 밀턴은 공직을 계속 유지하였다.

공화정은 영국민들의 기대와는 달리 능력이 없는 정부였다. 더욱이 1658
년 크롬웰이 죽고 호민관의 자리를 이은 그의 아들 리처드 크롬웰(Richard
Cromwell)도 무능하였다. 영국민들은 혼란스러운 정국에 환멸을 느끼고, 차라
리 왕정으로의 복귀가 정국의 안정을 위하여 좋다는 여론이 형성되었고, 발빠
른 귀족들은 프랑스에 피신해있던 찰스 2세와 협상을 하기 시작하였다. 밀턴은
왕정복고가 임박한 시기에 조국을 위한 사명감으로 목숨의 위협을 무릅쓰고,
왕정을 반대하고 공화정 체제를 지지하는 『자유공화국 확립을 위한 준비되고
쉬운 길』(*The Readie and Easie Way to Establish a Free Comonwealth*)을 발
간함으로 찰스 2세의 복위를 반대한다. 이 글에서 밀턴은 이상적인 의회로 영
구적인 대의회(Grand Council) 구성을 제안하며, 그 의회의 구성원들은 맡은
직무에 대한 경험을 쌓음으로 일의 능률을 높이고 국가 운영의 단단한 기반을
조성하여 나라의 안정을 찾는데 도움을 주어야 한다고 주장한다. 이러한 기반
없이는 영국민들은 계속되는 변화에 시달릴 것이며, 그들의 자유가 정착할 수
도 보장될 수도 없는 것이다. 이 대의회가 영국의 "질환을 치유할 수 있는 가장
쉬운, 가장 우리 앞에 있는, 그리고 유일한 것"이라고 쓰고 있다. 왕정을 복고시
키면서 노예의 길을 택한 영국민들에게 목숨을 걸면서 쓴 이 글의 목적은, 글
을 읽는 "몇몇에게 신께서는 이 돌들을 일으켜 세워 다시 소생하는 자유의 자
녀가 되도록 하실 지도 모른다"는 희망 때문인 것이다.

1660년에 찰스 2세는 국민들의 환영을 받으며 런던으로 돌아왔고, 부친
찰스 1세를 처형한 이들에게 대한 박해는 시작된다. 찰스 1세의 사형을 선고한
재판관들은 국왕시해자(Regicides)로서 체포되고 재산을 몰수당했다. 밀턴도
주요 반역자 명단에 올랐으나, 이미 실명이라는 엄한 형벌을 받았다는 친지들
의 논지로 심한 형벌은 모면하였지만, 그의 『우상타파론』과 『영국민을 위한
변호』는 불에 태워졌다. 결국 잠깐의 투옥생활 후에 그는 사면을 받고 대부분
의 재산을 몰수당한 후 병고에 시달리며 은둔의 생활을 하게 된다. 그의 결혼

생활도 순탄치 않았다. 첫 번째 부인인 메리는 막내딸을 낳은 후 사망하였고, 두 번째 부인 캐서린 우드콕(Catherine Woodcock)도 결혼한 지 1년 정도 후에 사망한다. 밀턴이 가장 암울한 시절을 보내던 1663년에 세 번째 부인 엘리자베스 민셜(Elizabeth Minshull)은 그에게 큰 정신적 위안을 주며 그보다 오래 살았다. 이제 정치·경제적으로 모든 것을 잃은 밀턴에게 남은 것은 당시 시인으로서의 최고 목표인 서사시의 완성이었을 것이다.

『실낙원』

『실낙원』이 쓰여진 시기는 대체로 1658년에서 1663년 사이로 추정하지만, 숭고한 주제의 영웅시를 쓰고자 한 것은 이보다 십여 년 전으로 거슬러 올라간다. 학창시절 그는 아서 왕이나 크롬웰 같은 국민적 영웅을 칭송하는 서사시를 쓰려했으나, 공화정 말기와 왕정의 복고를 경험한 후 어느 한 시대나 국가에 국한되지 않는, 보다 숭고한 주제인 인류의 조상 아담(Adam)과 이브(Eve)의 불순종과 인류의 타락이라는 성경의 이야기를 주제로 선택한다. 영미 문학권에서는 많은 비평가들이 『실락원』을 최고의 문학작품으로 간주하는데 주저하지 않는다. 이는 작품에 사용된 서사시적인 웅장한 문체와 풍부한 상상력이 주된 이유이겠지만, 그 외에도 인본주의에 입각한 인간론, 우주론, 기독철학 등의 심오한 사상이 3세기 너머의 긴 세월을 뛰어넘어 아직도 많은 이들에게 읽혀지는 이유가 되는 것이다. 『실낙원』은 고대 문학의 서사시 전통에 따라 모두 12권으로 되어 있으며, 길이는 한 권당 약 700~1,100행 정도이다.

　1권은 서사시의 관습에 따라 시인이 의도를 기술함으로 시작한다. 사탄(Satan)과 그의 무리들의 타락, 인간의 창조, 그리고 인간의 불순종과 그 결과가 내용이 된다. 그리하여 "인간에 대한 신의 뜻이 올바름을 밝히는"(justify the ways of God to men) 것이 목적이 된다. 1권의 내용은 플롯의 중간에서

『실낙원』은 1667년 전10권으로 처음 출판되었으나, 1674년 전12권으로 재판된다.
사진은 1674년판의 『실낙원』

이야기가 시작된다는(*in medias res*) 서사시의 전통에 따라 사탄과 그의 타락한 천사들이 지옥으로 떨어진 후 고통 속에 깨어나는 장면으로 시작한다. 그는 천상의 전투에서 성부의 군대에게 패하여 그의 부하들인 타락 천사들과 함께 지옥으로 떨어진 것이다. 사탄은 지옥의 불길 속에서 기절해 있는 타락 천사들을 깨우는데 그들의 이름은 후일 가나안(Cannan)과 이웃 여러 나라에서 알려진 우상들의 이름들, 즉 바알(Baal), 몰록(Moloch) 등이다. 사탄은 성부(God)가 사탄군의 축출 이후 새로운 우주를 만들고 그 중심에 새로운 피조물을 만든다는 고대 예언을 그의 부하 천사들에게 일깨우고, 앞으로의 일을 논의하기 위하여 전체 회의를 소집한다. 지옥 깊은 곳에 중마전(衆魔殿, Pandemonium)이 서고, 타락 천사들은 모인다.

2권에서 타락 천사들은 성부와 다시 한번 결전을 할 것인가의 여부를 토론하나, 승산 없는 전투보다는 새로운 피조물을 타락시켜 성부에게 복수하자는 안이 채택된다. 이 위험한 임무를 사탄이 맡아 나서고, 그는 지옥을 벗어나기 위해 지옥문으로 가서 문지기인 죄(Sin)와 죽음(Death)을 만난다. 죄는 여인의 모습인데, 사탄이 성부에게 반역의 뜻을 품었을 때 그의 머리에서 튀어나왔고 형체가 없는 모습의 죽음은 사탄과 죄 사이의 근친상간의 산물이다. 그들은 사탄이 그들의 지아비요, 아버지인 것을 발견하고 지옥문을 활짝 열고 그를 보낸다. 천상에서 성부, 성자, 성령의 삼위가 지배하듯이, 이제 지옥의 사탄, 죄, 죽음의 삼위가 형성된 것이다. 사탄은 지옥과 하늘 사이의 대심연인 혼돈(Chaos)에서 갖은 곤란을 겪은 후 그곳을 지나서 신세계가 보이는 곳에 도달한다.

1권과 2권의 주인공은 단연 사탄이다. 그는 엄청난 열정과 에너지를 가지고 타락한 천사들을 이끄는 용감하고 카리스마 넘치는 지휘관이자 탁월한 웅변가이다.

> . . . 패배가 문제인가?
> 다 패하는 건 아니다. 꺾이지 않는 의지,
> 불타는 복수심, 죽지 않는 증오심,
> 굽힐 줄 모르고 항복 모르는 용기
> 이밖에 정복될 수 없는 것 또 무엇이 있겠는가?
> 그[신]의 분노와 힘이 내게서 이런 영광을
> 결코 빼앗지 못하리라.

> . . . What though the field be lost?
> All is not lost; the unconquerable Will,
> And study of revenge, immortal hate,
> And courage never to submit or yield:
> And what si else not to be overcome?
> That Glory never shall his wrath or might
> Extort from me. (1.105-111)

이러한 사탄이 지닌 에너지와 숭고한 위엄에 감동한 낭만주의 시인들, 특히 블레이크(Blake), 셸리(Shelley), 바이런(Byron) 등은 사탄이 『실낙원』의 주인공이라고 주장하였다. 그러나 1권과 2권을 정독하면 사탄이 매력적인 모습만을 가진 인물이 아님을 알 수 있다. 자신의 야망을 달성하기 위하여 교묘하게 상황을 이용하는 정략적 웅변가이고, 악하고 고집스럽고 모진 모습을 보여줌으로서 밀턴은 사탄을 매우 복합적인 인물로 만들고 있다.

3권의 무대는 천상이다. 성부는 하늘에서 신세계로 오는 사탄을 보고 그의 성공, 즉 인간의 타락을 예언한다. 인간은 자유의지를 가지고 창조되었으니 그 죄는 인간의 것이지만, 스스로의 악의가 아니라 사탄의 유혹에 타락하였으니 그들에게 자비를 베풀 뜻을 보인다. 그러나 성부의 정의가 충족되지 않으면 인간에게 자비를 베풀 수 없다고 선언하고, 인간의 죄를 대신 벌받을 자가 있으면 인간을 죽음에서 구하겠노라 말한다. 성자(Son)는 자청하여 인간의 대속물이 되겠다고 제의한다. 즉 지옥에서 사탄이 인간을 타락시키고자 모험의 결행을 자청한 것 같이, 천국에서는 성자가 인간을 위하여 죽음에 임하겠다고 나서는 것이다. 성부는 이를 받아들여 그의 수육현신(受肉現身)을 정한다. 한편 사탄은 우주에서 방황하다가 태양구로 진입한다. 천한 천사의 몸으로 변신한 사탄은 태양을 관리하는 천사 우리엘(Uriel)에게 인간의 거처를 알아내고는 그곳으로 향한다.

4권에서 사탄은 낙원에 도착하여 아담과 이브를 보고 그들의 아름다움에 감탄하나 그들을 타락시키고자 하는 마음은 여전하다. 인간들이 주고 받는 이야기에 귀를 기울여, 낙원에서 선악의 지혜의 나무 열매(The fruit of the tree of knowledge of good and evil)를 따먹는 것이 금지되었음을 알아내고 이 방법으로 그들이 죄를 범하도록 하려고 계획한다. 이브는 자신이 창조되었을 때의 상황을 아담에게 한다. 호수에 비친 자신을 모습을 발견하고, 어디선가 들려오는 목소리로 자신은 아담에게서 창조되었고 인류의 어머니가 되리라는 예언을 들었다는 것이다. 한편, 우리엘이 지상으로 내려와 낙원을 지키는 천사 가브리엘(Gabriel)에게 사탄의 출현을 경고한다. 순찰대가 소집되고, 이브의 귓전에 앉아 꿈의 형태로 생각을 넣어주는 두꺼비의 모습을 한 사탄을 찾아내고 그를 잡아 낙원 밖으로 내쫓는다.

5권의 무대는 역시 낙원이다. 아침에 이브는 아담에게 괴로운 꿈 이야기

를 한다. 꿈에 천사가 그녀를 지혜의 나무로 인도하여 그 열매를 먹으면 천사
가 되리라는 말을 하고 사라졌다는 것이다. 아담은 그것을 좋아하지 않았지만
그녀를 위로한다. 아담과 이브는 평소와 같이 일을 하고, 성부는 천사 라파엘
(Raphael)을 보내 아담에게 그의 적에 대하여 일러 주라 명한다. 라파엘은 아
담에게 사탄이 누구이며, 어떻게 그가 성부의 권위에 대항하여 반역을 꾀하였
는가를 설명한다. 그는 성부가 성자를 그의 후계자로 임명하자 그에 불만을 품
고 휘하 천사 군대를 북부로 이동시킨 후 그들을 설득시켜 반역을 가담하게
한 것이다. 오직 한 명, 천사 아브디엘(Abdiel)만이 사탄을 거역하고 성부에게
돌아간다.

　6권에서 라파엘은 계속 미카엘과 가브리엘이 중심이 된 천사군과 사탄군
의 천상 전투를 이야기한다. 첫날의 전투는 미카엘군의 승리이다. 아브디엘과
사탄의 일대일 대결에서 아브디엘의 승리를 바탕으로 사탄군을 공격하여 그들
을 격퇴시킨다. 하지만 그들은 밤새 마(魔)의 화약 무기를 개발하여 다음 날의
전투에서 미카엘군을 혼란시킨다. 미카엘군은 반격으로 산을 뽑아 적군을 제
압한다. 그래도 전투는 그치지 않아, 성부는 사흘째 되는 날 성자를 보낸다. 성
자는 전차와 뇌전(雷電)으로 적중으로 쳐들어가 그들을 저항 못하도록 하고 하
늘의 성벽으로 몬다. 성벽은 열리고 반역군은 하늘에서 떨어져 혼돈을 지나 지
옥으로 들어간다. 성자는 개선하여 성부 앞으로 돌아온다.

　7권에서 라파엘은 아담에게 이 세계가 최초에 어떻게, 그리고 왜 창조되
었는가를 이야기한다. 성부는 사탄과 그의 타락 천사들을 하늘 밖으로 내쫓고,
다른 또 하나의 세계와 거기에 살 다른 생물을 창조할 것을 선언하고, 성자를
보내어 6일간에 신세계를 만든다. 첫 날에는 빛, 둘째 날에는 창공을 만들어
하늘의 물에서 하늘 아래의 물을 분리하고, 셋째 날에는 땅과 육지를 구별하여
만든 다음, 땅에는 초목을 만든다. 넷째 날에는 하늘에 해, 달, 별들을, 다섯째
날에는 바다에 고기, 땅에는 새들을 만든다. 여섯째 날에 땅에 온갖 짐승들을
만들고, 모든 것을 다스리도록 신의 모습대로 아담과 이브를 만들어 축복한다.

창세기의 천지창조 장면을 재현함으로 이야기의 권위를 높이려는 밀턴의 의도가 잘 드러나는 대목이다. 하지만 창세기에서 등장하지 않는 성자가 7권에서 성부의 명으로 천지창조의 주역이 되고, 6권에서 성부의 명으로 전쟁터로 나가는 모습에서 삼위일체설을 거부하는 밀턴의 신학을 엿볼 수 있다.

8권은 아담의 질문으로 시작한다. 아담은 천체의 운행에 관한 질문을 하지만 라파엘은 좀 더 알만한 가치가 있는 것을 탐구하는 것이 좋다는 권고를 한다. 아담은 라파엘을 좀더 붙들어 두고자 하는 욕망에서 자기가 창조된 이래 기억하고 있는 일을 이야기한다. 자기가 낙원에 놓여졌을 때 그는 자연스럽게 걷고 뛰고 점프하고 말할 줄 알았다는 것이다. 신이 그에게 어떻게, 그리고 왜 그가 창조되었는가를 말해주고, 세상에 창조된 모든 것을 다스리라고 말하여주며, 단지 금지해야 할 한 가지를 경고하였다는 것이다. 아담은 또한 고독하여 성부에게 배우자를 만들어 달라고 부탁하여 자기의 갈비뼈로 이브가 만들어진 일, 이브와 처음 만나 결혼한 일 등을 라파엘에게 말한다. 라파엘은 아담과 이브가 분명한 성의 차이를 가지고 있다고 말한다.『실낙원』에 나타난 성의 차이는 다음의 구절에서 잘 나타난다.

> . . . 두 사람은
> 성이 같지 않은 것처럼 동등하지 않고
> 남자는 사색과 용기를 위하여
> 여자는 부드러움과 상냥하고 매력적인 우아함을 위하여 만들어졌다.
> 그는 신만을 위하여, 그녀는 그 안의 신을 위하여.
>
> . . . though both
> Not equal, as thir sex not equal seem'd;
> For contemplation hee and valor form'd,
> For softness shee and sweet attractive Grace,
> Hee for God only, shee for God in him. (4.295-9)

양성이 동등하지 않다는 구절은 남녀관계에서 가부장적인 관점을 보여주고 있

블레이크(William Blake)의 그림, "이브의 유혹"
(The Temptation of Eve)

다. 특히 마지막 행은 남성의 여성의 머리이며, 따라서 남성이 여성보다 우위에 있고 아내는 남편에게 순종해야 한다는 성경의 사상을 반영하고 있다. 8권에서도 또한 이브가 외모적으로는 아담보다 아름답지만, 내면으로는 아담보다 가치가 적고 지적으로 덜 성숙되었다는 구절도 있다. 그녀의 허영은 심각한 약점임으로, 그녀의 육체적인 유혹에 조심해야 한다고 경고도 한다. 『실낙원』에서는 이 부분 외에도 반여성적이라고 페미니스트들이 판단할 대목이 여러 곳 있다. 하지만 밀턴 당시의 여성의 위치를 고려할 때 밀턴이 오히려 페미니스트적이라고 주장하는 학자들도 있다.

9권에서 사탄은 안개처럼 낙원으로 돌아와서, 자고 있는 뱀 속으로 들어간다. 아담과 이브가 아침에 일하러 갈 때 이브는 노동의 효율성을 내세워 일을 각각 나누어 딴 장소에서 하자고 제안한다. 아담은 사탄에 대한 걱정 때문에 처음에 반대했으나 이브의 고집으로 양보한다. 뱀은 이브가 혼자 있는 것을 발견하고 접근하여, 입을 열어 아첨하는 말로 그녀가 다른 생물보다 우월하다고 칭찬한다. 이브는 뱀이 말하는 것을 듣고 의아해 하며 어떻게 사람의 말과 이해력을 얻었느냐고 묻는다. 뱀은 낙원 안의 어떤 나무 열매를 먹음으로써 그 때까지 없었던 말과 이성을 얻었다고 대답한다. 이브가 뱀에게 이끌려 그 나무에 가보니 그것은 금지된 지식의 나무였다. 뱀은 동물인 자기가 그 열매를 먹고 한 단계 위인 인간의 능력을 갖게 되었으니, 그녀가 그 과일을 먹으면 신의 경지로 오를 수 있다고 유혹한다. 이브는 드디어 그 과일을 먹고, 아담에게 가서 사실을 말한다. 아담은 그녀의 타락을 깨닫고 놀라지만, 강한 애정으로 그녀와 함께 멸망할 것을 결심하고 자기도 그 열매를 먹는다. 열매를 먹은 후 그들은 사랑이 아닌 욕정으로 성행위를 하고, 자신의 나체가 부끄러워 가린 다음, 서로를 원망하고 책망한다. 흔히 선악과로 번역되는 과일은 그것을 먹는 순간 악을 알게 되는 상징적인 과일이다. 아담과 이브는 이 과일을 먹음으로 신에게 불복종하는 악을 알게 되었다. 신에 대한 복종보다 이브를 택한 아담의 죄는, 사탄의 유혹에 속은 이브의 죄보다 크다고 할 수 있다.

10권은 천상에서 시작한다. 인간의 범죄가 알려지자 경비 천사들은 낙원을 떠나 천상으로 와서 자신들의 경비가 소홀치 않았음을 증명하고, 성부는 성자를 보내 죄인들을 심판한다. 여자는 산고의 고통을 갖고 남자는 땀 흘려 일하여야 하며, 그들은 죽어 흙으로 돌아가야 한다는 것이다. 한편, 지옥문에 있던 죄와 죽음은 기이한 공감 작용으로 사탄의 성공과 인간의 죄를 감지하고 인간의 고장으로 간다. 그들은 지옥에서 신세계로 왕래의 길을 편리하게 하기 위하여 사탄의 노정을 따라 긴 다리를 놓고 인간 세상으로 향한다. 이제 지옥과 인간세상 사이를 사탄과 죄, 죽음뿐만 아니라 타락 천사들, 즉 악귀들도 손쉽게 왕래하게 되었다. 사탄은 중마전으로 돌아와 부하 천사들을 모아 놓고 그의 성공을 이야기한다. 갈채를 기대하였으나 일제히 퍼붓는 야유소리를 듣는다. 그들은 모두 뱀으로 변한 것이다. 성부는 성자가 최후로 승리할 것과 만물의 일신을 예언한다. 아담은 타락의 상태를 깨닫고 비탄에 잠기며 이브의 위안을 거절하나, 곧 마음을 가다듬고 회개와 기원으로 성부의 마음을 얻을 것을 이브에게 권한다.

11권에서 성자는 성부에게 뉘우치는 인간의 시조의 죄를 용서해 달라고 청한다. 성부는 그것은 용납하나, 이제는 순수하지 않은 아담과 이브가 더 이상 낙원에서 살아선 안 된다고 선언한다. 아담은 이브에게 그녀가 인류의 어머니가 됨으로써 사탄에게 복수를 할 수 있다고 말하고, 이브는 그녀가 자격은 없지만 신의 뜻에 복종할 것을 맹세한다. 천사 미카엘(Michael)은 아담에게 파견되어 낙원에서의 퇴거를 알리고, 이브를 잠재운 다음 아담을 높은 산으로 데리고 올라가 앞으로 인류에게 일어날 일을 환영으로 전개하여 보여 준다. 아담과 이브의 자식인 카인(Cain)이 그의 동생 아벨(Abel)을 죽이는 사건부터 노아(Noah)의 대홍수까지의 일을 보여주며, 인류를 다시는 물로 벌하지 않겠다는 성부의 약속이 무지개로 나타난다는 것을 아담에게 일러준다.

12권은 홍수 후 계속되는 미카엘 천사의 역사 이야기로 전개된다. 홍수 이후 인간들은 신에게 예물을 바치고 복종하지만 수 세대가 지난 후에는 다시 불복종은 시작된다. 바벨탑(Tower of Babel)이 세워지고 그 결과 인간들의 언어가 뒤섞여 의사소통이 안 된다. 아브라함(Abraham)과 이스라엘 민족들이 약속의 땅 가나안에 정착하나, 후에 그의 자손들은 이집트의 노예가 된다. 모세(Moses)에 의하여 이스라엘 민족이 이집트를 탈출하는 장면, 다시 계속되는 이스라엘 민족의 수난과 다윗(David)왕의 모습, 그리고 그의 후손으로 아담과 이브에게 약속한 메시아 예수에 대하여 말한다. 성자가 인간 예수의 모습으로 탄생하고, 그의 죽음, 부활, 승천, 그리고 그가 재림할 때까지의 교회의 상황을 보여준다. 아담은 이런 이야기와 구원의 약속에 크게 만족하고 위안 받으며 미카엘과 함께 산을 내려온다. 잠들어 있던 이브를 깨워 아담은 미카엘의 인도를 받으며 낙원에서 나가고, 천사들이 그곳을 지킨다.

> 눈물이 저절로 흘렀으나 곧 닦았다.
> 세계는 온통 그들 앞에 있었다. 그 중에서 안주할
> 땅을 택해야 했다. 섭리를 그들의 안내자로 삼아.
> 그들은 손에 손을 잡고 방랑하는 걸음으로 천천히

에덴을 통과하여 외로운 길을 갔다.

Some natural tears they dropp'd, but wip'd them soon;
The World was all before them, where to choose
Thir place of rest, and Providence thir guide:
They hand in hand with wand'ring steps and slow,
Through Eden took thir solitary way. (12.645-49)

함께 손을 잡고 외롭게 독립적으로 선택의 자유를 갖고, 비록 그들 옆에 신의
섭리의 인도를 받으며 살게 되지만, 더 이상 임의적이며 유일한 신의 명령에
종속되지 않고 자유로운 상태에서 아담과 이브는 그들 앞에 펼쳐져 있는 세계
를 향하여 출발하는 것이다. 이 마지막 행들은 인간의 가능성과 선택, 그리고
개인의 책임을 강조하고 있는 것이다.

　　전체적으로 『실낙원』은 방대하면서도 정교하게 균형 잡힌 구조를 가지고
있다. 1권에서 3권까지 사탄의 모험은 10권에서 12권까지의 인간의 역사와 균
형을 이루고, 사탄이 낙원에 들어가는 4권은 낙원을 잃어버리는 9권과 균형을
이룬다. 천국에서의 파괴적인 전쟁을 묘사하는 10권과 11권은 천지창조의 과
정을 기술하고 그것을 이해하는 문제들을 다루고 있는 7권과 8권과 균형을 이
루어 마치 지렛대를 중심으로 대칭을 이룬 구조를 가진다. 또한 2권의 지옥에
서의 회의는 3권의 천국 회의와 평행을 이루고, 성부, 성자, 성신의 천국의 삼
위는 사탄, 죄, 죽음의 악마 삼위와 평행을 이룬다. 사탄의 타락과 인간의 타락
은 평행을 이루고, 성자의 자비는 성부의 정의와 대조를 이룬다. 또한 라파엘의
상냥함은 미카엘의 엄격함과 대조를 이루는 등 균형 잡힌 구조의 예는 거의
끝이 없을 정도이다.

　　『실낙원』의 구조가 육중하면서도 섬세하듯이, 언어 역시 풍부하면서도
힘차다. 밀턴이 고전을 참조하는 범위와 형용사를 구사하는 재능은 타의 추종
을 불허한다. 그의 해박한 지식을 이용한 길고 복잡하게 가지치는 문장은 때론

이해하기 힘들어 각주의 도움을 받아야 할 때도 많다. 하지만 독자들이 밀턴의 학식을 갖출 필요는 없다. 전체적인 윤곽만 잡고 풍부한 은유와 참조를 즐기고 있으면, 저절로 긴장을 느끼지 않으면서 디테일과 형용사를 감상하게 된다.

『실낙원』은 서사시이다. 서사시는 장편의 이야기로 국가, 민족, 인류의 운명과 직결되는 위대한 영웅의 행위가 중심적인 시이다. 서사시는 두 종류로 나뉘는데 첫 번째는 민족 지도자가 외적을 물리치고 국가를 형성하는 과정의 전설, 신화를 익명의 시인이 극화한 것으로, 대개 구전되어 내려오다 이후에 문자화된 것이다. 이에는 호머(Homer)가 쓴 그리스 신화 『일리아드』(*Iliad*), 『오딧세이』(*Odyssey*), 앵글로-색슨(Anglo-Saxon) 민족의 『베오울프』(*Beowulf*), 이스라엘의 『출애굽기』(*Exodus*), 독일의 『니벨룽겐의 노래』(*The Song of the Nibelungs*) 등이 있다. 두 번째 종류는 문학적인 서사시로 시인이 의도적으로 창작한 시이다. 이에는 『실낙원』 외에도 버질(Virgil)의 『아이네이드』(*Aeneid*), 타소(Tasso)의 『예루살렘 구출』(*Jerusalem Liberated*) 등이 있다. 그리스 철학자 아리스토텔레스(Aristoteles)는 서사시를 문학 중 비극 다음으로 중요한 장르로 취급하였고, 르네상스 문학가들은 최고의 장르로 높이 인정하였다. 그 후 서사시는 최고의 작가들만이 쓸 수 있는 장르로 간주되며, 모든 작가의 야망의 대상이 되었다. 이는 서사시를 쓰려면 작가의 많은 지식, 훌륭한 창작력뿐만 아니라 당대의 세계를 함축한 범주와 웅장함이 들어있어야 하기 때문이다. 수천 년 동안 많은 시인들이 시도하였지만 명작이라고 칭송 받는 문학적 서사시는 기껏해야 여섯, 일곱 편을 넘지 않는다.

서사시는 지극히 전통적인 시이기에 호머 이후로 다음과 같은 공통적인 요소를 가지고 있다. 첫째, 주인공은 국가, 민족, 인류적인 위대한 영웅이어야 한다. 그는 훌륭한 출생과 그에 맞는 능력을 가지고 있으며, 많은 경우 신적인 요소가 있다. 『일리아드』에서 그리스 전사 아킬레스(Achilles)는 바다 신인 테티스(Thetis)의 아들이고, 버질의 작품에서 아이네이아스(Aeneas)는 미의 여신 아프로디테(Aphrodite)의 아들이다. 『실낙원』에서 아담과 이브는 전 인류의 조상이고, 성자가 주인공 중 하나로 간주된다면 그는 신인 동시에 인간이다. 둘째, 사건이 벌어지는 배경은 전 세계, 혹은 전 우주로 광대하다. 『오딧세이』에서는 당시의 천하였던 지중해 지역 전부가 배경이 되고, 버질의 아이네이아스처럼 오딧세우스(Odysseus)는 지옥까지 내려간다. 물론 『실낙원』에서는 배경이 천국, 지구를 포함한 신세계, 지옥, 천국과 지옥 사이의 공간인 혼돈까지 포함되는 전 우주이다.

셋째, 영웅적 행위는 인간의 차원을 넘어 초자연적인 성격을 띤다. 아킬레스의 트로이(Troy) 전투나, 오딧세우스의 수많은 신들을 물리치고 귀향하는 여정은 신적이고, 『실낙원』에서 사탄군과 성부군의 전투는 신들의 싸움답게 웅장하다. 넷째, 신들이나 초자연적인 인물들이 작품에서 큰 역할을 담당한다. 호머의 작품에서 올림프스(Olympus)산의 신들이나, 『실낙원』에서 성부, 성자를 비롯한 천사들이 그 예가 된다. 다섯째, 서사시는 본래 귀족 청중에게 음송되었던 것이므로 장중한 문체로 되어있고, 또한 그에 어울리는 운율로 구성되어 있다. 음송은 기억에 의존하므로, 기억을 쉽게 하기 위한 수사법, 문귀 등이 사용된다. 『실낙원』에서 사용된 웅장한 스타일은 그리스·로마 작가들의 전통을 이은 것으로 후대에 많은 영향을 미치고 있다.

여섯째, 서사시는 보편적 중요성을 갖은 큰 주제를 다루므로 자연히 객관적이다. 저자는 개인적인 정서나 사상을 표현하려 하지 않고, 커다란 역사 공동체, 나아가 인류 전체의 이념을 기리는 입장이다. 또한 광범위한 배경 속에서 벌어지는 많은 영웅들의 행위를 다루므로, 소재가 다양하고, 전체적으로 보아 포괄적이다. 즉 한 민족 집단의 종교, 군사뿐만 아니라 풍속, 사회구조, 경제, 교육, 과학, 철학 등의 모든 면모가 논의되고 비판된다. 이러한 특징 외에도 서사시는 몇 가지 관습적인 요소가 있다. 서사시는 이야기의 중간부터 시작한다. 『실낙원』에서는 성부와 사탄과의 갈등에서부터 이야기가 시작되는 것이 아니라, 사탄이 지옥에서 깨어나는 장면부터 플롯이 짜여진다. 또한 작품 처음에 작가는 그의 글 쓰는 의도를 명백히 밝히고, 많은 인물들의 열거가 반드시 나온다.

    18세기 이후로 영미 문학권에서도 서사시라 불릴만한 작품은 나타나지 않았다. 방대한 스케일의 대하소설을 근대적 의미에서 서사시라고 주장하기도 하지만, 소설은 문체, 운율, 표현의 시적 성격을 소유할 수 없어, '서사시적'이라는 형용사를 사용할 수는 있어도 서사시 자체는 아니다. 워즈워드(Wordsworth)의 『전주곡: 시 정신의 성장』(The Prelude, or, Growth of a Poet's Mind)은 심각한 주제의 장편 시를 현대적 서사시라고도 하지만, 방대한 스케일의 영웅적 행위가 없다. 우리나라의 경우, 단군신화나 고구려 동명성왕의 전설 등은 훌륭한 서사시적 소재이면서도 아직 서사시로 작품화되지는 않았다. 이규보의 『동명왕 편』은 자세하고 방대한 스케일이 없어 서사시라고 불리기보다는 간략한 역사이야기에 가깝고, 김동환의 『국경의 밤』도 서정적인 이야기시이지 서사시는 아니다.

    밀턴은 흔히 르네상스의 마지막 작가로 불리고, 『실낙원』은 르네상스 정신이 가득 찬 문학으로 분류된다. 르네상스란 원래 '다시 태어남'이라는 뜻의 불란서어로, 고대의 그리스·로마 문화를 이상으로 하여 이들을 부흥시킴으로 새 문화를 창출해내려는 운동이다. 인간의 존엄성이 무시된 암흑의 중세시대(대략 5-14세기 중엽)를 지나, 고대의 부흥으로 인간의 지적·창조적 힘을 부활시키려는 신념의 결과이다. 14세기 말 이탈리아에서부터 시작된 르네상스는 15, 16세기에 유럽 전역에서 미술, 조각, 건축, 문학 등의 부문에 최고조를 이루었다. 인간은 신의 이미지대로 창조되어 신과 같은 완벽함을 가질 가능성이 있는 자로 인정되었고, 이는 르네상스 시대의 그림을 보더라도 잘 알 수 있다. 중세의 그림에서 인간은 대개 의복으로 가려지고 추한 모습으로 그려졌으나, 르네상스 때에서는 인간은 많이 나체로 등장하며, 신과 비슷한 모습으로 그려졌다. 인간은 아름답고 존엄스럽다고 생각되었기 때문이다.

    역사적으로 이 시대에 이루어진 뚜렷한 발전은 다음의 영역에서 나타났다. 첫째, 새로운 지식의 발전이다. 인본주의자로 불리는 르네상스의 고전철학가는 그리스와 로마의 작품들을 발굴하여 다양한 문학적 사고, 소재, 스타일을 제공하였다. 인간은 신의 이미지를 닮은 완벽한 모습으로 발전할 수 있다는 믿음으로 신체적, 이성적, 예술적인 능력과 기술을 향상시키기 위한 노력을 하게 되었다. 『실낙원』에서의 아담과 이브는 비록 유혹에 빠졌기는 하였지만 영원한 삶을 향한 걸음을 내딛고 있다. 둘째, 새로운 종교의 탄생이다. 로마 가톨릭을 거부하며 마틴 루터(Martin Luther)가 시작한 종교개혁은 개인의 내적 종교 경험에 바탕을 둔다. 교회 자체가 아니라 성경을 바탕으로 한 믿음만이 구원의 길이라는 새로운 종교의 모토는 르네상스 개인주의의 표상이다. 체제 내의 교회를 부정한 밀턴과 자유스럽고 개인적인 신앙을 보여주는 『실낙원』은 르네상스적이다.

셋째, 새로운 세계의 발견이다. 1492년 콜럼부스(Columbus)의 아메리카 대륙 발견은 지구는 둥글다는 오랜 그리스 시대의 생각을 증명하면서, 문학적 상상력에 많은 재료를 제공하여 주었다. 예를 들어 셰익스피어(Shakespeare)의 『폭풍우』(*The Tempest*)의 신비로운 세계와 그곳의 거주민들의 이야기는 당시 신대륙에 대한 관심을 나타내 주는 것이었다. 더욱이 신대륙으로부터 얻는 경제적 이익은 영국을 부국으로 만들었으며, 지적, 예술적 생활을 가꾸는데 도움을 주었다. 『실낙원』곳곳에서 보여주는 신세계에 대한 묘사와, 사탄의 힘든 여정을 통해 이차적으로 보여주는 탐험 정신은 당시 독자들에게 흥미를 끌었을 것이다. 넷째는 새로운 우주관의 발견이다. 2세기의 프톨레마이우스(Ptolemaeos)가 별, 달 등의 우주는 지구를 중심으로 돈다는 주장을 한 이후, 하늘은 천체의 위에 있고, 지옥은 지구 속이나 천체의 밑에 있다고 믿어 왔다. 1543년 코페르니쿠스(Copernicus)가 지구는 우주의 중심이 아니라 태양을 도는 한 행성에 불과하다는 발견을 하자, 인간에 대한 종교적, 철학적 사고에 변화가 있었다. 지금껏 진리라고 믿었던 많은 것들이 회의에 빠지고, 세상의 부패를 이야기하며 세속적인 것을 경멸하게 되었다. 『실낙원』에서는 프톨레마이우스와 코페르니쿠스의 이론에 대한 판단이 유보되어 있지만, 우주의 모습을 그리는 대목에서는 좀더 전통적이고, 좀더 작가의 흥미로운 이야기 만들기 작업에 적합한 프톨레마이우스 주장이 사용되었다. 지구가 태양을 중심으로 돈다는 이론을 채택하였다면 아마 이야기 속에서 천상을 위치시키기가 어려웠을 것이다.

특히 『실낙원』이 르네상스 정신을 잘 대변한다는 것은 이 작품 속에서 작가가 보여주는 인간에 대한 애정, 그리고 그 애정을 향한 지적인 열망이 있기 때문이다. 신, 인간, 천벌, 천국에서의 보상 등에 대한 밀턴의 기본적인 생각과, 성경은 개인적인 판단에 의하여, 또한 그의 상상력에 의하여 자유스럽게 해석되어질 수 있다고 믿는 그의 태도는 기독교 사상과 르네상스 정신의 어울림이다. 그리하여 『실낙원』은 단순히 신의 뜻을 순종하라는 전통적인 종교 메시지를 전달하는 것이 아닌, 인간의 도덕 투쟁의 과정을 보여주는, 즉 비록 첫 번째 싸움에서 실패했지만 최종적인 승리의 약속을 얻는 과정을 그리는 주인공 인간의 서사시가 된 것이다. 시의 마지막 부분에서 보여주는 아담과 이브의 생활양식은 곧 이 세상을 살아가는 기독교도의 순례여행에서 볼 수 있는 생활양식과 같은 것이다. 낙원은 기독교적 영웅주의를 발휘할 수 있는 장소가 아니다. 그곳에서 쫓겨난 아담과 이브는 우리가 알고 있는 인간성이라는 부담을 지고, 역시 우리가 알고 있는 신앙에 의지하여, 우리가 아직 모르고 있는 축복을 찾아서 앞으로 나아간다. 그들은 작가 밀턴처럼 나그네길을 걸어가며 투쟁하는 기독교인인 것이다. 인간이기에 지닌 결점을 가진 채 분투하면서 불가피하게 좌절을 겪어야 하는 바로 이러한 조건 속에 사실은 어떤 악도 이해할 수 없는 영광이 숨어 있다. 이러한 세심하고도 장려한 균형과 조화가 『실낙원』을 명저로 남게 하고 있다.

|『복낙원』|

『실낙원』은 출판된 후 당시의 영국민들로부터 좋은 반응을 가져왔다. 밀턴은

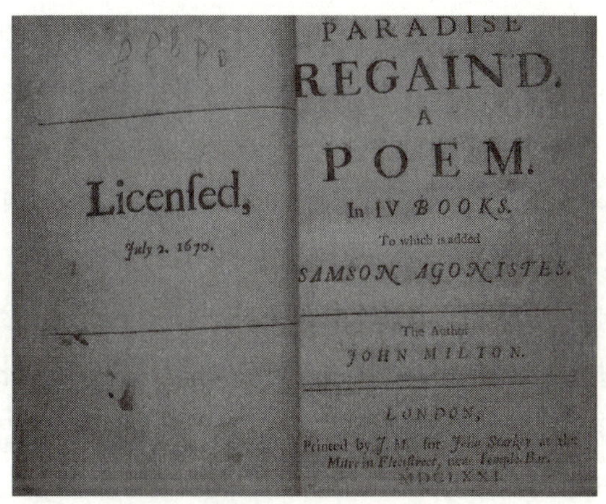

『복낙원』과『투사 삼손』합본의 초판

계속 열정적인 집필을 계속하였고, 1671년 『복낙원』(*Paradise Regained*)과 『투사 삼손』(*Samson Agonistes*)을 합본으로 출판한다. 『실낙원』은 엄숙한 주제를 장대한 스타일로 묘사한 '장중체 서사시'(grand epic)인 반면, 『복낙원』은 스케일도 작고 스타일도 단순한 '간결한 서사시'(brief epic)이다. 밀턴이『복낙원』의 집필에 쓴 자료는 신약의 마태복음 3장과 4장 1-11절, 마가복음 1장 1-13절, 누가복음 3장 2-23절, 4장 1-14절, 그리고 요한복음 1장 등이다. 구약에서는 욥기가 사용되었고, 그 외에도 스펜서(Spenser)의『선녀여왕』(*The Faerie Queene*)과 플레처(Giles Fletcher)의 『그리스도의 승리와 이김』(*Christ's Victory and Triumph*)가 이용되었다고 여겨진다.

　『복낙원』은『실낙원』과 내용 면에서 긴밀한 연결 관계를 갖는다.『실낙원』에서 약속된 예언이 실현된 것이다. 즉, 예언되었던 '한 위대한 인간'이 이 세상에 와서 사탄의 유혹을 물리치고 잃었던 낙원을 다시 찾게 된다는 것이 내용이다. 모두 4권으로 구성된 이야기는 먼저 1권에서 저자 밀턴이 인간의 타락을 집필한 후 황야에서 예수가 받은 유혹에 관하여 쓰겠노라고 선언하면서 시작한다. 예수가 세례자 요한(John)에게 세례를 받고, 이 소식은 사탄과 그의 타락 천사들에게 알려지면서 예수가 앞으로 이행할 일에 대하여 걱정한다. 사탄은 『실낙원』에서와 같이 지도자의 면모를 보여준다. 즉, 예수를 자신들 편으로 끌어들이기 위하여 유혹하겠다고 나선 것이다. 낙원의 상실 이후 신은 타락 천사들을 지옥에 가두어 놓는 것을 포기하고 그들은 지상에 마음대로 다닐 수 있도록 하였다. 심지어 사탄은 욥(Job)을 비난할 때 천상에 있었던 것이다. 한편, 예수는 세례를 받은 후에 자신의 탄생과 성장, 그리고 신의 목소리를 들었던 과거를 회상한다. 그는 성령이 이끄는 대로 황야를 헤매기 시작하고, 40일이 지났으나 아무 것도 먹지 않았다. 드디어 그는 초라한 옷차림을 한 노인을 만나 유혹을 받기 시작한다.

> 그러나 그대가 하느님의 아들이라면,
> 이 단단한 돌더러 빵이 되라고 해보시오.
> 그러면 가련한 우리들이 좀처럼 맛볼 수 없는
> 음식으로 그대 자신과 우리를 구할 수 있을 것이오.

> But if thou be the Son of God, Command
> That out of these hard stones be made thee bread;
> So shalt thou save thyself and us relieve
> With Food, whereof we wretched seldom taste. (1.342-46)

이에 예수는 답한다.

> 사람은 빵으로 사는 것이 아니라
> 하느님의 입에서 나오는 말씀으로 사는 것이오.

> Man lives not by Bread only, but each Word
> Proceeding from the mouth of God; (1.349-50)

예수가 사탄의 정체를 알아내자 그는 인류에게 피해를 준 일이 없으니 적이 아니며, 오히려 인간은 구원받으나 그는 구원받지 못한다면서 한탄한다. 예수는 사탄이 신탁 같은 기만으로 인간을 우상숭배에 빠지게 한 죄가 있다고 꾸짖는다. 이러한 첫 번째 사탄의 유혹은 예수 자신으로 하여금 자기가 누구인지 스스로 발견하게 하는, 즉 구원자로서의 존재, 사명, 역할을 이해하는 과정이라고 하겠다.

2권은 사탄의 두 번째 유혹이 주된 내용이다. 2권은 마리아가 예수의 탄생과 어린 시절을 회상하는 것으로 시작한다. 사탄은 그의 타락천사들을 모아놓고 예수를 유혹하는 것이 쉽지 않음을 전달하고, 베리알(Belial)은 여자로 유혹할 것을 제안한다. 사탄은 이를 거부하고 영광과 명예의 약속으로 유혹하겠다고 한다. 한편, 황야에서 예수는 40일간의 단식으로 지쳤으나 참을성을 가지고 신의 뜻을 따르기로 결심한다. 사탄이 나타나 좋은 음식을 차려놓고 예수를 유혹한다. 만물에 대한 권리가 예수에게 있고, 금지된 음식이 아니니 먹으라고 권한다. 하지만 예수는 자신이 원하면 천사를 불러 음식을 차릴 수도 있다면서 사탄의 청을 거절한다. 음식의 유혹에 실패한 사탄은 이번에는 그를 따르는 군대를 일으키고 유지하는데 부와 재물이 필요하다고 유혹한다. 예수는 성경과 역사 속에서, 가난하지만 위대한 업적을 남긴 인물들을 언급하면서 자신의 마음을 다스리는 자가 명실상부한 위대한 왕이 될 수 있다고 하면서 사탄을 물리친다. 즉, 그가 염원하는 왕국은 세상의 왕국이 아닌 천상의 왕국이며, 그가 이상적으로 생각하는 군주도 백성을 다스리고 호령하는 세속의 군주가 아니고 "내적인 인간"(inner man)을 다스리는 정신적인 군주인 것이다. 왕홀을 얻는 것보다 잃는 편이 훨씬 좋은 때가 많다는 말로 사탄을 내치는 예수는 밀턴에게 행동하는 영웅은 아니다.

3권에서 사탄은 예수의 논리에 당한 충격에서 깨어나 새로운 유혹으로 권력을 택한다. 역사적으로 유명한 이들은 예수의 나이 정도에서 이미 위대한 업적을 이룩하였다고 하면서, 예수가 왜 이 황야에서 시간을 낭비하느냐고 묻는다. 이에 예수는 다음과 같이 대답한다.

명예란 오직 명성의 불꽃이며, 그것이 아무리
순수하여도 민중의 찬사일 뿐이니,
그런데 민중은 무질서한 무리,
잡다한 오합지졸이 아니고 무엇이랴? 그들은
따지고 보면 칭찬할 가치도 없는 속된 것을
멋모르고 칭송하고 감탄하며,
누군 줄도 모르고 남이 하는 대로 따라 한다.
무슨 기쁨이 되겠는가?
그들에게 칭송 받고 입에 오르내리며
화제의 대상되는 것이.

For what is glory but the blaze of fame,
The people's praise, if always praise unmixed?
And what the people but a herd confused,
A miscellaneous rabble, who extol
Things vulgar, and, well weighed, scarce worth the praise?
They praise and they admire they know not what,
And know not whom, but as one leads the other;
And what delight to be by such extolled,
To live upon their tongues, and be their talk?
Of whom to be dispraised were no small praise; (3.47-56)

경우에 따라서는 무척 인간에 대한 염세적인 예수의 견해라고 해석될 수도 있
는 구절이다. 이 구절은 예수의 시대나 지금 우리의 시대나 전 세계 기독교 신
앙을 갖고 있는 이들에게 주는 예수의 처절한 메시지로 받아들여야 할 것이다.
물론 예수는 진정한 명예란 인간이 노력해서 얻을 수 있는 종류의 것이 아니라
는 말을 사탄에게 하려 하는 것이다. 진정한 명예란 신이 의로운 사람에게 그
의 의로움을 인정할 때 주어지는 것이며, 진정한 명성 또한 의로운 사람을 발
견하고 그 사실을 천사에게 알릴 때 비로소 만들어지는 것이다. 사탄이 주장하
는 야심, 폭력, 전쟁 등을 통하여 얻는 세상적인 명예는 지극히 헛된 것이다.
　　사탄은 이어 예수가 무엇을 위하여 이 땅에 왔는지를 생각하고, 그 사명

을 완수하기 위하여 지상의 왕권을 차지해야 한다고 주장한다. 이에 예수는 모든 일에 때가 있는 법이어서 신이 정한 시간이 도래할 때까지 기다려야 한다고 받아친다. 이와 같이 인내하는 예수의 모습은 『복낙원』에서 중요하다. 인간의 여러 덕목 중 인내의 미덕은 작가 밀턴의 삶을 생각해 보아도 믿음, 소망, 사랑 등의 덕목보다 강조된다. 불행하였던 결혼생활, 위험하였던 정치생활과 추구하였던 공화국의 실패, 실명, 딸들과의 갈등 등의 그의 일생은 인내라는 덕목이 아니었더라면 포기하는 삶이 되었을 것이다.

사탄은 예수를 산꼭대기에 데리고 올라가서 세상의 모습, 특히 위대하였던 왕국과 강력한 군대들을 보여주고, 예수가 원하는 어느 왕국도 줄 수 있다고 제안한다. 사탄은 예수가 그의 이스라엘 백성들을 앗시리아(Assyria)의 압정에서 해방시키고 이 세상에서 그의 왕국을 건설하는데 도움을 주겠다고 한다. 이에 예수는 이스라엘인들은 그들의 죄에 합당한 시련을 겪고 있다고 말하면서, 그의 왕국은 그의 방식대로, 적합한 시간에 이루어 질 것이라고 말하며 사탄을 물리친다.

4권에서 사탄은 예수에게 로마의 아름다운 도시 모습을 보여주고, 예수가 원하면 현재의 타락한 황제 시저(Caesar)의 자리를 찬탈하게 도와주겠다고 제안한다. 이에 예수는 양심이 시저를 벌할 것이며, 로마인들도 타락하여 스스로 노예가 되었다고 하며, 자신은 시저 때문에 이 세상에 온 것이 아니라고 선언한다. 현재 핍박을 받는 이들은 그럴 이유가 있고, 그의 왕국이 오는 때 모든 지상의 왕국은 무너질 것이라고 말한다. 사탄은 예수가 그에게 절하면 이 세상의 모든 왕국을 주겠다고 제안하나 예수는 십계명에도 신만을 섬기라고 했다고 하면서 거절한다.

이어 사탄은 예수에게 그리스의 지혜와 철학을 제안하였지만, 이들은 "그릇된 것이며 꿈과 억측과 환상과 / 별로 다름이 없으니, 확고한 것 위에 서지 못한 때문이라"(But these are false, or little else but dreams, / Conjectures, fancies, built on nothing firm.)(4.291-2)고 하면서 물리친다. 로마의 음악과 예

부오닌세냐(Duccio di Buoninsegna, c. 1308 - 1311)의 "산상에서의
예수의 유혹"(Temptation of Christ on the Mountain)

술에 관하여서는 이스라엘의 신을 찬양하는 이스라엘 민족의 것이 최고라고
하면서 제안을 거절한다. 모든 제안을 거절당한 사탄은 예수를 사막으로 데리
고 가서 이곳이 예수에게 맞는 곳이라고 위협한다. 사탄은 예수를 사막에 혼자
두고 가는 척하고, 밤이 예수를 악령과 폭풍우로 위협하였으나 그는 의연하게
밤을 보낸다. 사탄은 마지막 시도로 예수를 예루살렘의 신전 첨탑 꼭대기에 데
리고 올라가, 여기에서 뛰어내려 무사함으로써 신의 아들임을 증명하라고 한
다. 즉, 행동으로서 그가 누구인지를 보여달라는 것인데, 예수에게는 이러한 육
체적 행동이 중요하지는 않다. 예수는 "주님이신 너의 하느님을 시험하지 말
라"(Tempt not the Lord thy God)(4.561)라는 성경의 한 구절로 간단히 사탄을
첨탑에서 떨어지게 만든다. 곧 천사의 무리가 예수를 안전하게 내려놓고 온갖
생명의 음식이 차려지고 천사의 합창대가 예수를 찬양하는 것으로 『복낙원』은
맺는다.

　　4권을 통한 사탄의 유혹은 예수에 대한 도전이지만, 동시에 예수의 내면
을 살펴볼 수 있는 기회를 주었다. 유혹이 깊어갈수록 예수와 사탄의 대화는

길어지고 예수의 내면으로의 여행은 깊어간다. 『복낙원』을 단순하게 사탄의 유혹과 예수의 거부라는 외형적 사건으로만 볼 수 없는 이유가 여기에 있다. 예수는 사탄의 유혹을 통하여 자신을 발견하게 되고, 자신에게 부여된 사명을 올바르게 인식하게 되는 내면의 구조를 갖게 된다. 밀턴의 의도는 예수가 사람의 아들이 아니라, 신의 아들이라는 것을 강조하려 한 것이다.

　　독자들에게 『복낙원』은 『실낙원』에 비하여 문학적 가치가 다소 떨어진다는 평가를 흔히 받는다. 『복낙원』이 독립된 작품이 아니라 『실낙원』의 연속물이고, 스케일이 작고, 스토리의 전개도 박진감이 떨어진다는 평이다. 또한 시어, 이미저리, 문장의 구조 등이 『실낙원』보다 단순하고 소박하며 너무 정적이다는 비평을 받는 것이 사실이다. 하지만, 『복낙원』은 『실낙원』의 마지막 부분에서 거론되었던 "내적인 낙원"(Paradise Within)을 노래하는 작품이다. 역동적이고 화려한 세계가 아닌, 영적이고 내면적인 세계를 표현하기 위하여서는 당연히 『실낙원』과는 다른 표현방법이 필요한 것이고, 밀턴은 예수와 사탄의 대화로만 플롯을 구성함으로서 주제를 잘 표현하고 있다고 할 수 있다.

『투사 삼손』

『투사 삼손』은 『복낙원』과 함께 출간되었지만 집필 시기는 학자에 따라 추정이 틀리다. 보통 왕정이 복고된 이후에 쓰여졌다는 것이 정설인데, 밀턴의 전기를 연구한 파커(William Riley Parker)는 왕정복고 이전인 1647년에서 1653년 사이에 쓰여졌다고 주장한다. 형식은 그리스 비극을 따르고 있어서, 코러스(Chorus)도 등장하고, 고전극의 원칙을 지켜 무대를 한 곳으로 국한시킬 수 있고, 극의 내용도 24시간 이내에 벌어진 이야기이다. 그러나 『투사 삼손』은 기본적으로 무대에 올리는 것을 목적으로 쓴 것이 아닌 서재극(closet play)이어서, 막과 장면의 구분도 없고, 노래(Strophe), 응답노래(Antistrophe), 종결노래

(Epede) 등의 그리스 형식과는 무관하다. 삼손이 마지막에 다곤(Dagon)의 신전을 무너뜨리고 죽는 장면도 무대 밖(off-stage)의 사건으로 처리되어있어 아무런 외적인 행동이 발생하지는 않는다.

이 극은 구약성서 사사기 16장에 나오는 삼손의 최후의 모습을 그리고 있다. 블레셋인들(Philistines)에게 시력을 빼앗기고 가자(Gaza)의 감옥에 갇힌 삼손이 장차 자신의 백성을 해방시킬 것이라는 신의 약속을 회상하는 장면으로 시작한다. 삼손은 시력을 빼앗긴 채 노예가 된 자신의 비참한 처지를 한탄한다.

> 오 시력의 상실, 너를 나는 한탄하노라!
> 적중에서 눈이 멀다니, 오 사슬보다도
> 감옥이나 구걸이나 노쇠보다도 더 못하다.
> 신이 최초로 만드신 빛이 내겐 꺼지고
> 내 슬픔을 좀 덜어 주었을
> 온갖 여러 기쁨의 대상물은 효과가 없구나.
> 이젠 최하의 인간이나 벌레보다 더 못해졌고,
> 가장 천한 것도 나보다는 낫다.
> 그들은 기어다니나 볼 수 있지만, 나는 빛 속에서 캄캄히
> 나날의 기만과 멸시, 욕설과 학대에 노출되어 있다.

> O loss of sight, of thee I most complain!
> Blind among enemies, O worse then chains,
> Dungeon, or beggery, or decrepit age!
> Light the prime work of God to me is extinct,
> And all her various objects of delight
> Annull'd, which might in part my grief have eas'd,
> Inferiour to the vilest now become
> Of man or worm; the vilest here excel me,
> They creep, yet see, I dark in light expos'd
> To daily fraud, contempt, abuse and wrong, (67-76)

신의 선택된 사람이라는 나실인(Nazarite)이었던 삼손은 이스라엘 민족을 블레

셋으로부터 구원하라는 소명을 받았음에도 불구하고, 실명으로 인하여 무력하게 되어버린 처지에 놓여있다. 이는 왕정복고 이후의 작가 밀턴과 유사한 처지여서, 삼손은 밀턴의 모습이고 그의 적이 되는 하라파(Harapha)는 밀턴과 격론을 벌이던 살마시우스의 모습이라고 해석하는 학자도 있으나 이는 논란의 여지를 남긴다.

　　절망감에 빠져 있는 삼손을 위로하러 첫 번째로 찾아온 이들은 코러스다. 코러스는 동료 이스라엘인들로서, 사사기에 나오는 삼손의 활약을 기초로 하여 삼손의 과거의 영웅적 행위를 일깨우며 칭송한다. 육체적으로 불능의 상태일 뿐만 아니라, 시력의 상실로 정신적으로도 불능의 상태에 빠진 삼손을 바라보며 이들은 인간의 연약함과 삶의 무상함을 절감한다. 그들이 삼손과 데릴라(Dalila)와의 결혼에 관하여 묻자, 삼손은 그녀를 악녀로 규정하면서 그의 성급함과 경솔함을 자책한다. 이어 삼손에게 아버지 마노아(Manoa)가 면회를 온다. 마노아는 비참한 삼손의 처지를 보고 신의 뜻에 잘 따르다가 실수를 한 삼손이 너무 심한 신의 처벌을 받는다고 한탄한다. 삼손은 그의 현재 모습은 그 자신의 잘못으로 인한 것이어서, 신의 섭리를 비난하면 안 된다고 한다. 그와 데릴라와의 관계가 설명되면서 그녀의 유혹으로 삼손의 머리털에 대한 비밀이 신과의 약속을 어기고 누설되었음이 밝혀진다.

　　　아버지, 하늘의 섭리를 비난하시면 안됩니다.
　　　제게 일어난 이 모든 불행은 모두 다 정당한 것입니다.
　　　제 자신이 끌어들인 것이나 제가 유일한 장본인이며,
　　　원인입니다. 이 일의 문제는 제가
　　　터무니없이 어리석었다는 것입니다. 맹세의 서약 아래
　　　제게 주어진 신의 비밀을 더럽혀서
　　　이방인이며 적인 가나안의
　　　여자에게 폭로했기 때문입니다.

　　　Appoint not heavenly disposition, Father,

Nothing of all these evils hath befall'n me
But justly; I my self have brought them on,
Sole Author I, sole cause: if aught seem vile,
As vile hath been my folly, who have profan'd
The mystery of God givn me under pledge
Of vow, and have betray'd it to a woman,
A Canaanite, my faithless enemy. (373-80)

마노아도 데릴라의 악행에 분개하며 삼손을 위로하면서도, 아들의 작은 실수로 지나치게 많은 고통을 받고 있다고 계속 주장한다. 그의 관심은 육체적이고 국가적이고 정치적인 차원이어서, 아들의 정신적이고 영적인 상태에 대하여서는 정확하게 파악하고 있지 못한다. 그는 인간이 이해하지 못하는 방법으로 구원을 이루고 악에서 선을 만들어 내는 신의 섭리가 지니는 신비한 작용을 이해할 수 없다. 그의 의식은 현상적인 것에만 고착되어 있어서 진정한 변화를 향해 나갈 수 없는 것이다.

옛날 삼손도 마노아와 비슷하였다. 그도 가문, 국가, 종교의 명예에만 관심을 보였었다. 그는 자신이 이스라엘 민족과 종교의 역사를 바꿀 수 있다고 생각하였었고, 마치 자기 자신이 "작은 신"(petty God, 529)인 것처럼 교만하게 행동하였던 것이다. 그러나 아버지 마노아와의 만남을 통하여 그는 이스라엘을 구원할 분이 그 자신이 아닌 신이라는 것을 새삼 깨닫게 된다. 다곤을 사실상 상대하여 무너뜨릴 수 있는 것은 하느님 밖에 없다는 사실을 삼손은 이제야 깨닫고 있는 것이다. 삼손이 다곤을 건방지고 주제넘다고 생각하지만, 정작 건방지고 주제넘은 이는 삼손 자신이었던 것이다.

마노아는 아들의 몸값을 지불하고 그의 육신을 자유롭게 만드는 것이 자신이 할 수 있는 최선의 선택이라고 생각한다. 맹인이 되어 죄인의 복장을 하고 맷돌을 돌리는 현재의 삼손의 모습보다, 데릴라에게 정신적인 노예상태로 있던 과거의 모습이 더 치욕스러웠다고 말하는 아들의 고통의 본질을 아직 그는 이해하고 있지 못하다. 또한 마노아는 실추된 국가적, 종교적, 그리고 가문의 명예를 다시 회복시킬 방법에 관심이 있지, 아들의 상처받은 영혼을 치료할 방법을 아직 모르고 있다. 이러한 마노아의 뇌물 제공 방법에 삼손은 반대한다. 그는 육체의 편안함을 바라는 것이 아니라 과거의 사고방식과의 완전한 결별을 바라는 것이다. 그는 오히려 "신속한 죽음"(speedy death, 632)이 그의 고통을 치유할 수 있을 것으로 보고 있다.

절망에 빠져 있는 삼손을 다시 일으켜 세우고 그로 하여금 과거의 잘못에서 분명하게 빠져 나오게 하는 인물은 아이러니컬하게도 데릴라이다. 데릴라는 삼손으로 하여금 자신의 힘의 비밀을 발설케 함으로써, 신과의 약속을 어기게 한 장본인이다. 과거 삼손은 데릴라 이전부터 미모의 여인들에게 쉽게 굴복을 하여, 겉모습과 진실과의 차이를 구별하지 못하는 인물이었다. 데릴라가 다시 삼손을 찾았을 때에도 코러스의 말대로 무척 아름다운 모습을 하고 있다. 하지만 시력을 상실한 삼손에게는 데릴라의 외적인 아름다움은 더 이상 유혹이 되지 못한다. 비록 외형적인 시력을 상실하였지만, 내면의 시력은 회복되어 삼손은 재생의 길로 나아가고 있는 것이다.

데릴라의 방문은 삼손을 다시 그녀의 지배 하에 넣기 위함이다. 그녀의 말은 일단 설득력이 있다. 그녀가 삼손을 비밀을 블레셋 사람들에게 털어놓은 것은, 첫째 그녀의 의지의 부족이고, 둘째 삼손이 바람기가 많으니 삼손의 몸을 부자연스럽게 만들어 그를 사랑의 포로로 만들어 함께 하고 싶다는 마음 때문이었다는 것이다. 더욱이 블레셋 사람인 그녀가 같은 민족의 청을 애국적이고 종교적인 마음으로 거절하지 못하였다는 말은 강력하다. 아내로써 남편의 몸값을 지불하고 감옥에서 나와 고향으로 돌아가 여생을 함께 하자는 호소는 무척 인간적인 것 같이 보이나, 그녀의 유혹은 다시 육신의 편안함으로 그녀의 노예 상태로 되돌아가는 것일 뿐이다. 이런 제안에 삼손은 "감옥이 자유의 집" (the house of Liberty, 949)이라고 생각한다면서 분명하게 정신적 변화를 보여준다. 모든 유혹에 실패한 데릴라는 마지막으로 손이라도 잡아보게 해달라는 간청으로 육체적 유혹을 시도하나 삼손의 마음을 돌릴 수는 없었다. 데릴라는 무대를 떠나면서 그녀는 그녀의 민족들 사이에서 영웅으로 영원히 기억될 것이라는 말을 남긴다. 『실낙원』의 사탄처럼 밀턴의 악한들은 강한 신념과 불굴의 의지, 정연한 논리, 그리고 강한 추진력으로 무장하고 있어, 독자들로 하여금 더욱 나래티브에 빠져들게 하는 힘이 있다.

이어 등장하는 인물은 하라파(Harapha)이다. 하라파는 성경에 등장하지 않는 인물로 밀턴의 창조물이라는 데서 우선 흥미롭다. 그는 블레셋의 거인으로 힘이 빠진 삼손을 조롱하고 그의 힘을 시험해 보는 동시에, 자신의 힘의 우위를 과시하기 위하여 등장한다. 하라파는 삼손을 모욕하려 하였으나 그는 비겁자이며 허풍쟁이로 판명 나고 만다. 결투를 하자는 삼손의 계속되는 제안에 그는 맹인과는 싸울 수 없다는 핑계나, 노예 명부에 올라와 있는 죄인과 싸우면 명예가 더럽혀진다는 핑계를 대면서 도망을 간다. 하라파의 등장은 삼손으로 하여금 더욱 정신적으로 무장하게 만들었다.

> 나는 마법같은 것은 모른다. 금지된 술수 같은 것도 안 쓴다.
> 내가 신뢰하는 것은 살아 계신 신이다. 그분이 힘을
> 내가 태어날 때 내게 주신 것이다.

> I know no Spells, use no forbidden Arts;
> My trust is in the living God who gave me
> At my Nativity this strength, (1139-41)

이제 그는 그의 힘의 원천이 신의 선물이라는 확신을 가지고, 과거의 잘못된 행위와 사고의 틀에서 벗어 나오는 것이다.

이어 블레셋 관리가 등장하여 다곤을 위한 축제에 삼손이 참가하기를 명하나, 삼손은 이방인의 신전에 가는 것은 율법에 어긋나는 행위이며, 더욱이 신이 주신 신성한 힘을 다곤신 앞에서 노리개 감으로 사용할 수는 없다고 하면서 거부한다. 그런데, 죽음을 결심하면서 이방인에게 맞서던 삼손이 갑자기 마음을 바꾸어 블레셋 관리를 따라나서기로 한다. 그는 신의 부르심인 특별한 소

명을 느낀 것이다. "마음 속에 끓어오르는 어떤 충동"(Some rouzing motions in me, 1382)으로 관리를 따라 나선다. 삼손이 느낀 충동이 무엇이었는가에 대하여서는 코러스는 성령(Spirit)으로 표현을 하고 있다. 신으로부터의 내적 음성을 들은 삼손은 다곤 신전을 부셔버리고 수많은 블레셋인들과 함께 죽음을 맞는다. 그의 마지막 영웅적 행동은 그 장면을 목격한 한 이스라엘인의 전언으로 코러스와 마노아에게 알려진다.

삼손은 죽기 직전 다곤 신전을 지탱하고 있는 두 기둥에 팔을 얹고 신에게 도움을 구하는 간절한 기도를 올리며 자신의 의지를 천명한다. 그와 블레셋인들의 죽음은 그의 자유의지에 의한 것이지 신의 섭리나 예정에 의한 것은 아니었다. 작가 밀턴에게 신의 섭리와 인간의 의지는 쉽게 하나가 될 수 있는 것은 아니었다. 그것은 인간이 다시 태어나야만 하고 동시에 신의 특별한 인도가 있어야만 한다. 삼손의 죽음은 이에 해당하며, 마노아와 이스라엘인들에게 "마음의 평정"(calm of mind, 1758)을 주었다.

밀턴이 삼손에 관심을 가지게 된 것은 1630년대 그의 젊은 시절부터였다. 그가 남긴 메모에서 그는 사사기에 등장하는 인물들을 소재로 한 작품의 가능성을 검토하면서, 특히 삼손의 영웅적 행위, 자만심에 의한 몰락, 다곤 신전에서의 최후 등에 깊은 관심을 보인다. 그 후『교회치리론』에서 삼손과 그의 머리카락을 각각 왕과 법에 비유함으로써 삼손을 정치적 인물로 보기 시작한 밀턴은,『아레오파기티카』에서 삼손을 잠에서 깨어나는 강한 인물로 비유한다. 이렇게 밀턴은 삼손의 일생의 단계를 영국의 역사와 관련시켜 생각함으로써 정치적으로 해석할 의도를 가지고 있었다. 마치 삼손의 머리카락이 다시 자라서 무적의 용사가 되듯이, 영국이 잘못된 역사에서 벗어나 자유를 추구하는 투쟁에 나설 것을 의미하게 되는 것이다.『우상타파자』와『실낙원』에서는 타락한 민족지도자와 여자의 유혹에 넘어간 나약한 모습으로 등장하여 정치지도자의 요건을 역설적으로 보여주었고,『영국민을 위한 변호』에서는 민족의 억압자를 물리친 지도자로 그려진다. 삼손의 최후의 행위가 신의 섭리인지 혹은 인

한 독일 성경(1882)의 삼손 동판화

간의 의지인지와는 상관없이, 조국을 억압하는 폭군을 살해한 행위이므로 정치적으로 정당화될 수 있다는 논리를 편다.

『투사 삼손』이『복낙원』과 합본으로 출판된 이유에는 여러 가지가 있을 수 있겠으나, 먼저 구약과 신약을 소재로 한 종교적 작품이라는 소재 상의 유사점을 들 수 있다. 또한 당시 심하였던 검열법을 피하기 위한 밀턴의 전략이었을 수도 있다. 왕정복고 이후 정치적 요주의 인물이었던 밀턴이 복수, 기만, 살인으로 가득 차있는『투사 삼손』을 무사히 출판시키기 위하여, 정치적 색채가 약한『복낙원』을 이용했을 수도 있겠다. 찰스 2세와 왕당파의 눈에 위험하고 혁명적으로 보일 수도 있는『투사 삼손』의 사상을 전달하려는 작가의 의도였을 수도 있다.

왕정복고 이후 왕당파는 찰스 2세의 등극을 미화하여, 국민들에게는 정치적 재집권의 정당화뿐만 아니라 종교와 윤리적인 측면까지 정당화되었다. 물론『투사 삼손』이 삼손의 종교적 승리 혹은 정신적 갱생에 관한 작품임에는 틀림없지만, 삼손이 다곤 신전을 부셔버리는 장면은 찰스 2세가 왕정을 복고하면서 내세운 가치와 주장들의 허위성을 파괴하려는 밀턴의 정치적 시도였다고 해석할 수도 있는 것이다. 구체적인 예로서, 허위의 신인 다곤을 정당화하려는 우상숭배자들의 화려한 장관은 정권의 정통성을 국민에게 선전하려는 찰스 2

세의 대관식을 연상시킨다. 집권층은 국민의 정치에 대한 관심을 운동경기, 연극, 마술 등으로 돌리려고 시도하며, 지배 이데올로기를 강화할 목적으로 집권층에 항거하는 사람을 공적으로 몰고 체포하여 조롱한다. 그리하여 다곤 신전이 로마의 원형 경기장이나 찰스 2세의 대관식장과 유사하게 묘사했다는 주장은 밀턴의 정치적 의도에 비추어 설득력이 있다. 또한 데릴라의 화려한 외모와 화술도 밀턴 시대의 전형적인 귀부인의 모습을 보인다. 코러스는 시녀들의 시중을 받고 화려하게 치장하고 등장하는 그녀를 위엄 있는 배로 비유한다. 데릴라는 처음부터 위선적으로 변명과 회유를 반복하지만, 삼손은 결국 그녀의 정체를 밝히면서 그녀를 무대 밖으로 내쫓는다.

　『복낙원』에서도 밀턴은 이스라엘인들이 노예로 전락한 것은 그들 자신의 책임이라고 주장한다. 사탄은 자신에게 복종하면 제국을 지배하게 하고 이스라엘 민족을 압제에서 해방시키게 해 주겠다고 제안하지만, 예수는 이스라엘 민족이 하느님을 배반하고 우상 숭배에 빠졌기에 노예가 되었다고 반박한다. 그들의 정치와 종교의 자유는 노예 근성과 우상 숭배를 버리고 자유를 향한 투쟁에 나설 때만 가능하게 된다. 이것이 밀턴이 『준비되고 쉬운 길』과 『영국사』 등의 산문에서 줄기차게 주장해온 바이다. 영국민들이 찰스 2세와 왕당파의 이데올로기 허위성을 깨닫지 못하고 노예 상태를 유지하길 바라는 것이 밀턴에게는 이스라엘 민족들과 다를 바 없는 것이다. 또한 밀턴은 행동의 중요성을 강조한다. 자유의 소중함을 몸으로 지키지 못한 결과가 곧 노예상태로의 전락임이 확실함으로 삼손은 영웅적 행동을 한 것이다. 마노아가 삼손의 죽음이 영웅적임으로 눈물을 흘리거나 가슴을 치면서 통곡할 일이 아니다고 말한 것은 중요하다. 이제 영국인들은 삼손의 죽음의 의미를 새기면서 기회를 놓치지 않고 자유를 위해서 투쟁에 나서야 한다는 것이 밀턴의 메시지인 듯하다.

　『복낙원』과 『투사 삼손』을 발표한 밀턴은 런던의 집에서 조용히 만년을 보낸다. 그리고 1674년 65세를 일기로 생을 마감하고 런던의 성 자일스(Saint Giles) 교회에 안장되었다.

참고문헌

French, Joseph Milton, *The Life Records of John Milton.* New Brunswick: Rutgers University Press, 1949-1958.

Hughes, Merritt Y., ed. *John Milton: Complete Poems and Major Prose.* Indianapolis: Bobbs-Merrill, 1957.

Lewis, C. S. *A Preface to Paradise Lost.* London: Oxford University Press, 1942.

Parker, William Riley. *Milton: A Biography*, 2 vols. Oxford: Clarendon Press, 1968.

Wolfe, Don M., ed. *Complete Prose Works of John Milton.* 8 vols. New Haven: Yale University Press, 1953-82.

아밀리아 라니어

●●● 홍유미

'여성에게 과연 르네상스는 있었는가?'라는 유명한 질문은 이제 우리들에게 잘 알려진 문제 제기가 되었다. 남성보다 여성을 열등한 존재로 인식하고, 여성의 여성다운 처신을 강조하며 남성의 지배와 여성의 복종의 구도를 합리화 시켜온 르네상스 시대에 지적 능력과 자질면에서 남성에 결코 뒤지지 않는 여성들이 등장하여 관습적인 사회적 제약에 반기를 들고 남녀의 동등함을 주장하며 당대의 여성 논쟁에 불붙인 일 또한 유명하다. 엘리자베스 여왕이라는 여성적 존재가 남성들 위에 군림하며 최고의 권력을 누린 시대이건만 여전히 남성 중심의 위계질서 속에서 여성들이 억압받는 구도는 여전했다. 이 시대에 남성들에게 허용되는 공적 영역에 속하는 글쓰기의 영역에서 두각을 보이는 여성들이 최근 영문학사에서 새로이 조명 받고 있다. 그 가운데는 당대에 여성에게 적합한 것으로 보이는 종교적 글쓰기나 번역의 차원에 머문 여성 작가들도 있지만, 과감하게 생각과 사고의 전환을 요구하며 기존 질서에 반항하는 글쓰기를 행한 여성 작가들도 있다. 이 시대를 대표하는 작가로 거론되는 여성들로는 메리 시드니(Mary Sidney), 레이첼 스펠(Rachel Speght), 앤 클리포드(Anne Clifford), 이사벨라 휘트니(Isabella Whitney), 메리 로스(Mary Wroth) 등이 있으며 또한 아밀리아 라니어(Aemilia Lanyer, 1569-1645)를 빼놓을 수가 없을 것이다. 본 글에서는 르네상스 시대를 대표하는 여성 시인으로서 아밀리아 라니어와 그녀의 작품 세계를 살펴보고자 한다.

아밀리아 라니어는 이탈리아 출신 유대계 음악가의 집안에서 출생했다. 그녀는 엘리자베스 1세와 제임스 1세의 궁정에 속한 젠틀멘 계급의 음악가였던 뱁티스트 바사노(Baptist Bassano)의 딸이었고, 결혼 역시 엘리자베스 여왕의 이탈리아계 음악가였던 알폰소 라니어(Captain Alfonso Lanyer)라는 젠틀

멘 계급의 음악가와 했다. 라니어는 결혼 전 엘리자베스 여왕의 궁정에서 궁내부 장관(Lord Chamberlain)이었던 헨리 케리(Henry Cary, Lord Hunsdon)의 연인으로 세력가의 정부가 지니는 권력과 물질을 누렸다. 45세나 연상인 헨리 케리와의 관계로 인해 임신하게 되자 라니어는 급히 결혼을 서둘렀고, 태어난 아이의 이름을 헨리라고 지은 것으로 알려져 있다. 아들 헨리 역시 나중에 궁정 음악가가 되었다. 라니어는 부친이 사망하고 난 다음 결혼 전에 켄트 백작부인(Countess of Kent)을 모셨으며, 여기서 양육되었고 교육받았던 것으로 보인다. 교육에 대한 공식 기록은 없으나 그녀의 시와 원전은 이탈리아어를 배웠고 라틴어와 고전 문학, 그리고 수사학과 시학의 원칙들과 음악을 배운 것으로 여겨진다(Lewalski 214 참조). 1604년에 남편이 건초와 곡물 측량독점권을 받게 될 때까지 결혼생활은 어려움이 따랐으며, 1613년 남편 사망 후 자신의 지분을 받기 위해 소송에 연루되었다. 1609년 이전에 라니어는 컴버랜드 백작부인(Countess of Cumberland)인 마가렛 클리포드(Margaret Clifford)와 그녀의 딸 앤 클리포드(Anne Clifford)와 쿠컴(Cookeham)에서 친하게 가까이 지냈다. 라니어가 클리포드 집안과 알게 된 정황에 대해서는 알려진 것이 없으나, 라니어의 시 '쿠컴의 묘사'(The Description of Cooke-ham)에 의하면, 라니어가 쿠컴에서 종교적 개종을 경험했고 『유대왕 하나님 만세』(*Salve Deus Rex Judaerum*)를 쓸 생각을 불어 넣어준 것도 컴버랜드 백작부인으로 이야기되고 있다. 또한 라니어는 1617년 경에 귀족 자제들을 교육시키기 위한 학교를 세웠던 것으로 알려져 있다. 라니어의 일생과 관련하여 알려진 것은 많지 않으며, 대부분의 사항들이 점성가이자 의사였던 사이먼 포먼(Simon Forman)의 사례집(casebook)과 일기에서 나오는 것들이다. 라니어는 자신의 운명을 묻고자 그를 방문했던 것으로 알려져 있다. 그러나 포먼이 라니어에 관해 기록하고 있는 것들은 성적으로 매우 문란한 여성으로 그녀를 부각시킨다. 그리고 포먼이 라니어를 성적으로 유혹했다가 실패한 일도 전해진다(Purkiss xxxi). 엘리자베스 1세 궁정에서 여러 여성들과 관계를 가지고 바람둥이로 알려져 있던 포먼이었기에 그의 기록 역시 있는 그대로 받아들여서는 안 될 것이다.

라니어의 일생은 엘리자베스 여왕의 궁정에서 성장했지만 음악가인 아버지의 죽음으로 시작하여 점차적으로 명확한 사회적 지위나 적절한 재정적 수단이 없이 성장해가면서, 근대 초 영국에서 사회적으로 주변부에 있는 여성들이 직면하는 경제적 어려움에 대한 사례를 제공해준다. 그녀가 유대인이었고, 이탈리아계로 가톨릭 신자의 아내였고 궁정의 변두리 구성원으로 생계를 벌어가는 여성 작가라는 점에서 르네상스 영국에서 라니어가 차지하는 주변부적 위치는 강력히 부각된다(Coiro 362).

영문학사에서 라니어가 차지하는 위치 역시 일면 주변부인 것은 사실이다. 그러나 라니어가 점하는 역사적 의의는 중요하다. 라니어는 최초로 시집을 출판한 영국 여성으로 르네상스 시대에 출판을 한 극소수의 여성 시인들 가운데 하나이다. 1610년 10월 2일자로 '출판연감'(Stationers' Register)에 들어왔던 그녀의 시집이 바로 1611년 출판된 『유대왕 하나님 만세』인데, 이 시집은 영국시와 영국 여성의 시에 있어 여러 면에서 '최초'로 자리매김 된다. 즉 여성에게 여성이 문학적 후원을 요청한 최초의 경우이며, 여성에 의해 씌어진 것으로 알려진 최초의 긴 종교시이자, 최초의 영국 장원시라는 역사적 의의를 지닌다. 이 시집은 페미니스트적 성향을 유감 없이 보여주고 있으며, 특히 여기에 수록된 헌정시들은 여성 후원자와 여성 시인의 관계로 후원인의 관계를 새로이 설정해주는 것으로 평가되며, 또한 제목이 붙은 본 시는 그리스도의 수난을 담고 죽음을 묵상하는 종교시로 여성이 쓴 복음서로 평가되기도 한다. 게다가 '쿠컴의 묘사'라는 장원시는 최초의 장원시로 알려진 존슨의 '펜스허스트'(To Penshurst)보다도 5년이나 먼저 출판되어 사실상 최초의 장원시로 영문학사를 수정해야할 상황이다. 그녀의 이 시집은 당대의 여성 논쟁과 관련하여 여성을 변호하고 옹호하는 강력한 목소리를 내고 있다.

라니어가 '셰익스피어의 다크레이디'라는 로우스(A.L.Rowse)가 내놓은 설로 라니어에 대한 관심이 증대되었으나 이런 주장은 작가로서의 라니어와 그녀의 작품에 대한 관심을 소홀히 하게 만드는 결과를 빚기도 했다. 라니어에 대한 지금까지 진행되어온 연구들의 기본적 방향을 크게 대별해본다면, 여성 작가로서 페미니즘 의식을 보여주는 부분을 집중 조명하며 연구하는 입장, 남녀 평등 문제만이 아니라 계급 평등을 설파한 부분에 집중하며 분석하는 입장, 그녀의 창작을 종교시로 보고 여성의 종교적 체험 부분에 더 집중하는 경우, 그리고 당시의 후원자제도와 여성 작가의 후원 문제를 중심으로 연구하는 경우들을 들 수 있다.

라니어의 『유대왕 하나님 만세』는 제목만 보면 처음에는 장르와 주제 면에서 관습적으로 보일 수 있지만 예상치 않던 예외적인 요소들이 나타나면서 그와 같은 기대는 사라지게 된다(Randall 360). 종교적 소재는 여성이 쓰기에 적합한 것으로 알려진 주제로 당대에 인식되었음도 물론 역할을 했겠지만, 라니어의 종교시는 이를 넘어선 의미를 지닌다. 성경은 이런 여성의 말하기나 글쓰기를 정당화시키기 위해 이용될 수 있을 뿐 아니라 또한 여성들의 침묵을 정당화하는데도 이용될 수 있다(Keohane 360). 여성에게 초점을 맞춘 맥락이나 당대 남성들이 쓴 종교적 내용의 시와 비교해볼 때, 이와 같이 종교라는 예외적이지 않은 주제로 라니어가 창작하는 것이 꽤 예외적일 수 있고 꽤 상상력이 풍부하며 꽤 대담한 것이며, 이 작품은 심지어 바울 교리에 대한 전복으로 평가되기도 한다. 이 작품에서 라니어는 그리스도를 부인하고 그리스도를 처형한 남성들과 그리스도를 변호하며 나서고 수난에 함께 하는 여성들을 대조적으로 부각시키며, 그리스도의 제자들로 알려진 남성들보다도 여성들이 진정한 사도라고 주장한다. 또한 선악과로 인한 인간의 타락과 관련하여 이브에게 부과되어왔던 비난에 대해 이브를 변호하며, 성경의 주요한 착한 여성들을 부각시켜 여성들의 전통을 새로이 수립한다. 라니어는 작품 전체에 걸쳐, 비록 사회적 질서에서 여성이 남성보다 낮은 위치에 존재하지만, 보다 높은 하나님의 질서에서는 여성이 결코 남성보다 열등한 존재가 아님을 증명하고자 하는 노력과 주장을 시종일관 관철시키고 있다.

| 작품소개: 라니어의 『유대왕 하나님 만세』 |

라니어의 『유대왕 하나님 만세』는 표지에 이 시집이 1. 그리스도의 수난(The Passion of Christ) 2. 여성을 변호하는 이브의 변(Eve's Apology in defence of Women) 3. 예루살렘의 딸들의 눈물(The tears of the daughters of Jerusalem) 4.성모 마리아의 경배와 슬픔(The salutation and sorrow of the Virgin Mary)을 담고 있음을 표기하고 있다. 이 시집은 구성상 크게 세 부분으로 이루어져 있다. 총 9개의 헌정시와 2개의 산문으로 된 헌정부분과, 8행으로 된 스탠자 230개로 총 1056행에 이르는 본 시 부분, 그리고 마지막 210행으로 이루어진 장원시(the country house poem)가 그것이다. 이 각각의 부분을 좀더 자세히 살펴보도록 하겠다.

헌정시

헌정 부분은 앤 왕비(Queen Anne)와 주요한 궁정의 귀부인들에게 바치는 9개의 헌시와 '덕 있는 여성 모두에게'(To all Virtuous Ladies in General)와 산문편지 '덕 있는 독자에게'(To the Virtuous Reader)를 포함하여 총 11개의 글로 이루어져있다. 이 부분은 무엇보다도 여성 후원자에게 여성 시인이 바치는 헌정시로 남성후원자에게 남성 시인이 바치는 헌정시와 비교되면서 주목받고 있는 부분이다. 라니어는 제임스 1세의 왕비인 앤을 비롯하여 펨브로크(Pembroke) 백작부인과 같이 자신을 경제적으로 후원해줄 가능성이 있는 귀족 여성들 모두에게 헌정시를 쓰고 있다. 또한 라니어는 헌정시에서 귀족 여성들에게 후원을 받고자 하는 의도를 명확히 드러내고 있다. 르왈스키에 의하면, 이 헌시와 산문들은 과거의 후원자들을 비롯하여 '궁정의 온갖 분명한 여성 권력 브로커들'(female power brokers)에게 손을 뻗치면서 자신을 후원해줄 대상을 매우 세심하게 고른 것이다(220).

앤 왕비에게 헌사하는 첫 글에서, 라니어는 엘리자베스 여왕 시절에 자신이 누렸던 교제와 호의를 지금은 누리지 못하는 사실을 한탄하고, 현재의 왕비가 그 행복한 상황을 재개시키고 싶어할지 모르겠다고 넌지시 후원해 줄 것을 이야기한다. 앤 왕비 다음으로는 개인적으로 알지는 못하지만 어머니의 덕의 계승자일 엘리자베스 공주(Princess Elizabeth)에게, 그리고 왕비를 모시는 여러 덕목 있는 귀부인들과 엘리자베스 여왕 시절부터 알아온 '레이디'들에게 신분의 순서대로 헌정하고 있다. 아르벨라 스튜어트(Arbella Stuart)와 이전의 후원자인 켄트 백작부인 수잔 윙필드(Susan Wingfield), 그리고 개인적으로 친분은 없으나 엘리자베스 시대와 자코비안 궁정의 가장 위대한 문학적 후원자인 펨브로크 백작 부인인 메리 시드니(Mary Sidney)와 베드포드(Bedford) 백작 부인인 루시 러셀(Lucy Russel)에게 헌정시를 내놓고, 이어 시종일관 라니어의 과거의 후견자이자 현재의 최고 희망으로 칭송되는 컴버랜드 백작부인인 마가렛 클리포드를 이 책의 주요 헌정인으로 규명하면서 산문으로 헌정사를 바친다. 그리고 라니어는 본인 스스로 알지 못한다고 밝힌 서포크(Suffolk) 백작부인인 캐서린 하워드(Katherine Howard)에게도 헌정시를 바치고, 마지막으로 어머니의 덕목과 관대함을 물려받아 자신의 후원자가 되어줄 것을 권고하면서 현재의 도르셋 백작부인인 앤 클리포드에게 주는 헌정사로 마무리하고 있다(Lewalski 220 참조).

라니어는 헌정 부분에서 자신이 헌정시를 바치는 귀족 여성들을 학식과 덕목을 지닌 여성들로 훌륭한 여성들의 반열에 포함된 지혜롭고 박학한 여성들로 찬미하고 있다. 그리고 명확한 판단력을 갖추고, 관대함과 신앙심으로 그리스도의 사도로서 살아가는 귀감이 될만한 여성들로 설정한다. 라니어는 이들을 덕목을 갖춘 귀감이 될 여성들로 부각시키고 이 부인들을 자신의 표제시가 칭송하는 성경과 역사 속의 훌륭한 여성들의 영적 상속자인 훌륭한 여성들의 동시대의 공동체로 이야기하면서 이들 여성들로 구성되는 이상적인 공동체를 내놓는다. 이는 라니어가 남성후원자 제도에서 상정되는 남성후원자와 후원받은 시인과의 관계를 이상적인 공동체의 구성원의 관계로 변형시키면서 후원인 제도를 여성적인 용어로 다시 쓰는 것으로 평가받는다. 특히 여성 후원자들에게 여성 시인이 예술 지원을 청한 매우 이례적인 경우이며, 이는 여성들이 남성들에게 경제적으로 의지하는 것을 줄이고 여성들의 예술적 학문적 저작을 여성들 서로가 독려하는 여성들의 유토피아로 부각된다. 나아가 라니어는 헌시를 바치는 귀족 여성들에 대한 칭송에서 시작하여, 자신의 글의 대상을 소규모 집단의 상류층 여성들을 넘어서 '이 나라의 모든 덕 있는 귀부인과 여성들'(all virtuous ladies and gentlewomen of this kingdom)을 포함시킴으로써 이 글을 읽게 되는 여성들에게까지 자신의 청중을 넓히고 있다.

라니어는 자신의 시를 이 여성들에게 '여러 덕목을 보여주는 거울'로 묘사하고 이 여성들이 여기서 묘사되는 대로 그리스도를 자신의 신랑으로 받아들이고 묵상하도록 권고한다. 여기서 후원자들의 덕목은 어머니에게서 딸에게로 계승되며 여성의 라인을 통해 물려받게 된다. 모녀간에 덕을 물려받는 관계로 남성의 질서와 대비되는 여성의 질서와 유산을 강조하면서, 나아가 라니어는 여성들이 평등하게 존재하는 이상적인 공동체의 모습을 메리 시드니인 펨브로크 백작부인에게 보내는 헌정사에서 부각시키고 있다. 이 헌사는 여러 면에서 중요하다. 특히 중심부에 배치되어 있으며 길이 또한 224행에 이르며, 4행 펜타미터 스텐자라는 독특한 운문 형태 뿐 아니라 꿈과 비전을 서술한 장르적 특이성도 지닌 것으로 평가된다. '펨브로크 백작부인인 레이디 메리에게 바치는 작가의 꿈'(The Authors Dreame to the Ladie Marie, the Countesse Dowager of Pembroke)이라는 제목 역시 다른 헌정사 제목과 차별화 되고 있다. 여기서 펨브로크 백작부인은 박학한 여성이자 시인으로서 문단의 대표적인 여성적 존재이다. 시인으로서 라니어가 숭상하고 따르고 계승하고 싶은 하나의 모범인 것이다. 라니어는 펨브로크 백작 부인인 메리 시드니가 모든 시간을 영적인 것을 연구하는데 보내고 덕목이나 지혜나 학문이나 위엄에 있어 필립 시드니보다 훨씬 더 훌륭한 존재임을 거듭 강조한다. 이는 메리 시드니를 통해 여성이 남성에게 결코 뒤지지 않으며 오히려 능가할 수 있는 존재로 부각시킴으로써 능력 부분에서 여성의 평등함과 우월함을 강조하는 것이다. 아울러 라니어가 도덕적 영적 측면에 있어서 여성의 평등 혹은 우월성을 시종일관 주장했던 것의 연속이라 하겠다. 또한 메리 시드니가 당시 여성 문단의 대표적 존재였음을 유념해볼 때 라니어는 자신의 모델로 지목하면서 시 분야에서 메리 시드니의 계승자로서 자신을 인정해주도록 요청하는 것이다(Lewalski 223).

또한 라니어는 서포크 백작 부인인 케서린(Katherine)에게 보내는 헌사에서 자신의 시 창작 작업이 하나님의 인도와 은혜로 이루어진 것임을 분명히 한다(And guided me to frame this work of grace,/Not of itself, but by celestial powers). 그리고 자신의 시는 하나님의 계획과 주관 하에 이루어졌으며, 하나님을 묵상할 좋은 재료라고 주장한다(And since his power hath given me power to write,/A subject fit for you to look upon). 또한 라니어는 자신의 예술관과 관련하여 앤 왕비에게 쓴 헌사 가운데서 자신의 시학을 고전 학문에서부터 가져오는 것이 아니라 모든 예술의 원천인 '어머니인 자연'("Mother" Nature)으로부터 가져온다고 주장한다.

한편, 116행에 이르는 긴 헌정사이자 가장 마지막 헌정사로 자리잡은 도르셋 백작부인인 앤에게 바치는 글 역시 주목해볼 만하다. 이 헌정사에서 계급 문제에 대한 라니어의 생각이 엿보인다. 계급적으로 열등한 시인으로서 귀족 여성들의 비위를 맞추면서 예술적 후원을 끌어내려는 목적도 지닌 가운데 자신의 신념을 라니어는 다음과 같이 피력한다.

> 태초에 무슨 차이가 있었던가.
> 모두를 구분짓는 것은 미덕이 아니었던가?
> 모두가 한 여자와 한 남자에게서 났으니
> 그런데 어찌 젠트리가 흥하고 쇠하게 되는가?
> 아니면 매우 올바르게 자신의 태생을 구분짓거나
> 아니면 대체 말할 수 있을 자가 누구인가?
>   어떤 미천한 처지에 그의 조상들이 있었던지
>   가치 있는 누군가가 명예를 얻기 전에 말이다.

What difference was there when the world began,
Was it not virtue that distinguished all?
All sprang but from one woman and one man,
Then how doth gentry come to rise and fall?
Or who is he that very rightly can
Distinguish of his birth, or tell at all,
    In what mean state his ancestors have been,
    Before some one of worth did honour win?

이 글에서는 자신과 친분이 있는 과거에 관해 언급하면서 현재의 신분으로 인해 생긴 괴리감을 피력하는데 이는 나중에 살펴보게 될 '쿠컴의 묘사'에서도 드러난다.

토지와 재산이라는 물리적 유형을 상속하는 남성들의 상속의 원리와 가부장제의 계승 원리와 달리 여성들의 유산은 바로 모친에게서 물려받는 덕목이다. 라니어는 앤의 어머니 마가렛이 지녔던 "선과 관대함과 우아함과 사랑과 신실함의 왕관"(Crowne/Of goodness, bountie, grace, love, pietie)을 물려받은 가치 있는 상속인이자 계승자로 앤을 칭송하면서 이런 미덕들을 앤이 행사하기를 촉구한다. 아울러 라니어 자신에 대한 후원자의 자리도 물려받아 자신에 대한 후원도 포함해줄 것을 잊지 않는다.

헌정 부분의 마지막을 이루고 있는 산문 서신인 '덕 있는 독자에게'(To the Vertuous Reader)에서는 여성에 대한 강력한 변호가 나온다. 이 책을 이 나라의 덕 있는 모든 귀부인들과 여성들(Gentlewomen)이 읽도록 내놓으면서 박학하고 덕 있는 여성들의 이상화된 공동체를 보다 광범위한 독자층으로 확대시킨 가운데, 당대의 여성 논쟁에 대한 라니어의 입장과 신념이 명료하게 표명된다. 라니어는 같은 여성이면서도 자신이 여성임을 망각하고 여성에게 적대적인 행동을 하는 여성들을 강하게 비난한다. 그리고 이런 '우행'(folly)은 나쁜 남성들에게나 맡기라며 어리석은 행동을 버릴 것을 촉구한다. 또한 여성들을 비난하는 남성들에게는 자신들의 근원이 되었고, 키워주었으며 오늘의 그

들이 있게 한 존재가 여성이라는 엄연한 사실을 망각하고 있다며 강한 어조로
직접적으로 비난한다.

> 악한 성향을 가진 남자들에 의한 것이니, 이들은 자신들이 여자에게서 났음을
> 망각하고 여자들에 의해 양육되었음을 망각하며, 여성들에 의해서가 아니라면
> 자신들이 세상에서 소멸될 것이며 그들 모두의 마지막 종말이 될 것임을 망각
> 하고 있다. 그들이 태어난 자궁을 훼손시키는 독사들처럼 말이다. 자신들이 분
> 별력과 선함이 부족하다는 것을 말하는 것일 뿐. 이와 같은 자들은 바로 그리스
> 도를 수치스럽게 한 자들로 그의 사도들과 예언자들이 그와 같았고 그들을 수
> 치스러운 죽음을 맞게 한 것이다.

> ...by evil disposed men, who forgetting they were born of women,
> nourished of women, and that if it were not by the means of women, they
> would be quite extinguished out of the world, and a final end of them
> all, do like vipers deface the wombs wherein they were bred, only to give
> way and utterance to their want of discretion and goodness. Such as
> these were they that dishonoured Christ, his apostles and prophets,
> putting them to shameful deaths.

그리고 하나님께서 여성의 도덕적 영적 평등함을 주셨음을 지적한다. 라니어
는 '그들의 교만과 오만함을 꺾고자 현명하고 덕 있는 여성들에게 권력을 주셨
다'(gave power to wise and virtuous women, to bring down their pride and
arrogancy)고 성경에서 예를 가져온다. 이스라엘의 판관이자 예언자인 고귀한
데보라에 의해 잔인한 세자러스가, 그리고 사악한 하만은 신실한 기도와 신중
한 처신으로 두드러지는 아름다운 헤스더에 의해, 또한 불경을 범한 홀로퍼네
스는 주디스의 용기와 지혜와 자신감 있는 처신에 의해, 그리고 성적 요구를
거절한데 대한 보복으로 수잔나를 허위로 간통으로 고소하고 사형을 언도했던
유대 장로들인 정의롭지 못한 재판관들이 순결한 수잔나의 죄 없음이 결국 밝
혀짐으로써 무너졌음을 그 예로 거론한다.

라니어는 성경에서 기록되어있는 남성과 여성을 대비시키며 여성의 우월을 이와 같이 확고히 증거로 제시한 다음, 예수 그리스도는 이런 남성들과는 다른 존재이며 무관하다는 사실을 분명히 한다. 예수 그리스도께서는 남자의 도움 없이 원죄 없이 세상에 나시고 수태의 순간부터 죽음의 순간까지 여성에게 나시고, 여성에게서 양육되시고 여성에게 순종하셨던 분이다. 그리고 여성을 치유하셨고, 여성들을 용서하셨고, 여성을 위로해주셨으며, 가장 힘든 고통과 피땀을 흘리실 때조차도 십자가 처형을 받으러 가면서도 죽음의 마지막 순간에서도 한 여성에 대해 마음을 쓰셨다(요한 복음 19장 25-27절에 어머니인 마리아를 보살펴줄 것을 사도 요한에게 부탁). 그리고 부활하시고 가장 먼저 여성에게 나타나셨고 그의 사도들에게 부활을 알리도록 여성을 보내셨다. 그리스도가 여성을 보내서 자신의 영광스러운 부활을 나머지 사도들에게 전하게 했다고 쓴 것은 여성들에게 진정한 사도의 자격을 주는 구절로 평가된다. 라니어는 자신이 신앙심 깊고 덕 있는 여러 다양한 여성들의 예들을 내놓을 수 있으며, 이들은 예수 그리스도에 대한 믿음으로 가장 혹독한 순교조차 견뎌냈던 인물들이라고 자신한다. 훌륭한 그리스도인이고 명예로운 마음을 가진 남성들이라면 우리 여성들에 대해 존경심을 가지고 이야기할 만큼 충분하다고 덧붙인다. 이와 같이 라니어는 헌정사의 마지막 부분에서 좋은 남성과 악한 남성이 여성에 대해 갖는 태도를 차별화 시키면서 자신의 공격이 모든 남성들에게 향한 것은 아님을 명확히 한다. '모든 선한 그리스도인들과 훌륭한 마음을 지닌 남성들'(all good Christians and honourable-minded men)이라고 표현함으로써 자신의 책을 선한 그리스도인 남녀 모두를 위한 것으로 내놓으면서 라니어는 헌정 부분을 마무리짓는다.

'유대왕 하나님 만세'(*Salve Deus Rex Judaerum*)

이 시집의 본론에 해당하는 그리스도의 수난 이야기는 라니어를 종교 시인으로서 비평적 주목을 받게 해준 부분이다. 여기서 라니어는 그리스도의 수난과 관련된 성경 이야기를 다시 들려주면서 여성과 남성의 평등성을 설파하고 예수의 여성적 측면을 부각시키고, 여성이 진정한 사도임을 증거한다. 그리고 라니어는 예수의 수난을 다루면서 세상적인 남성 중심 및 남성 우월주의 질서에 대한 문제 제기와 함께 여성 공동체의 비전을 설파한다. 그리하여 이 시집은 예수의 사도들의 복음서에 대비될 수 있는 여성 시인의 복음서로 평가된다. 종교적 주제는 여성들의 글쓰기 주제로 적합한 것으로 인식되어 온 것이기에 기존 남성 중심의 가치관과 사회 질서에 저항하는 발언을 담아낼 수 있는 훌륭한 포장의 역할을 담당하는 것이 사실이다. 라니어는 두 가지 면을 모두 지닌다. 중세 여성 시인들의 종교적 체험과 동일 선상에서 그리스도의 수난을 묵상하며, 이 묵상의 과정과 그리스도를 닮아가고자 하는 최선의 노력은 결국 현재 남성중심의 질서와 가부장제 문화가 주입시키는 옳고 그름의 틀을 벗어나게 하고 이에 거스르게 하는 것이다. 그리스도에 대한 묵상은 바로 세상적 질서가 아니라 영적 질서와 영적 진실을 중심으로 새롭게 세상을 보고 구조 잡는 문제와 통하는 것이며, 세상적 가치관과 질서보다는 영적 질서와 가치관에 우위를 둘 수밖에 없는 것이다.

라니어는 시의 초반부에서 33개의 스텐자에 이르는 부분을 컴버랜드 백작부인에게 이야기함으로써 자신의 시를 헌정한 컴버랜드 백작부인을 그리스도와 연결 지으려는 의도를 명확히 한다. 선량하고 덕 있는 백작부인은 여성의 대표자이자 그리스도의 모습을 닮은 존재이며, 나아가 그리스도와 같은 존재로 칭송된다. 라니어는 컴버랜드 백작부인이 아름다운 외모보다는 내면의 도덕적 덕에 더 주의를 기울이는 것을 칭송하는 말로 시작하고, 이는 그리스도의 인간 됨(humanity)에 대해 충실하게 묵상하는 적합한 인물로 그녀를 부각시킨다.

이 시의 제목 '유대왕 하나님 만세'(Salve Deus Rex Judaerum)는 마태복음 27장 29행에서 로마 군인이 예수를 조롱하며 예수에게 던지는 말이다. 이런 조롱의 말을 라니어는 그리스도를 찬미하는 목적으로 전환시킨다. 게다가 라니어가 제목을 '유대왕 만세'(Salve Rex Judaeorum)로 하지 않고 '하나님'(Deus)이라는 단어를 첨가한 것은 중요하다. 자신이 유대계 집안 출신임에도 불구하고 라니어는 유대인들이 인정하지 않던 예수를 그리스도로 인정하고 그를 하나님으로 인정함을 선포한 것이다(Mueller 226-227). 참고로 작품 제목과 관련하여, 라니어는 책의 후기(postscript)인 '의심스러워하는 독자에게'(To the Doubtful Reader)에서 작품을 쓰기 몇 년 전에 꿈에 나왔던 구절인데 작품 완성 후 기억이 나서 제목으로 붙였다고 밝힌다. 이는 이 시 전체를 자신의 영적 체험과 연결짓고자 하는 개인적 소망을 표현한 것이라 하겠다.

그리스도의 수난과 죽음에 대한 긴 묵상인 이 시의 주요 부분은 구성면에서 세 부분으로 나누어진다. 게스마네 동산에서 남성 사도들이 그리스도를 배신하는 부분, 그리고 가이아파(Caiaphas), 빌라도(Pilate), 헤롯(Herod)같은 남성적 권위를 지닌 인물들 앞에 소환되어 공소 당하는 부분, 그리고 세 번째 부분은 그리스도가 십자가 처형을 위해 갈보리로 가는 것에 대한 성경적 설명이다.

이 시 전반에 걸쳐 라니어는 빌라도와 아담을 남성의 대표자로, 빌라도의 아내와 이브를 여성의 대표자로 내세우며, 베드로 같은 남성들이야말로 예수를 고난 당하고 죽음으로 몰아간 존재들이며, 여성들이야말로 그리스도의 진정한 제자들임을 분명히 한다. 라니어는 그리스도의 목숨을 살려달라고 애원하는 빌라도의 아내의 역할을 강조하고, 예루살렘의 딸들을 단순히 눈물 흘리며 옆에서 지켜보는 구경꾼에서부터 자신들의 눈물의 설득성을 통해 십자가 처형을 중단시키고자 적극적으로 애쓰는 여성들로 변형시킨다(Keohane 363). 또한 성모 마리아의 '경배'(Salutation) 부분 역시 중요한 첨가이다. 복음서는 십자가 처형 현장에 마리아의 존재를 기록하고 있지만 더 큰 드라마에서 그녀의 중요한 역할을 생각할 수 있도록 이 부분에서 잠깐 멈추지 않고 있으나 라니어는 1033-1104행에서 성모 마리아에 대한 경배를 하고 있다. 이는 그리스도의 수난 이야기에 여성을 개입시키고자 하는 라니어의 분명한 의도가 엿보이는 부분이다. 코헤인(Keohane) 같은 비평가는 이 여성들의 이야기가 수난 이야기의 본론에서 벗어난 '곁가지'(digression)가 아님을 분명히 못 박는다(363). 라니어가 쓰는 그리스도 수난사는 성경에서 주변부에 있던 여성들을 중심으로 이야기를 재구성하며 방향을 새로이 정립하고 있다는 점에서 급진적이라는 평가를 받는다.

이브의 변호

라니어가 구현하고 있는 독특한 몇 가지 부분 가운데, 라니어가 책의 표지에서도 명기한 '이브의 변' 부분을 들 수 있다. 4개의 복음서 가운데 마태복음에서만 등장하는 빌라도의 아내를 라니어는 변두리의 인물이 아니라 중심에서 강한 목소리를 내는 존재로 부각시킨다. 마태복음 27장 19절은 빌라도의 아내가 자신이 꾼 꿈에 대해 남편에게 전갈을 보낸 것만 적고 있다. 그 꿈에 대해 구체적인 사항을 전혀 알려주지 않고 있으며 대사도 기록하지 않으며 예수를 심문할 때 빌라도의 아내가 나타난 것에 대해서도 알려주지 않는다. 라니어는 이를 이용하여 "이브의 변론" 부분을 삽입시킨다.

예수를 살리기 위한 빌라도의 아내의 변호는 라니어 자신의 목소리와 거의 동일시된다. 예수를 심판하는 상황에서 남성들은 그를 비판하고 조롱하는 입장이거나 침묵하고 있는 반면, 그를 구하고자 나서서 큰 목소리를 내는 것은 여성이다. 빌라도의 아내는 남편에게 야만적인 잔혹한 행위를 중단하고 눈을 바로 뜨고 똑똑히 보면 진실을 보게 될 것이라며 자신의 마음과 역행하는 짓을 하지 말 것과 구세주이신 그 분을 비난하지 말라고 강력히 촉구한다. 그리고 여성들을 지배할 권력이 주어진 남성들의 타락 덕분에 여성이 영광을 얻도록 하지 말 것을 경고한다(Let not us women glory in mens' fall,/ who had power given to over-rule us all.). 그런 다음 그리스도를 구하기 위해 탄원하는 과정에서 역사상 여성들이 받아온 비난의 근원이 되었던 이브를 새로이 자리매김하는 변론을 시작한다.

이제 당신의 신중치 못함이 우리를 자유롭게 해주고
또한 우리의 이전의 잘못을 훨씬 적게 보이게 해주는군요.
우리의 어머니인 이브는, 선악과를 맛보고는,
자신이 가장 소중히 여겼던 아담에게 주었죠.
그저 착했을 뿐이고 볼 수 있는 능력이 없었어요.
그 후에 올 해악은 나타나지 않았어요.
    우리 여성들을 배신했던 그 미묘한 뱀이
    우리가 타락하기 전 그토록 분명한 음모를 꾸몄지요.

Till now your indiscretion sets us free,
And makes our former fault much less appear
Our Mother Eve, who tasted of the tree,
Giving to Adam what she held most dear,
Was simply good, and had no power to see,
The after-coming harm did not appear:
    The subtle serpent that our sex betrayed,
    Before our fall so sure a plot had laid. (761-768)

그리고 이브의 잘못은 너무 많은 사랑 때문이라고 변호하고 이브의 타락에 악한 의도가 없었음을 명확히 한다. 빌라도의 아내에 의하면, 이브의 잘못이라고는 사랑이 너무 많았던 것뿐이다. 오히려 이브가 준 선물로 아담의 지식이 더 분명하게 되었으며, 아담 역시 이브의 약한 점을 비난하려 하지 않았던 사실을 지적한다. 여기서 라니어는 현재 남성들이 여성보다 우월한 요소로 내세우는 이성과 판단과 지식이 사실상 이브가 준 선물임을 지적하고 있는 것이다. 그리고 이브의 잘못에 비하면 지금 자행하는 남성들의 죄가 훨씬 막중하다고 천명한다.

    이브에게 어떠한 악이라도 있다면,
    그에게서 만들어졌으니, 아담이 이 모든 것의 근원이지요.
    이를 가지고 여성들에 오점을 부여하고
    악마의 일원에 의해 불쌍한 남자들에게

굉장한 타락을 가져온 것이라고 한다면
당신들 모두에게는 어떤 사악한 결함이 있는지요?
이브의 잘못은 뱀의 말에 따랐을 뿐이지만,
당신은 악의에서 하나님의 소중한 아들을 배신하는 군요.
　　부당하게도 당신이 죽음을 언도하는 그분.
　　당신이 저지르는 죄에 비하면 이브의 죄는 작은 것이지요.

If any evil did in her remain,
Being made of him, he was the ground of all;
If one of many worlds could lay a stain
Upon our sex, and work so great a fall
To wretched man, by Satan's subtle train;
What will so foul a fault amongst you all?
　　Her weakness did the serpent's words obey;
　　But you in malice God's dear son betray.
Whom, if unjustly you condemne to die,
Her sinne was small, to what you doe commit. (809-818)

그리고 이런 과오를 저지르는 남성들이 주도하는 질서에 반항을 선포하고 자
유를 달라고 요구한다. 여성들을 자유롭게 해주고 남성들이 여성에 대한 어떠
한 지배권도 주장하지 말라며, 여성들의 고통 없이는 남성들은 이 세상에 태어
나지도 못했음을 유념시킨다.

　　당신의 잘못이 훨씬 크면서, 왜 우리가
　　폭정으로부터 자유로운 존재로 당신과 평등함을 멸시하는 것인가요?
　　　나약한 한 여자가 단순히 잘못을 범했다면,
　　　당신이 짓는 이 죄는 변명의 여지도 없으며 끝도 없는 거에요
　　그 일에 우리는 결코 동의하지 않았어요
　　당신 아내가 모두를 위해 말하는 것을 보세요

Your fault being greater, why should you disdaine
Our beeing your equals, free from tyranny?

> If one weake woman simply did offend,
>
>　　This sinne of yours, hath no excuse, nor end.
>
> To which (poore soules) we never gave consent,
>
> Witnesse thy wife (O Pilate) speakes for all. (829-834)

그리고 빌라도의 아내는 남성들이 짓고 있는 이 죄에 여성들은 결코 동조하지 않음을, 그리고 책임이 없음을 거듭 분명히 한다.

이러한 빌라도의 아내의 목소리는 이 시 전체에 시종일관 흐르는 라니어의 남성들에 대한 비난과 함께 울린다. 라니어는 그리스도의 사도로서 베드로의 문제점과 유다의 문제점들을 강력히 비난한 바 있고, 그리스도를 재판하는 가이야파를 '사악한 가이야파'(wicked Caiaphas, 635)로 표현하고 '그분께 해끼칠 일만 궁리하는 자'(Who studies onely how to doe him wrong, 636)라고 그리스도에게 잘못을 저지르기 위해 고심하는 인물로 노골적으로 비난하는 표현을 서슴지 않는다. 라니어는 율법에 근거하여 예수를 비난하는 남성들을 비판하면서 현세에서의 권위의 문제점을 제기한다. 그리고 이러한 인간의 법정이 진실을 보지 못하고 선을 심판하는 상황이며 선의 상징인 예수는 이런 폭정 앞에서도 침묵해야 하는 상황을 부각시킨다. 예수가 당하는 불의와 고난은 바로 세상의 '가난과 수치'의 삶을 살고있는 자들의 고난이며, 라니어는 이런 고난을 사회에서 무력한 존재이자 약자의 입장에 선 여성들의 핍박의 삶과 함께 하게 만든다.

그리스도와 여성들, 그리고 여성화된 그리스도

그리스도가 처형당하기 위해 가는 고난의 길에서 예루살렘의 딸들은 진심으로 슬퍼하며 고난을 함께 한다. 누가복음 23장 27-28절에서는 "많은 사람들과 여자들이 큰 무리를 이루어 예수를 따라갔습니다. 여자들은 예수에 대해 슬퍼하며 통곡하였습니다./ 예수께서는 뒤돌아서 여자들에게 말씀하셨습니다. '예루살렘의 딸들아, 나로 인해 울지 말고 너희 자신과 너희 자녀들을 위해 울라.'"고

기록하고 있다.

라니어의 시에서 예수께서는 이들 예루살렘의 딸들의 슬픔에 반응하시고
자 자신의 그 큰 슬픔과 고통도 기억하지 못하시듯 즉시 얼굴을 돌리시고 위로
하시고자 한다. 빌라도에게도 왕인 헤롯에게도 눈길을 주지 않고 한마디도 않
으셨던 분이신 데 이 가련한 여성들의 '애처로운 울부짖음'(their piteous cries)
이 그리스도의 마음을 움직였노라고 라니어는 적고 있다.

> 그러나 이 가여운 여성들은, 그들의 애처로운 울부짖음으로
> 그들의 주님이시자, 연인이시자, 왕이신 분을 감동시켜
> 연민을 느끼게 했고, 돌아보고 말하게 하셨다.
> 그 마음이 이제 무너지려는 그들에게 말이다.
> 가장 축복받은 예루살렘의 딸들이여,
> 그대들의 구세주가 보시기에 총애를 얻었나니
> 그대들이 그분을 가엾이 여길 때 그의 얼굴을 돌리셨고
> 그대들의 눈물 글썽한 눈들은 그분의 눈을 더욱 밝게 바라보았도다.
> 그대들의 믿음과 사랑이 그와 같은 은총에 이르렀도다.
> 이 천상의 빛으로부터 반사되는 빛을 얻어
> 그대들의 독수리 같은 눈이 이 태양같은 분을 마주하고 바라보도다.

> Yet these poor women, by their piteous cries
> Did move their lord, their lover, and their king,
>   To take compassion, turn about, and speak
>   To them whose hearts were ready now to break.
> Most blessed daughters of Jerusalem,
> Who found such favour in your saviors sight,
> To turn his face when you did pity him;
> Your tearful eyes beheld his eyes more bright;
> Your faith and love unto such grace did clime,
> To have reflection from this heav'nly light:
> Your eagles' eyes did gaze against this sun. (981-91)

이 여성들은 태양과 빛으로 표현되는 그리스도의 빛을 따르고 반영하는 존재

이며 은총 받은 존재들이다. 여기서 그리스도와 여성들은 서로 바라보며 빛 가운데 있는 존재이다. 이 여성들은 예수를 체포하고 심판하고 부인하는 남성들의 속성과는 대조를 보여준다.

이 시에서 여성들은 모든 것을 알고 모든 것을 보고 심판하는 하나님에 의해 응시되는 대상이 아니라 남성인 그리스도가 여성적 응시의 대상이 되고 있다. 그리스도는 '여성의 응시의 대상'일 뿐 아니라, 이 여성들이 자신을 보는 거울이기도 하다(Keohane 375). 라니어는 현실에서 고난받는 여성들의 처지와 그리스도의 고난과 핍박을 같은 선상에서 조명하며, 그리스도의 이야기를 여성적 신앙심의 모델로 독자들에게 내놓는다. 그리고 남성을 하나님의 이미지로 보다는 여성을 그 이미지로 그리면서, 그리스도가 여성을 반영해주는 것으로 혁신적으로 그린다(Keohane 376).

라니어는 이스라엘의 딸들을 부각시킨 것 뿐 아니라 성모 마리아의 슬픔 부분을 별도의 제목으로 내건 바 있고, 마리아께 경배 드리는 부분을 포함시키고 있다. 그리고 구원에 있어서 마리아가 담당한 역할에 대해 묵상하고 '여성들의 여왕'(Queen of Woman-kind)으로 높인다. 라니어는 마리아를 죄 없이 그리스도를 수태하신 분으로 축복 받으신 분으로, 마리아에게 그리스도는 아들이자, 남편이자, 아버지이자, 구원자이자, 왕이시며, 죽음으로 죽음을 죽이신 분(Her son, her husband, father, saviour, king,/Whose death killed death, and took away his sting.)(1022-23)으로 묘사한다. 남자의 도움 없이 남자를 세상에 내놓은 여자가 마리아이고, 그리스도는 여성의 몸에서 나고, 여성에 의해 양육된 존재이다.

또한 라니어는 그리스도를 신랑으로 묘사하고 여성들이 그리스도의 신부의 역할을 충실히 하고자 노력해야함을 강조한다. 라니어는 특히 컴버랜드 백작부인을 '그리스도의 신부'(spouse of Christ)(1170)로 부르고, 그의 사랑을 역사 속의 누구의 사랑에도 견줄 수 없는 사랑으로 칭송한다.

라니어는 먼저 그리스도와 백작부인의 연관성을 설정하며, 아버지의 유산 상속 문제로 소송에 연루된 앤과 컴버랜드 백작부인이 처한 어려운 상황을 그리스도의 수난과 마찬가지로 보고 세상사의 근심에서 벗어나 견뎌내도록 권고한다. 다음으로는 백작부인을 그리스도의 신부로 설정하면서, 그전에 그리스도의 신부는 교회였으나, 교회라는 존재대신 실제 여성으로 대체한다. 백작부인은 수녀의 위치가 아니라 교회에 해당하는 존재로 격상되며, 그리고 베드로의 열쇠를 백작 부인에게 준다. 라니어는 나아가 백작부인을 그리스도를 능가하는 인물로 만들고, 다른 여성들과는 차별화시킨다. 예루살렘의 딸들은 스스로 빛을 내지 못하고 그리스도의 빛을 반사한다면, 백작부인은 하나님의 아들인 'Son'보다 더 밝게 빛날 능력을 지닌 존재로 묘사된다. 라니어의 백작부인은 죽은 존재가 아니라 살아 있는 존재로, 마리아와 순교자들과 그리스도에 비교되고 그를 능가하는 존재로 묘사되는 것이다. 코헤인에 의하면 라니어가 그리스도를 여성화하는 것 뿐 아니라 여성이 그리스도를 능가하게 보이게 허용하고 있다(384). 그리고 자신을 이런 여성을 칭송하도록 권한이 부여된 특별한 존재로 자리매김한다. 'And know, when first into this world I came,/This charge was giv'n me by th' eternall powers,/Th'everlasting trophy of thy fame'(1457-59)라는 라니어의 말은 이 세상에 처음 태어나면서부터 영원한 권력인 하늘에 의해 백작부인을 칭송하도록 권한을 부여받은 자신은 특별한 존재로 자리매김하는 것이다.

장원시: '쿠컴의 묘사'

컴버랜드 백작부인의 요청에 따라 씌어진 라니어의 장원시 '쿠컴의 묘사'는 앞서도 언급되었듯이 최초의 장원시로 알려져 있는 벤 존슨의 '펜스허스트'보다 5년 정도 더 앞선 것이다. 이제 최초의 장원시는 라니어의 작품으로 새로이 영문학사를 수정하게 되었다. 또한 두 사람의 장원시는 이상적 사회 질서에 대한 남성과 여성의 버전을 각각 내놓은 것으로 평가받고 있다. 존슨의 시는 남성

중심의 위계질서를 드러내며 지주인 주인이 그 땅에 영원히 거주하고 에덴과 흡사한 아름다움과 조화를 보존한다. 그리고 가장, 안주인, 아이와 하인들과 식솔들 모두가 자기 자리에서 맡은바 본분을 다하는 가운데 남성중심의 계급질서와 위계질서가 정당화되고, 풍요로운 자연으로 미화된다. 또한 그 속에서 여성이 담당하는 안주인의 역할 역시 강조되고 있다. 존슨은 펜스허스트의 주인인 시드니 집안의 안주인 바바라 시드니(Barbara Sidney)를 현모양처의 역할 속에서 칭송한다. 정숙함 가운데 많은 자손을 낳아 가문의 후계자를 확실히 해주고 자녀들의 종교 교육에 힘써 가문의 문화를 계승하기에 적합한 후계자를 양성해준다는 것이다(Lewalski 236-7참조).

이와 달리 라니어의 쿠컴은 집을 지키던 여인들이 떠나면서 이런 안주인의 역할은 공석이다. 라니어의 시에서는 떠날 수밖에 없는 여성들의 처지와 상실감이 부각된다. 존슨의 시가 보여준 관대하고 자비로운 가장이 거느렸던 커다란 규모의 가문에 대한 묘사는 어디에도 없다. 컴버랜드 백작부인과 앤의 상황을 통해 라니어는 영지를 소유하지 못하고, 잠깐 머물 수 있을 뿐인 여성의 상황을 보여준다. 쿠컴은 백작부인의 형제인 윌리엄 럿셀(William Russell)이 임대한 땅으로 왕실 소유지로 알려져 있다. 백작부인은 이 저택과 영지를 비워줘야 하는 처지이고, 앤은 도르셋 백작과 결혼하기 위해 떠나야 하는 상황이다. 이 여성들은 마치 에덴 동산을 떠나게 된 상황에 처해, 이전의 행복했던 에덴 시절과 떠나야하는 현실을 극명하게 대조시킨 가운데 쿠컴에 대한 마지막 작별을 고한다.

> 안녕 (아름다운 쿠컴이여). 내가 처음으로
> 완벽한 은총이 남아있던 곳에서 그런 은혜로부터 은총을 받았던 곳이여.
> 뮤즈들이 완전히 함께 해주어,
> 내가 덕 있으신 분을 흡족하게 해드릴 힘을 가질 수 있었던 곳이여.
> 군주다운 저택이 나로 하여금 영혼의 즐거움을 가져다줄
> 거룩한 이야기를 쓰게 해준 곳이여.

안녕 (아름다운 곳이여) 미덕이 머물었던 곳이여.
그리고 모든 즐거움들이 그분의 가슴 속에 머물었던 곳
이제 결코 슬픈 내 눈은 다시는 보지 못하리
내 생각이 그때 펼쳐놓았던 그런 즐거움들을.

Farewell (sweet Cooke-ham) where I first obtain'd
Grace from that Grace where perfit Grace remain'd;
And where the Muses gave their full consent,
I should have power the virtuous to content:
Where princely Palace will'd me to indite,
The sacred story of the soul's delight.
Farewell (sweet place) where virtue then did rest,
And all delights did harbour in her breast:
Never shall my sad eyes again behold
Those pleasures which my thoughts did then unfold: (1-10)

쿠컴은 그 동안 남자들 없이 여성들만이 행복하게 살면서 세상의 번민들로부터 벗어나 자연과 하나님과 여성들의 우정 속에서 행복과 즐거움을 찾으며 행복하게 지내온 공간이었다. 라니어에 의하면 쿠컴은 '세상의 나쁜 소문으로부터는 거리가 먼'(So far from being touched by ill reports) 곳이며, '내 자신이 언제나 역할을 맡으며 거룩한 사랑 가운데 진실된 마음을 내놓은'(Wherein myself did always bear a part,/While reverend love presented my true heart) 공간이었다. 라니어가 내놓은 이상적인 여성 공동체의 상인 것이다. 그러나 여기서 강조되는 것은 그런 공간의 상실이 불가피한 현재이다.

쿠컴을 떠나면서 라니어는 쿠컴 밖의 세상 속에 존재하는 엄연한 계급 질서의 차이를 한탄한다. 컴버랜드 부인과 앤 같은 귀족 여성들과 라니어의 계급 장벽은 분명하고, 이런 뛰어넘을 수 없는 운명에 라니어는 자괴감을 느낀다. 라니어는 이런 거리감을 만든 운명을 탓한다. 여성들간의 우정을 강조하는 이상적인 공동체의 비전을 내놓고 그 모습을 쿠컴에서 찾고자 했지만, 후원하는 여성과 후원을 받아야 하는 여성의 관계로 두 부류는 다른 것이다.

하지만 날 슬프게 하네, 내가
그녀 가까이 있을 수 없다는 것이
그분의 여러 미덕은 아름다운 외모의 멋진 장식들과 어울려
모두에게서 사랑과 의무를 실행시키지.
변덕스러운 운명이여, 다 네 탓이야.
우리를 그렇게 미천한 틀에다 만들어놓은 장본인이니.
우리의 신분 높은 친구들을 매일 볼 수 없으니,
신분에 있어 그토록 큰 차이가 있나니.
많은 이들이 그러한 신분의 궤도에 놓여있고,
영예에 있어 차이나지, 운명에 의해 그렇게 정해져있으니
보기로는 가까이 있으나 사랑에서는 더욱 멀어지나니
그 안에서는, 가장 낮은 자가 언제나 그 위에 있지.

And yet it grieves me that I cannot be
Near unto her, whose virtues did agree
With those fair ornaments of outward beauty,
Which did enforce from all both love and duty.
Unconstant fortune, thou art most to blame,
Who casts us down into so low a frame:
Where our great friends we cannot daily see,
So great a difference is there in degree.
Many are placed in those orbs of state,
Parters in honour, so ordained by fate;
Nearer in show, yet farther off in love,
In which, the lowest always are above. (99-110)

이와 같이 귀족 여성들과의 차별화가 엄연히 존재하는 현실에서 라니어도 자유로울 수는 없는 것이다. 이는 여성으로서의 동질감 속에서 더욱 분명해지는 이질감과 차이가 두드러지는 부분이다. 그러나 라니어는 현실의 계급질서에 대한 대안으로 그 너머의 영적인 차원에서의 궁극적인 질서를 강조한다.

안될게 뭔가? 비록 우리가 이 땅에서 태어났으나

우리는 하늘을 바라볼 수 있는 법. 죽음을 경멸하면서 말이다.
그리고 너무나도 멀리 위에 있는 천국을 사랑하는 것은
결국 우리에게 온전한 사랑을 허락해 줄테니.

Why not? although we are but born of earth,
We may behold the heavens, despising death;
And loving heaven that is so far above,
May in the end vouchsafe us entire love. (113-116)

인간 세상과는 달리 천국은 모두에게 평등하며 사람들을 분리시키고 구분 짓는 계급이 없이 온전한 사랑이 지배하는 세상인 것이다.

작별 인사로 시작한 시는 쿠컴이 가져다주었던 즐거움들을 기리고 사계절의 변화와 함께 아름다웠던 쿠컴의 여러 모습들을 거론하고 쿠컴의 모든 것에 작별을 고한다. 쿠컴을 떠나면서 쿠컴을 이루고 있는 중요한 부분이었던 오크 나무에도 작별을 고한다. 나무의 존재와 관련하여 이상적 연인을 제시해준다는 여러 해석이 있으나, 신랑으로서의 그리스도에 대한 상징적 존재로 볼 수 있다. 또한 나무는 십자가의 의미로 흔히 읽힌다. 여성들에게 이 오크 나무는 여성들을 나누어놓는 사회적 불평등을 이어주거나 계급과 조상에 근거한 전통적인 가치에 대한 개념을 와해시켜 주는 하나의 영적 연관고리가 되고 있다 (Randall 365). 이 나무 아래서 세 여성은 자연과 창조주의 '아름다움과 지혜와 은총과 사랑과 위엄'(beauty, wisdom, grace, love [and] majesty)을 묵상했었다.

마지막으로, 라니어는 아름다운 쿠컴을 영원히 보존할 수 있는 대안으로 그 아름다움을 노래한 시를 내놓는다. 시인으로서의 라니어는 자신의 시의 영원성과 불멸성을 확고히 하면서 쿠컴에 대한 이 시를 접는다.

이제 내가 쿠컴에 마지막 작별을 고하리니
내가 죽고 나서도 그대의 이름은 이 시 속에 살아 남으리.
그 분의 고귀한 명을 내가 수행했고

그분의 덕이 이 가치 없는 내 가슴 속에 거하리니
그리고 살아있는 한 영원히 그러리라.
그 부유한 사슬로 내 마음을 그녀에게 묶어놓으면서.

This last farewell to Cooke-ham here I give,
When I am dead thy name in this may live,
Wherein I have performed her noble hest,
Whose virtues lodge in my unworthy breast,
And ever shall, so long as life remains,
Tying my heart to her by those rich chains. (205-210)

|나가며|

이상에서 살펴보았듯이, 라니어는 여성에게 적합한 주제로 권장된 종교적인
내용을 다루지만 여성에게 기대되는 글쓰기를 한 여성들의 범주에 머무른다기
보다는 전통과 관습을 거스르지 않으면서 자신의 욕망과 의지를 표현하는 글
쓰기를 한 여성 작가들의 대열에 합류한 작가이다. 라니어의 『유대왕 하나님
만세』는 그 장르적 담론적 실험성이 가장 혁신적인 측면 가운데 하나로 평가
받는다. 라니어의 시는 낙원으로서의 에덴 동산과 그리스도의 수난 이야기와
성인들로 이루어진 공동체와 같은 기본적인 기독교 신화들을 여성을 그 중심
에 놓고 대담하게 다시 상상해보고 다시 쓴 것이다. 라니어는 여성에 대한 강
력한 변호를 통해 당대의 여성 논쟁에 일목했을 뿐 아니라, 남녀의 평등의 요
구를 넘어서 계급 평등을 주장한다. 라니어의 계급문제에 대한 이의제기는 특
히 주목해볼 만하다. 인간의 진정한 미덕은 사회적 계급에 의한 것이 아니며,
인간이 만든 차별화의 장치가 계급일 뿐이라는 것이다. 그리고 창조주 앞에서
신앙에 의한 차이만이 유일하게 의미 있는 것이라고 피력한다. 이는 이 세상에
대한 또 하나의 대안을 종교적 차원에서 모색한 것이라 하겠다.

참고문헌

Coiro, Ann Baynes. "Writing in Service: Sexual Politics and Class Position in the Poetry of Aemilia Lanyer and Ben Jonson." *Criticism* 35 (1993): 357-76.

Keohane, Catherine. "'That Blindest Weakenesse be not over-bold': Aemilia Lanyer's Radical Unfolding of the Passion." *English Literary History* 64(1997): 359-90.

Lewalski, Barbara. *Writing Women in Jacobean England.* Massachusetts: Harvard UP, 1993. 213-41.

McGrath, Lynette. "'Let Us Have Our Libertie Againe':Aemilia Lanier's 17th Century Feminist Voice." *Women's Studies* 20 (1992):331-48.

Mueller, Janel. "The Feminist Poetics of Aemilia Lanyer's 'Salve Deus Rex Judaeorum'." in *Feminist Measures: Soundings in Poetry and Theory.* Eds. Lynn Keller and Cristanne Miller. Ann Arbor: U of Michigan P, 1994. 208-37.

Purkiss, Diane. *Renaissance Women: The Plays of Elizabeth Cary, The Poems of Aemilia Lanyer.* London: William Pickering, 1994.

Randall, Martin. *Women Writers in Renaissance England.* Massachusetts: Addison Wesley. 1997.

Salzman, Paul. *Early Modern Women's Writing: An Anthology 1560-1700.* Oxford: Oxford UP, 2000.

Woods, Susanne. ed. *The Poems of Aemilia Lanyer: Salve Deus Rex Judaeorum.* Oxford: Oxford UP, 1993.

찾아보기

『ㄱ』

밀턴, 존(Milton, John) ⋯ 17~19, 21, 22, 24, 27, 89, 93, 190, 245, 261, 279, 310~318, 321, 323, 324, 327, 328, 330~333, 335, 337, 339, 341, 344, 345~347

「ㅂ」

반복법(polyptoton) ⋯ 175
반사성(reflexivity) ⋯ 169
버몬트, 프란시스(Beaumont, Francis) ⋯ 225, 239, 247, 248
법률적 연설(judicial oration) ⋯ 13
베머튼(Bemerton) ⋯ 256
베이컨, 프란시스(Bacon, Francis) ⋯ 225, 250
벤의 후예들(the Tribe of Ben) ⋯ 250
변화(mutability) ⋯ 114, 175, 178
보에티우스(Boethius) ⋯ 44, 76, 79, 80
보일, 엘리자베스(Boyle, Elizabeth) ⋯ 134, 143
보카치오(Boccaccio) ⋯ 43, 51, 57, 62, 79, 117
「본향」(Home) ⋯ 272, 273
『복낙원』(*Paradise Regained*) ⋯ 18, 332, 333, 337~339, 346, 347
볼린, 앤(Boleyn, Anne) ⋯ 9, 21, 85~87, 89, 95
『볼포네』(*Volpone*) ⋯ 226
부정신학(negative theology) ⋯ 263
부활 ⋯ 77, 210, 215~218, 220, 243, 268, 326, 330, 360
「부활절 날개」(Easter Wings) ⋯ 267, 275
블레셋인(Philistines) ⋯ 340, 343, 345
『비가』(*Complaints*) ⋯ 134
비유 ⋯ 14, 32, 34, 96, 97, 117, 123, 126, 161, 167, 172, 174, 175, 177, 178, 192, 194~196, 198, 202, 205, 206, 210, 213, 214, 221, 228, 244, 258, 263, 345

「ㅅ」

『사랑의 소곡』(*Amoretti*) ⋯ 90, 134, 143
사탄(Satan) ⋯ 18, 19, 25, 212, 214, 265, 318~322, 324~327, 329, 331, 333~339, 344, 347

『일 필로스트라토』(*Il Filostrato*) … 51, 79

「ㅈ」

자기 인식(self-knowledge) … 178
자기 초월(self-transcendence) … 167, 169
자손 번식(procreation) … 158, 159, 161
자애(self-love) … 161, 162
장님 … 244
전달(pronuntiatio) … 10, 11, 15, 107, 115, 117, 123, 212, 261, 268, 270, 332, 335, 346
전원시(pastoral) … 136
정신적 사랑 … 207, 209, 210
정체(stasis) … 175
「제단」(The Altar) … 260, 267
제시적 연설(demonstrative oration) … 13
존슨, 벤(Johnson, Ben) … 104, 190, 224~227, 229~250, 281, 369
종교 … 8, 9, 17, 21, 25, 32, 36, 37, 58, 77, 108, 169, 186, 190, 205, 214, 225, 236, 254, 256, 257, 263, 313, 329, 331, 332, 342, 343, 346, 347, 350, 353, 361, 370, 374
종교시 … 99, 114, 188, 200, 211, 212, 214~216, 221, 242, 257, 352, 353
종교 시인 … 190, 281, 360
죄(Sin) … 25, 32, 59, 61, 74, 75, 161, 181, 186, 196, 213, 215, 216, 218~220, 259, 264, 265, 319~321, 325~327, 335, 337, 359, 364~368
「죄」(Sin) … 261
죽음(Death) … 33, 38, 65, 66, 74, 108, 115, 118, 122, 161, 162, 164, 173, 174, 186, 188, 189, 200, 205, 211, 214~218, 221, 230, 231, 237, 242, 254, 255, 257, 259, 261, 262, 265, 312, 315, 319~321, 325~327, 344, 345, 347, 352, 360, 362, 368
「죽음」(Death) … 261
『지혜의 보고』(*Palladis Tamia: Wits Treasury*) … 158, 182

「ㅊ」

찰스 1세 … 9, 21, 189, 190, 281, 313, 315~317

필자약력 ● ● ●

조광순
서울대학교 사범대학 영어교육과 (학사)
미국 미시간 주립대학교 영어영문학과 (석 · 박사)
Emblems in Shakespeare's Last Plays. Lanham, Maryland: University Press of America, 1998.
Julius Caesar. 작품해설 및 주석. 서울: 건국대학교 출판부, 2005.
현재, 아주대학교 영문학과 교수

이현주
이화여자대학교 영문학과 (학사)
이화여자대학교 대학원 영문학과(석 · 박사)
『오비디우스』 서울: 평민사, 1999.
『영작문 한 권으로 따라잡기』 서울: 다락원, 2003.
현재, 감리교 신학대학교 교수

공성욱
숭실대학교 영문학과 (학사)
연세대학교 대학원 영문학과 (석 · 박사)
『언어의 미학』 서울: 국학자료원, 1998.
『세익스피어 해설서 1』 서울: 범한, 2000.
『영문학으로 문화읽기』(공저) 서울: 신아사, 2006.
현재, 유한대학 교양학부장 교수

배경진
이화여자대학교 영문학과 (학사)
이화여자대학교 대학원 영문학과 (석사)
이화여자대학교 대학원 영문학과 (박사 수료)
The University of Manchester 영문학과 (박사)
논문: 「비너스를 위한 변론: 『비너스와 아도니스』 다시 읽기」.
　　　「『시를 위한 변론』에 나타난 시드니의 갈등」.
현재, 이화여자대학교 시간강사

김경한
서울대학교 사범대학 영어교육과 (학사)
서울대학교 대학원 영어영문학과 (석사)
Univ. of Oklahoma (Norman) 영문과 (박사)
『르네상스 휴머니즘의 자유의지론』 서울: 태학사, 2006.
현재, 한국교원대학교 영어교육과 교수

정내원

경희대학교 영문과 (학사)

경희대학교 대학원 영문과 (석사)

미국 루즈벨트 대학원 석사과정 수료

영국 셰익스피어 인스티튜트 수료

세종대학교 대학원 영문과 (박사)

『셰익스피어 소네트 읽기』 서울: 동인, 2007.

현재, 동국대학교 인문과학대학 영문과 교수

심미현

이화여자대학교 영어영문학과 (학사)

이화여자대학교 대학원 영어영문학과 (석사)

고려대학교 대학원 영어영문학과 (박사)

『번역』(역서) 서울: 도서출판 동인, 2004.

『셰익스피어/ 현대영미극의 지평』(편저) 서울: 도서출판 동인, 2004.

『쌍둥이 메내크무스 형제: 메내크미』(역서) 서울: 도서출판 동인, 2007.

현재, 경성대학교 영어영문학과 교수

신겸수

성균관대학교 영문학과 (학사)

성균관대학교 대학원 영문학과 (석사)

성균관대학교 대학원 영어영문학과 (박사)

『셰익스피어 연극의 인간과 자연』 서울: 경기대학교 출판부, 2006.

현재, 경기대학교 영어영문학부 교수

백정국

고려대학교 영어교육과 (학사)

고려대학교 대학원 영문과 (석사)

Rutgers University - Camden 영문과 (석사)

University of California - Davis 영문과 (박사)

논문: 「Shakespeare' Strangers, Resistance, and State Power」

현재, 고려대학교 강사

채유순

중앙대학교 사범대학 영어교육과 (학사)

Kansas State University (석사)

숙명여자대학교 대학원 영어영문학과 (석사)

동국대학교 대학원 영어영문학과 (박사)

『새』(역서) 서울: 도서출판 동인, 2003.

『동화를 활용한 어린이 영어지도』(공저) 서울: 드림랜드, 2005.

현재, 한서대학교 영어학과 교수

이병은

경희대학교 영어영문학과 (학사)

Oklahoma State Univ. 영문학과 (석·박사)

Shakespeare's Theories of Blood, Character, and Class (공저) New York: Peter Lang, 2001.

『밀턴의 이해』(공저) 서울: 시공아카데미, 2004.

현재, 한성대학교 영어영문학부 교수

홍유미

이화여자대학교 영문학과 (학사)

이화여자대학교 영문학과 (석·박사)

영국 University of Birmingham 영문학과 대학원 Mphil 학위.

『셰익스피어 1』서울: 평민사, 1999.

『푸코와 문학』(공역) 서울: 동문선, 2003.

『버킹엄셔에 비치는 빛』(역서) 서울: 동인, 2003.

논문:「르네상스 시대 여성 작가의 자아의식과 글쓰기 전략: 케리의 〈마리암의 비극〉에 나타난 아내들의 반란을 중심
　　　으로」

　　　「메리로스 해독하기: 〈사랑의 승리〉를 중심으로」

현재, 명지대학교 방목 기초교육대학 교수

르네상스 영시의 세계

발행일 • 2008년 4월 18일
지은이 • 한국 고전 르네상스 영문학회/발행인 • 이성모/발행처 • 도서출판 동인
서울시 종로구 명륜동 2가 237 아남주상복합빌딩 118호/등록 • 제1-1599호
TEL • (02)765-7145, 55/FAX • (02)765-7165/E-mail • dongin60@chol.com
HomePage • www.donginbook.co.kr

ISBN   978-89-5506-357-8

정 가   16,000원

※ 잘못 만들어진 책은 교환해드립니다.